Ciriaco Offeddu

Istella mea

GIUNTI

Giunti Editore si impegna per uno sviluppo sostenibile
con l'utilizzo di carta certificata FSC® proveniente
da fonti gestite in maniera responsabile.

Istella mea
di Ciriaco Offeddu
«Scrittori Giunti»

www.giunti.it

Via Bolognese 165 – 50139 Firenze – Italia
Via G. B. Pirelli 30 – 20124 Milano – Italia

Prima edizione: febbraio 2025

ISTELLA MEA

Barigada sinch'est s'istella mea,
pro cussu m'est su logu iscurigadu...

Svanita è la mia stella,
per questo il mondo si è oscurato...

da una poesia del bandito sardo
Bachisio "Bachis" Sulis

Parte prima

1961 – Martino

1

L'amavo come si ama a tredici anni, con stupore, perché il primo amore taglia il respiro. L'amavo con dedizione assoluta e con l'incrollabile fiducia che il tempo, infinito, sarebbe stato un'argilla da plasmare, una creazione tutta nostra. Con i pensieri rivolti sempre a lui, ogni minuto, ogni secondo.

Aveva il dono, Martino, di attirare minute e stupefacenti vicende e far incastrare singolari circostanze. Sempre al centro delle cose che succedevano, mai fermo, spinto da qualcosa che urgeva e lo accendeva come un fiammifero – da quanto non sento in gola l'odore dello zolfo?

Persino quando si sedeva sull'erba a rifiatare e poggiava la mano per terra, anche allora Martino faceva accadere cose prodigiose: la ritirava con un mazzetto di quadrifogli incastrati tra le dita o la pelle ricoperta di coccinelle, negli occhi una luce accesa per me.

O almeno, ero io che lo vedevo così, e pensavo che il mondo provasse la mia stessa meraviglia. C'era una sorta di istinto materno a guidare il mio sentimento d'amore ammorbidendolo e addolcendolo, nonostante lui e io fossimo coetanei e vivessimo vicini, a tre porte di distanza, in quella Nuoro grande e brulicante.

Quando mi fermo a ricordare, e sono sola, mi manca quel

movimento continuo di persone, avanti e indietro, fuori e dentro il mercato, per il corso e i vicoli, le salite verso l'ospedale e le discese verso le Poste, le uscite dalle scuole e dagli uffici, e ovunque quel brusio indistinto – impossibile dimenticarlo. Mi sembra che allora ci fossero un'energia e una magia ancora attive, e tutti noi ricevessimo impulso da quell'onda trascinante di risacca. Uscivo nella via Asproni e sentivo questa corrente scendere dalla cattedrale come un ruscello primaverile, oppure l'avvertivo risalire dalla chiesa della Solitudine con un rombo invernale, minaccioso.

Intorno a me Nuoro ribolliva, e la mia vita poteva limitarsi a un quieto assorbire consapevolezza, giorno dopo giorno, regolare come una passeggiata sul nostro asino Billubì, che voleva dire "Eccolo lì".

Quella di Martino era invece la corsa a perdifiato di un bambino trafelato che s'interrompeva per una caduta spettacolare oppure per una scoperta che all'improvviso pareva cambiare le prospettive. Come la volta di Iscultone.

Iscultone fu uno dei tanti eventi imprevedibili ai quali ancora non sapevo che avrei dovuto fare l'abitudine, adattandomi come potevo, come fanno in fondo le donne che si adeguano alle cose e sopravvivono perdendo ogni tanto pezzi di sé. Questi episodi mi spiazzavano e per un po' mi frastornavano, prima che riuscissi a ricomporre il tutto in un racconto di Martino con una cornice e una logica: lui era il centro, io lo rincorrevo.

Avevo tredici anni e il mio sogno segreto era povero, ingenuo: avrei voluto cavalcare Billubì con lui per le campagne verso Su Pinu, soffermandoci a vedere i fiori, i panorami e gli animali conosciuti, una lepre, forse una volpe, gli uccelli e i cani pastore. Sereni, spensierati. Credevo alla complicità nell'amore e immaginavo che Martino, per amore, appunto, accettasse da me il dono di quei tramonti verso Macomer e si fermasse a guardarli dandomi un bacio tenero, dicendomi una frase di rassicurazione – e questo sogno mi bastava.

Invece, senza preavviso, Martino mi costringeva a preoccuparmi, a prendere atto che i sentimenti e la vita stessa erano complicati, anche per noi appena tredicenni.

Iscultone fu l'evento di qualche settimana appena, e forse rilevante solo a causa dei problemi intestinali che aveva provocato. Dopo la sua apparizione, infatti, Martino ebbe per tanto tempo paura di andare in bagno, soprattutto di sera. Era terrorizzato dal pensiero che la zampa di Iscultone apparisse ancora dalle profondità del cesso e i suoi artigli cercassero di afferrargli l'inguine, trascinandolo sottoterra tra i vermi della morte, nella melma. «Ho visto un'anguilla nera alzarsi a spirale dal fondo della tazza» mi aveva raccontato.

«Un'anguilla? Senza zampe e artigli?»

«C'era buio, Reche', e ho pensato solo a saltare in piedi come unu tilipirche, aprire la porta e fuggire. Ma intanto l'anguilla era diventata un viscido essere col becco che strisciava veloce nel pavimento, cercando di afferrarmi il piede.»

Non avevo replicato. Io lo amavo, e che Iscultone fosse una serpe, un pesce o un'arpia, non aveva importanza.

Sua nonna Maria Mannu, che tutti chiamavano con rispetto Jaja, cioè nonna, in nuorese, gli aveva spiegato una sera che Iscultone, la malefica creatura, viveva addormentata sotto due metri di terra e veniva fuori improvvisamente nell'oscurità per cacciare inermi prede. Aveva una forza straordinaria che usava per spaccare il terreno come un pane di burro e una velocità che la povera vittima non s'aspettava. C'erano sempre *povere vittime* in quei tempi, bambini che cadevano nei pozzi, giovani che si tagliavano una mano con la roncola, fanciulle che incontravano l'uomo nero.

Camminando di notte occorreva stare all'erta, interpretare i rumori ed essere pronti a correre efficaci come il grecale, ma cambiando spesso direzione, destra, sinistra, destra. «Iscultone non ha pazienza né resistenza» mi aveva spiegato Martino «se non ti afferra subito, poi si ferma, si ritrae.»

Mia madre, infastidita da ciò che Jaja ci insegnava, mi aveva spiegato: «Solo le cicale stanno sottoterra, Rechella, nutrendosi della linfa delle radici più tenere. Per tredici anni. Poi, quando la loro regina decide, vengono fuori tutte insieme dal terreno e si impadroniscono della foresta. Per sette settimane, con insistenti e striduli versi, si accoppiano e depongono le uova. Poi muoiono tutte, eccetto la regina. Il loro canto è d'amore e morte insieme. Ecco: quando stanno uscendo fuori dal terreno, di notte, devi stare attenta a non calpestare la regina, altrimenti l'intera orda di cicale ti ricoprirà succhiandoti il sangue».

Avevo riportato il suo parere a Martino e suggerito: «Forse Iscultone è solo uno sciame fitto di cicale, non un essere dell'inferno».

Lui mi aveva guardato come cercando di comprendere a fondo. Poi aveva replicato, separando bene le parole: «Le cicale vengono fuori ogni undici, tredici oppure diciassette anni. È un mistero: sono tutti numeri primi».

«Numeri primi? Cosa vuol dire?»

«Numeri divisibili solo per sé stessi o per l'unità.»

E io avevo pensato che il mistero invece era lui, Martino: sembrava un cucciolo bello e spaurito, un orfano fatto come tanti, i capelli tagliati all'umberta e le pupille scure come ardesia, le ginocchia sporche, eppure improvvisamente spalancava abissi.

Aveva ribadito: «Ho visto una grossa anguilla con gli occhi rossi, non cicale».

Nella casa di Jaja non c'era un vero e proprio bagno. Tra la cucina e il soggiorno, una modesta porta si apriva su un gabinetto d'altri tempi, un cubicolo tinto di scuro. Sulla sinistra c'era un piccolo lavandino e sulla destra una tazza giallastra senza tavola né coperchio, tutto qui. In alto era appesa una piccola cassetta alla quale era attaccata una catenella. Tirandola, l'acqua scendeva rumorosamente tramite un tubo fissato sul muro. Una finestrella dai vetri smerigliati, posta troppo in alto per essere aperta, era pressoché inutile.

Non usandosi ancora piastrelle di ceramica, i muratori passavano sulle pareti, quale protezione, più mani di una tinta blu, o verde scuro, oppure marron, viscosa e spessa. Questa arrivava sino a un'altezza di centosessanta centimetri – Martino l'aveva misurata con precisione memorizzando nozioni sulle costruzioni, quando cercava di capire in cosa consistesse il lavoro di geometra di suo padre. Lungo gli anni, il colore si era ossidato e in ultimo appariva quasi nero, terrificante. Così, quando di sera doveva usare il gabinetto, Martino non osava poggiare il sedere sulla tazza, ma stava in equilibrio sulle gambe, piegato a mezz'aria, sbirciando tra le cosce verso la minacciosa acqua nel fondo.

Dopo la scomoda evacuazione, quando pure avveniva, Martino correva fuori dalla tana buia e attraversava la cucina come un posseduto, tenendosi i calzoni con la mano sinistra e usando il braccio destro per bilanciarsi e accelerare. Apriva, sbattendola, la porta posteriore che dava verso Baddemanna, la grande valle, e scappava via dalle ombre demoniache che avevano trovato una via d'accesso al mondo attraverso la tazza del cesso.

Io dov'ero? Passavo più tempo a casa sua che nella mia, aiutando Jaja e Murichessa, la domestica. Ho ripensato più tardi alla gelosia che mia madre doveva aver provato. Lei stessa subiva la personalità di Jaja e in qualche modo, inizialmente, le faceva piacere che io fossi nelle sue grazie – ero solo a due passi da casa, a portata di voce. Nondimeno, certi sentimenti scavano in profondità, e anche come figlia avrei scontato il mio rapporto con casa Mannu, il fermarmi lì, l'andare e tornare a piacimento.

Mia madre era peraltro una donna pratica e salda, sempre occupata in faccende, mentre Jaja fluttuava in un tempo suo, sapeva incantarci con racconti pieni di fascino, ed era capace di insegnarmi le cose delle donne, la malizia nell'attrarre e nel respingere, nell'uso delle lacrime, del disinteresse e del riso, e lo faceva con l'esempio e modulando la voce, non con uno schiaffo sul collo.

Ecco, mi rivedo così: stavo nella sua cucina a esercitarmi con l'uncinetto quando Martino passava spostando l'aria, mulinando il braccio e mirando alla porta come se solo in cortile potesse respirare nuovamente. E forse era vero, forse nel gabinetto tratteneva il fiato.

Lo guardavo non troppo allarmata, e Jaja, appena lo vedeva, iniziava a voce alta a contare i suoi passi come gli corresse a fianco. «Non salterà neanche questa volta» mi rassicurava e mi preoccupava «va a sedersi sul trono di granito.»

Murichessa mi guardava di sottecchi e chiedeva ridacchiando: «Gli vuoi bene, vero?».

«È la mia vita» rispondevo, perché tutti sapevano del mio amore. Lo dicevo a voce bassa, chiusa in me stessa, pensando a qualche espressione di Martino, alla sua voce, al velluto della sua pelle, e sentendomi privilegiata perché compresa.

Jaja, pensierosa, passava uno sguardo sui miei capelli. Era una donna minuta e delicata nei lineamenti e nelle mani, chiara di carnagione come le donne della Gallura, con gli occhi invece scuri e vivi. Che mi accettasse come amica di Martino era nei fatti. Cosa avesse in mente per me, invece, era impossibile indovinarlo: era diversa da qualsiasi persona avessi incontrato – forse avrei dovuto mettere in fila gli indizi e diffidare.

Quando voleva, infatti, era persino capace di creare una separazione tra sé e gli altri rifugiandosi dietro a un velo fatato, trasparente, che si vedeva appena. Dietro quel velo compariva il mondo straordinario a cui Jaja sapeva dare vita, una dimensione dove lei poteva recitare a piacimento. Martino, Murichessa e io assistevamo ogni volta sorpresi, pensando d'essere fortunati, una ristretta corte di iniziati.

Spesso ci mostrava una strana cucina che non era che un lavandino rettangolare dove scorreva acqua fredda proveniente da un rubinetto di lato. Al centro si ergeva un grosso fornello di fiamme azzurre e rosse che sembrava un piccolo vulcano e sul quale Jaja teneva sospesa per il manico una pentola tonda coi bordi molto alti, rigirandola velocemente con destrezza. Mischiava nella pentola riso del Campidano, uova di giornata e piselli dell'orto aiutandosi con cucchiaiate di acqua fresca sfrigolante, e otteneva un impasto che versava su un piatto. Tutto scompariva poi, ma non il piatto, e il riso era buono per la cena e il giorno dopo.

Una sera, Jaja mi aveva fatto vedere Martino nudo. Solamente molto tempo dopo ne avrei compreso il motivo. Eravamo sole nella cucina, lei era sempre dietro quel telo traslucido che ondeggiava appena, e di fronte al camino lavava Martino che poteva avere dieci anni, seduto dentro una bagnina di latta. Sentivo il caldo delle fiamme e lo sguardo di lei che mi fissava attraverso il tempo. L'aveva fatto sollevare in piedi e me l'aveva mostrato, bagnato e insaponato. Per questo dico che il mio istinto materno prevaleva, perché in quel momento di Martino avevo visto solo il bambino che era, niente di più, e l'avevo amato come un figlio.

Poi Murichessa aveva chiamato da fuori. Il velo era svanito, il fuoco spento, ma Jaja mi aveva rivolto uno sguardo che diceva "Io so tutto" e avevo avuto paura.

Martino conosceva a memoria ognuno dei sessantadue passi necessari per raggiungere il basso muretto che delimitava il terreno di suo nonno Bobore, costruito come confine della proprietà. Il campo era un pezzo di terra affacciato pericolosamente sul costone di Caparedda. Settanta metri più in basso passava la strada per Oliena e la Baronia.

Giusto nel muretto Martino aveva ricavato, spostando alcune pietre, un sedile profondo e confortevole, dal quale faceva penzolare le gambe, affacciato verso la valle. Due metri più in basso correva uno stretto sentiero che incorniciava la collina e impediva la vista del fondo della gola.

Dalla porta della cucina al muretto ci volevano meno di due minuti a passo tranquillo, oppure venti secondi di corsa terrorizzata, come nel caso dell'apparizione di Iscultone. Si doveva attraversare l'orto, poi salire quattro gradini in mezzo a piante che formavano ai lati due divisori lussureggianti, aprire un cancello alto di ferro e correre per il frutteto. Il panorama in quel punto si apriva e dalla valle proveniva un respiro calmo, il sospiro profondo della terra.

Mio padre, che era il mio riferimento polare, colui che traduceva la vita per me, diceva che Baddemanna esprimeva così la propria soddisfazione, la consapevolezza di essere la più bella valle del creato. Quando la pressione calava e le ombre si allungavano, quando gli uccelli si rifugiavano tra i rami e l'universo trovava il suo equilibrio notturno, allora dalla cresta di Nuoro, in alto, si poteva percepire questo appagamento.

La natura allora ci parlava e forse reagiva ai nostri desideri:

guardando verso la valle, i nuoresi sognavano il mare che non avevano. Non lo confessavano, ma socchiudendo gli occhi e inspirando vedevano nelle curve di Caparedda boscosi promontori e piccole baie profonde. Poi il mare si apriva e conquistava spazio, si allargava sino a lambire la periferia di Orgosolo e ricopriva completamente Oliena: era la realizzazione di un altro sogno segreto.

Tuttavia non capivo perché Martino si sentisse sicuro in quella torre di guardia affacciata sul vuoto, un trampolino sopra una vista notturna di buio. Quando aveva voglia mi spiegava che avvertiva anche lui quell'ansare primordiale, certo, che non era tuttavia un'espressione di pace ma di bufera, un cavernoso segno che tutto stesse per esplodere.

«Ma tu t'aspetti questo, Marti'?» chiedevo.

«Cosa?»

«Che Baddemanna esploda?»

«Baddemanna? No, è nel cielo che succede, in alto.»

«Come un temporale?»

«Una tempesta, una tempesta capace di spaccare il cielo e arrivare dove non si respira più.»

«Dio mio!»

«Tu hai paura di cadere giù a Caparedda, Reche', ma hai mai immaginato di cadere nel cielo?»

«No.»

Non ci avevo pensato prima. Però, appena dette, quelle parole mi misero ansia: Martino era capace di tutto. Avevo guardato gli spilli luminosi di Oliena sotto il monte Corrasi, a destra l'altopiano di Orgosolo chiuso in lontananza dalla catena del Gennargentu e, sulla sinistra, i contrafforti cupi dell'Ortobene che nascondevano le valli sino al mare. Quello era il mio mondo, il confine preciso del mio orizzonte. Poi avevo sollevato gli occhi e avevo capito che c'era un diverso grado d'infinito e che le luci della valle erano nulla in confronto alla profondità di quell'universo di stelle – Martino aveva ragione, mi sorprendeva ancora una volta.

Quando gli avevo preso la mano, mi ero accorta che volava leggero, con gli occhi chiusi, sempre più in alto sulla valle. Per alcuni istanti mi aveva guidato e anch'io mi ero sentita lieve, come se i piedi si fossero staccati da terra. Poi la paura del vuoto mi aveva preso alla gola e avevo dovuto staccare la mano, tornare giù.

Lui allora aveva allargato le braccia e per alcuni minuti era rimasto immobile. Ancora si librava, da solo, lontano, sospeso verso un passo che non riuscivo a individuare, e io mi ero voltata indietro verso il frutteto sperando che Iscultone ci inseguisse e minacciasse, perché Martino tornasse a occuparsi di me e mi difendesse.

Ma mi ero resa conto che anche Iscultone era già stato sconfitto da questo volo grandioso, solenne, e aveva perso consistenza come un incubo remoto, come un cessato dolore.

«Martino mi ha raccontato un sogno» avevo detto quella sera, sedendomi a tavola. Portavo nel cuore due immagini sovrapposte di Martino: il bambino ancora tenero, affidato alle mani di Jaja, e il ragazzo capace di volare sopra Baddemanna, e questa consapevolezza mi accompagnava quando parlavo di lui e sentivo il bisogno di condividere almeno in parte le mie emozioni.

La cucina era spoglia come s'usava ai primi anni Sessanta: una credenza, un lungo tavolo che serviva anche come piano di lavoro, con sedie di diversa fattura ed età, un lavandino di marmetta del tipo utilizzato anche nella stalla e in campagna, una vecchia cucina economica di ghisa scura sormontata da un fornello bianco a tre fuochi, collegato alla bombola del gas, le pentole di rame appese al muro. Tutto qui.

La sera mio padre, a capotavola, mangiava gli avanzi del giorno. Mia madre non si sedeva, lo serviva stando in piedi e sbocconcellando quel che voleva quando poteva. Io stavo vicino a mio padre mentre i miei quattro fratelli, Vittorio, Davide, Mario e Antonio, occupavano posti non fissi ma variabili in funzione degli umori tra loro. La cena non era altro che latte e pane secco, ognuno aveva la sua scodella e il suo cucchiaio da lavare dopo mangiato, e si chiacchierava mentre mio padre finiva il suo piatto.

Antonio, che era il più vicino a me come età, aveva chiesto: «Che sogno?».

«Che lui volava sopra una terribile tempesta...»

Mia madre mi aveva interrotta: «Tutti sognano di volare».

«E di cadere» aveva aggiunto Davide.

«Lasciatela parlare» aveva detto mio padre.

«... ma che non riusciva a uscirne, c'era troppo vento. Volava ma restava fermo.»

Vittorio, il più grande, aveva spiegato: «Il sogno vuol dire che Martino non sa che decisione prendere su una cosa importante, si trova sospeso, ecco».

E Mario, scherzoso, aveva aggiunto: «Forse non vuole più vederti ma non sa come dirtelo. Prepara il fazzoletto, Reche'».

Si era nuovamente intromessa mia madre: «È Jaja che gli mette in testa strane idee, chissà a cosa lo spinge, mischinu».

«Come fai a dirlo?» avevo chiesto.

«Cudda non est sìmula 'e facher'òstia, quella non è farina per ostie. Stacci attenta, Rechella, ti stai avvicinando troppo a Jaja.»

«È una strega, lo dicono tutti» aveva insistito Antonio.

«Ci sono streghe e streghe» lei aveva sentenziato con tono preoccupato. Ma mio padre mi aveva stretto la mano entro il suo pugno, strizzando gli occhi come per dirmi silenziosamente che lui era dalla mia parte.

Sì, Martino era uno strano ragazzo, nipote di una nonna singolare e misteriosa, e non si sarebbe trovato bene in altri panni che non i suoi, in un altro posto diverso da Nuoro – così speravo.

Mi ero chiesta però, mentre lui volava, quale fosse il mio ruolo al suo fianco, e quale sarebbe stata la mia vita, giacché il mio amore era mutato e da infantile innamoramento era diventato un sentimento radicato e strettamente avvitato nel fondo di quell'oceano che lui sorvolava.

Martino in verità non era proprio un orfano, e neppure lui sapeva dire esattamente cosa fosse. Sua madre, Rossella, era nata a Oristano, nella costa occidentale, presso quel mare che si apriva a immagini di nebbia e di stranieri e alle rudi voci dei conquistatori spagnoli.

Martino aveva gli occhi e lo sguardo di sua madre, bastava vedere le foto poggiate sul comò. E Jaja ogni tanto sollevava il suo velo e faceva apparire Rossella mentre camminava per strada e salutava altra gente, persa in un film di quelli che davano al cinema Pidocchietto.

Rossella, che avanzava con sfida, che sollevava la testa e scuoteva appena i capelli ammiccando senza calore, non amava Nuoro, il suo clima e le sue paranoie. E soprattutto non sopportava il prendersi cura del figlio. Dopo alcuni anni trascorsi in un appartamento del quartiere di Cuccubaios, non lontano dalla cattedrale, era partita e ritornata dalla sua famiglia.

Martino non aveva compiuto sei anni.

Suo padre, Carlo Mannu chiamato Brazzusecau, braccio rotto, a causa di un incidente giovanile, portò subito Martino a casa di Jaja e per sé affittò un piccolo locale nella zona bassa del corso Garibaldi. Era geometra della Provincia e trascorreva gran parte del suo tempo tracciando strade di penetrazione agraria che servivano per mettere in comunicazione remote proprietà in mezzo al nulla della Barbagia.

Scompariva per settimane, trascinato dalla sua amarezza. Del figlio si ricordava a tratti. Poi non se ne ricordò più del tutto; si diceva che fosse diventato un alcolizzato, uno dei tanti.

«Un giorno così» mi aveva detto Martino, e s'era interrotto.

«Di che cosa parli?» avevo chiesto. Eravamo nel frutteto, mangiavamo pere selvatiche dolci staccate dall'albero, ma nella sua voce non c'era dolcezza.

«Era un giorno così quando mia madre è partita, e mio padre ha iniziato a radunare la mia roba senza sapere dove metterla, quando si guardava in giro temendo il mio sguardo, raccogliendo una calza, una sciarpa.»

«Eri piccolo, Marti'.»

«Ricordo bene quel giorno e quella notte. A un certo punto, mio padre ha poggiato la testa contro lo stipite di una finestra e ha iniziato a piangere. Singhiozzava e si scioglieva, in fondo era meglio che vederlo rigido come un cinghiale imbalsamato. Io ho guardato fuori dal vetro, i conigli saltellavano nel cortile.»

«Conigli?»

«Sì, mio padre si era messo in testa di allevare conigli. Nel quartiere, i vicini mangiavano anche i gatti, immagina i conigli. Ogni settimana ne spariva qualcuno.»

«E allora?»

«Poi siamo usciti in fretta. Faceva freddo e non ero ben coperto. Jaja ci aspettava, sapeva già tutto, sai com'è lei. Mi ha preso per mano e mi ha guidato davanti al camino. Mi ha fatto sedere sulla sua poltroncina e mi ha domandato: *Sai come inizia una nuova vita?* Io ho scosso la testa, non sapevo cosa volesse dire. Allora lei ha fatto apparire una tazza grande e bellissima...»

«Come, *ha fatto apparire*?»

«Non lo so, a me è sembrato che non avesse nulla dietro la schiena. Ha avvicinato le mani e la tazza era lì, brillante come il fuoco, di un rosso lucido, laccato. L'ha poggiata sul tavolino e ha detto: *Una nuova vita inizia con una buona colazione*. Nel latte c'era un pane dolce che non avevo mai assaggiato, buonissimo, tagliato a pezzetti. Noi mettevamo solo pane vecchio nel latte, mai biscotti, ma questo era particolare, migliore dei savoiardi. Jaja mi ha spiegato che si chiamava pan brioche, e ha detto: *Abbiamo tante cose da fare, noi due, ed è meglio essere ben rifocillati, bene in forma*.»

Poi Martino si era zittito.

«Cosa pensi?» gli avevo chiesto.

«Come fai a capire se una giornata è speciale, Reche'? Quel giorno le cose sono state le solite: mia madre che mi bacia come se fosse distratta, che apre la porta e ha tra le mani una valigia; mio padre che cerca di mettere in ordine la casa; il nostro camminare davanti alla cattedrale e Murichessa che apre la porta. Eppure, da quel giorno tutto è cambiato. La notte mi sono svegliato in un letto non mio e nella cameretta c'era una luce soffusa che non sapevo da dove provenisse. Mi sembrava d'essere in una chiesa dimenticata, un bambino morto in attesa di una benedizione. Poi mi sono riaddormentato, stanchissimo, ed è allora che ho fatto quel sogno…»

«Quale sogno?»

«Di mia madre che mi parlava.»

«E che cosa ti diceva, Marti'?»

«Era un discorso insolito, difficile, come se non fosse rivolto a un bambino… eppure io me lo ricordo parola per parola, e anche questo è strano.»

«Racconta.»

«Per raccontartelo devo proprio usare le sue parole: *Quando ti guardo so di aver perso l'opportunità di allevarti, di allevare un figlio con un'interessante personalità. Sono consapevole però che non avrei potuto assumermene la responsabilità, il compito giornaliero di tirar su un bambino e poi, oh Gesù, un adolescente. Aspettandoti ho sofferto di nausee, capogiri e mal di testa. E poi ti ho visto nella culla, piangevi senza che io sapessi come consolarti, volevi attenzione e cura, instancabilmente… e io ho sentito che, pur così piccolo, eri già un estraneo. Che cosa pretendevi da me?*»

«Tu volevi solo amore, Marti'!» avevo gridato io. «Ma quando lei ti parlava nel sogno tu le rispondevi?»

«No, io piangevo. Nel sogno mia madre indossava un vestito da lutto, con i pizzi neri, e stava seduta su una poltroncina con un orlo ch'era fatto da una rete di cotone scuro, i cui nodi erano palline di filo. Io piangevo e le mie lacrime rimanevano lì, come perle su quel filo nero.»

«Ti diceva altre cose?»

«Sì, mi ha raccontato di mio padre, che lui quando erano appena sposati le aveva regalato un manuale di puericoltura… *Oh, quello stupido libro fatto di fogli gialli, non spiegava niente, era inutile e frustrante. Uno dei capitoli era intitolato: "Se il bimbo piange". Ma tu piangevi e urlavi sempre, e non c'era modo di placarti!*»

Eravamo seduti sotto il pero e mi pareva che tutto il frutteto si fosse fatto silenzioso per ascoltare quel racconto. Lui aveva acconsentito ad abbandonarsi sulle mie gambe, come un bambino, e mentre gli carezzavo i capelli aveva raccontato che sua madre era figlia di un magistrato e di una possidente di nobili origini, ed era cresciuta in una palazzina nel centro di Oristano, con due domestiche e una governante. «*Ma i miei genitori erano diventati vecchi e la piccola squadra di domestiche che doveva assisterli as-*

sorbiva tutta la nostra liquidità» aveva spiegato Rossella. «*Quest'improvvisa condizione di difficoltà è stata la ragione prima del mio matrimonio, lo confesso.*»

Martino parlava ed era come ventriloquo. Non solo ricordava ogni parola, ma il timbro della sua voce si faceva vagamente femminile e roco come se fosse davvero sua madre a parlare. «*Ma Carlo non era ricco come lo era tua nonna, Martino, e dunque era sempre occupato, doveva lavorare molto. Non voglio essere ingiusta o cattiva con lui, ma certe differenze sociali che avevo compreso tardi si sono dimostrate decisive. La verità è che io non ero innamorata di Carlo, né di nessun altro.*»

Avevo sentito Martino trattenere il fiato, come se gli fosse venuto da piangere.

«Vedi, io non ho mai avvertito che in casa nostra ci fosse amore. Me ne sono accorto grazie a te e poi confrontando e leggendo, perché anche Jaja non si lascia mai andare e l'affetto lo rilascia a piccolissime gocce.»

Io avevo annuito, contenta di quel riconoscimento. Ma lui era già di nuovo lontano, immerso in quel lungo sogno che sapeva restituirmi in un fiato come un monologo, ogni frase una ferita.

«*Carlo era un geometra, un ottimo geometra, dicevano, io non posso giudicare. In casa, all'inizio avevamo una sola domestica che veniva la mattina, cinque giorni alla settimana. Così il sabato e la domenica erano un tormento: odiavo il vuoto di quei giorni, Carlo che girava per le stanze. Non potevo sopportare la sua presenza e reggere i suoi discorsi, i rimpianti e la sua mania per le regole e i manuali, come se ogni problema avesse una lista di istruzioni e una soluzione. Aveva comprato a Cagliari un libro dalla copertina rossa, "La perfetta vita matrimoniale", e mi aveva chiesto di leggerlo con attenzione, e in particolare di guardare i disegni. Rappresentavano le posizioni dei corpi nel letto coniugale. Mi ero vergognata come una ladra, e avevo messo il libro in alto nello scaffale, nascosto. Sapevo che la perfetta vita matrimoniale non contempla di congiungersi se non per avere figli. A che pro altrimenti? E perché, aggiungo, avere figli? A me piace dormire e stare da sola; mi piacciono i fine settimana di lettura, la mia libertà, l'isolamento... Comunque sia, Carlo è stato un brav'uomo, lo devi sapere. Nell'ultimo periodo è stato capace di vivere nella sua stanza, di prendere un caffè al bar Cambosu per colazione, e di fare pranzo e cena da Jaja. Nel tempo libero allevava conigli, non mi cercava e non mi disturbava.*»

«Dio mio» avevo detto io «tua madre ha un cuore di ghiaccio. Ma almeno una cosa buona l'ha fatta: è partita. Altrimenti, se tu non fossi venuto da Jaja, noi due non ci saremmo mai incontrati!»

«Nel sogno mi ha parlato anche di Jaja. *Eccoti qui, a casa di tua nonna*, diceva. *Alla fine è riuscita a ottenere ciò che voleva... La strana fama che la circonda è più forte delle sue origini lontanamente aristocratiche, sempre che non siano millantate. E di tuo nonno è meglio non parlare: cosa si può dire di un servo pastore diventato ebete, e poi misteriosamente scomparso? Sì, rabbrividisco al pensiero di mio figlio associato a una famiglia così discutibile, ma temo che niente di quello che è successo sia casuale. Se dovessi chiederti, Martino, come ho fatto ad abbandonarti, beh, in realtà, io non ho fatto niente. Sin da prima del parto mi hai dato dolori e preoccupazioni, e dopo mi hai fatto precipitare in un esaurimento nervoso. Andar via è stato per me naturale come preparare la mia valigia, aprire la porta e scendere le scale. Sono tornata a casa, a Oristano, dai miei. Non mi sono perduta per il mondo, non ho avuto altri uomini, e qualche volta ho persino pensato che saresti venuto a trovarmi: sarei stata contenta e ti avrei preparato una cioccolata con biscotti, credimi. Ma avrei voluto dirti una cosa importante che nella concitazione avevo dimenticato: da tua nonna, che sembra ti abbia accolto e protetto, non saresti stato al sicuro. L'unico sentimento materno che ho provato, vedi, è di allarme: tua nonna porta con sé il male.»*

Martino aveva finito di raccontare: il sogno si era chiuso così, con quell'inquietante avvertimento.

Ho ripensato tante volte allo strano racconto di Martino, al sogno in cui pareva che davvero una voce estranea gli avesse dettato parole da libro di testo. All'inizio mi sono aggrappata a quel poco che sapevo di psicologia, cercando di capire se le giravolte del destino fossero state causate solo dal trauma da lui subito, il rifiuto di sua madre. Poi sono stata travolta dagli eventi e ho trovato una risposta diversa: Martino aveva il potere di affacciarsi sul soprannaturale, e anche quel lungo sogno era stato una sua esternazione, così come il volare nella tempesta. Ma con Jaja lui non si sentiva al sicuro: con il suo racconto mi aveva rivelato di sentirsi in pericolo. Avrei dovuto capirlo, aiutarlo, tendergli una mano, ma non ho fatto nulla, povera creatura.

Ufficialmente, Rossella era molto malata, o quasi matta o completamente pazza, dipendeva dalla persona con cui si parlava. E suo padre, pover'uomo, era sempre occupato, Dio solo sapeva dove. Storie ordinarie che venivano subito interiorizzate e diffuse secondo la cultura del vicolo: da una parte si trattava di una poco di buono, capace di abbandonare figlio e marito, dall'altra di un ubriacone; solite scene di donnacce e balentes falliti; belle di giorno e cuori creduti solidi che invece collassavano come formelle d'argilla; vite rovinate dal bagassumene e figli trattati come bambole senz'anima, destinati a un'esistenza devastata. In ogni cortile le famiglie nascondevano segreti e misfatti; l'amore, seppur di questo sentimento si trattava, era solo il prodromo di tragedie inevitabili. Cosas de su munnu, cose del mondo, dicevano a Orune, nessuna casa ne è immune.

Nondimeno, a Nuoro capitavano anche i miracoli, e Martino era uno di questi. Le difficoltà della vita gli avevano trasmesso quel suo senso profondo di storia e destino; le letture che faceva in biblioteca, e gli animali, i matti e i quasi savi, i vivi e i morti che popolavano la città, tutto, nell'insieme, aveva contribuito a farlo crescere e maturare, a farlo diventare quel che era.

Martino assorbiva ogni cosa e io pensavo che la sua unicità nascesse da questo universo frammentato che lo nutriva, e da lì si materializzassero i suoi mostri e i suoi sogni. A scuola, i preti ci indicavano dolenti percorsi necessari alla nostra salvezza, comandamenti granitici che noi non comprendevamo, e ci imponevano come un timbro la staticità timorosa del vivere cristiano. Ma Martino aveva la guida di Jaja, i suoi strani rituali e il suo indiscusso potere, e grazie a lei gli si spalancava un intero universo che stava al di sopra del nostro orizzonte fatto di campagne, di animali e pastori, di genti e paesi con la chiesa e il campanile.

Eppure, più il tempo passava e più cominciavo a capire che a chi le stava vicino Jaja chiedeva un pegno altissimo: l'acquiescenza della mente e l'obbedienza alle sue regole. E Martino non era solo suo nipote, era la cavia da invitare a correre. Lui sopravviveva all'assenza dei genitori modificando i suoi desideri e ingannando le sue mancanze d'affetto con la creazione di un mondo parallelo, come accade a molti; ma il suo si nutriva delle profondità di Jaja e la sua anima finiva per essere posseduta da un *daimon*, e quel *daimon* non poteva che essere lei, la donna venuta dalla lontana Terranova.

Non lo capivo fino in fondo, a quella età non potevo, però

avvertivo la dolorosa consapevolezza di non essere io, pur amata, il suo magnete.

Tra le storie narrate da Jaja come in trance, il manifestarsi dei suoi mondi segreti a noi inaccessibili e le apparizioni nell'esistenza di Martino di mostri infernali, una sola volta, comunque, l'avevo visto spaventato a morte, tanto che persino i suoi capelli a spazzola mi erano sembrati ritti e duri come spine.

«Cos'è successo?» gli avevo chiesto, pensando all'incursione di una nuova bestia maligna.

«Jaja mi ha scoperto in cantina.»

«Non vuole?»

«Aveva proibito di andarci e la chiave era nascosta. Ma io l'ho trovata – Murichessa l'aveva dimenticata in cucina – e sono sceso. Sembra una cantina come tutte...»

«E allora?»

«... eccetto che per una strana parete sulla quale c'è un arco cieco.»

«Cosa vuoi dire?»

«In passato dev'esserci stata un'apertura verso un'altra stanza. La parte superiore è ad arco, un segno d'importanza. Poi, chissà quando, l'apertura è stata tappata con una brutta parete di mattoni raccattati.»

«Uhm. E cosa c'è d'interessante?»

«Mi sono fermato a guardare i conci, i mattoni dell'arco: brillavano...»

«Brillavano?»

«C'erano segni impressi in quei mattoni, li ho visti, sembravano illuminati dall'interno e mi attiravano. Avvicinandomi alla parete ho sentito un richiamo.»

«Che cosa, Marti'?»

«C'era un soffio di vento che penetrava l'intonaco e mi ha fatto venire in mente la primavera, sai, quando ti ritrovi in mezzo ai colori più brillanti e alle ombre più scure, e il vento agita tutto, il giardino, il sentiero e l'intero bosco, quando le gradazioni di verde delle foglie si alterano come pale di banderuole, Reche', e le colline stesse ondeggiano.»

«Sì, noi siamo nati nel vento, mi piace.»

«Poi ho sentito i miei passi come se mi muovessi *dentro* il muro e calpestassi piccoli pezzi di mattoni e di stucco. E a un certo momento ho avvertito sotto i piedi la sabbia del mare e questo, non so perché, mi ha fatto pensare di essere vicino a una rivelazione che avrebbe cambiato la mia vita. Sì, è stata questa la sensazione: camminavo e sentivo il freddo e il caldo dell'alba, e aspettavo di comprendere cosa stesse per capitare e dove in realtà fossi... In quel momento, Jaja mi ha tirato per l'orecchio e me l'ha girato costringendomi a piegarmi, a inginocchiarmi sino a poggiare la faccia in terra. Non sapevo che fosse tanto forte e non l'avevo mai vista così fuori di sé, furente. Mi ha fatto piangere per il dolore e mi ha umiliato.»

«Dio mio!»

«La sua faccia era trasfigurata, Reche', era quella del diavolo. Mi ha sibilato: *Non osare riprovarci, non lo dirò una seconda volta!*»

«Ma cosa le è preso?» Anch'io ero terrorizzata da una scena così violenta. Jaja mi aveva dato l'impressione di una donna dura e pericolosa sotto la scorza di nobiltà, ma in quei tempi tutte le donne erano in fondo severe e ferree, era l'istinto di sopravvivenza a forgiarle. Mai avrei immaginato la possibilità di una tale brutalità fisica verso Martino.

«Quando mi ha lasciato l'orecchio e fatto alzare, il muro era un muro, e il vento, le visioni e i suoni erano cessati. Jaja mi ha detto: *Solo se sarai capace di volare oltre le montagne, allora ti spiegherò questo incantesimo e ti farò camminare con me nella sabbia. Ma per passare il valico, Martino, devi rinunciare a quanto ti tiene legato qui, a ogni qualsiasi affezione.*» E aveva marcato quest' ultima frase, *a-ogni-qualsiasi-affezione.*

«Io non ci penso proprio a tornate con lei in quella cantina, ma non ho osato dire di no e ho finto di essere il nipote buono che lei vuole, ho inghiottito le lacrime.»

«Come te lo spieghi, Marti'?»

«C'è un legame magico tra Jaja e questa casa, c'è un mistero antico in quella cantina, Reche', qualcosa a cui lei tiene più di ogni altra cosa.»

Avevo detto: «Mia madre racconta che Jaja abbia comprato la casa appena prima che una strage cancellasse ziu Pascale Matta, il vecchio proprietario, e la sua famiglia. Ma Jaja non ha fatto una piega, voleva questi muri anche a costo di lavare tutto il sangue degli omicidi e passare la calce non una ma due, tre volte. È una storia che i vecchi non dimenticano: Jaja è venuta ad abitare in una casa maledetta, proprio questa, dove tre persone sono state uccise. È uno dei motivi per cui è temuta e rispettata a Nuoro».

Quando Martino mi aveva raccontato della cantina era febbraio, faceva ancora un gran freddo. Invece quel sabato pomeriggio di aprile del 1961, quello che rimane come una pietra angolare nel mio cuore, il tepore della primavera cominciava a farsi sentire nell'aria. Martino stava di nuovo volando, seduto nel suo trono ricoperto di muschio, le braccia alzate. Non spalancate come al solito, ma piegate verso l'alto come avesse di fronte i carabinieri. Il cielo era trasparente e fermo, ma lui sembrava averne paura.

Stando in piedi dietro al muretto, istintivamente avevo poggiato le mani a coprirgli gli occhi e avevo percepito l'uragano contro cui lottava. Onde gigantesche cozzavano contro il monte Corrasi sollevando schiume disordinate. L'acqua arrivava a lambire la cresta della montagna bianca come talco e il vento ruggiva, come se quello fosse il terzo giorno della Creazione.

Mi ero stretta forte, spaventata e allo stesso tempo eccitata che vivessimo insieme quella sensazione. La tempesta era oceanica, epica, e nessun rapace si stagliava alla luce dei lampi. Solo Martino si perdeva nei turbini, risucchiato dalla potenza del levante. Eravamo entrambi tremanti eppure sentivo che lui assaporava il brivido di un assoluto fatalismo – abbandonarsi alla furia degli elementi era l'agognata libertà.

Poi d'un tratto la tempesta si era placata e io mi ero accorta che ancora gli coprivo gli occhi. Ero eccitata, tremante, e avrei voluto piangere un poco, per sfogarmi. Mi ero avvinta a lui e avevo respirato il suo odore di sapone: era sabato sera, anche lui aveva fatto il bagno. Il sollievo e il senso di intimità mi avevano riempito il cuore, e nel vento mi pareva di sentire un presagio di primavera che mi filtrava dentro. Quello che insieme avevamo vissuto era più grande di noi, e dentro la tempesta avevo rivisto Martino nella bagnina, era mio figlio ed era l'amante che avrei svezzato e istruito, il mio privilegio e il mio sigillo. Mi sembrò di essere sbocciata in quel momento.

Trepidante gli avevo chiesto: «Marti', mi vuoi sposare?».

«Sì» aveva risposto immobile, ancora scosso dalla battaglia contro il vento «ma non voglio baci, niente smancerie.»

Ancora in piedi dietro di lui, avevo avvertito il desiderio montare come un'onda.

«Senti le mie tette contro di te?» gli avevo sussurrato all'orecchio.

«Non ce le hai ancora» aveva risposto, ma avevo capito quanto gli piaceva che strofinassi i piccoli seni sulla sua nuca, uno dopo l'altro, avanti e indietro.

«Stanno crescendo ogni giorno di più, e se non ne approfitti» gli avevo battuto forte il mio mento sulla testa, facendogli male «le conserverò per qualcun altro.»

«Mhm» aveva detto «ma io ora sto volando verso la costa selvaggia che ho intravisto, e...»

«Non ho le mutandine» l'avevo interrotto continuando a sussurrargli nell'orecchio. «Le ho scordate per correre qui. Sono soffice e morbida dopo il bagno. Forse vuoi toccarmi» e avevo avvertito subito che si eccitava. Ma ero io a desiderare con tutta me stessa che mi accarezzasse.

Non avevo smesso di tenergli la testa ma avevo ruotato attorno a lui sino a cadere sulle sue ginocchia, faccia a faccia con lui nella sera che calava, le mie gambe piegate ai suoi fianchi. Mi aveva stretta perché non cadessi, ma con una dolcezza che mi aveva riempita di emozione. Solo l'immensa vallata era testimone del nostro abbraccio.

«Accarezzami» gli avevo detto. E nel frattempo gli avevo sbottonato i calzoni e avevo iniziato a toccarlo con un'audacia che non conoscevo.

Invece lui mi aveva bloccato la mano, aveva preso il mio viso e mi aveva baciata, per la prima volta, a lungo. Avevo succhiato la sua lingua come un pezzo di anguria fresca, inebriata. Tutto intorno poteva crescere di nuovo la tempesta, ma non avrebbe potuto farci del male.

Poi mi aveva permesso di osare ancora, fino a che per la prima volta una piccola fontana mi aveva bagnato la mano. Si era liberato a lungo, l'avevo seguito rapita, accarezzandolo.

«Vuol dire che sono un uomo, adesso?» aveva sussurrato.

«Vuol dire che sei pericoloso, Marti', e che puoi andare in giro a mettere incinte tutte le ragazzine che potrai facilmente incantare, rovinandoti la vita» avevo risposto, strizzandolo sino a fargli male.

Aveva sorriso, gemendo: «Sei tu quella pericolosa, Reche', capisci troppe cose. Io mi limito a volare sopra questa valle da cui non so come uscire».

Quell'ammissione di volontà di fuga mi aveva preoccupato, rovinando la perfezione del momento. Ero rimasta in silenzio, consapevole che il nostro sentimento – oh, io sapevo che lui mi amava, e che il suo amore era diverso da quello per sua madre o per sua nonna – era in conflitto con il dono di farsi trasportare dal sogno, senza opposizione.

«Non vedi quelle onde che colpiscono il Corrasi?» mi aveva chiesto poi, mettendomi a parte delle sue visioni.

Avevo annuito. Non scorgevo adesso se non la buia e calma valle di Oliena, ma sentivo di nuovo l'eco della tempesta che riprendeva forza in lui, e non volevo staccarmi, non volevo che quel momento finisse.

«Ci sono dozzine di gabbiani, Reche', che raccattano tutto» aveva indicato l'orizzonte «e una grande aquila di mare che vola radente sull'acqua. I suoi occhi emettono un raggio d'argento.»

Mi aveva stretto e io avevo sussurrato: «Ti amo, Marti'».

«Anch'io ti amo, Reche'» e mi aveva dato un bacio tenero sulle labbra, ma continuando a guardare l'orizzonte.

2

Mio padre veniva da una Barbagia interna alla Barbagia, da un'abitazione rurale a due passi dal santuario della Madonna del Miracolo, a Bitti. Aveva sradicato la famiglia, moglie, quattro figli maschi, una figlia appena nata, io, e tutta la stalla - un cavallo, un asino, due buoi e due vacche, capre, cani e gatti, animali che erano parte indissolubile del suo confine familiare - e le aveva portate in una casa nei pressi della cattedrale di Nuoro.

Perché si fosse trasferito, e perché proprio a Nuoro, bisogna chiederlo ai bittesi che hanno nei geni questa propensione al disterru, che non è un muoversi individuale ma una sorta di piccola migrazione biblica; inizialmente, a partire dai primi anni del Novecento, diretta verso Nuoro, il centro della giustizia; poi, invece, dopo la guerra, verso il mare, una parte di essi nella costa est della Sardegna sino a Olbia, un'altra nella lontana provincia di Cagliari. Perché a un certo momento e con largo anticipo avevano capito che l'interno dell'isola si apprestava a richiudersi su sé stesso, privo di energia, e che le opportunità sarebbero arrivate dal mare e vicino al mare.

I bittesi hanno mostrato infatti un senso di preveggenza economica, e anche mio padre non si era mosso alla cieca: sapeva bene che la stalla e tutte le attività connesse, il nostro modello di vita ancora sostenibile condivisa con gli animali, tutto sarebbe finito con lui. E aveva scelto di muoversi verso Nuoro con il sentimento di chi vive l'epilogo di un'epoca intera. I figli – era questo il suo obiettivo – avrebbero studiato al liceo o alle magistrali, e sarebbero stati assunti in uno di quei palazzi massicci e con tanti piani, in via Lamarmora o in via Deffenu oppure nelle nuove strade che si stavano spianando sotto la vecchia stazione, in strutture capaci di assorbire centinaia di giovani diplomati per lavori non di campagna.

Per questo aveva affittato una casa vicino alla cattedrale, in alto, proprio perché era bittese e aveva un obiettivo, non voleva mischiarsi con le altre stalle, con i contadini che occupavano il quartiere di Seuna, giù in basso, condannati dal destino. Sperava che una sera, quando Dio l'avesse chiamato, lui avrebbe chiuso a chiave dietro di sé un'esistenza trascorsa con i suoi animali, oh, li amava eccome, per avviarsi verso la fine con un groppo in gola ma con lo spirito terso, l'animo pulito di chi ha raggiunto il proprio obiettivo.

Così mi auguro che abbia fatto babbu meu, ma non riesco a esserne convinta.

La casa era di passaggio tra via Asproni e l'appezzamento, dietro, di Bobore Mannu, il marito di Jaja. A pianterreno c'era la stalla, con una prima grande stanza dove trovavano sistemazione il carro e i finimenti. Noi vivevamo nei due piani superiori, comodamente, con il buon odore di stallatico che faceva compagnia. Alla casa apparteneva un triangolo di terra dove gli animali potevano trovare spazio. Oltre il muretto di confine, barriera per le altre bestie, il dirupo verso Caparedda era l'habitat ideale per le nostre capre. Una recinzione di fil di ferro, che io superavo agevolmente, separava il nostro appezzamento dal frutteto dei Mannu.

Il quartiere ci aveva presto accettato. Mio padre, oltre i lavori a giornata curava gli animali con maniacale pignoleria ed esagerava in generosità regalando ai vicini latte e ricotta. Mia madre teneva la casa immacolata – i suoi panni stesi erano sempre ordinati, la biancheria nascosta tra le lenzuola. I miei quattro fratelli erano diventati studenti coscienziosi ma la mattina presto e ogni sera sino a tardi aiutavano mio padre con gli animali. Io, infine, ero la protetta di Jaja, e questo chiudeva ogni discussione: facevamo parte della comunità di Santa Maria della Neve, eravamo *i bittesi.*

Il padre di Jaja, Giovanni Maria Desogus, era invece un gentiluomo di Terranova Pausania, l'odierna Olbia, figlio di donna Elvira, appartenente alla nobiltà di facciata creata da Carlo V alla metà del Cinquecento.

Jaja, che nessuno chiamava più da tempo nonna Maria, apparteneva dunque a una nobile famiglia della Gallura, dove le persone amavano la convivialità esagerata e la musica, l'esibizione e il pettegolezzo leggero, disimpegnato. I galluresi vivevano per lo più di commerci, protetti dalla sottile arte della politica e del compromesso, un loro talento.

Quando Jaja era bambina, all'inizio del secolo, in molte zone della Sardegna le miserabili condizioni di vita avevano esacerbato gli animi portando a rivolte con morti e ritorsioni, come era avvenuto nelle saline e nelle miniere del Sud; invece a Terranova le contese venivano risolte con negoziazioni svolte nel corso di lunghi banchetti in campagna e spesso con l'uso di un intelligente inganno. Non ci fu alcuna rivolta in Gallura, ma una continua e scaltra presa in giro dei padroni piemontesi, non capaci, a distanza, di controllare le situazioni locali. Se una mareggiata improvvisa cancellava in una notte tonnellate di sale, che cosa poteva farci la popolazione? Era la volontà di Dio, bisognava inchinarsi.

Così, già ai primi del secolo, Terranova Pausania era quasi una città, dinamica, benestante e piena di movimento grazie anche al porto che si andava sviluppando per offrire un collegamento stabile con l'Italia.

Mentre disperati emigranti lasciavano la Sardegna, impoverita dalla dissennata politica economica del re Umberto I di Savoia, arrivavano sull'isola i forestieri, portando con sé vestiti, odori, lingue e dialetti sconosciuti, spesso senza capirsi tra loro. Giungevano in città soldati e ufficiali, affaristi dal grande naso e infedeli servitori dello stato esiliati in Sardegna – ne riconoscevi il volto dall'astio e dalla sete di vendetta che sfogavano contro la popolazione – e venivano scaricate casse di misteriosi macchinari e alcune dozzine di copie del *Corriere della Sera*, legate con uno spago che era prezioso e più ricercato del giornale stesso.

Era stato sempre in quel febbraio del 1961 che Jaja ci aveva raccontato di sé. Nuoro era coperta di neve. Tutti aspettavano una grande eclissi di sole per il 15 del mese, un evento di cui i giornali parlavano come se potesse cambiare la storia di quel pozzo dimenticato che era la nostra Barbagia. L'eclissi avvenne poi di mattina presto, e in forma blanda. E comunque il cielo era latteo quel giorno, nessuno si accorse di niente. Jaja aveva allora settantun anni e quel giorno portava, mi ricordo, uno scialle di lana ruvida celeste.

«Tutto ebbe inizio il 15 di maggio del 1906» aveva raccontato a me, Martino e Murichessa «quando mi innamorai di uno sfrontato giovane di Nuoro, il migliore cavaliere della festa di San Simplicio, patrono della mia città. Dovete sapere che cinque mesi prima, il 28 di gennaio, aveva avuto luogo la cerimonia di fondazione della nuova associazione sportiva. Le patronesse Assunta Serra, Nina Putzu e Lucia Rasenti avevano organizzato tutto a puntino. Oh, fu un vero avvenimento, una festa meravigliosa. Ed io, avendo compiuto sedici anni, avevo fatto il mio debutto in società.»

«Ci fu un ballo?» avevo chiesto.

«Una grande festa nel salone del municipio, pieno di luci e di gente gioiosa, che durò sino alle cinque del mattino. I migliori ragazzi della città fecero a gara per invitarmi a ballare e farmi la corte.»

«Com'eri vestita, Jaja?» Io non avevo mai visto una festa da ballo.

«Mia madre mi aveva aggiustato il suo vestito da sposa e aveva aggiunto delle roselline rosse sul corsetto e sui polsi. Ero bellissima.» E subito eccola davanti a noi, come in un film a colori, una fanciulla dalla pelle di porcellana, con un sorriso solare unico in tutta la Barbagia, e occhi penetranti *che mi guardavano.* Con un abito di cui non ho mai visto l'uguale, fatto, sembrava, di fili di perline che sfumavano sul rosso all'altezza del bustino e riflettevano le luci a ogni movimento. Intanto la musica era esplosa, un valzer, e io e Martino fummo trascinati a ballare, fluidi come se cento volte avessimo volteggiato a Vienna o a Parigi, mentre la mia testa girava.

«Le patronesse raccolsero l'incredibile cifra di duecento francos, com'erano chiamate le lire» aveva detto Jaja interrompendo il sogno. «Agostino Amucano, il nostro medico di famiglia, fu proclamato presidente e fece un discorso di grande orgoglio, rivendicando per Terranova Pausania un futuro di capitale del vagheggiato regno sardo-corsicano. Poi, il mattino del 15 maggio, durante sa festa manna de mesumaju in onore di San Simplicio, l'associazione sportiva poté confrontarsi con la già famosa associazione "In Alto", di Tempio, la migliore, così dicevano, di tutta la Sardegna, superiore persino alla "Torres" di Sassari. Il nostro Egidio Serra vinse la gara degli anelli; Edo Campesi vinse il salto in lungo con un risultato straordinario, 5,50 metri. Li ricordo bene, come ricordo tutto, ogni minuto di quella giornata, perché erano entrambi miei pretendenti e mi dedicarono le loro vittorie.»

Martino, gli occhi sgranati, sembrava rapito dal racconto di Jaja. Io avevo chiesto: «Ti piacevano?».

«Erano bei ragazzi, di ottima famiglia. Sempre ben vestiti, molto eleganti. Li vedevi passare per corso Umberto come semidei, sempre insieme, spesso a braccetto perché a quei tempi si usava così anche tra ragazzi, e certo non era possibile prendere tale confidenza con una donna, in pubblico! Usavano quei calzoni bianchi divenuti poi famosi nei film, copiati dalle braghe dei marinai.» Jaja aveva fatto una pausa, pensierosa, e aveva aggiunto: «Sì, Egidio e Edo mi piacevano, mi divertivano, ma non hanno mai conquistato il mio cuore. Me ne accorsi nel pomeriggio della festa, quando ebbi il mio colpo di fulmine».

Faceva molto freddo. Murichessa si era alzata a ravvivare il braciere e prendere dei biscotti. Aveva detto: «Ah, non ci si può difendere dai colpi di fulmine, non c'è scampo per nessuno!».

Jaja aveva annuito e ripreso il racconto: «La corsa di cavalli iniziò nel pomeriggio, aperta a tutti i paesi della Sardegna, era l'evento più atteso della festa. Partecipavano una quarantina di cavalieri, ma sotto quel sole, nel nervosismo dell'attesa, sembravano molti di più, un'intera compagnia di cavalleria. Il favorito era un fantino di Sedilo che sfoggiava una strana camicia rossa e a stento tratteneva un bellissimo cavallo nero, ma anche il cavaliere di Terranova sembrava avere buone possibilità. Il dottor Amucano aveva scommesso su di lui e lo dichiarava a tutti, passando a stringere le mani in tribuna. Il percorso comprendeva una terrificante discesa verso la marina, una splendida e lunga cavalcata sul lungomare, una curva a U vicino al mercato del pesce, e poi una ripida salita verso la cattedrale di San Paolo, di fianco alla quale era il traguardo. Il circuito doveva essere ripetuto per tre volte».

Martino adesso stringeva i pugni, sembrava che immaginasse di essere anche lui tra quei cavalieri nell'imminenza della gara.

«Ah, se non avete mai visto una corsa di cavalli dal vivo, non sapete cosa avete perso!» continuò Jaja. «Attorno al percorso c'erano tutti gli abitanti della provincia, venuti dai paesi sino a Tempio, sino a Sassari. La folla brulicava come uno sciame di formiche impazzite e urlava. I cavalli facevano paura, alti, veloci e potenti come creature mitologiche; il rumore dei loro zoccoli, i nitriti improvvisi, lo schiocco dei frustini e le grida dei cavalieri trasmettevano un'eccitazione che nessuna gara di ginnastica potrebbe mai raggiungere. Sa festa manna faceva salire in ciascuno una incredibile febbre.»

Jaja sapeva affascinarci: sono certa che a Martino come a me sembrava ormai di udire lo scalpiccio fremente degli zoccoli prima del via.

«Subito alla partenza, il cavallo nero aveva preso la testa della corsa, come previsto; il suo galoppo era spettacolare, una perfezione della natura. Nel lungomare, con una leggera brezza che puliva l'aria e i colori, il cavaliere di Sedilo sembrava avere la facoltà di allungare il cavallo e farlo volare senza toccar terra. La folla urlava, rapita, e per due giri il risultato non fu mai in discussione. Ma all'improvviso, mentre cominciava l'ultimo dei tre giri, uno smilzo ragazzo su un mezzosangue color della ruggine emerse dalla nuvola di polvere, primo del gruppo degli inseguitori, e alla curva a gomito, forse grazie alla sua incoscienza o alla maggiore agilità dell'animale, superò il cavallo nero e si lanciò su per l'ultima salita. Tutti pensarono a un testa a testa finale, invece, nell'ultimo tratto, il distacco del cavallo fulvo aumentò, come sospinto da una forza soprannaturale, una sorta di potere oscuro.

Il cavaliere si fece infine persino arrogante. Negli ultimi metri prima del traguardo, passando davanti alle tribune delle autorità, sollevò infatti il suo braccio sinistro in segno di saluto ed ebbe il tempo di fissarmi spudoratamente. Io ero lì, con i miei genitori, e mi sentii avvampare: un colpo di fulmine, o di maglio, non so.»

Jaja aveva fatto una lunga pausa, esitante tra l'intensità del ricordo e le nubi dei pensieri. Poi aveva continuato: «Avevo sedici anni – capite? – sedici anni. Il sorriso di quel cavaliere straniero mi strappò il cuore dal petto. E, confesso, mi fece avvertire una sensazione di febbre, le gambe molli e arrendevoli. Salvatore Mannu fu il nome che il presidente Amucano chiamò dal palco dichiarandolo vincitore della gara, nel solito modo enfatico che a Terranova si usava in pubblico. Il giovane salì i due gradini e si girò verso la folla. Denotava una personalità non certo gallurese: uno sguardo penetrante e diffidente, una fierezza non usa a scherzi e complimenti, persino una nascosta violenza che traspariva dai movimenti, dalla forza primitiva che esprimeva, sebbene fosse così smilzo». Jaja aveva chiuso gli occhi e per un bel po' si era isolata, in silenzio.

Murichessa ci aveva fatto cenno di stare zitti, immobili.

Avevo pensato che Jaja ci avrebbe mostrato la scena e il volto giovanile di Bobore Mannu, ma lei invece aveva fatto un gesto con la mano, come per scacciare qualcosa, e si era ricomposta. Allora Murichessa si era alzata e aveva socchiuso la finestra. Una folata di vento gelido aveva portato nella stanza qualche fiocco di neve che si era librato verso il soffitto, al contrario del moto naturale.

«Salvatore era secco come il ramo di un ginepro, nervoso, intelligente. Aveva ventitré anni. Gli consegnarono una coppa d'argento abbastanza piccola, e quindici francos. Non tardò a guardarmi di nuovo, come se nella tribuna esistessi solo io, e sorrise sollevando la coppa. Io gli fissai i denti bianchissimi e il petto tra i lembi della camicia sbottonata.» Jaja aveva fatto un'altra lunga pausa e noi avevamo trattenuto il fiato.

«Nei quattordici mesi seguenti combattei contro i miei genitori. Neppure il parroco e il dottor Amucano riuscirono ad aver ragione della mia testardaggine.»

«Come hai fatto?» non avevo resistito e avevo chiesto «Eri solo una ragazzina.»

«Minacciarono di mandarmi in continente, a Roma, da una zia. E io minacciai di... Sì, feci anch'io alcune minacce.»

«Di ucciderti? Per amore si può morire» avevo pontificato, come se potessi dirlo io, alla mia età. Ma ricordavo il racconto di mio padre su una ragazza di Bitti *morta di crepacuore*, aveva usato proprio quella frase, quando aveva saputo della morte del fidanzato in guerra.

Jaja non aveva risposto, e Martino si era alzato dallo sgabello e l'aveva abbracciata. Si era scosso dal suo mutismo e aveva detto sicuro: «Tu eri già una principessa, nonna».

«Beh, sì» aveva ammesso lei mentre nello sguardo si accendeva quella fiamma fredda che già altre volte avevo intravisto. «E mio padre lo sapeva.»

«Oh.»

«Ci sposammo, io e Salvatore, il 22 settembre 1907, a Terranova Pausania, di domenica, nella chiesa di San Paolo. I miei genitori avevano regalato l'abito da sposo anche a lui – la famiglia Desogus non poteva certo fare brutta figura! – e la redingote gli stava benissimo. Tanto che quando lo vide, mio padre disse: "Questi nuoresi, maledetti" con un'ammirazione non celata. Salvatore si muoveva trasudando forza nervosa e agilità. Egidio e Edo, presenti alla cerimonia, erano elegantissimi, tuttavia sbiadivano al confronto del suo carisma.» Jaja si era interrotta ancora, e io avevo compreso, non so perché, che stava per rivelarci qualcosa di importante.

«Ho dimenticato di dirvi una cosa: il 22 settembre del 1907, circa alla stessa ora del nostro matrimonio, il transatlantico *Principessa Jolanda* affondò durante il varo. Jolanda di Savoia era la prima figlia del re d'Italia Vittorio Emanuele III, nata sei anni prima. La bellissima nave scivolò verso il mare, s'inclinò sul fianco, imbarcò acqua e andò perduta.»

Noi eravamo rimasti in silenzio, del tutto interdetti. Jaja ci raccontava del suo innamoramento, del suo matrimonio: cosa c'entrava lo sfortunato varo di una nave?

Martino era stato il primo a reagire, a collegare le cose: «La data, il nome Principessa!».

«Un brutto presagio di cui venni a sapere solo giorni dopo, quando arrivai a Nuoro.» Jaja aveva ripreso il racconto e a me sembrava che i colori della stanza variassero con l'avanzare della storia. «Era stato un viaggio lunghissimo ma piacevole, quello mio e di Salvatore, almeno sino a Orosei. Si costeggiava il mare e i villaggi erano poveri ma abbastanza simili a quelli galluresi. Salvatore cavalcava il suo mezzosangue; io stavo un po' con lui sedendo all'amazzone, tenendolo stretto, e un po' sul carro che era stato predisposto dalla mia famiglia con qualche comodità, guidato da un mezzadro di mio padre. Ero giovane, felice. Poi abbandonammo il mare e le palme di Orosei, addentrandoci verso l'interno, sulla destra. Seguimmo una valle e un fiume, il Cedrino, e poi un'altra valle: il paesaggio iniziò a cambiare e il tempo si mise al brutto. La sorpresa arrivò all'ultimo tratto, quando da una curva del fiume guardammo in alto e scorgemmo una fila di case arroccate in una cresta, e l'imponente abside di una chiesa. Il fatto che la cattedrale ci desse le spalle e si mostrasse così scostante con i forestieri che arrancavano nella salita, ecco, mi sembrò preoccupante. Avrei voluto scorgere una bella facciata, un portone, un colonnato accogliente. Alla curva del mulino ci fermammo. In mezzo alla strada di terra c'era un uomo robusto, con barba e baffi, che armeggiava con un treppiede. Era vestito da città, non da campagna, era persino elegante. L'abito grigio chiaro sembrava di buona fattura, la camicia bianca era stirata e la cravatta una specie di farfalla – non se ne usavano così a Terranova. Mi colpirono il cappello, un bel borsalino a tesa larga, e una mantellina moderna portata con disinvoltura. Pareva un artista, un fotografo. Il treppiede, infatti, mi parve sostenere una cassetta fotografica come se ne vedevano a Terranova ai matrimoni.»

Quel racconto mi incantava, era meglio del cinema che pure noi ragazzini consideravamo il più meraviglioso degli spettacoli.

«Quell'uomo ci vide arrivare, un vecchio che guidava un carro a buoi, una ragazza e un giovane a cavallo, e si piantò a gambe larghe, le mani ai fianchi, studiandoci con attenzione. Poi disse, rivolto verso il bosco: "Ecco una comitiva che non viene da Oliena." Il secondo uomo, magro e alto, senza barba, corse giù da una roccia. Anche lui era elegante: sopra l'abito portava uno spolverino marron, lungo quasi sino alle caviglie. Il suo cappello sembrava quello di uno chauffeur. Si affiancò al primo e a voce alta disse: "Quel cavallo, l'ho già visto." Nel frattempo Salvatore aveva fatto avanzare Barigada e aveva chiesto che cosa volessero da noi. "Stai calmo, Bobore" disse il primo uomo, il più autorevole, chiamandolo col nome nuorese. "Ti conosco. Cosa fai, scorti questa fanciulla?" Nessuno finora mi aveva chiamata così e non mi dispiacque. Bobore arrossì e disse che ero sua moglie, che stavamo andando a casa. I due si guardarono appena. Il primo si tolse subito il borsalino con un gesto ampio e formale e disse: "Le faccio i migliori auguri, signora, e mi scuso per l'ignoranza e la confidenza. Benvenuta a Nuoro, lei senza dubbio viene da un'altra regione. Mi chiamo Sebastiano Satta e questo è il mio amico Angelo Merlini." Io abbassai la testa, sorridendo, e non commentai. Bobore, sempre rosso in faccia, disse che io venivo da Terranova Pausania e mi spiegò che il dottor Satta *scriveva sui giornali*. "È un grandissimo poeta" precisò il secondo uomo "il più grande poeta sardo."»

«Ma allora chi faceva le foto?» chiese Murichessa che a sua volta s'era appassionata a tal punto da dimenticare che da lei ci si aspettava che tenesse quanto più possibile la bocca chiusa.

«Sebastiano Satta ci disse che quel giorno era lì per il giornale, per scattare qualche fotografia di Baddemanna. Io allora scesi dal carro e senza soggezione gli posi la domanda che mi tormentava: perché la cattedrale ci voltava le spalle, in modo così scostante? Lui guardò verso l'alto, perplesso, e poi scoppiò a ridere di gusto: "Ah, la vita è giusto questione di prospettive, non avevo mai considerato la cosa da questo punto di vista! Angelo, dovremmo davvero fotografarla e porre la domanda: Santa Maria della Neve ce l'ha forse con quei mucciurri di olianesi?" Risero insieme, poi Sebastiano Satta mi rispose, più serio ma sempre divertito: "Gentile e attenta Signora, credo che la risposta corretta alla sua curiosa domanda sia che Santa Maria ha abbastanza da fare a fronteggiare i nuoresi, senza potersi distrarre con altri compiti. Vedrà che la cattedrale guarda e abbraccia tutta la città. Mi creda: è un'incombenza gravosa persino per la Madonna. Appena sarà lassù e ne avrà respirato l'aria, se ne renderà conto da sola." Salutarono entrambi togliendosi il cappello e ci fecero passare. Bobore continuò a guardare avanti, rigido, a disagio.»

«Non erano certo banditi» disse Martino, che aveva letto qualche libro di storia sarda.

«Lasciami raccontare. Giungemmo infine a Nuoro, di cui si parlava con un misto di rispetto e fastidio, e dove gli uomini indossavano la mantella e il cappuccio del costume come fosse la tunica degli assassini, con la stessa antipatica fierezza, e le donne camminavano falsamente umili e schive, guardandoti di sottecchi, penetranti e indagatrici. E dove scoprii subito che i miei genitori avevano avuto tutte le ragioni per opporsi al matrimonio: Bobore era solo un cavaliere analfabeta, un nullatenente, un attaccabrighe pieno di debiti.»

Murichessa e io ci guardammo costernate: quella storia meravigliosa prendeva una brutta piega. Martino invece era sempre più attento: «Cosa accadde allora?».

«Mi ero sposata per amore. Non appena avevo visto Bobore, il viso alzato e sorridente, così spavaldo, e mi aveva guardato, beh, io avevo capito che sarebbe stato mio marito. Una donna lo sa.»

«E allora?» Martino aveva insistito.

Jaja aveva recitato: «*Prometto di amarti e di onorarti nella buona e nella cattiva sorte, in salute e in malattia, in ricchezza e in povertà... finché morte non ci separi*. Non pensai mai di scappare, di tornare dalla mia famiglia» aveva chiarito. Martino si era rabbuiato, pensando forse ai suoi genitori, e aveva abbassato lo sguardo.

«Ognuno di noi è diverso, ha la sua storia e il suo cervello» aveva detto allora Jaja scompigliandogli i capelli. «Io ero testarda, decisa, e poi mai avrei dato questa soddisfazione a Nuoro.»

Si era alzata dalla poltroncina, aveva preso dalla cassapanca un libro antico e l'aveva sfogliato. All'interno era nascosta una fotografia, una sua immagine in costume gallurese: i suoi occhi erano chiari, i denti perfetti, bianchi come ricotta; la sua bellezza, luminosa e solare, era ben diversa da quella intensa e scura delle ragazze locali.

«Questa ero io» aveva detto Jaja. E il freddo della stanza si era stemperato.

Io avevo guardato Martino e poi lei, cercando una risposta: perché il mondo tendeva sempre a complicarsi? Non era sufficiente l'amore, un'appassionata storia d'amore che riguardasse una bellissima fanciulla di Terranova e un cavaliere coraggioso che giungeva dai monti? Perché la vita doveva mettere ciascuno alla prova?

L'immagine della nave dal nome di *Principessa* che spariva inghiottita dal mare si agitava dentro di me.

3

«Ero nobile, molto amata, e un po' viziata, perché no?» Jaja aveva continuato il racconto. «Mio padre aveva grandi proprietà e dozzine di servitori e lavoranti. La nostra casa aveva due piani e guardava il mare. Io avevo la mia stanza, solo per me, pur essendo noi otto figli...»

«Ognuno aveva una stanza?» aveva chiesto Martino, incredulo.

«No, solo io: la figlia prediletta, la privilegiata.»

«Perché?»

Jaja aveva fatto una pausa, indecisa. Poi aveva risposto, abbassando la voce: «Perché scrivevo poesie da quando avevo cinque anni, e mio padre era convinto che sarei diventata una grande scrittrice. Trovava che ci fosse del mistero nei miei versi, qualcosa che veniva da lontano. Si era convinto che io fossi la reincarnazione di una principessa».

«Oh!» avevamo esclamato all'unisono io e Martino. Le cose iniziavano a chiarirsi.

«E mi aveva dato una stanza perché io avessi il mio spazio privato, la possibilità di stare sola» aveva continuato Jaja. «Ma il destino è più forte dell'arte, del sangue e dell'amore, ricordatelo.»

Aveva guardato la sua foto. «Che pelle di seta avevo! Ero come una principessa cinese, allora, così minuta e delicata.» E aveva ripetuto ancora: «Una principessa cinese di Terranova».

«Raccontaci di quando sei arrivata a Nuoro» Martino l'aveva interrotta.

«No, per favore, continua a parlarci di Olbia» avevo chiesto io. Di Nuoro pensavo di sapere tutto o di poter domandare facilmente in giro. Quella città sul mare mi aveva invece affascinato, e solo Jaja mi avrebbe aiutato a scoprirla.

Lei aveva sospirato, come indecisa. Poi aveva continuato senza guardarmi: «All'inizio del ventesimo secolo, la genia dei Tanaca aveva riportato la Sardegna al Medioevo».

«Tanaca?» aveva chiesto Martino.

«Non conosci questa storia, con tutti i libri che leggi? Si diceva che il figlio naturale di Carlo Alberto di Savoia fosse morto in culla per un incendio e che, per non interrompere la discendenza, il bambino – futuro Vittorio Emanuele II, primo re d'Italia – fosse stato sostituito con il figlio di un certo Tanaca, macellaio di corte, che aveva la sua stessa età. Ma è una storia lunga e la racconta meglio Massimo D'Azeglio.»

Io e Martino ci eravamo guardati: Tanaca, D'Azeglio, chi erano?

Jaja aveva proseguito: «In termini di sanità, scuole, analfabetismo, strade e ogni cosa, la Barbagia, quando sono arrivata, era una terra medievale».

«Non c'era la luce?» Martino aveva gli occhi spalancati.

«Solo candele e lampade a carburo.»

«Niente acqua corrente?»

«Oh no, le servette andavano con le brocche a prenderla dalle fonti.»

«E l'ospedale?»

«C'era solo un dottore, si chiamava Romagna. Ricordo anche il suo cavallo, un pomellato molto elegante. Anni dopo fu ucciso lungo il sentiero che porta a Lollove, la frazione maledetta, e dovemmo aspettare molto per averne un altro che si dividesse tra le popolazioni di Orgosolo, Oliena e Nuoro. Infine arrivò a Orgosolo il dottor Raffaele Calamida, che è ancora vivo, e poi a Nuoro una dottoressa, Adelasia Cocco, che esercitava nel rione di Seuna. Nessun ospedale. L'unico edificio con dozzine di stanze era il carcere, la fortezza circolare che vedete in via Roma. L'unica scuola era in un convento. Il municipio era una casa al corso, di fianco alla chiesa di Sa Purissima, poi abbattuta perché dissacrata. Non c'era granché d'altro.»

«E tu, Jaja, che venivi da Olbia?» Martino aveva insistito.

«Questa è la domanda giusta, fiziche', figliolo» lei aveva sospirato e aveva girato la testa verso il fuoco, nei pensieri.

E improvvisamente la sua figura, all'inizio piegata, era divenuta man mano più eretta e flessuosa. Jaja aveva sollevato la testa e aveva carezzato il suo scialle in un modo regale, e aggiustato la sua gonna. Era di nuovo giovane, mentre una luce pareva illuminarla aggiungendo un'energia soprannaturale alle fiamme del camino. Poi aveva fatto finta di bere un'immaginaria tazza di tè tenendola a punta di dita come una gran dama. Una figura nobile, antica, ben differente dall'immagine cui ci aveva abituato.

Murichessa ci aveva toccato il braccio. I suoi occhi erano spalancati.

«Cosa vedi quando voli sopra la tua torre di guardia, Martino Mannu?» Jaja aveva chiesto, pronunciando per esteso il nome del nipote. Lo guardava e sembrava che vedesse cose nascoste in lui e oltre lui.

«Come sai che vola...?» avevo chiesto io, improvvida.

Jaja non aveva risposto, sorbendo ancora il suo tè fumante. E allora, attorno a lei, si erano materializzate tende semi trasparenti e poi una stanza intera, una stanza straniera con mobili rossi.

Tutto era reale e allo stesso tempo evanescente come un'allucinazione, tremante al respiro delle fiamme.

Mi ero girata a forza verso Martino. Era adesso molto simile a sua nonna – i suoi occhi avevano qualcosa di femminile, con le ciglia lunghe e curve. La trasformazione di Jaja aveva catturato tutta la sua attenzione, e si tendeva in avanti, concentrato, percettivo come non mai.

«Volo nell'aria, lo sai» aveva risposto lui, incerto e timoroso. «Più spesso sopra un grande mare agitato, nero. Ci sono onde, tempeste e fulmini.»

«Vai oltre il monte Corrasi?»

«No.»

«Perché? Che cosa te lo impedisce, il vento?»

Martino aveva esitato: «Non so, qualcosa mi trattiene. Volo ma non riesco ad avanzare. Tento, mi sforzo con tutto me stesso».

Lei aveva annuito lentamente. Poi aveva di nuovo cambiato discorso: «Quando sono arrivata a Nuoro, quando sono entrata nella tana che era la casa di Bobore, nel quartiere di Lollobeddu, era ormai notte». Era rabbrividita e persino le fiamme e le tende erano sembrate tremare cancellando la stanza straniera e riportandoci a Nuoro, al salotto e al braciere. «Non era certo una casa, no, ma solo un riparo per gli animali. Sporco, puzzolente. Bobore si era girato attorno, imbarazzato, e mi aveva detto: "Devo mettere un po' d'ordine, non ho avuto tempo" ma non era un problema di ordine o pulizia. Il mio intero mondo si era dissolto tra le montagne della Barbagia, e il nuovo era un incubo buio.»

Jaja si era interrotta, e allora vedemmo una bellissima ragazza, educata, fine e ben vestita, smarrita di fronte a una spaventevole visione di miseria e oscurità, quale mai avrebbe potuto immaginare.

«Ero Maria Desogus di Terranova Pausania, la figlia del nobiluomo Giovanni Maria Desogus, ma questo non contava. Nuoro, lo sapete, è più forte di queste cose, è *il posto del male*, per definizione.»

Murichessa aveva fatto due volte il segno di croce, rapidamente. E io avevo sentito un groppo di angoscia, come se due mani stessero premendomi il petto.

«Pensate solo alla corsa dei cavalli che ha cambiato la mia vita.»

«Era stata bellissima, Jaja» avevo detto. Mi era sembrata il favoloso inizio di una storia d'amore, con il colpo di fulmine, la festa tra giovani cavalieri, tribune di gente allegra e vociante, abiti colorati – quando mai a Nuoro era possibile assistere a un avvenimento così solare, con il mare e il futuro davanti? Non avrei voluto sentire altro che potesse offuscare tale fiaba.

Ma Jaja aveva appena scosso la testa: «Vi ricordate il cavallo nero, il favorito? Il cavaliere di Sedilo si chiamava Antonio Ziccheddu Solinas ed era famoso in tutta la Sardegna. Aveva passato i quarant'anni e ancora indossava in gara una camicia rossa che asseriva d'aver rubato a Garibaldi. La storia di questo furto di destrezza gli dava un'immagine di invincibilità. Lui raccontava infatti di esser stato presente, nel 1882, alla morte dell'eroe dei due mondi, a Caprera dove lavorava come garzone di fiducia. Negli ultimi istanti di vita di Garibaldi, approfittando della grande emozione dei presenti, si era impadronito della camicia rossa poggiata su una sedia ed era uscito dalla stanza. Il furto, la successiva fuga a cavallo da Caprera a Sedilo e infine l'uso della camicia rossa come divisa indimenticabile, un lampo di fuoco ben diverso dalle camicie bianche degli altri cavalieri, tutto questo aveva creato una leggenda: Ziccheddu era una stella. Il cavaliere di Terranova, Lineddu, portava invece sotto la camicia, strettamente legato, un giustacuore appartenuto addirittura a San

Simplicio. Il farsetto antichissimo, custodito nella cattedrale, gli era stato affidato dal vescovo perché lo guidasse a vincere la gara. Se voi credeste ai segni, beh, sembrava che non rimanesse speranza per gli altri cavalieri. Non importavano più di tanto né la destrezza dell'uomo né la potenza del cavallo: la camicia rossa e il giustacuore sacro erano una barriera insuperabile, e tra loro due si giocava il primo posto! E il dottor Amucano non aveva fatto una stupidaggine scommettendo su Lineddu: aveva rischiato, certo, ma a ragion veduta e dopo una lunga conversazione col vescovo».

Jaja si era interrotta e ci aveva guardato: «Mi capite?».

«No» avevo risposto mentre Martino scuoteva la testa, perplesso.

«L'essere umano dà senso e sostanza al proprio mondo tramite segni» Jaja aveva ripreso da capo, con pazienza insolita. «Il linguaggio è il segno più importante, ma anche la musica, l'arte o la matematica lo sono. Il mito è anch'esso un segno potente: la camicia rossa di Garibaldi oppure il giustacuore, cos'erano se non miti?»

Martino e io eravamo rimasti in silenzio, ancora più confusi, e Jaja aveva sbuffato. «Il mito è come una favola, una leggenda a cui la gente crede. Che la camicia rossa facesse vincere Ziccheddu era una leggenda, certo, ma fino a quel momento aveva funzionato, credetemi.»

Noi avevamo annuito: iniziavamo forse a capire qualcosa.

Lei aveva proseguito: «Ma i nuoresi riconoscevano solo i propri miti e dileggiavano il resto. E Bobore Mannu non aveva tempo per le leggende: amava solo la sua cavalla color ruggine, Barigada».

«Ma Barigada...» aveva chiesto Martino con una smorfia. «Non vuol dire *svanita*?»

«Letteralmente sì. Il nome derivava dal titolo di una poesia del bandito Bachisio "Bachis" Sulis, *Barigada sinch'est s'istella mea*, svanita è la mia stella...»

«Un bandito che scriveva poesie?»

«In verità, Bachis era un maestro elementare nato ad Aritzo. All'età di ventitré anni fu falsamente accusato da un prete, che era il padre della sua fidanzata, di tentato omicidio. Visse da latitante per dodici anni, scrivendo saggi contro la Chiesa e le autorità, e scrivendo poesie per la donna che non poteva sposare. Morì, in un'imboscata tesagli dai carabinieri nel 1838, ancora giovane. Dopo la sua morte, i preti ordinarono che tutti i suoi scritti venissero bruciati. Si salvarono solo poche pagine, tra cui la poesia *Barigada sinch'est s'istella mea*. Alla fine dell'Ottocento la poesia era diventata una sorta di inno contro l'ingiustizia... Bobore aveva scelto il nome Barigada per confondere gli avversari e indurli a pensare che il cavallo fosse lento come le stelle all'alba, quando rimangono vive nel cielo ma lentamente sbiadiscono. E in realtà Barigada era davvero distratta all'inizio delle corse e dava l'impressione persino di annoiarsi. Galoppava indolente, nel gruppo, quasi infastidita. Poi, come fosse punta dalla mosca, accelerava e in un battere di ciglia superava tutti. Forse odiava la polvere e voleva respirare aria pulita, chissà, ma il suo allungarsi e prendere forza dalle esili zampe aveva qualcosa di portentoso. Quand'era sbucata dalla curva, nella salita verso il traguardo, io avevo capito che non ci sarebbe stata speranza per nessun altro cavallo: lei inghiottiva la strada, fluida e potente come un drago.»

Jaja aveva fatto una pausa per darci il tempo di affezionarci a Barigada. Poi aveva raccontato: «È così: per sa festa manna de mesumaju si erano scontrati una leggenda sarda, una reliquia religiosa e il malefico potere di Nuoro».

«Per vincere una coppa d'argento?» avevo chiesto io.

Jaja mi aveva guardato pensosa, e aveva risposto: «C'era in palio molto di più».

«Che cosa?»

«Una principessa!»

«Ah.»

E Martino aveva aggiunto: «Ma Nuoro era il male, ci hai detto. Sei stata vinta dal male, allora!».

Murichessa si era nuovamente segnata, e Jaja aveva esitato. «È un modo di vedere le cose» aveva risposto, cauta. «Sono stata catturata dal male, oppure mi sono fatta catturare.»

Ci eravamo guardati, Martino e io, confusi e infelici. Jaja non raccontava mai storie banali né usava frasi fatte. Ci trascinava in racconti che prendevano direzioni strane, ci teneva avvinti, ci portava dove lei voleva. E una storia d'amore, ecco, si trasformava, con la stessa accelerazione di Barigada, in una tenzone tra il bene e il male. Con il male che rischiava di trionfare…

E poi era difficile distinguere: avevo parteggiato in cuor mio per Bobore e la sua cavalla mezzosangue, avevo gustato il colpo di fulmine tra un nuorese barroso e una bellissima fanciulla gallurese, e adesso dovevo riconsiderare tutto perché di mezzo si era interposto il male.

Quale male poi?

Avevo fissato Jaja, assalita dai dubbi.

Anche lei mi aveva fissato. Poi aveva ricominciato: «Ed ero giunta a Nuoro, di notte. Nella strada non c'era neppure un lampione. Solo case basse di pietra, come un villaggio di un'altra epoca. A un certo momento il cavallo si era fermato, deciso, e io ero smontata dal carro, stanca e spaventata. Sarei voluta entrare in una casa, una casa vera dove potermi lavare, cambiare e riposare, dove potermi rifocillare con cibi freschi. Invece, all'interno, non c'era neppure il pavimento ma terra battuta; non una cucina, neanche un letto. Le pareti non erano intonacate. In fondo al secondo spazio, oh, non esisteva una porta tra le due stanzette, era posato per terra un giaciglio di... penso fosse asfodelo e altre piante secche, non so. Non un grande giaciglio, peraltro, ma uno stretto paglericcio residuale, come se dormire fosse un lusso da limitare al massimo, cui cedere solo quando non era più possibile resistere. Muovendo la candela per vedere attorno, notai un movimento: era un topolino di campagna che viveva nel giaciglio, il vero padrone di casa, e mi aspettava».

«Che cosa hai fatto, Jaja?» Martino aveva chiesto, intimorito.

Lei aveva guardato il fuoco e aveva sorriso: «Tuttavia, ero anche una principessa, non dimenticatelo».

«Una principessa, sì» aveva confermato Martino.

Lei gli aveva messo le mani sulla testa: «Sì, e lo sono ancora adesso, non credi? Avevo una pelle bianca come cipria, piedi piccoli e doni potenti che Nuoro non conosceva».

«Quali doni, Jaja?»

Lei aveva obiettato: «Martino, non farmi ripetere sempre le stesse cose. Avrai tutte le risposte se sarai capace di superare le montagne».

Martino aveva sussultato e poi chinato la testa, e Jaja si era girata per fissarmi in silenzio.

«Mia nonna è una strega, hai visto?» Martino mi aveva chiesto, di nuovo soli nella sua torre di guardia, dopo che ci eravamo a lungo stretti e carezzati come se questo potesse salvarci dai nostri pensieri. Sentivo in lontananza i campanacci lenti che mio padre aveva sfiorato, mia madre che rimproverava mio fratello Antonio per qualcosa che aveva a che fare col latte, il raglio di buonanotte di Billubì, ma mi sentivo protetta dalla vegetazione e dall'oscurità.

Il cielo era soffice come velluto e un ciuffo di nebbia avvolgeva il picco di monte San Giovanni.

Avevo cercato parole che non avevo e infine gli avevo sussurrato: «Tutte le donne sono un po' streghe». Mi sentivo materna e avrei voluto baciarlo teneramente sul collo, ma non osavo: i baci erano sempre la conquista finale, e lui adesso doveva dire qualcosa.

«No» mi aveva infatti interrotto. «*Lei* è una vera strega. Non come quelle povere donne spiritate che conoscono sos berbos, le frasi usate per curare animali e persone.» Aveva fatto una pausa e poi aveva continuato: «Sai, non penso proprio che lei da piccola scrivesse poesie, ma vere parole magiche. Il padre doveva esserne terrorizzato. Per questo motivo le ha permesso di lasciare Olbia e venire qui, sposata a un servo pastore. È stato costretto dagli incantesimi di sua figlia».

«Probabilmente la temeva, hai ragione. Mia madre dice che siete proprio una strana famiglia.»

«Lei, hai visto, può diventare una principessa cinese» mi aveva ancora interrotto.

«Chissà poi cosa significa.»

«Ha dei poteri, Rechella, e vuole che io...»

«Sì, ho sentito cosa vuole Jaja da te» e gli avevo accarezzato la guancia. «Ma tu sei speciale, Marti', ricordalo. Tu sei più forte di lei.»

«Perché mia madre e mio padre sono andati via?» aveva allora chiesto. «E perché nonno Bobore a un certo punto è scomparso nel nulla? Io voglio sapere cosa è successo, devo cercare...»

Gli avevo dato un bacio sulla tempia, rapidissimo: «Non voglio che tu vada via, mai. Devi stare tranquillo, Marti', sono sicura che qui a Nuoro...».

«Per capire devo andare al di là di quelle montagne» aveva

ribadito, adesso con testardaggine, indicandomi la catena del Gennargentu, un profilo più nero del cielo.

«Io allora verrò con te!» avevo detto, sentendo però risuonare in testa le parole di Jaja: *Il destino è più forte dell'arte, del sangue e dell'amore.*

Ero pronta a battermi contro qualsiasi pericolo, qualsiasi rivale o maldicenza. E non potevo credere in un'altra esistenza fuori dalla Barbagia: avrei voluto spartire con Martino il calore di una famiglia, dei suoi riti, dei suoi animali, per sempre, senza dover partire. Ma non potevo lottare contro una principessa e per giunta cinese, qualsiasi minaccia potesse sottendere questo titolo.

Avevo guardato ancora il panorama, che in quella penombra limpida si manifestava in tutta la sua immensità. Poco prima ero rapita dal racconto di Jaja come una bambina che ascolta le fiabe, ora invece avvertivo che lei si era frapposta tra me e Martino e che rischiava di rompere un equilibrio, di dividerci. Quali possibilità avrei avuto io, nata in una stalla e cresciuta tra capre e buoi?

Martino aveva detto sospirando: «Devo andare adesso».

Avevo indugiato un attimo, gelosa, pensando che rifiutasse la mia proposta di partire insieme per una grande avventura. Poi mi ero alzata veloce come una molla e gli avevo detto, con tono di ripicca: «Lavati le mani prima di entrare in casa, ragazzo strano. Avranno il mio odore e se Jaja ha i poteri che dici se ne accorgerà».

Mi fermo un attimo perché le lacrime mi hanno sopraffatto. Siamo ancora lì dietro il muretto, Martino e io, cristallizzati nel ricordo. Ma il tempo è passato, e questa consapevolezza retrospettiva è una condanna che mi fa soffrire – maledetta Jaja, maledetta la sua voce che ancora m'insegue.

Vorrei tornare indietro a quella sera per cambiare le cose. Invece vedo me stessa andar via dopo aver avuto l'ultima parola, una parola sciocca perché allora mi sembravano importanti queste vuote soddisfazioni di principio, queste puntualizzazioni.

Torno a casa e non capisco, nel mio sconcerto per l'invadenza della principessa nella mente di Martino e nell'insicurezza riguardo al mio ruolo, che Martino era angosciato e *doveva andare*, non nel senso che aveva per me il tornare da una famiglia vera, accogliente. Lui tornava alle sue visioni, si addormentava solo in una stanza non sua.

Lascio il mio amore bambino che contempla la valle, nel buio, gli giro la schiena e commetto senza volerlo l'errore della mia vita – sono io che chiudo una porta senza vederla.

Non c'è Dio in un momento del genere? Dov'è Dio nei passi critici della nostra esistenza, negli snodi che ci allontanano dai nostri sogni?

Non smetto di piangere, Marti': ho fatto male ad amarti e a cercare di trattenerti, a non spezzare del tutto le catene perché tu potessi volare libero? Solo più tardi ho capito le parole di Jaja, *devi rinunciare a ogni qualsiasi affezione*, che allora componevano per me solo una frase come tante, non erano ancora il linguaggio che dava senso e sostanza al suo mondo oscuro, ma credo che mai avrei voluto vederti librare nel male, non tu.

Eppure ho sbagliato abbandonandoti nel momento peggiore, pensando di avere tutta la vita davanti. Ed è altrettanto vero che non ho proprio capito cosa stava succedendo, che una storia, un mondo, una vita stava arrivando a un bivio. Non mi sono accorta di avere avuto il pomello della maniglia in mano. Forse perché non capisco i segni intangibili di Dio, e neppure parlo la sua lingua.

«Le cose grandi avvengono in un giorno così» mi avevi detto, Marti', tempo addietro, te lo ricordi?

È stato proprio *in un giorno così*, il 3 giugno 1961, che tornando da scuola avevo visto un capannello di gente vicino a casa. A scuola tu non c'eri, ma questo capitava spesso, eri un allievo talmente brillante che nessuno ne faceva ragione di rimprovero.

Strana, in rilievo sullo sfondo, stava la costruzione bianca e austera di casa Asproni. Il ricordo ancora mi toglie il respiro. Come quando il Giovedì santo si andava in giro per i sepolcri, da piccoli, ed era l'odorato a spalancare come un baratro la consapevolezza che ci fosse qualcosa al di là, un altro mondo oltre la teoria di panche e l'altare, i quadri e le statue. Era forse l'odore dell'incenso e delle candele, del marmo bagnato dell'acquasantiera? Oppure era quell'ultima nota dell'organo, quella che rimane nell'aria e non finisce mai, e di notte la senti ed è, lo capisci in un attimo di terrore, l'eternità?

Nel capannello di persone una donna piangeva, con singhiozzi esagerati. Non avevo fatto in tempo a chiedere: mia madre mi era corsa incontro, piangendo anch'essa. «Figlia mia!» mi aveva abbracciata stretta. «Martino, Martino...»

«Cosa?»

«È caduto dal muretto, oh Gesù mio!»

«Caduto? Quando?»

«Forse stanotte. L'hanno trovato un'ora fa. È morto!»

Tutto adesso rallenta, nel ricordo. Tutto si allontana, Marti', perché io mi ero staccata, come se avessi corso a perdifiato e sbattuto la testa contro un vetro, senza vederlo. Ho questa sensazione, ancora netta, fisica, di un colpo improvviso che esplode: la corsa si arresta e sono a terra, senza parole, senza senso.

Cammino verso casa, dal retro mi avvicino alla recinzione che ci separa dal frutteto di Bobore Mannu e la scavalco. Mia madre mi segue con difficoltà. Dall'altra parte, che guardano verso Capa-redda, ci sono due persone.

Di giorno tutto è diverso. Il tuo trono, Marti', è una piccola cosa, una semplice mancanza di due blocchi di pietra. Due metri più in basso passa il sentiero. Mi dico che non è possibile morire cadendo da due metri, ci dev'essere stato un errore, e in qualche modo respiro. Ma una delle due figure – adesso realizzo, è un poliziotto – dice, puntando il braccio verso il burrone e rivolgendosi a mia madre: «È deceduto cadendo tra le rocce».

La seconda persona, forse un dottore, aggiunge: «Deve essere scivolato fin sul sentiero, è rotolato con l'abbrivio ed è caduto giù».

La parola *abbrivio* mi trasmette un'ulteriore dose di irrealtà. Guardo in alto: sento che tu non sei morto scivolando dal trono e rotolando, Marti', ma mentre volavi. Ti vedo che ti libri durante un sogno e poi perdi portanza – com'è possibile? – e, oh mio Dio, mio Dio, ti sfracelli come un angelo caduto.

Scendiamo cautamente, mia madre e io, e camminiamo sullo stretto sentiero sino a essere proprio sotto il trono. È rimasto il poliziotto a indicarcelo. Mi ritrovo a cercare segni di te, ma la terra è piena di tracce di scarponi: una moltitudine di persone ci ha camminato avanti e indietro.

Mi sporgo sul burrone – mia madre, ancora in lacrime, mi grida: «Stai attenta!» e mi tiene la manica – e scorgo un'escrescenza di rocce, nel dirupo quasi verticale, e una grossa macchia di sangue che ricopre il muschio del granito, metri sotto di noi.

Chiudo gli occhi e mia madre mi abbraccia. «Povero Martino» mi dice «povero figlio. Ma almeno non ha sofferto, ha sbattuto la testa.»

Io, invece, percepisco nel mio stesso corpo tutta la sofferenza che tu hai provato, fizicheddu meu, per ognuno degli interminabili secondi della tua caduta. Mi irrigidisco e percepisco la sorpresa e il tuo terrore. Avverto nell'aria anche un'altra cosa: un sentimento persistente, il tuo, di delusione.

Camminiamo dirette all'ospedale, passiamo per via Roma. Il passaparola corre dinanzi a noi e vedo molte donne piangere, nei portoni, guardando verso l'edificio lontano del San Francesco, come indecise se andare o restare. Si sentono urla.

Le urla aumentano mentre saliamo le scale esterne dell'ospedale. Mi terrorizzano: non so chi le emetta, sembrano arrivare dai muri, dagli angoli. Poi svoltiamo a destra e scendiamo una rampa di scale, e poi ancora per un corridoio male illuminato. Mia madre mi ferma prima della porta di fondo. «Vuoi proprio vederlo, Reche'?» mi chiede.

In quel momento la luce manca e per la prima volta, nel buio, divento cosciente della tua morte, Martino, non ti incontrerò più, non ti bacerò più, non parlerò mai più con te, mai più.

Avanziamo in una sala di pietà sospesa, in una specie di porto franco del dolore, tanto che è impossibile assorbirlo: rimane incombente, pronto a erompere.

C'è un primo tavolo di marmo, vuoto. Poi un secondo, dove un corpo è coperto da un lenzuolo – non c'è nessuno a vegliarlo e io sento pietà e vergogna.

Nel terzo, in fondo, riposa supino un bambino: sei tu, Marti'.

Il lenzuolo è stato scostato e tu mostri una spalla nuda. La tua testa è pietosamente poggiata sulla sinistra, per nascondere la spaccatura del cranio. Sei pieno di lividi, bianco come il marmo su cui giaci, ma sei una creatura bellissima: il rimpianto mi blocca l'anima.

Tu dormi, figlio mio, e non ce l'hai con me, lo sento. Sei tradito, deluso, chiuso nell'incomprensione, ma adesso finalmente tra noi. Dopo una notte passata da solo, al freddo sul costone, come un agnello lasciato cadere da un'aquila, Marti', adesso t'hanno ricomposto, lavato, e vicino a te ci sono donne, c'è addirittura tuo padre, appoggiato al muro come un fascio piegato di giunchi, c'è un prete che recita qualcosa, altra gente che osa toccarti un piede o sfiorarti la guancia.

Un giorno così, Marti', e sei andato via.

Un giorno così, stampato in quelle case anonime di via Roma, marchiato a fuoco dalle urla femminili che ancora risento la notte. Un giorno da estranei sulla terra, come siamo.

Busso alla porta di Jaja e solo adesso mi accorgo che mia madre non mi ha mai lasciato. Entro nella cucina.

Murichessa ci volge le spalle e non si gira, singhiozza mentre lava qualcosa nel lavandino. Jaja è seduta sulla sua poltroncina, la faccia raggrinzita come una prugna viola, gli occhi spalancati sul nulla.

Un giorno così, con Murichessa che taglia i sedani a piccole rondelle tutte uguali, perché così vuole la sua padrona.

Non riesco a non provare odio, a non essere aggressiva: «*Non salterà neanche questa volta*, mi avevi detto. Perché sapevi che l'avrebbe fatto, invece!». Avrei voglia di scuoterla: la sua postura non è di dolore ma di provocazione. «Perché non l'hai fermato?»

Aspetto un secondo, mentre mia madre mi stringe la spalla, poi avvicino la mia faccia alla sua e ripeto a bassa voce: «Perché non l'hai impedito?».

Lei mi risponde neutra: «Non si comanda al destino».

Non è addolorata ma attonita, come se avesse perso per un attimo il controllo e la tua morte, Marti', l'avesse sorpresa solo per la sua intempestività.

«Tu lo sapevi che sarebbe successo» insisto.

Solleva la testa, mi fissa come usa fare. E dice una frase che mi uccide: «Anche tu lo sapevi, sei tu infine che hai deciso».

«Io?»

«Oh, ci penserai e capirai di averlo mandato tu a morire. Sarà la tua condanna.»

Dice proprio così, *la tua condanna*, e io mi sento soffocare, incapace di articolare un respiro, un pensiero, una risposta.

Mia madre mi prende di peso e mi trascina via. Nell'androne incontriamo mio padre ed è lui che mi aiuta a camminare, a tornare a casa. Via Asproni è un formicolare di gente. Io vedo solo le ombre.

Mi fanno dormire con qualche bevanda calda, pietosa. Ci sei tu ad aspettarmi sul limitare del sogno, Marti', e mi dici subito: «Mi sembrava d'essere in una chiesa dimenticata, un bambino morto in attesa di una benedizione. Mia madre era in lutto, Reche'...».

E io inizio a piangere: tutto è troppo grande per me. Non lo capisci, Marti', che abbiamo solo tredici anni? Come farò ora che sei svanito, che il buio si chiude su di me? La disperazione mi travolge eppure nei vapori del sogno si fa largo una luce che balugina come un faro lontano. Non permetterò che tutto finisca così, tu brillerai ancora, istella mea.

Parte seconda

1977 – Angela

4

Avevo lasciato la Sardegna nel luglio del 1967, appena dopo la maturità, e con la benedizione di mio padre ero andata a Madrid. Volevo staccarmi da via Asproni, da Nuoro, sentivo il bisogno di stare da sola in una città straniera e di annullarmi nella routine di un lavoro tutto da immaginare. Mi sembrava che l'aria nuorese stesse soffocandomi e volevo solo partire: a diciannove anni si pensa ancora che basti un viaggio per allontanarsi da sé stesse.

Sfogliando l'atlante europeo, la scelta della capitale spagnola mi era sembrata un buon compromesso: Madrid non era vicina ma neanche troppo lontana. In realtà, sarei voluta andare a Barcellona, ma infine l'agenzia di viaggi mi aveva proposto un pacchetto con quattro notti in albergo a Madrid e per questa sola ragione avevo deciso.

Nel 1967 partire da sola per un paese estero era un'avventura. Qualche compagno del liceo era stato a Parigi e un altro a Stoccolma, ma i loro racconti sapevano di leggenda, non erano adatti alle ragazze. Imbarcarsi a Olbia nell'odiata nave Tirrenia, prendere il treno a Civitavecchia e poi l'aereo da Fiumicino per atterrare infine la sera a Madrid, nel buio, era un viaggio che mi spaventava – non avevo mai lasciato la Sardegna, le mie fantasie si nutrivano di libri e di film.

Ma questo era il pedaggio che dovevo pagare per liberarmi dai miei demoni, e in fondo non ero diversa da qualsiasi emigrante che mi aveva preceduta. La distanza fisica era crudele ma necessaria come l'ossigeno e anche se Madrid mi è apparsa inizialmente fredda come un cadavere, mai sarei tornata indietro, non avrei dato questa soddisfazione a mia madre che mi aveva salutato dicendo: «Ci vedremo molto presto, ti accorgerai».

Per quasi un anno mi sono mantenuta facendo la lavapiatti, il lavoro più semplice che si era concretizzato, l'unico alla mia portata, apprendendo sul campo la più importante lezione per un'emigrata: che la vita è fatta di episodi e incontri. In un ambiente straniero, la sopravvivenza si nutre di qualcosa di impalpabile e stupefacente perché apre spiragli su una sostanza che rimanendo a casa si fatica a comprendere: l'umanità. È questa un dono che inaspettatamente si riceve, e allo stesso tempo una moneta da spendere, una carta d'identità.

Per me, nella variegata costellazione dei lavapiatti, l'incontro rivelatosi fortunato era stato con Ela, una ragazza turca appena più grande di me. Si era affezionata, mi proteggeva e un giorno mi aveva presentato suo cugino, Hasan, che a sua volta lavorava come cameriere in un ristorante del centro dove cercavano un aiuto-cuoco. Io conservavo vivissime le immagini delle mani di Jaja al lavoro nella sua cucina e possedevo alcune nozioni culinarie, quelle che mia madre mi aveva trasmesso, e le ho messe in pratica lottando contro le difficoltà della lingua, contro i pregiudizi, persino contro la barriera degli strumenti di cucina, diversi da quelli casalinghi.

Non mi sono data per vinta, ho superato il periodo di prova e sono stata assunta. Di slancio ho imparato a far bene una cosa, la *paella de marisco, carne y verduras*, e questo può sembrare un nome, un niente, ma di fatto era la prima competenza che acquisivo, una capacità pratica che richiamava un piatto internazionalmente riconosciuto. Una magia che ero io a compiere partendo dagli ingredienti di base – il riso, le verdure, la carne, il pesce – e trasformandoli.

Quando sei nessuno, un essere invisibile e intercambiabile, è importante saper fare qualcosa di utile, avere un'abilità da dichiarare, da scrivere anche nel curriculum. Potevo preparare una zuppa e una minestra, arrostire un piatto di carne, ma soprattutto ero capace di cucinare la *paella de marisco, carne y verduras*, e questo faceva la differenza.

Hasan si è preso la mia verginità e una decina di notti di sesso, era scritto e in fondo mi ha fatto bene, ha sdrammatizzato le aspettative e cancellato la poesia, ma non ho accettato di dare di più. Dopo Martino non avevo mai più permesso a nessuno di avvicinarsi a me, tutta la sfrontatezza che avevo sfoderato con lui si era dissolta e io avevo attraversato l'adolescenza e la prima giovinezza odiando il mio corpo che non sapeva volare e mettendolo a tacere. Hasan non era tenero, era un essere tormentato dalla nostalgia di casa, dal desiderio di rivalsa, da cos'altro non so, ma almeno mi aveva risvegliato, non potevo vivere solo di sogni e di pensieri.

Tuttavia non avevo bisogno di un legame, soprattutto di corpi, quanto di tempo: dedicarmi alle minute e frenetiche attività di cui è composta la vita in cucina mi placava, non cercavo altro. Il ritmo era tutto, teso e sfidante, ogni portata un obiettivo da soddisfare, e il mio impegno teneva satura la mente e funzionava da terapia. Non m'importava di dormire in una stanza spartana e gelida, di correre da mattina a sera senza orari, di mischiare le imprecazioni sarde a quelle spagnole. Lottavo, andavo avanti senza pretendere niente, eppure ogni volta sorprendendomi di un grammo di gentilezza o di un gesto di generosità.

La Spagna, prima del 1975 e della morte di Franco, era una grande provincia chiusa dove si viveva seguendo rituali poco comprensibili. La sera, nel famoso ristorante La Bola in cui ero stata infine assunta, non venivano mai donne. I tavoli erano occupati da gruppi di madrileni boriosi che sembravano discutere le sorti del mondo. Mangiavano, bevevano e fumavano finché le alte pareti di *boiserie* non erano impregnate da dichiarazioni spavalde, dal profumo del brandy Cardenal Mendoza, dal fumo acre di sigari cubani.

In cucina, a differenza dei ristoranti precedenti nei quali la paella era offerta più cremosa o più liquida, ho imparato a prepararla in maniera più tirata, ristretta, tanto da farla sembrare un piatto raffinato, adatto alle porcellane e alle posate Christofle usate nei tavoli. Ho appreso anche a decorare il piatto, a presentare il cibo in maniera artistica, mi piaceva, e sentivo che in quella attenzione a ogni dettaglio c'era qualcosa di orientale trasmessomi da Jaja. L'arte della comunicazione non è certo sarda: lei invece controllava tutto, la scenografia, le luci, i colori e ogni movimento per catturare l'attenzione, per affascinare. Una tazza di tè come un piatto di paella possono essere strumenti di attrazione, di manipolazione, l'avevo capito presto.

Quando finalmente finivo il turno e uscivo tardi per strada ero svuotata, stanchissima, eppure coglievo la bellezza di Madrid che nelle atmosfere notturne mi appariva incantata, seria e sognante. Gruppetti di giovani uscivano da locali che erano gli anelli sotterranei di una catena carbonara: si beveva e si ascoltava musica, la vita di notte bolliva come mosto e premeva per esplodere.

Io per il momento mi limitavo a osservare e annusare a distanza; a quell'ora ero esausta e avevo sempre pochi soldi. Ho passato periodi di alti e bassi, e anche questa è un'esperienza costante dell'emigrato; ma non ho desistito. Alla prima seria crisi avevo deciso di occupare anche il tempo libero – che è il diavolo tentatore, il desiderio di ritornare – studiando lo spagnolo, e così riempivo gli spazi che mi rimanevano in scuole per stranieri e con sporadiche amicizie. Madrid mi ha aperto gli occhi sulla parte che noi occupiamo nel mondo: siamo sempre gli immigrati fastidiosi, i diversi; siamo sempre l'altra parte, non possiamo dimenticarlo, è l'abito che indossiamo all'estero. Al ristorante La Bola vedevo uno spaccato elitario della Spagna; nella scuola confluivano i pellegrini, gli altri, e quando nella mia stanza riuscivo a cucinare qualcosa di buono per loro, vedevo i loro animi aprirsi. Capivo che esiste un nutrimento che attraverso il cibo raggiunge come per osmosi le zone più profonde dello spirito. E quel cibo ero adesso capace di prepararlo: la mia esistenza si ricomponeva a pezzi e a morsi.

Negli anni angosciosi trascorsi a Nuoro dopo la morte di Martino e sino al 1967, quand'ero partita, la mia maturazione era stata intrappolata all'interno di un triangolo stretto come quello che racchiudeva le palle numerate del biliardo di corso Garibaldi. Io ero rimasta sola dentro quel triangolo, come una boccia senza numero che rimbalzava tra le cicatrici lasciatemi da Jaja, l'affetto caldo di mio padre che le addolciva e le tensioni con mia madre che invece le acuivano, diventando col tempo una manifestazione, esse stesse, del potere di Jaja.

La costruzione del mio stare nel mondo e del mio essere in relazione agli altri, dunque, è avvenuta da un lato nel segno del distacco – nessuno doveva parlare di Martino, mentre la casa, il giardino, il contatto con Jaja erano interdetti per sempre –, dall'altro nel binario della dipendenza da lei, da quanto, nonostante i vincoli, venivo a comprendere. Questa subordinazione, seppur mutata nel corso degli anni, ancora oggi rende fragile la mia stessa sostanza, come se io esistessi in funzione di Jaja – il male fa questo, ti intrappola, muove i tuoi gesti, ti guida, e se s'impone ti schiavizza.

Da allora a oggi, la mia vita è stata così: Jaja è stata il mio destino, o meglio continua a dare una ragione ai miei passi e a tessere un'unica, lunghissima fettuccia rossa che attraversa la mia esistenza. La memoria da sola apre episodi e immagini, quelle che di notte tornano a galla e non mi concedono il riposo.

Una notte ho seguito il dipanarsi di un sogno: Jaja mostra a me, Martino e Murichessa la sua foto di ragazza, è il febbraio del 1961 e a Nuoro nevica, ma è proprio la fotografia che torna in rilievo a colpirmi.

Jaja è giovanissima, a sedici anni sembra quasi una bambina, e il costume gallurese che indossa forse per una festa, ricco di ornamenti e gioielli, non fa che rimarcare la sua giovinezza. Alle sue spalle ci sono alcuni gradini ben tagliati e sullo sfondo una piccola chiesa, forse la vecchia cappella di San Paolo. La foto, illuminata da una mattinata di sole, è fatta da un fotografo audace, senz'altro, scattata all'esterno e non dentro uno studio. Il sorriso di Jaja è volitivo, non spensierato e non capriccioso, forse un po' altero.

La foto è così lampante che mi chiedo come ho fatto allora a non capire che Jaja mentiva. Come aveva fatto a convincere la sua famiglia a permetterle di lasciare Terranova per seguire un misero e improbabile millantatore nella lontana Nuoro? Per trasferirsi in un'altra terra caratterizzata da una storia barbara e da una lingua incomprensibile?

Il suo racconto non tornava: neppure negli anni Sessanta una simile disobbedienza, e per converso, una simile accondiscendenza da parte della famiglia, sarebbe stata possibile – figurarsi all'inizio del secolo, nel 1907!

Eppure la consapevolezza dell'inganno l'avevo maturata ben più avanti negli anni, quando al liceo si parlava dei primi amori e dei rapporti difficili con i genitori. Ripensandoci, le frasi che Jaja aveva allora usato per incantarci, *il colpo di fulmine, il sorriso che mi strappò il cuore, le mie minacce, mi ero sposata per amore*, mi erano infine apparse come le componenti di una fiaba attentamente studiata. La festa, il matrimonio, il vestito da sposa? Solo una scenografia fantastica che aveva incantato noi poveri ingenui.

Peraltro Martino si era a suo tempo insospettito, aveva detto: *Il padre doveva esserne terrorizzato. Per questo motivo le ha permesso di lasciare Olbia e venire qui, sposata a un servo pastore. È stato costretto dagli incantesimi di sua figlia*. E seguendo questa indicazione avrei dovuto lasciar emergere i miei sospetti, interrogarmi. Ma ero instupidita dall'amore per lui e incantata dalla voce di Jaja, e avrei accettato qualsiasi incongruenza pur di non distaccarmi da Martino. Varcare il portoncino della casa di Bobore Mannu e sedermi con Jaja e Murichessa, ognuna intenta alla sua particolare cucina, a soli cinquanta metri di distanza dalla mia abitazione, dalla mia famiglia e dai miei animali, questi due passi cambiavano profondamente la realtà.

Solo col tempo costruiamo nella nostra testa una sorta di manuale, di bussola che ci aiuta a capire il confine tra i segni veritieri e quelli che corrompono invece i nostri sensi, e che individua le convergenze che sono illusorie, falsamente ragionevoli. Oppure no, dico stupidaggini, non si rinsavisce mai se non negli ultimi istanti, quando forse si capisce tutto ma è ormai troppo tardi per rimediare.

In ogni caso, quando tornavo a casa non mi sorprendeva la felicità di rivedere le vacche e le capre che si strusciavano contro di me e mi leccavano, e Billubì che mi dispensava una sorta di ruvida saggezza. Lui, sempre circondato dalla sua personale corte di cani e gatti, sembrava aspettarmi per parlarmi e mettermi in guardia. Quella era la realtà, solida e tranquilla, e aveva una luce propria, particolare, la penombra calda della stalla che ancora oggi mi consola. Ma la notte sognavo Martino e la mattina mi svegliavo con l'assillo di rivederlo, di spartire con lui un altro giorno – la mia vita era fatta di singole giornate che lui riempiva una dopo l'altra. Come avrei potuto accorgermi che io ero l'imprevista pedina da controllare e abbindolare, e lui l'infelice vittima?

Un'altra immagine impressa nei sogni era la camicia rossa di Antonio Ziccheddu Solinas, il cavaliere di Sedilo che avrebbe dovuto vincere la corsa di mesumaju. Quel colore diventava così marcato nella mia testa da mettere in dubbio l'intero racconto di Jaja della corsa dei cavalli. Era anch'essa una favola? Oppure si trattava di un fatto vero, il cui significato contraddiceva però il messaggio trasmesso, ovvero che la camicia di Ziccheddu e il giustacuore sacro di San Simplicio fossero stati sconfitti dal potere di Nuoro? Quale potere, poi? Quello di un servo pastore barroso, prepotente?

No, più lo rigiravo nella mente e più quel racconto si rivelava nel suo reale significato: a determinare l'esito della corsa dei cavalli non poteva che essere stata una forza più grande, lo stesso potere oscuro che io avevo visto dispiegarsi dietro il velo di Jaja. Forse era stata proprio lei, la giovane maga che stava dispiegando le sue ali per giungere dove il suo sogno la guidava.

Ma all'inizio degli anni Sessanta io ero poco più che una bambina, tutto era per me vero e fantastico insieme; come avrei potuto distinguere il volto della verità da quello bistrato della menzogna?

Col tempo, invece, i racconti con i quali ci aveva avvinti, i suoi stati di trance, gli scenari creati, la stessa sua figura di principessa cinese, tutto questo per me arrivò a significare una sola cosa: che Jaja aveva dei poteri misteriosi, fuori del comune, che aveva messo alla prova su di me e su Martino. E che lui, Martino, era morto tentando di emularla.

Le parole di Jaja: *Capirai di averlo mandato tu a morire, sarà la tua condanna*, continuavano a rigirarmi in testa, ma non avevo chiuso il cerchio del ragionamento e collegato il tutto. Lei poteva dunque aspettare senza manifestarsi di nuovo, stava sullo sfondo della mia vita.

Peraltro, nell'intorno del mio microcosmo, niente di particolare era successo in quegli anni in cui tutto sbocciava, ma non io: mi ero spenta attraversando lunghe e ripetitive stagioni, inverno, primavera, estate e autunno, è la verità, perdendo lo spicchio più bello della gioventù, gli anni del liceo.

A stento, infine, avevo trovato la forza per fare la valigia e prendere l'aereo dell'Iberia. E non ci sarei riuscita, la provincia ti risucchia nell'accidia più maligna, se non ci fosse stata la spinta decisa di mio padre e l'evento dell'esame di maturità, cui avevo mentalmente assegnato il ruolo di spartiacque tra il prima e il dopo.

Conclusi gli orali, ero andata a piedi con tutta la classe al monte Ortobene: volevamo esaudire un voto di ringraziamento. In realtà ci eravamo fermati a metà percorso, e quella rinuncia al raggiungimento di un obiettivo comune mi era sembrata un segno emblematico. Eravamo giovani e immaturi, parlavamo di banalità, e sotto i pini di Sedda Ortai ci eravamo seduti a guardare Nuoro: un presagio di distacco.

La palla da biliardo che ero, sola e senza numero, usciva finalmente dal triangolo in cui era chiusa, prendeva forza dall'amore di mio padre e si staccava in volo. Per Jaja non era una buona notizia, mi avrebbe voluta immersa nell'immobilità nuorese, sotto mano, ma ancora non si era mossa, il tempo poteva sembrare dalla sua.

Altri cerchi della mia maturazione si erano chiusi nel 1971, quand'era morto mio padre. Lo dico così, come leggessi la fine della biografia di un estraneo, mentre in realtà ancora oggi non sono riuscita a metabolizzarne la scomparsa. Ognuno reagisce a modo suo, la vita è una categoria intima, personale.

Mio padre ebbe un primo infarto e mi aspettò per morire, al primo piano dell'ospedale San Francesco. Mia madre e i miei fratelli lo tenevano al corrente del procedere del mio ritorno dalla Spagna chiedendogli di resistere, ma l'aereo da Milano fu cancellato all'ultimo minuto. Ci comunicarono che la causa era il maltempo sul Tirreno: non era vero, a quei tempi i piloti non amavano dormire in Sardegna e approfittavano di qualsiasi inconveniente per evitare il volo serale.

Urlai tutta la mia frustrazione e la mia rabbia contro il funzionario del check-in, ma lui non si scompose. Non era abituato alla protesta violenta di un sardo, noi accettavamo tutto con rassegnazione, ma semplicemente mi girò le spalle e se ne andò, lasciandomi lì come una povera disturbata.

Un secondo infarto uccise mio padre alle due e trenta di notte, mentre io ero buttata sull'ultima fila di sedie dell'aeroporto di Linate.

Quando la disperazione mi vince, quando l'ingiustizia del mondo mi schiaccia e non so come reagire, come uscirne, mi rivedo dall'alto a piangere su quelle sedie, sola, di notte, e mi faccio pena. Il dolore per le perdite si somma a un peso antico di sopraffazione, e rimango iscutta, picchiata e sconfitta.

Il giorno dopo ritrovai Nuoro, o meglio, la piccolissima parte di Nuoro su cui decisi di aprire gli occhi, come fossi caduta in un pozzo. Pioveva forte e il vento portava via anche il mio ultimo residuo di stabilità. Tutto mi trasmetteva prostrazione e un'inaspettata consapevolezza del degrado.

Non mi ero mai accorta di questo decadimento, ma il paragone con Madrid lo portava in superficie senza pietà. La sera, poi, quando calava il buio come un sudario, Nuoro mostrava il peggio di sé. Madrid era scarsamente illuminata e, quando si posava la nebbia, somigliava a un teatro giallastro, un'imponente e inquietante rappresentazione istituzionale. Tuttavia, in confronto, Nuoro sembrava il dipanarsi dei vicoli di un cimitero antico, con fiochi lumi che stringevano il cuore e rare persone.

I miei fratelli si dileguarono subito; io rimasi con mia madre due mesi, chiusa in casa. Andava lei a fare la spesa e le commissioni, io sfuggivo ogni visitatore ed evitai, come sempre, di incontrare Jaja. Quando proprio dovevo uscire, passavo a sinistra dalla piazza della cattedrale e non per via Asproni, e abbassavo la testa per non farmi riconoscere. Ero già diventata un'estranea, un fantasma, e a quest'immagine mi sono attenuta sempre, negando anche il rientro a Nuoro. «Neanche quando è morto tuo padre?» mi domandava qualcuno. «Mi hanno cancellato l'aereo» rispondevo, e non era una bugia.

Di fronte al corpo di mio padre ero venuta a sapere dello sfratto datoci alcuni mesi prima: la casa doveva essere demolita per farne una palazzina moderna, ci avevano concesso poco tempo per traslocare e dismettere la stalla, e l'ultimatum era stato senza dubbio una delle concause dell'infarto di mio padre.

Immagino che notti deve aver passato nella stalla. Non eravamo ricchi e far crescere i figli era stata un'impresa. Credo che lui abbia visto e rivisto nella sua testa il film della fine di tutto, della stalla e dei suoi animali, del suo lavoro e della sua vita, ogni volta sentendo crescere l'impotenza e la frustrazione. Che cosa avrebbe potuto fare? Col cappio di un troppo breve preavviso non c'era via d'uscita.

Nei giorni di dolore, mia madre mi diceva: «Andiamo a Serdiana, ti trovi un lavoro. All'inizio stiamo da Antonio, poi vediamo se prenderci una casa per noi».

Vittorio, il mio fratello maggiore, era già partito per il continente, Davide aveva invece trovato lavoro a Sassari come magazziniere e Mario aveva firmato per rimanere nell'esercito, comandato a Gorizia. Antonio, il più piccolo dei maschi, due anni più di me, si era sposato mesi prima a Serdiana, vicino a Cagliari.

Mamma insisteva, sembrava non porsi il problema di vivere entrambe a casa di freschi sposi. Io le dicevo che era stato babbo a spingermi ad andare via fuori dalla Sardegna, e a un certo punto le ho proposto: «Vieni con me in Spagna, iniziamo una nuova vita in un posto migliore, con più opportunità. Siamo due donne in gamba, ci facciamo compagnia». Lei aveva scosso il capo, molto contrariata.

Si chiudeva così, in una Nuoro devastata dalla pioggia, l'esistenza di mio padre e il sogno di una stalla a due passi dalla cattedrale. E il rapporto con mia madre si logorava.

Il sigillo lo mise Jaja, non casualmente.

Ecco, mi rivedo: sono buttata su una sedia tra cassette, pacchi e borse, afflitta dall'odore del trasloco e delle cose che finiscono, dal vuoto creato dall'assenza di mio padre. È l'ultimo giorno prima della mia partenza, mia madre è in piedi sulla porta della cucina. Mi fissa senza celare una smorfia che sembra di disprezzo: «Allora andiamo a lavare i piatti a Madrid?» mi chiede sarcastica. «È questo che vuoi per tua madre? Oh, sapevo che Jaja ti aveva consumato il cervello, ma non fino a questo punto.»

Un dolore acuto nei polmoni mi impedisce di respirare e articolare i pensieri: non mi aspettavo tanta acredine. Rispondo un po' implorante: «Dovresti aver fiducia in me, in tua figlia. Sono ormai una buona cuoca e saprei prendermi cura di te. Mi piacerebbe che vivessimo insieme».

«Se vuoi prenderti cura di tua madre, allora non partire, stai con me.»

«A Serdiana? Vuoi che cancelli la mia vita perché tu vuoi vivere con Antonio, perché lui ti rassicura più di quanto sia capace io?»

«E tu, invece, vuoi che tua madre passi un rullo sopra il tempo che le rimane e abbandoni la sua terra, i figli, le poche cose possedute, per venire con te chissà dove?»

«Sono tua figlia.»

«E io sono tua madre! Ho lavorato ogni santo giorno dell'esistenza per tirarvi su, non ho mai avuto un giorno di vacanza, non mi sono mai lamentata. Ma adesso ho perso tutto e tu vuoi che io mi stacchi anche dalle poche cose che mi rimangono solo perché odi Nuoro, perché Jaja ti ha tradito e ha ucciso Martino... Maledetta Jaja, maledetto il momento in cui ha posto gli occhi su di te e ti ha scavato il cervello!»

«Ha ucciso Martino?» Sono senza fiato.

E lei continua: «Rechella, solo tu non hai capito che Jaja è una sùrbile, non una strega. E quel genere di bestie si nutre del sangue dei bambini».

Una sùrbile? Tutto è folle eppure tutto a un tratto s'incastra e si spiega.

«Martino era suo nipote!» grido.

«Continui a non voler comprendere: una sùrbile non ha una famiglia, usa le persone per i suoi scopi ed è legata solo al proprio rifugio. Jaja ha succhiato tutta la linfa dal marito, Bobore, che è diventato demente ed è scomparso nel nulla, e anche dal figlio Carlo, ridotto a un'ameba alcolizzata. Cosa credi che abbia fatto a Martino? E che cosa credi che avrebbe fatto a te se non ti avessimo protetta?»

Io non rispondo e lei continua: «Ha ghermito Martino come un'aquila fa con un agnello, e l'ha lasciato cadere sulle rocce, poi ha bevuto il suo sangue».

«Ma perché, come fai a saperlo?»

«Non l'hai visto, all'obitorio? Era bianco più di un lenzuolo, non aveva una goccia di sangue, povero figlio! Mi chiedi perché? Questo dovresti dirmelo tu, che la conoscevi e l'ammiravi a tal punto che non volevi mai stare con noi e i tuoi fratelli ma solo a casa Mannu! Allora, dimmi, che cosa ti ha detto la tua amica sùrbile?»

«Non era mia amica!»

«No, lei non è amica di nessuno, se non del buio che la abita e che richiede sempre nuove vittime. Eri tu ad ammirarla. Tu che hai voluto uscire dal tuo seminato e hai trovato il diavolo ad aspettarti.»

«Io... ero innamorata di Martino!»

«E forse questo non piaceva a una creatura che aborre l'amore, in qualsiasi forma. Senz'altro ha posto una condizione impossibile a Martino...»

Allora ripenso alla frase che Jaja aveva detto a Martino, *devi rinunciare a ogni qualsiasi affezione*, e rimango impietrita. Mia madre intanto è un fiume in piena: «Non ti sto chiedendo di stare a Nuoro, in questa via piena di pazzi, delinquenti e demoni, ci stanno buttando fuori a calci dopo aver fatto morire tuo padre, non vedi?» e fa un gesto circolare, tragico. «Ti sto chiedendo di venire con me a Serdiana, di accettare quanto è successo, di riniziare a vivere con la tua famiglia.»

«La famiglia si è volatilizzata, e babbo l'aveva capito da prima. I miei fratelli sono già andati via.»

«Loro non sono fuggiti, si stanno costruendo un'esistenza dignitosa. Tu sei scappata invece, inseguita da sogni malati e da maledizioni, e dove ti ha portato questa decisione? A fare la sguattera in un paese straniero.»

«Non faccio la sguattera. Anch'io mi sto costruendo...»

«Un futuro? Quale, ci hai pensato? Non si costruisce nulla fuggendo.»

«E non si costruisce nulla se non si sogna, me l'ha insegnato babbo! A Serdiana quali speranze avrò? Antonio si è appena sposato e tu avrai una tua stanza da madre-suocera, finché tua nuora andrà d'accordo con te e ti sopporterà. Oh, certo, farai in modo di non pesare, ti darai da fare a cucinare e pulire e tenere i nipoti, ti conosco, e ti farai accettare. Ma io? Perché mi vuoi condannare a fare sa decuma, la pazza di casa in una famiglia non mia, in un paese che non conosco? Solo per aiutarti in questo trasloco e non farti perdere la roba che vuoi trascinarti dietro?»

«Sei un'egoista» mi soffia in faccia, più dura che mai. «Questa roba è tutto quello che mi resta. E ci tengo a queste tazze sbrecciate, a queste lampade e lenzuola; cosa c'è di male se le vedo nella casa di Antonio, dato che tu non hai dove posarti?» Sta perdendo il controllo e mi fa paura. «E dimmi: quanto hai contribuito tu alla nostra famiglia? Sei sempre stata con la testa nei pensieri, sempre svagata e persa dietro Martino, Jaja e Murichessa. Hai voluto entrare in un mondo esclusivo, illusa, e ti sei bruciata le ali. Non ci hai regalato mai un sorriso, non hai mai condiviso un sentimento, un'idea, niente. Poi da un giorno all'altro sei fuggita, spezzando il cuore a tuo padre. E adesso continui a comportarti nello stesso modo.»

«Non è vero, è stato babbo a spingermi ad andar via! Aveva capito che tutto stava finendo. Si preoccupava per me, mi voleva bene, ero sua figlia. Non te ne accorgevi, ma lui mi capiva e mi guidava. Nella stalla parlavamo spesso. Quando si è accorto che il suo mondo stava per finire, che il destino delle nostre bestie era segnato, mi ha detto di partire, di non indugiare... Tu invece? Ti sei preoccupata delle capre, di Billubì, dei nostri cani? Di me, tua figlia? No, ti preoccupi solo di te, del nido misero che stai organizzando per la tua vecchiaia. Potresti benedirmi e lasciarmi andare, ma tu non riesci a comprendermi perché sarebbe una diminuzione per te, per il tuo piccolo mondo fatto di tegami e cucchiai. Devi avere tutti sotto controllo, cosa ti resta altrimenti? Oh, non avevo capito quanto tu fossi meschina.»

Mi colpisce con uno schiaffo che mi fa girare la testa. Sento la guancia bruciare e il sapore di sangue in bocca.

È una furia, adesso, e i suoi occhi sono spiritati. Ma io non ho più voglia di subire. Mi accorgo di quanto la solitudine abbia lavorato in me e mi abbia temprato. Mi tocco la guancia e le dico, fissandola: «Sai cosa mi ha detto babbo, l'ultima volta prima della partenza? Ha usato una parola che mai avevo sentito sulle sue labbra, ha detto: "Vattene da qui, non ci sarò a proteggerti. E la vita, sai cosa sta diventando qui? Merda". Fino a oggi non avevo capito, finché non ti ho vista in faccia, che si riferisse anche a te».

È in questo modo drammatico – poteva essere altrimenti? – che ho infine compreso che Jaja era una sùrbile, era il male che succhia energie e volontà da chi ha vicino, e ho ricollegato ogni episodio, ogni parola e immagine, e ogni cosa tornava. Martino non poteva essere al sicuro con lei: una sùrbile persegue solo l'immortalità del male; una sùrbile uccide.

E il male era penetrato anche in casa nostra: Jaja era riuscita ad avvelenare il rapporto tra me e mia madre, ci aveva rese nemiche.

La nostra casa crollava, mio padre non era più nella stalla a prendersi cura di me, mia madre scompariva a Serdiana e io restavo prigioniera delle mie colpe: di non aver riconosciuto la sùrbile che mi fronteggiava; di non aver protetto Martino o di non averlo lasciato libero di volare; di averlo abbandonato l'ultima sera quando più aveva bisogno di me.

Il ritorno a Madrid era stato destabilizzante. Mi chiedevo chi fossi io e in quale universo mi muovessi. Rechella esisteva ancora oppure il destino mi aveva già modificata e fatta diventare un'altra cosa? Aveva ragione mia madre, che cosa ci facevo nel mondo?

Ero tornata al lavoro e allineavo le giornate e i gesti della cucina senza spirito. Avevo cercato gli amici, ma nessuno, neanche Ela, era capace di darmi una scossa: la rivelazione dell'uccisione di Martino da parte di una sùrbile che si aggirava per casa Mannu aveva cancellato ogni traccia di autostima; la morte di mio padre, l'unico che avrebbe potuto aiutarmi, mi aveva reso piatta, apatica. E tornare indietro – a Nuoro, a Serdiana? – era impossibile. Per cui sopravvivevo, scompensata e instabile come tanti emigrati che avevo imparato a riconoscere, senz'anima.

Finché la mattina di un lunedì, giornata di chiusura, mi ero seduta all'interno del bar sotto casa – c'era il sole che rincorreva foglie d'acero e fazzolettini di carta, un ciclista che smontava, un mendicante con una paletta e una scopa di saggina, c'era vento – e mi ero subito rialzata per ordinare un caffè e un bignè e riguadagnare poi il tavolino, lasciandomi sedere di peso: non dovevo pensare, solo guardare gli alberi del viale, il tram azzurro che sfilava, la gente che entrava e usciva dal bar.

E proprio in quel momento era apparso lui, alto, volumetrico, tenendo in una mano un giornale aperto, nell'altra un bicchiere di qualcosa. «Posso sedermi qui?» mi aveva chiesto. «Devo finire di leggere un articolo, non c'è altro posto.» Dico *lui* perché sarebbe stato un interruttore, un apportatore di variabilità quando meno mi sentivo capace di assorbire, quando invero la tremenda necessità che sentivo era solo di recuperare un senso compiuto. Un vero scompigliatore di carte, un distratto mago della persuasione – sembrava infatti così, distratto e disordinato.

«Proprio vicino all'Hotel Panamericano!» aveva esclamato a un tratto, rovesciando il suo succo d'arancia sul tavolino e macchiandomi la gonna. E così ci eravamo conosciuti: si chiamava Marcelo, era argentino di origini spagnole, veniva da Buenos Aires, città che amava con passione. Mi aveva raccontato: «A marzo ha assunto il potere l'ennesimo generale, Alejandro Lanusse, presidente "di fatto", che tra tanta vuota retorica, almeno ha tentato di realizzare il Gran Acuerdo Nacional per estromettere la giunta militare. Perón, che è in esilio proprio qui in Spagna, a Madrid, si è opposto e ha fondato il Fronte Civico de Liberación Nacional, guidato dal suo delegato Héctor José Cámpora. Puoi immaginare: abbiamo passato il mese di settembre tra slogan, dichiarazioni, bagni di folla, manifestazioni e contromanifestazioni, e ora siamo nuovamente passati agli spari, alle battaglie per le strade. Povera Argentina mia! E ieri una bomba è stata fatta esplodere in via Carlos Pellegrini, cento metri dall'Hotel Panamericano».

«Lavori lì?» avevo chiesto. Non sapevo nulla di Perón e dell'Argentina.

«No, sono un cacciatore di teste, sto cercando in Spagna cuochi e concierge per l'hotel. Non è facile trovarli in questo periodo, puoi immaginare, Buenos Aires non è certo attrattiva e la notizia dei disordini e delle bombe non mi aiuterà.»

«Sono una cuoca» avevo detto io. «Lavoro al ristorante La Bola.»

Avevamo mangiato insieme in trattoria e mi aveva parlato solo dell'Argentina. Da buon cacciatore aveva evitato di menzionare la rivoluzione strisciante che insanguinava la nazione, ma aveva insistito sulle bellezze naturali, sulla musica e il tango, sulle opportunità che si sarebbero dischiuse a breve. Mi aveva fatto sentire la *s* della pronuncia argentina, «che all'estero, quando la senti, ti fa fermare impalato, ti fa morire le parole in gola e pensare: *Buenos Aires, mi querida*», mi aveva fatto ridere e conquistato. Sapevo che approfittava della mia fragilità, ma avevo bisogno di uno spiraglio di luce, e lui era alto, premuroso e aveva un bel sedere. E in termini di fascino e manipolazione, checché ne potesse pensare, era solo un tenero dilettante in confronto a Jaja.

«Non credo alle coincidenze» aveva detto. «Tu sei stata mandata dal cielo.» E poi: «Viaggio pagato con ritorno aperto, puoi scappare quando vuoi. Stipendio raddoppiato rispetto a quanto guadagni ora a La Bola. Avanzamenti rapidi di carriera in un hotel internazionale di proprietà americana, una garanzia». E ancora: «Se mi dici sì, saresti la prima in lista, posso anche prometterti un bell'alloggio in via Estados Unidos, cosa pretendere di più?».

Alle quattro del pomeriggio gli avevo proposto io di andare al suo albergo, *per firmare il contratto*. Non ero ubriaca, non ero del tutto convinta, ma avevo imparato a credere alle coincidenze degli emigranti, e avevo bisogno di conferme e d'amore.

Una volta in camera mi aveva inaspettatamente detto: «Non ti voglio prendere così, con foga, solo per chiavarti, non sei quel tipo di donna». Mi aveva sorpreso, ero stata zitta. «Vai nel bagno, c'è un grande specchio. Chiudi la porta, spogliati e guardati. Ti nascondi da una vita, l'ho capito, hai bisogno di vederti nuda, di scoprire il tuo corpo. Poi prendi una decisione, non sei obbligata a far l'amore con me, non me lo perdonerei.»

Ero avvampata. Ma il mio imbarazzo era dovuto al fatto che lui avesse intuito la mia solitudine profonda, il mio nascondermi alla gioia, più che da tutto il resto. Avevo avvertito un brivido di pericolo e avevo fatto quanto chiedeva. Mi ero chiusa alle spalle la porta della grande sala da bagno del suo hotel, avevo lasciato cadere uno per uno i miei indumenti resistendo alla tentazione di abbassare lo sguardo ed ecco: per la prima volta avevo incontrato me stessa nuda, consapevolmente. I capelli neri che di solito portavo raccolti o nascosti sotto la cuffia da chef scendevano lungo le spalle, lasciando scoperto il seno abbondante. La mia pelle era bianca, delicata, non olivastra come quella di tutta la famiglia, la pancia morbida e invitante come il ventre, le gambe lunghe. Avevo un bel corpo che stava bene con i miei capelli, con la mia faccia strana, troppo sarda negli occhi scuri un po' a mandorla, negli zigomi marcati, tuttavia intensa. L'espressione mi ricordava mio padre, eppure in un lampo mi parve di somigliare a Martino, forse per quel mio biancore, forse per una curvatura delle labbra, come se il sigillo del nostro amore si fosse impresso proprio lì. Avevo alzato una mano e mi ero sfiorata il collo e il seno, e improvvisamente, senza ragione, avevo iniziato a piangere scossa dai singhiozzi, come mai ero riuscita fare prima, neanche al funerale di mio padre. Le lacrime scendevano dal mento sino all'incavo dei seni, liberatorie, e così bagnata mi sono presentata a Marcelo. Lui era seduto sul letto ancora vestito, ancora in cravatta, e mi ha chiesto: «Che pianto è questo, Rechella? Di che tipo?».

Ho tirato su col naso: «Scusami, non posso farne a meno… Sono lacrime d'amore».

«Tu sei speciale, davvero» mi aveva detto allora abbracciandomi. «Non ho mai incontrato una donna spirituale e carnale come te.»

Ero uscita dall'albergo ferma nella mia decisione: non potevo stare ferma a Madrid, dovevo partire di nuovo. E l'Argentina, che affondava le sue radici nelle lotte e nelle rivoluzioni, nei colpi di stato e nelle violenze, che risuonava dei colpi di armi automatiche e dello scoppio di bombe, ma che s'illuminava grandiosa come il perfetto palcoscenico della lotta tra il bene e il male, fatalmente mi attirava. E non avrei utilizzato il biglietto di ritorno, ne ero sicura, ma se necessario avrei rimbalzato come una pietra sull'acqua e avrei continuato sino all'Isola di Pasqua e oltre, e oltre ancora, pur di staccarmi da Jaja e non sentire le sue accuse.

Alle undici di sera, quaranta minuti prima di imbarcarmi sul DC-8 delle Aerolíneas Argentinas per Buenos Aires, in un'ala semibuia dell'aeroporto di Madrid, Jaja si era però fatta sentire. Non potevo guardarla negli occhi ma era reale, seduta composta al mio fianco. Questa volta rilassata, complice.

Mi aveva detto: «Bene, Rechella, sei libera infine. Troverai il coraggio di vivere lontana, non preoccuparti. Incontrerai un prete che ti aiuterà, persone strane che ti parleranno della Sardegna, un'assassina e un assassino. Ma alla fine sarai tu a portare un pezzo di Sardegna in Argentina e a trovare uno scopo».

«Dove sei?» avevo chiesto mentre un'altra lampada si spegneva nell'androne. «Mi stai leggendo la mano?»

Sentivo un brivido freddo, ma non posso negare che la sua voce portasse con sé un misterioso piacere: non ero più sola, Jaja era tornata, io avevo il mio nemico da combattere e una ragione per vivere.

«Pensa al posto dove sei stata più felice. In Argentina, lontano dalle tue ossessioni, potrai ricrearlo. Ti suggerisco una vita di altruismo e di saggezza, Rechella, secondo la tua natura generosa.» Poi, con il suo solito guizzo velenoso: «La morte, così, ti sarà benigna».

5

Sono a Buenos Aires dal 1971. Sei anni sono stati necessari per riprendermi dallo shock del viaggio a Nuoro e ripristinare una routine che è presto diventata la mia esistenza. Il lavoro si è infatti dimostrato salvifico, molto più di quanto avessi immaginato: sono stata assunta presso il ristorante dell'Hotel Panamericano in via Carlos Pellegrini, un quattro stelle che è il porto di sbarco per uomini d'affari di tutto il mondo, e l'esperienza fatta al La Bola di Madrid si è rivelata preziosa. Inaspettatamente, pochi cuochi potevano vantare la mia qualità in cucina, almeno nel ventaglio di piatti in cui mi ero specializzata, e questo mi aveva spronata. In breve tempo ho salito diversi gradini di carriera sino a diventare, a ventinove anni, una dei sette Chef de cuisine. Ora ci sono clienti che vengono apposta per mangiare la mia *paella de marisco, carne y verduras* o l'agnello in tegame che cucino aggiungendo olive mediterranee, come facevamo a casa.

Lavorare senza sosta è una medicina, una droga che mi basta.

Non ho seguito certo il consiglio di Jaja sulla saggezza, non ci ho pensato neanche, distratta dal lavoro, ma evidentemente la lontananza e i miei comportamenti la tranquillizzavano perché dopo l'episodio all'aeroporto di Madrid non si era più manifestata. Non ero immune dai suoi influssi, la sognavo spesso, ma evidentemente non ero interessante per lei.

All'inizio mi consolava inoltre constatare che nessuna delle profezie di Jaja sembrava avverarsi. *Incontrerai un prete che ti aiuterà, persone strane che ti parleranno della Sardegna, un'assassina e un assassino*... Ebbene, nei primi quattro anni non avevo fatto nessuno di quegli incontri e lo stesso Marcelo, su cui avevo contato per poter introdurmi a Buenos Aires, dopo Madrid era stato trasferito a New York e non si era più fatto sentire.

A un certo punto avevo pensato di aver spezzato una catena e persino di essere stata suggestionata dal mio dolore.

Eppure Jaja aveva ragione, e a partire dal 1975 le sue previsioni hanno iniziato a inanellarsi con precisione maligna, seppur con evidenze più sottili e sfumate, mettendo in moto le ruote del destino. Persone ed eventi hanno però giocato un ruolo inaspettato rispetto a quanto da lei previsto, e questo è motivo di conforto: il male non arriva ovunque e non può tutto.

A Nuoro, gli undici diavoli della tradizione erano chiamati *Paris Suos*, Uguali a Lui, Uguali a Dio, perché si credeva che il vero principe della terra fosse appunto il diavolo. Dio stava in alto, in paradiso, ben lontano dall'inferno della Barbagia. Il bene non aveva dunque che da infilarsi negli interstizi, nelle fratture del male, e agire di nascosto come un cuneo. E così è stato a Buenos Aires: il destino finale non è rimasto in mano a una sùrbile, non sarei qui a ricordare.

Un giorno di noia visitando la Biblioteca Nacional intitolata a Mariano Moreno avevo cercato notizie sulle sùrbile, trovando solo un saggio sulle *striges* romane, uccelli assetati di sangue umano, che poi si erano trasformate in donne, in lupi, in vampiri a seconda delle tradizioni folcloriche. Non ci avevo più pensato sino a un pomeriggio del '74, nel quale ero stata sorpresa per strada dallo scoppio di violenti moti di piazza. Mi ero rifugiata in viuzze deserte mentre la colonna sonora delle deflagrazioni mi inseguiva ed ero arrivata per caso alla porta della Biblioteca Popular de Don Bosco, nel quartiere degli italiani. La porta era aperta ma non c'era nessuno, erano tutti fuggiti. Guardandomi attorno avevo trovato uno scaffale dedicato alle tradizioni popolari, e infine un libro e un articolo di Raffaello Marchi, il famoso antropologo di Nuoro. Mi ero seduta su una panca a leggere e con stupore ero venuta a conoscenza della gerarchia delle streghe sarde.

Nell'articolo, Marchi spiegava che erano le donne a possedere il dono della divinazione e del contatto con l'aldilà, erano loro a sapere cosa andava fatto, mentre all'uomo era riservato il compito di mettere eventualmente in pratica la magia: s'omine ch'iscùdete, l'uomo che fa. Esistevano però diverse fasce di poteri, e quindi diverse streghe. Alla fascia più basilare appartenevano le donne che sapevano utilizzare sos berbos, ovvero le frasi magiche che consentivano di affrontare i problemi di una società agropastorale: formule per eliminare i vermi dagli animali, per guarire una pecora, per zittire un cane da guardia, per difendersi dagli abigeatari, per vedere una persona nuda (quale garanzia prima di un matrimonio)… Alla seconda categoria appartenevano le donne che avevano su castigu, il castigo, ovvero la possibilità di dialogare con l'aldilà e dunque di vedere il passato e il futuro, di raccogliere voci come quelle di chi era appena morto, di creare contatti tra vivi e morti. Al di sopra stavano le tiine, streghe che avevano poteri ancora più forti e un castigu per così dire specializzato. Raffaello Marchi ricordava una famosa tiina di Orgosolo, Elisabetta, capace di vedere la morte della persona che aveva di fronte. Un dono, o meglio un castigo, pericoloso e potente.

Ed ecco, infine, le sùrbile: che non avevano poteri superiori a quelli delle tiine, ma, contrariamente a tutte le altre streghe, possedevano doti rivolte al trionfo e alla perpetrazione del male. Nel tempo – per giustificarne la malvagità o spaventare i bambini – erano state descritte come donne morte di parto, folli, creature volanti cosparse di olio sacro, che succhiavano il sangue. Ma la loro natura profonda era quella di succhiare l'energia vitale, l'anima delle persone buone riducendole a un guscio vuoto, e avevano ognuna un proprio rifugio segreto: spesso una cavità sotterranea, un collegamento tra il mondo della luce e quello del buio da cui, una volta morte, avrebbero potuto continuare a promanare il loro malefico potere. Marchi concludeva che distinguere una sùrbile da una tiina era molto difficile perché differivano solo per il fine della loro magia; uno dei molti metodi per riconoscerle era quello di rovesciare un treppiede: in sua presenza le sùrbile non potevano evitare di urinarsi addosso, rivelandosi. C'era una sola certezza: per sconfiggerle definitivamente bisognava individuare e distruggere il loro rifugio, chiudere il passaggio che consentiva al male di diffondersi sulla terra.

Gli spari per strada erano cessati. Ero uscita dalla biblioteca con una certezza: i miei genitori non si erano inizialmente preoccupati perché c'erano a Nuoro tante tiine e donne col castigo e un'infinità di pazzi, tutti innocui. Jaja, famosa donna dotata di poteri, rientrava nel novero. Poi l'intuito di mia madre si era fatto strada sino a trovare conferma nella morte di Martino. C'era una sùrbile in via Asproni, le porte della nostra casa si erano chiuse.

Eravamo alla fine del 1975 quando Lorena, una compaesana, mi aveva fatto visita dal Brasile. Mi aveva portato alcune riviste e come dono di Natale una raccolta di foto dei quadri di Diego Asproni, artista bittese, raggruppati sotto il tema dell'esilio. Non poteva farmi un regalo più capace di commuovermi.

Nell'universo degli emigranti, così immenso eppure magnetico, incontri come quello capitano spesso, come se due appartenenti alle stesse origini non potessero che attrarsi, prima o poi. Allora, come in un cortocircuito emotivo, alcuni fili si ricollegano e aprono scenari e ricordi. La scintilla può essere un libro o una foto, qualsiasi cosa, e la Sardegna riesplode, fatalmente, sconsolatamente.

Lorena ha quattro anni più di me, e allora era scura come un'indigena e con la capacità di raggomitolarsi sulla sedia o sul divanetto e sembrare una bambina. Portava le treccine, le mancava il dito in bocca e una bambola. Aveva lasciato Bitti appena dopo la laurea e si era persa in un villaggio interno del Brasile. Era sposata o forse no, non lo sapeva neanche lei, e poi cosa vuol dire essere sposati in mezzo alla foresta, a otto ore di corriera da tutto?

Poi si era trasferita a Fortaleza, sul mare; aveva avuto diverse crisi come tutti noi emigrati e le aveva superate, ma in ogni caso non ha mai dimenticato il suo paese. Per questo faceva raccolta di qualsiasi notizia riguardante la Sardegna in modo meticoloso, ossessivo. Lorena conosce tutta l'America Latina, ma non ha più varcato l'oceano, non è più tornata a casa.

Per l'occasione avevo aperto una bottiglia di vino acidulo e ci eravamo immerse nelle storie di Diego Asproni, dalle quali trasuda una poesia dolorosa che in fondo racchiude la pena di tutte le emigrazioni e diaspore. Era facile calarsi in quelle figure piegate e scalze che eravamo noi stesse, le esuli, le costrette, e riconoscersi in quelle atmosfere cupe che sapevano di casa abbandonata, in quei colori dell'oscurità prima dell'alba. Soprattutto i piedi nudi mi colpivano: una comunità tutta con i piedi scalzi, in un cammino disperato verso chissà dove, che trasmetteva un sapore di umanità antica e vulnerabile, preda facile di razzie e misfatti.

La nostra sensibilità era acuita dagli avvenimenti argentini: dopo la morte di Perón, l'Argentina era scivolata nuovamente nella spirale dei massacri fratricidi. Il grande diavolo in azione era José López Rega, l'inquietante segretario di Perón. Forse José López Rega era lo stesso Lucifero e il suo potere non poteva essere contenuto in un mortale ma tracimava perciò nei discorsi allucinati, nelle teorie stravolgenti e persino nei libri dell'occulto che Rega scriveva, invasato. Le conseguenze della sua subdola azione iniziavano a rivelarsi già nel 1975, e presto avrebbero trascinato l'Argentina in basso dove ancora non era caduta, nella Guerra sporca. Nei giorni di Natale era avvenuto l'ennesimo massacro, e io e Lorena stavamo a casa sentendoci in un certo senso circondate, vulnerabili.

«Dio mio» avevo detto guardando i disegni di Asproni «queste tavole sembrano segni divini, messaggi indirizzati da Dio proprio a noi.»

«Com'è il mondo» aveva sussurrato Lorena parlando tra sé «è per Dio del tutto indifferente. Dio non si manifesta nel mondo.»

«Cosa dici?»

«Oh, non farci caso, è un pensiero di *Witnstain* o come diavolo si chiama quel filosofo austriaco. Non so neanch'io se crederci o meno.»

«Studi filosofia adesso? Wittgenstein a Fortaleza?» Ero un po' invidiosa perché talvolta mi trovavo a chiedermi se facendo la cuoca non avessi sprecato talenti che invece studiando avrei potuto mettere a frutto.

«Leggo tutto, Reche', perché ancora non ho capito come la vita ci disvii dai nostri sogni, dalle nostre aspettative. Me lo chiedevo in mezzo alla foresta, mentre la notte mi risucchiava l'anima, e me lo chiedo ora di fronte all'oceano: perché non riusciamo mai a rimanere noi stessi?»

«Oppure noi siamo questo continuo cambiamento, Lorena, questo esilio. Noi non ci evolviamo, noi siamo. E il mondo è tutto ciò che accade, niente di più» le avevo detto cercando conforto anch'io nella filosofia.

«Ti seguo, Reche'. Ma allora perché soffriamo così tanto?»

Se proprio quei quadri e quella serata abbiano segnato l'inizio del processo non facile e lunghissimo del mio ritorno, non saprei dire. Certo è che da allora avevo cominciato a sentir cadere le difese erette verso il passato; a sentirmi allo stesso tempo più fragile ed esposta.

Da allora Lorena è diventata una presenza saltuaria ma importante. Veniva a Buenos Aires e ripartiva, sempre tormentata, in pena, ma a modo suo allegra, pronta a mangiare e a bere con me, a prendermi in giro perché non mi trovavo un fidanzato, a regalarmi oggetti sardi. Fu lei a portarmi un articolo su una manifestazione in ricordo di Grazia Deledda, arricchita da letture di Gavino Pòddighe, un attore di San Sperate. L'avevo visto in scena ai tempi del liceo, quando giovane e affascinante si esibiva all'Eliseo di Nuoro in drammi teatrali che facevano sdilinquire noi adolescenti. Parlandone con Lorena avevo scoperto che lo conosceva bene, mi aveva passato il suo indirizzo e in una domenica di solitudine e nostalgia gli avevo scritto una prima lettera. Da allora la nostra corrispondenza non si è mai interrotta: io gli racconto che cosa accade nella immensa Argentina, lui mi dà qualche notizia nuorese e talvolta tra i fogli mette un rametto di mirto o di elicriso, non devo nemmeno annusarli per ritrovare il profumo del giardino dove Martino e io trascorrevamo le giornate, e mi commuovo.

Incontrerai un prete che ti aiuterà, aveva predetto Jaja. Una mattina che ero in anticipo per il lavoro, seguendo un istinto ero entrata nella Basílica de San José de Flores e mi ero seduta nella navata laterale raccogliendomi in preghiera. Dopo mi ero sentita più serena e così ne avevo fatto un'abitudine. Chiudevo gli occhi e la recita di cinquanta Ave Maria mi sbalzava in Italia, in una qualsiasi chiesa con le stesse pitture in stile Giotto, le aureole bianche della Madonna, di San Giuseppe e del piccolo Gesù, l'aureola d'oro di Dio sulla sinistra. Passavo così un'ora in Italia, dimentica di tutto, prima di decidermi ad affrontare la mia giornata argentina.

«La chiamo *dislocazione*» mi aveva detto una voce riscuotendomi dal mio sogno. Un uomo si era silenziosamente seduto sulla mia panca e mi aveva lasciato finire le preghiere; ma ugualmente mi aveva spaventato.

«Che cosa?» avevo chiesto cercando intanto di capire se sotto i jeans neri, gli scarponcini che ricordavano quelli dei pastori e il maglioncino grigio sformato si nascondesse un sacerdote.

«Ciò che si prova quando si entra in una chiesa uguale a tante altre nel mondo è una dislocazione spazio-temporale: uno non sa più dove si trova, perde i riferimenti. Secondo me è un sentimento indotto dalla Chiesa attraverso i suoi architetti perché ogni cristiano deve riconoscersi nella casa di Dio, ovunque.» Mi aveva guardato e aveva sorriso – come faceva a comprendere le mie sensazioni, mi prendeva in giro? Aveva una decina d'anni più di me, forse, non di più.

Avevo chiesto: «Tutti quelli che vengono qui a pregare soffrono di dislocazione?».

Aveva accentuato il sorriso: «Solo alcuni, riconoscibili».

«Vorrei confessarmi» avevo allora detto, in difensiva, e lui aveva sbuffato.

«Chi sei?» mi aveva invece chiesto. «*De cali banda?*»

Avevo finito per dirgli chi ero e raccontargli di me prima ancora di sapere che si chiamava don Costantino. Però non gli avevo parlato di Martino e di Jaja, e lui aveva concluso: «Vedi, non hai ucciso e non hai rubato, ti sei confessata, *ego te absolvo*. Senz'altro vorresti aggiungere qualche problema di famiglia, forse d'amore, ma non facciamolo oggi, ti prego, non roviniamo questo incontro di barbaricini all'estero. A proposito, Rechella, io sono di Orgosolo».

E io avevo pensato che era logico che fosse un orgolese, anche lui riconoscibile se non altro dal suo accento aspirato.

In breve era diventato il mio punto di riferimento, poi un amico, l'unico che ancora mi rimane.

Poi, nel 1977, nell'hotel dove lavoravo, avevo conosciuto un uomo gentile proveniente invece proprio da Nuoro. E con quell'incontro tutto si era rimesso in moto.

Si chiamava Pietro Chironi ed era arrivato in Argentina per ritrovare la tomba di suo padre. Avvertita dalla reception, ero andata a salutarlo mentre faceva colazione da solo, nel salone del primo piano affacciato sulla trafficatissima via Carlos Pellegrini. Era una giornata piovosa. Mi ero presentata ed ero rimasta conquistata dal suo sorriso umile e dalle sue maniere garbate e attente. Ognuno di noi aveva sintetizzato la sua storia, e mi ero commossa: Prededdu, così voleva essere chiamato, aveva la capacità di farti sentire speciale. «Una bella nuorese cuoca a Buenos Aires» continuava a ripetere, sorpreso «fiza mea, non mi sembra vero.»

Lui era nato poverissimo ma con doni straordinari: due mani fatate, grande voglia di lavorare, empatia e generosità che lo facevano benvolere da tutti. Aveva fatto crescere un'officina meccanica pulita e ordinata come un salotto, un esempio per tutta la Sardegna, e aveva meritatamente ottenuto la rappresentanza della Moto Guzzi.

La sua attività aveva avuto un punto di svolta e uno straordinario successo con il diffondersi della Lodola, la motocicletta che era in breve diventata il mezzo di locomozione dei pastori. In quei tempi la gente di città aveva scoperto la 500 e la 600 Fiat, e i pastori invece la Lodola, una moto robusta, capace di trasportare due capienti bisacce o due taniche di latte, adatta anche ai sentieri di campagna. Il rumore del motore sembrava quello dell'entrobordo di un barcone in navigazione, e lo sentivi a distanza, da tanca a tanca nelle pieghe più isolate della Barbagia. Nella colonna sonora dell'isola, tra i campanacci delle pecore, l'abbaiare dei cani e i fischi dei pastori, non poteva mancare lo scappamento della Lodola e il suo cambio di marce a scalino.

Quel mezzo di trasporto affidabile e non eccessivamente costoso trasformò i ritmi millenari di quell'universo agropastorale, caratterizzato sino ad allora dalle lunghe assenze da casa dei pastori che curavano e seguivano il gregge.

Ma un certo momento, compiuti cinquantacinque anni e non avendo avuto figli, Prededdu aveva deciso di fare una pausa. E il tarlo che gli mordeva dentro, del padre partito per l'Argentina quando lui era in fasce e mai più ritornato, l'aveva spinto a un lungo viaggio di ricerca.

Aveva dunque ripercorso i passi di uno stranito giovane Chironi che non si era fermato nella capitale, come Prededdu pensava, ma aveva proseguito per le regioni del sud, in cerca o in fuga da chissà che cosa.

Prima di ripartire da Buenos Aires, Prededdu aveva invitato a cena me e il pugno di sardi che ruotavano intorno all'ambasciata italiana. Voleva ringraziarci per l'aiuto, ci vedeva come figli emigrati, ci idealizzava stabili e coesi. Io mi sentivo invece una monade di quell'universo mobile degli esiliati che si formava e si disperdeva con le maree, sempre in movimento, in tormento.

Nella trattoria "Da Pino", in Ciudad de La Paz, avevamo dunque parlato di famiglie sarde, ovviamente, e di storie varie. Ogni tanto questi incontri mi sembravano una boccata di ossigeno dopo una lunga immersione nel mare profondo della lontananza; spesso, invece, mi pareva di dover trattenere il fiato per arrivare alla fine della cena, tanta era la nausea indotta dagli stereotipi. Da una parte la Sardegna dei luoghi comuni, dall'altra l'Argentina delle grandi opportunità: ipocrisie che mi uccidevano.

Con Prededdu fu un'occasione diversa. Passati i primi minuti di timidezza, si rivelò un ospite squisito, ricco di un'umanità che sfociava in storie non superficiali. Ci raccontò della Lodola Gran Turismo come se quella moto avesse uno spirito e un carattere, come fosse un essere vivente nel mondo pastorale barbaricino. E si assunse le responsabilità del cambiamento che aveva provocato.

«Nella vita» ci disse «non c'è mai un'azione che possa dirsi buona al cento per cento. I risultati ti possono scappare di mano, non basta l'intenzione. Le vendite della Lodola mi hanno reso un uomo agiato, ma allo stesso tempo non posso dimenticare che la sua diffusione nelle campagne ha decretato la morte di migliaia di asini. I pastori, una volta saliti in sella alla propria motocicletta rossa, non sapevano più che farsene, dell'asino.»

«Lo stesso è capitato per i cavalli?» aveva chiesto qualcuno.

«Solo in parte. Il cavallo è anche un simbolo, e nell'immaginario collettivo è connesso a un concetto di balentia, di valore. L'asino, invece, è dileggiato, un animale meraviglioso ma incompreso. In campagna hanno ritenuto che non fosse più indispensabile e nel giro di pochi anni il loro numero è calato da trentamila a mille! Un peccato grave, un torto crudele fatto alla natura: ci vorranno altre idee e cinquanta, sessant'anni per ripopolare la Barbagia con la fauna che abbiamo cancellato.»

«Non è stata colpa sua.»

«No, certo. Molti avrebbero potuto vendere e manutenere la Lodola, tante officine erano in fila. E altre aziende oltre la Moto Guzzi stavano predisponendo modelli simili. Eppure, negli ultimi anni, mi capitava una cosa sempre più straziante: mi sembrava di consegnare una moto e allo stesso tempo condannare a morte un animale. Pensate che dramma: una Lodola in cambio della vita di un asino.»

«Poi sono arrivate le auto...»

«Sì, le moto hanno solo anticipato di poco un fenomeno inarrestabile. Oggi molti pastori hanno la macchina.»

Poi avevamo parlato di tanti emigrati sardi: mezza Argentina discende da italiani e le ondate di immigrazione hanno trascinato migliaia di granelli di sabbia, ognuno un'esistenza.

Al momento dei digestivi Prededdu aveva chiesto notizie di una certa Angela vedova Mattana, partita per Buenos Aires in un imprecisato passato. Qualcuno ne aveva sentito parlare? Storie e domande ricorrenti, nomi che aprivano sepolcri oppure non suscitavano reazioni. Ma Prededdu aveva aggiunto che si diceva che Angela Moro fosse fiza 'e anima della famosa Jaja. Così la sua improvvisa partenza aveva fatto nascere a Nuoro molte voci.

«Perché era famosa questa Jaja?» era stato chiesto.

«C'erano voci che non fosse una maga ma una sùrbile, sapete com'è, la gente parla.»

«Una sùrbile, cos'è?» aveva chiesto Emanuele, l'unico continentale della tavolata.

«Un vampiro donna» aveva risposto Prededdu serio. «Si racconta che le sùrbile potessero volare per nutrirsi del sangue di neonati o di bambini, da cui prendevano forza. Qualcuno diceva che rubassero l'olio sacramentale per aumentare i propri poteri, qualcun altro che ricercassero freneticamente una porta diabolica, un'entrata per l'immortalità.»

«Non crederà a queste storie» Emanuele rideva.

Prededdu l'aveva guardato scuotendo appena la testa. Evidentemente non voleva che la serata s'incanalasse in discussioni sgradevoli e aveva cambiato discorso. Ma io ero stata scossa da un brivido profondo. Sentir pronunciare il nome di Jaja ad alta voce, sentirlo risuonare fuori del mio animo dove aveva rimbombato per anni – e sentirne parlare come di una donna famosa fin dall'altra parte del mondo per i suoi poteri, mi scuoteva intimamente. Mi sembrò d'un tratto che la storia mia e di Martino, che era il mio tutto, non fosse che la minuscola tessera di un mosaico immenso. E ora l'informazione che questa Angela, che viveva probabilmente poco lontano da me, aveva conosciuto Jaja, era una scintilla in una camera di combustione piena di gas.

Forse non aspettavo che un segno del destino: ecco, era arrivato, e proiettava il mio cammino in una prospettiva diversa.

Prededdu mi aveva guardata intensamente. Era un uomo sensibile e nel congedarmi mi aveva abbracciata stretta: «Abbi cura di te, fiza mea» mi aveva detto.

Non sapevo però se in quel momento volessi riaprire la scatola dei ricordi e andare a fondo di tutti i miei dubbi, ero in questa situazione, e mi ero affidata a una sorta di fatalismo tra code malmostose all'ambasciata, lettere, qualche telefonata. Di Angela Mattana nessuna traccia.

Infine, era stato don Costantino a seguire la via più semplice e a chiedere notizie direttamente al parroco del Don Bosco, il quartiere degli italiani, un certo don Giorgio Trivellin.

«Pensa: la signora Angela vive a Buenos Aires e ti aspetta con piacere» mi aveva riportato don Costantino. «Vai da lei in letizia, senza pregiudizi. Ha superato i novant'anni, chissà quante cose avrà da raccontarti.»

6

Eccola dunque davanti a me, una vedova nuorese in Argentina, seduta in un patio che è senza dubbio sardo nell'idea realizzativa e allo stesso tempo argentino nella sfilata lungo i muri dei fiori di ceibo, il fiore cremisi che si narra sia nato dal sacrificio della fanciulla indigena Anahi, arsa viva dai conquistadores.

Angela è una vecchia signora di novantaquattro anni, di quelle che definisco *nobili* per educazione e portamento e a cui mi viene istintivo dare del voi, con abiti neri, lisi ma dignitosi. Non mi sorprende che indossi una piccola spilla di filigrana di oro bianco, posta nel risvolto sinistro della camicia. Sta seduta in una sedia con la spalliera alta di legno, di spalle al muro goffrato del patio, e guardandola come una fotografia d'autore in bianco e nero mi accorgo delle particolarità: i suoi indumenti, una gonna lunga e una camicetta, sono stati senza dubbio acquistati in un mercatino rionale o avuti in dono dalla parrocchia, eppure l'insieme ricorda sa fardetta sarda, il costume di ogni giorno; su questo, l'aggiunta della spilla di filigrana è un segnale inequivocabile, un faro acceso su un tramonto tanto lento quanto ineluttabile. E lo sfondo del muro grossolanamente goffrato, non usuale nei quartieri di Buenos Aires dove le pareti sono lisce e anonime quanto i geometri che le disegnano, conduce la memoria a una casa barbaricina, all'idea platonica di domo che ci portiamo in testa.

Penso che Angela mi aspettasse e volesse comunicarmi subito che, pur persa in un *barrio* qualsiasi del creato argentino, lontana e sola, lei non dimentica: è sarda.

Mentre osservo il suo volto ancora bello seppur fitto di rughe sottili, i capelli bianchi cotonati con un pizzico di vanità, la postura dritta e ferma, mi rendo conto di provare un sottile senso di disagio. Forse ricominciando a occuparmi di Jaja mi sto suggestionando, tuttavia, guardando i suoi occhi mentre racconta, non riesco a togliermi di dosso un'impressione di incombente e impalpabile pazzia.

La storia di Angela

7 luglio 1931

Il transatlantico che l'aveva riportato in Sardegna aveva uno scafo nero e la prua verticale. Aveva tagliato migliaia di onde procedendo verso est per cambiare il mondo alle spalle con un altro più arcano, preannunciato da un vento di poppa che sembrava far levitare la nave e il suo codazzo di uccelli di mare. A tratti, chiudendo gli occhi, a Pietro Mattana era sembrato di poter arrivare in Sardegna a volo, planando come un viaggiatore di Jules Verne. Ma il sogno non era felice: lo aspettava una terra scura, con colori mesti come nel dopo tramonto, e una sensazione di pericolo fisico mai provata in precedenza.

Quando una vita finisce, d'un tratto, e ne inizia una nuova – ora pensava, seduto rigidamente sulla branda sudata – occorre adottare subito le nuove abitudini di quest'ultima e dimenticare quanto prima le consuetudini, i sogni, i profumi e le aspettative lasciate alle spalle. La lingua e le parole, poi, sono la peggiore trappola: il mondo si definisce e si qualifica con la creta del linguaggio, bisogna stare attenti perché una sola frase può essere sufficiente per essere sbalzati indietro nel tempo.

Aveva già vissuto l'esperienza di un cambio sconvolgente di vita, quando aveva attraversato l'oceano la prima volta in direzione opposta verso le Americhe, e sapeva riconoscerne gli snodi rovinosi. Aveva sei anni quando era arrivato nella baia di Buenos Aires, sconvolto, e la difficoltà del nuovo linguaggio che si era trovato a dover parlare per sopravvivere l'aveva aiutato a compiere il distacco, sollecitando la sua intelligenza e la determinazione a imparare nuove cose.

Non aveva rifiutato nulla di quel mondo nuovo che l'aveva avvinto, ma vi si era immerso come in una vasca di olio lenitivo, senza fare resistenza, così come un vecchio marinaio gli aveva consigliato durante la traversata: «Non opporti alle onde, figliolo, ma lasciati andare al loro moto, assecondale».

Che fosse affetto da una malattia dell'anima, e che avesse bisogno di un balsamo, un olio da spandere sul mare in tempesta, l'aveva scoperto solo più tardi. A sedici anni aveva infatti lasciato la scuola e aveva continuato a studiare per conto suo. Lavorava come apprendista nell'officina Costanzi in avenida San Martin, ma di sera e durante le noiose domeniche, la storia e poi la filosofia, ancora più seducente, l'avevano attratto come porte spalancate su una valle segreta e tutta sua. I libri erano diventati gli amici più stretti: nella Biblioteca Popular de Don Bosco nessuno leggeva più di lui.

Aveva iniziato con un testo divulgativo di storia della filosofia, poi aveva gustato i filosofi greci come se stesse facendo una camminata in un paese incantato, e in seguito aveva affrontato pendenze più sfidanti, che tuttavia non l'avevano scoraggiato.

Era rimasto folgorato dal viaggio immaginario di Parmenide

verso la casa della dea della Giustizia, Dike – Pietro era ovviamente molto sensibile all'idea di viaggio e di giustizia – e dalla teoria secondo cui tra la realtà, la ragione e il linguaggio esiste una sostanziale identità: dall'ordine del mondo derivano l'ordine della mente che lo immagina e della lingua che lo descrive. Per questo motivo ora che era tornato in Sardegna Pietro si sforzava di pensare in sardo, di non cedere alle sirene dello spagnolo rimasto nella mente.

Oltre a Parmenide e ai greci, ogni epoca era stata comunque per lui una scoperta interessante; ogni filosofo un maestro cui Pietro concedeva completa fiducia. A un certo momento, la filosofia era diventata per lui una sfida carica di eccitazione, e non vedeva l'ora di comprendere come il pensatore che gli parlava dalle pagine dei libri avrebbe risolto i problemi lasciati insoluti da chi l'aveva preceduto. Ma quando era arrivato alle pareti lisce e a picco del genio di Immanuel Kant si era sentito inadeguato: gli mancavano strumenti di cui non aveva neanche coscienza, non possedeva un linguaggio e una cultura sviluppati, gli mancavano libri e articoli di supporto (il bibliotecario cercava di aiutarlo, ma i mezzi erano limitati, e scoraggianti i tempi per richiedere nuovi volumi). Confuso e insoddisfatto era ritornato di qualche passo indietro, decidendo infine di saltare Kant per andare avanti. In questo modo era inciampato in un libro che l'aveva afferrato al petto, *Il mondo come volontà e rappresentazione*, di Arthur Schopenhauer.

Sin dalla presentazione, scritta in corsivo nella quarta di copertina, Pietro aveva sentito di trovarsi di fronte a un qualcosa di vivo e attuale, un'anima maligna e crudele che dimorava da tempo nella profondità delle sue radici, della quale Schopenhauer – un vero stregone – aveva capito che sarebbe stata in grado di controllare la sua esistenza.

Anche quello non era un libro facile ma, questa volta, la lettura lo catapultò in una riflessione che riusciva a seguire e che aveva del tutto condiviso: vi era rappresentato un mondo attraversato da continui desideri insoddisfatti, che si adattava ai sentimenti di Pietro come un guanto di caucciù. In Argentina lui era in esilio, lontano dalla sua terra d'origine che ricordava solo confusamente ma a cui era legato da dolore e angoscia.

Pietro era cresciuto a Buenos Aires nella casa in affitto di via Bernardino Rivadavia e poi in quella di proprietà di via Agustín Bardi, estraniandosi dal suo padre adottivo e dai bosquenses, gli immigrati del quartiere Don Bosco. Le strade erano dritte e tutte uguali, in quei quartieri che si andavano popolando verso il mare, e le case si assomigliavano tutte, piccole, ognuna con alberi e fiori.

A costituire per lui un punto di riferimento e a offrirgli il suo amore incondizionato c'era solo sua madre, Angela, sopravvissuta come lui a una catastrofe, sebbene parca di parole e manifestazioni d'affetto. Lei e Pietro erano simili, taciturni e inseguiti dai pensieri.

Pietro aveva trovato nei libri e nei ragionamenti dei filosofi le risorse per andare avanti, sempre in bilico ma sorretto da una forza d'animo conquistata con fatica e nelle ore in biblioteca, anche se al prezzo di una progressiva alienazione rispetto alla vita di qualunque coetaneo.

Leggendo *Il mondo come volontà e rappresentazione*, aveva finito per immedesimarsi con lo stesso Schopenhauer. La biografia del filosofo assomigliava così tanto al dipanarsi della sua esistenza, che Pietro ne fu conquistato, come avesse incontrato un fratello di sventura o uno stregone capace di penetrare nei suoi sentimenti più profondi. L'infanzia solitaria di Schopenhauer in una campagna cupa e triste, la violenza dei viaggi in terre straniere, il desiderio di rivedere la patria: tutto questo non ricordava le esperienze che Pietro stava tuttora vivendo?

All'età di ventotto anni, infatti, era ritornato a Nuoro. E in poche ore si era dovuto riappropriare della lingua della sua infanzia, dell'identità e dello stesso suo nome, Pietro Mattana appunto, quello di battesimo riportato nel registro della chiesa del Carmelo e nel passaporto.

Basso e tozzo, forte come il tronco di un castagno, i suoi occhi neri e pensosi si facevano vividi e attenti quando dal balconcino della camera guardava verso la collina di Santu Predu, San Pietro. Cercava allora di assorbire la nuova atmosfera di un posto per certi versi gotico, arroccato, i colori che si adattavano alle variazioni delle ombre sul granito, l'odore polveroso del vento.

La sua vecchia identità di Giuseppe Canceddu, il nome con cui aveva vissuto per ventidue anni a Buenos Aires, era infatti coerente con il meccanico dell'avenida San Martin, col lettore della biblioteca Don Bosco, un sé stesso difficile da estirpare.

Il quartiere di Santu Pedru lo attirava. Forse perché era un condensato tanto diverso dalle pianure su cui si perdevano le periferie di Buenos Aires, dagli agglomerati che seguivano la ferrovia e arrivavano placidi sino al mare. Nella collina che osservava dal balcone, le case erano invece fitte, i vicoli profondi come gole, curvi e impervi, e precipitavano improvvisi da una parte verso Lollove, l'emblematica frazione che era il capolinea del fondo valle, e dall'altra verso la cattedrale e il corso.

Gli sembrava che il significato di Nuoro fosse racchiuso lì, in quella rocca, non altrove. Inizio e fine: non era lo stesso cimitero una propaggine di Santu Pedru?

Le poche lire messe da parte per il viaggio gli avevano consentito solo una branda nel sottotetto della casa di zia Maria, uno spazio disadorno aperto su un balconcino dalla ringhiera di ferro bassa e sottile. La vista spaziava dallo spigolo della cattedrale, a destra, fino a Baddemanna e al monte Ortobene per arrivare, a sinistra, sporgendosi pericolosamente, alle propaggini di Santu Pedru.

Le mura di Sa 'e Manca si vedevano appena, in lontananza verso il paese di Orune, anch'esso arroccato e ostile, eppure costituivano per Pietro alcuni dei più antichi ricordi di Nuoro, un simbolo della paura della morte che nel frattempo si era radicata in lui. Una sorta di illustrazione della *Domenica del Corriere* del suo animo, sintetica, cristallizzata e appropriata al suo viaggio.

Un rumore lo scosse: la petulante domestica di zia Maria era uscita dalla sua stanza, posta di fronte a quella di Pietro. Era l'unica persona che si udisse, nella casa. Parlava tra sé e sé, e creava un effetto sonoro quasi continuo che si diffondeva querulo nella tromba delle scale.

Zia Maria, invece, sembrava sempre sussurrare, non lasciare traccia, mentre suo marito sorrideva e basta. Più che il padrone di casa sembrava un demente affetto dalla decima forma di pazzia, sa decuma, che colpiva le ragazze e impediva loro di studiare e lavorare. Le infelici – eppure erano felici così, chissà – rimanevano a casa per svolgere, per tutta la vita, compiti minuti. Nel tempo diventavano quasi parte del mobilio, un accessorio, una tappezzeria.

Carlo, il figlio appena adolescente, usciva dalla sua stanza di rado, un essere introverso che ricordava a Pietro la sua tormentata giovinezza. Anche lui parlava poco e sfuggiva le occasioni di incontro. Scivolava lungo i muri come una lucertola e scompariva.

Una strana famiglia davvero. Se non ci fosse stata la domestica, con quel nome già allora antiquato, con i suoi sproloqui su e giù per le scale e dalle profondità delle stanze, la casa, grande e signorile, sarebbe stata… cosa? Un monumento, pensava Pietro, qualcosa che lui non riusciva a decifrare.

In ogni caso, zia Maria era la protagonista di un palcoscenico nel quale Salvatore e Carlo erano solo dei comprimari, e sul quale convergevano ogni giorno donne con scialli scuri impenetrabili, uomini dagli occhi disturbati e famiglie devastate da traumi che travalicavano le generazioni.

Murichessa, questo il nome della serva, faceva accomodare tutti nello studio al pianterreno, la stanza con la grande portafinestra sul giardino, ma dopo che ne aveva richiuso l'uscio nessuna voce trapelava all'esterno, come se zia Maria fosse capace di isolarla dal mondo o riuscisse a costringere gli interlocutori a un brusio da novena.

Pietro era entrato in quella stanza vuota, la mattina prima, e aveva sentito il bisogno immediato di sedersi: una sensazione di straniamento gli aveva piegato le gambe, unita a una ventata di… sì, di una forza che non avrebbe esitato a definire violenza. Tra gli scaffali, la poltrona, il piccolo tavolo e i due divanetti s'insinuava potente un senso di morte e ferocia. Ancora più intensa, questa sensazione, quanto più la luce del sole si sforzava di rassicurare Pietro, di ingannarlo con la normalità e la bellezza del giardino.

Era uscito col cuore in subbuglio, aveva guadagnato la via Asproni, di fronte a casa della zia, sempre ombrosa, e si era recato al cimitero. La tomba del padre gli era sembrata piccola e dimessa, un lieve rigonfiamento del terreno e una lapide grigia, ordinaria, con una semplice iscrizione: *Giuseppe Mattana, 1881 -1909*. Una tomba tra decine di altre, mortificate da mazzetti di fiori rinsecchiti.

Pietro aveva pregato meccanicamente, cercando un'illuminazione, un messaggio lasciatogli da suo padre. Invano.

Ricordava il suo funerale con un senso di lontano vuoto: le facce granitiche dei pochi nuoresi presenti, la fretta non dissimulata del prete e l'indifferenza dei chierichetti. Se c'era qualcosa di etereo e allo stesso tempo reale, era solo la brezza che smuoveva i cipressi e dava la sensazione non di un dramma ma della sottomissione alle spallate del destino.

Per Pietro, la Sardegna era la perfetta rappresentazione dell'idea di Schopenhauer secondo cui ogni desiderio è così futile che diventa persino illogico, e di conseguenza tutte le azioni e i sentimenti diventano privi di senso, anche il dolore per un morto ammazzato. Invero, la sua isola andava al di là di questa rappresentazione, giacché la sofferenza e il dolore erano persino sotto la sua crosta, incapsulate nelle pietre. Le persone erano statue, e tombe.

Lascia che i morti seppelliscano i loro morti, diceva il Vangelo, e certo l'esortazione non era rivolta ai samaritani ma ai nuoresi, impietosi e severi, incapaci di misericordia e perciò morti: chi non può provare sentimenti elementari di pietà è solo un corpo che si trascina dentro una terribile condanna, l'impossibilità di dimenticare.

"Anch'io appartengo a queste pietre, sono scomparso da anni eppure non riesco a perdonare" aveva pensato Pietro.

Al cimitero, Pietro si era fermato di fronte alle mura grigie, costruite solo un anno prima, nel 1930. Una delibera e alcuni solerti muratori avrebbero dovuto nascondere dentro un rettangolo di cemento i geni di una specie e isolare i bacilli che la popolazione si trasmetteva di generazione in generazione. Ma neanche la metafisica collina di Sa 'e Manca era riuscita in quell'impresa.

Per tornare verso l'imponente cancello d'ingresso Pietro aveva percorso a ritroso i vialetti che lo avevano portato alla tomba di suo padre pensando che era tornato appunto perché era nuorese, nato nella città della disperazione e della vendetta.

Sua madre Angela gli aveva insegnato che la vita e la morte sono due sorelle abbracciate: «Il passato, il presente e il futuro sono parti di un circolo, non disordinate, casuali, ma legate l'una con l'altra dal destino. E i morti sono con noi» gli aveva detto «parlano con noi, partecipano alla nostra esistenza, agli eventi e persino ai nostri sentimenti, alcuni cercando amore e suffragio, altri giustizia o rivalsa».

Aveva camminato con la sensazione di udire voci, lamentele e grida che provenivano da ogni angolo, da ogni pietra, come se l'aldilà lo richiamasse.

Solo la fossa di suo padre era rimasta silenziosa.

"È vuota?" aveva pensato, e avrebbe voluto urlare e spalare la terra, e scuotere la bara come una botte, e schiodarla e aprirla, per comprendere la ragione di quel silenzio.

Seduto sulla branda, Pietro sentiva che c'era qualcosa di importante legato ai nomi, alle date, alla casa che l'ospitava e alla figura di zia Maria che tutti chiamavano Jaja. Quando lo aveva indirizzato da lei, sua madre aveva pronunciato quel nome quasi di sfuggita e ora nel sentirlo lui ne provava disagio. Ma, memore della sua formazione filosofica sia pure da autodidatta, Pietro pensò che doveva andare al di là del suo crescente senso di alienazione e studiare con metodo le cause della confusione e dello straniamento che provava.

Ora, Pietro Mattana s'accorgeva che la sua mente annaspava turbata, senza trovare un ordine. Doveva dunque ritornare ai fatti, aprire il bagaglio dei suoi ricordi, analizzarlo e ordinarlo per essere stabile nel mondo ritrovato e per concentrarsi sul suo compito.

Doveva essere preciso.

Suo padre si chiamava Giuseppe Mattana ed era nato a Nuoro nel 1881. Pastore di particolare volontà e ambizione, dopo anni di lavoro e rinunce si era indebitato con un usuraio per acquistare un pezzo di terreno a Locoe, in verità umido per la vicinanza di una polla d'acqua, mettendo in conto una vita intera di sacrifici per far fruttare quella terra, ripagare il debito e far crescere la famiglia. Quarant'anni dopo l'unità d'Italia, la Sardegna era regredita a una sorta di Medioevo con un'economia fondata sul baratto e sul soddisfacimento di un'esistenza primitiva, poco più che animale.

Gli uomini, senza speranza, partivano. Per gli Stati Uniti, per lo più, e per l'Argentina. In ogni paese si formavano gruppi di giovani pensosi, con lo stesso sguardo smarrito, spaventato e fiero nel contempo, e un certo giorno si mettevano in cammino, con poche cose che stavano in una bisaccia.

Si allontanavano traversando i campi per raggiungere la più vicina stazione, e si perdevano. Un dissanguamento a grappoli, sistematico e mortale. I cortili si spopolavano, così come le strade, i campi. E le mogli, le vedove bianche, rimanevano ad aspettare una lettera e una chiamata, mentre i figli crescevano spaesati, condannati a un'identità incompiuta.

Giuseppe Mattana aveva resistito testardamente, non voleva emigrare, e nel 1900, un giorno di primavera, aveva sposato la giovanissima Angela Moro e l'aveva portata, camminando a piedi per poco meno di tre chilometri, nella casa che aveva appena costruito sulla sua proprietà, giusto più grande di un pinnettu, un rifugio di pastori.

Quella mezza giornata, con la messa di nozze di primo mattino e poi la passeggiata dalla chiesa del Carmelo a Locoe, sarebbe rimasta l'unica vacanza della loro vita. Angela avrebbe ricordato per sempre la bellezza della campagna e i colori netti e dolorosi come quelli di un dipinto, e l'esplosione della natura: farfalle e api li avevano accompagnati lungo il sentiero, e tra le piante e i fiori avevano visto una lepre, una biscia minacciosa, gazze e verdoni. La brezza era un dolcissimo tossico, come la sensazione della pazzia appena compiuta: un matrimonio tra orfani che si conoscevano appena, una scommessa, forse, ma non un gioco. Entrambi erano seri e determinati.

Giuseppe non doveva render conto a nessuno, era l'ultimo di una nidiata di fratelli per lo più ormai defunti o dispersi tra la Sardegna e il mondo. Sua madre era morta dandolo alla luce e suo padre subito dopo, accoltellato durante una rissa tra ubriachi. Il piccolo Giuseppe era stato allevato da uno zio, un anziano pastore che aveva un piccolo gregge nei terreni verso i tre nuraghi, lungo il sentiero per Gonare, e che poi era morto di vecchiaia lasciandogli le pecore.

Angela era un'orfanella raccolta da una domestica di Seuna e poi allevata come figlia d'anima da zia Maria. A costei aveva chiesto il consenso per poter sposare quel giovane pastore che portava il latte ogni mattina e con cui scambiava appena due parole, e fremiti e rossori.

Zia Maria l'aveva benedetta, dichiarando però che non sarebbe stata presente alla messa (il rinfresco nunziale consisteva in un vassoietto di amaretti offerti ai pochi fedeli, niente di più). Le aveva regalato due lenzuola, due federe, due asciugamani, una corbula di Oliena, la benda bianca per il matrimonio e tre franchi. E con la benda bianca in testa Angela si era recata all'altare, camminando lenta come se avesse uno strascico. Non possedeva un costume nuorese, ma aveva indossato sopra la gonna plissettata un grembiule giallino con fiori azzurri e verdi, e una blusa stretta sul petto con due righe verticali di bottoni bianchi e le maniche lunghe e larghe, con le impunture a vista. I suoi capelli erano lisci, pettinati con una riga in mezzo; i suoi occhi fieri e intelligenti, le sopracciglia sottili. I lineamenti del viso erano delicati come una miniatura.

A un certo momento, nella discesa verso Locoe, Giuseppe e Angela si erano presi per mano: il loro primo contatto fisico. «Chi tocca il coniuge per primo, morirà per primo» le aveva insegnato zia Maria anni prima. Angela non aveva più pensato a questa predizione, una tra le tante, finché Giuseppe non aveva cercato la sua mano e l'aveva stretta: destino. E così erano entrati nella casa, emozionati, due ragazzi che dovevano imparare tutto, anche a volersi bene. Giuseppe aveva diciannove anni, lei diciassette.

Pietro, il loro figlio, era nato nel 1903. Angela avrebbe voluto una bambina, l'aveva sognata in forma di una rosa che sbocciava, ma si era subito affezionata a quella creaturina raggrinzita che era una straordinaria copia di suo marito, un Giuseppe in piccolo. Avere un figlio maschio e crescerlo era stato come ripercorrere, da una posizione privilegiata, l'infanzia di suo marito, che ovviamente lei non aveva conosciuto.

Vedendo insieme padre e figlio, lei si sentiva confusa. Le sembrava che fossero la stessa persona duplicata, per uno scherzo della natura, con uno sfasamento temporale di ventidue anni.

In ogni caso, le difficoltà dell'esistenza s'imponevano e Pietro era cresciuto come la maggior parte dei bambini di allora povero e sporco, moccioso e testardo, ribelle quanto bastava. Con una precisa sorte, però, non determinata dal suo carattere o dalla condizione sociale, ma dal terreno di Locoe acquistato dal padre, su cui qualcuno riteneva di vantare dei diritti. C'era infatti una vecchia storia non risolta per una povera eredità, nella quale Giuseppe Mattana si era trovato intrappolato, forse senza conoscerne i precedenti o forse senza giudicarne la pericolosità. Uno dei fratelli in lotta era infatti convinto che quel terreno spettasse a lui, e che quel giovane pastore senza arte né parte avesse commesso nell'acquistarlo uno sgarbo mortale.

Il 31 luglio 1909, di mattina presto, Giuseppe Mattana era stato colpito a morte nella prima curva della discesa verso Lollove. Aveva ventotto anni.

Il colpo di moschetto aveva cancellato la sua faccia, e questo significava una voluta mancanza di rispetto: in un omicidio anche la forma è importante. Giuseppe aveva forse avuto una manciata di secondi prima di spirare. Col dito coperto di sangue, prima dell'ultimo spasmo, aveva scritto una grande «P» sul terreno, nient'altro. Non abbastanza per indicare l'assassino, per indirizzare una vendetta.

Angela non sapeva perché fosse andato fin lì, dall'altra parte di Nuoro, ben lontano da Locoe, dove la morte lo aspettava.

Pietro aveva sei anni. Dopo appena tre mesi, in ottobre, sua madre aveva impacchettato le loro poche cose e insieme si erano imbarcati prima per Genova, poi per l'Argentina. Siccome non sapeva perché suo marito fosse stato ucciso e in modo tanto spietato, Angela aveva paura per Pietro. La vendetta si estendeva spesso ai figli maschi e ai parenti in una tragica sequenza; talvolta intere famiglie erano colpite. Per questo motivo Angela aveva accettato la proposta di matrimonio di un certo Vincenzo Canceddu, anche lui di Nuoro, emigrato anni prima. Il parroco aveva fatto da tramite. Riceveva molte lettere di richiesta dagli emigranti scapoli che desideravano farsi una famiglia con una compaesana e cercava di rendersi utile. Le più interessate alle proposte erano le donne di mezza età e le vedove. Il parroco si occupava della corrispondenza, delle indagini necessarie, e dava stringenti suggerimenti per la scelta finale.

Angela era giovane, bella, aveva un solo figlio: non fu difficile individuare un pretendente. Si era dunque risposata il 25 settembre 1909 per procura, aveva preparato le sue cose ed era partita senza ripensamenti. Il parroco aveva garantito sulla serietà di Vincenzo Canceddu, le aveva letto le lettere e in ultimo le aveva consegnato i biglietti di viaggio per lei e Pietro.

Non appena il transatlantico si era allontanato da Genova, Angela si era accoccolata sul ponte, aveva preso Pietro per le spalle e gli aveva detto: «Ascoltami bene, fiziche'. Guarda la costa: dal momento in cui l'Italia scomparirà all'orizzonte, da quel momento tu sarai Giuseppe Canceddu. Canceddu è il cognome del tuo padre adottivo che ci sta aspettando a Buenos Aires. E io ti chiamerò Giuseppe, invece che Pietro, perché in questo modo mai ci dimenticheremo, io e te, del tuo vero padre. Perciò tieni in mente, fiziche': da adesso e per sempre – ecco, non possiamo più vedere la terra – il mio nome sarà Angela Canceddu e il tuo Giuseppe Canceddu». E l'aveva abbracciato piangendo. Il mare e l'orizzonte erano infiniti, come lo smarrimento di Pietro.

Tuttavia, arrivando in un nuovo mondo dove gli emigrati si comportavano in un modo quasi remissivo e parlavano una lingua arrangiata, un miscuglio che poteva essere buffo se non fosse stato disperato, Pietro aveva capito che essere Giuseppe Canceddu non era difficile ma quasi naturale: un nuovo mondo richiede un nuovo linguaggio e un nuovo nome, era giusto.

Il suo padre adottivo, Vincenzo, era un brav'uomo e si comportava in maniera attenta, soprattutto verso Angela. L'amava con rispetto e con una sorta di soggezione. Lei gli sembrava troppo bella, troppo perfetta per lui, e dubitava di esserne all'altezza e di meritarla. Le faceva piccoli regali, si sentiva fortunato.

Nei confronti di Giuseppe era educato e premuroso, nonostante non capisse più di tanto quel figliolo introverso che s'intestardiva a stare da solo a leggere invece che giocare per strada come facevano tutti i ragazzi e frequentare la comunità degli emigrati.

Siccome era un esperto cavaliere – al monte Ortobene, in gioventù, aveva allevato asini e cavalli – Vincenzo era diventato un guidatore di carrozze e poi uno degli autisti delle prime corriere di Buenos Aires, un lavoro sicuro e con orari programmati, senza patemi.

Così la vita era andata avanti quieta, giorno dopo giorno, per più di vent'anni. Un periodo lungo e allo stesso tempo rapido come il battito d'un ciglio, sino all'ultimo Natale del 1930, quando Vincenzo, Angela e Giuseppe avevano partecipato alla festa della parrocchia. Era un avvenimento che si ripeteva ogni anno in forma religiosa e di quartiere, un modo per passare il pomeriggio e stare insieme.

Quella volta, invece, erano ospiti una sessantina di emigrati sardi provenienti da altre province argentine, e la giornata si era trasformata in un rincorrersi di saluti e domande, storie di vite di qua e di là del mare, nostalgie e struggimenti. Avevano mangiato pasta, porcetto arrosto e dolci, e dopo alcuni bicchieri di vino e due sorsi di acquavite erano iniziati i racconti più delicati, quelli che richiedevano un tono grave, come se tutti fossero davanti a un caminetto e non nel caldo pesante di una lunga serata estiva. E così, tra tanti paesi, famiglie e personaggi tirati in ballo, un ragazzo di Nuoro giunto in Argentina da pochi mesi aveva raccontato la storia di un suo lontano parente che tempo addietro aveva ucciso un vicino perché ne rivendicava la terra. A mano a mano che si chiarivano i dettagli, il silenzio attorno alla tavola era sembrato appesantirsi, e questo fatto aveva risvegliato l'attenzione di Giuseppe.

L'omicida si chiamava Pasquale Mariane. Tradito da un cognato con il quale aveva interessi contrastanti, era stato condannato e aveva scontato vent'anni di prigione, prima in continente e poi nelle carceri di Buoncammino a Cagliari. La sua famiglia, nel mentre, aveva occupato la terra e la casa contese, dopo che i parenti del morto ammazzato erano spariti chissà dove. Avendo avuto uno sconto di pena per buona condotta, Pasquale Mariane era poi tornato a Nuoro, e stava anche lui nella proprietà di Locoe, diventata sua per usucapione. C'era una bella vigna, un pozzo con tanta acqua, una casa a due piani e una vista meravigliosa verso la valle.

Intorno al lungo tavolo della parrocchia il silenzio era sempre più denso; tra quanti conoscevano Angela, nessuno fiatava.

«E il cognato, quello che aveva tradito Pasquale?» qualcuno aveva chiesto.

«È inciampato e ha battuto la testa su un sasso: è morto» aveva risposto il ragazzo con leggerezza, con gli occhi che vantavano ancora la balentia, quell'arroganza che in Argentina non aveva più spazio.

Giuseppe aveva sentito il sangue farsi di ghiaccio. Aveva guardato sua madre pallida come una morta, che aveva ricambiato lo sguardo con dolore: capì allora che lei sapeva e si era tenuta tutto dentro.

Al marito Vincenzo che, tornando a casa, le chiedeva con preoccupazione se si sentisse bene, Angela aveva risposto accennando al caldo e alla cena pesante. Ma, una volta che Vincenzo si fu addormentato, aveva detto a Giuseppe: «Figlio mio, dimentica la storia che hai sentito. Tuo padre è morto nel 1909. Pasquale Mariane ha scontato la sua pena di vent'anni in prigione. Noi viviamo in Argentina e dobbiamo gratitudine a questa terra, a Vincenzo che ci ha accolti. Tu sei un buon meccanico, uno studioso, un giovane serio e maturo. Abbiamo una nuova vita e dobbiamo ringraziare Dio…».

Ma lui l'aveva interrotta: «In questi anni tu mi hai chiamato Giuseppe e non Pietro, per non dimenticare mio padre, tuo marito!».

«E allora?» Lei era tesa, spaventata. «Non ho mai dimenticato tuo padre. Ma questo non vuol dire che dobbiamo cercare una vendetta nell'altra parte del mondo.»

«L'assassino di mio padre sta nella nostra casa assieme alla sua famiglia. Si gode la nostra terra dopo lo scempio che ha commesso!»

«La nostra casa è dove c'è amore, rispetto, e un futuro. In Sardegna non potremmo mai avere giustizia o una qualsiasi speranza.»

«Per colpa di quell'assassino!»

Angela aveva sospirato: «Sì». Poi aveva iniziato a piangere. «Ma sono passati vent'anni e non voglio che tu ti distrugga inseguendo la vendetta. Ho già perso mio marito, devo rassegnarmi a perdere anche mio figlio?» L'aveva abbracciato stretto, bagnandolo di lacrime: «Siamo una famiglia di nuovo, la bella e onesta famiglia Canceddu, non perderti dietro cattivi pensieri, non abbandonarmi!».

Angela era ancora una bella donna, sebbene quella sera sembrasse una vecchia comare con le rughe in rilievo, piegata, sconfitta da un destino sbagliato.

Giuseppe sapeva che sua madre aveva ragione. Ma l'idea di Pasquale Mariane che dormiva nel letto di suo padre, che forse usava la sua vanga e il suo giogo e sedeva sotto il leccio che aveva ombreggiato i suoi primi ricordi, a Locoe, quest'idea aveva lavorato nel suo stomaco giorno e notte, ed era diventata un tormento. Non riusciva a trovare una via d'uscita.

Infine, dopo una lunga settimana di completa insonnia, aveva comprato un biglietto da Buenos Aires per Genova, firmando cinque pesanti cambiali.

«Non stai mettendo a rischio solo la tua vita e la tua salute mentale, ma anche la tua anima!» Angela era disperata.

«Giustizia» lui aveva risposto, con i pugni stretti e un groppo in gola perché mai avrebbe voluto discutere con sua madre e addolorarla «vado a cercare giustizia, non vendetta. A Nuoro mi procurerò i documenti dal notaio e li mostrerò a quell'assassino. Lo convincerò che la proprietà è nostra. Non possiamo regalargli la terra e la casa che mio padre ha pagato con la vita. Non possiamo scomparire come se fossimo noi i colpevoli. Cosa avrebbe detto Giuseppe, tuo marito?»

«Pasquale Mariane non ti ascolterà mai» aveva risposto Angela in pianto. «E allora cosa farai? Lo ammazzerai oppure ti farai ammazzare, ecco che cosa succederà. E io perderò anche mio figlio, l'unico sangue che mi rimane, l'anima della mia anima. Tu vuoi questo?»

«Gli mostrerò i documenti» aveva continuato Giuseppe con sorda testardaggine. «Carta canta: come potrà negare?»

Angela aveva smesso di lottare. A guardare Giuseppe, le pareva di parlare con il suo defunto marito, come se il tempo non fosse mai passato: suo figlio ne era la copia esatta. Stesso modo di muovere le sopracciglia e di fissare gli occhi verso un punto lontano; stessa postura delle labbra imbronciate e del collo che sembrava trascinare il corpo nella direzione che la mente indicava; stesse mani, né lunghe né tozze, ma dotate di vita propria, inaspettate e rotanti come paguri. Angela riusciva a leggergli dentro, e nel suo animo vedeva un grande antro che a tutta prima sembrava ricettivo e invece si dimostrava fitto di cassetti minacciosi. Da ognuno di questi fuoriusciva un sentimento, la rabbia, l'invidia, la stizza. Giuseppe era ancora un ragazzo, lei pensava, ma l'impronta paterna, come uno stampo diabolico, l'aveva già plasmato.

«Appena arrivi a Nuoro» gli aveva detto infine, chiusa nella sua disperazione «vai da zia Maria, a nome mio. Ti darà un letto, vedrai. Si dice che abbia poteri soprannaturali e io, avendo vissuto nella sua casa per anni, lo posso confermare. Forse possiede ancora su castigu, e io spero che possa aiutarti. Dille che sei mio figlio, ma solo a lei, mi raccomando, nessun altro deve saperlo, altrimenti saresti in pericolo mortale. E ricorda che molti la chiamano Jaja.»

E quando lui stava piegando le sue cose in una valigia di cartone, gli aveva detto, ancora: «Pregherò per te, fiziche', farò tutto affinché la tua anima si salvi».

Era stato il suo addio.

Adesso lui era di nuovo Pietro Mattana ed era nella casa di Jaja, seguendo il suggerimento di Angela, seduto sulla branda, guardando il monte Ortobene che cambiava colore nel tramonto.

8 luglio 1931

Jaja gli aveva detto: «Tu non sei ritornato per convincere Mariane. Tu sai che è impossibile, Pietro».

Lui s'aspettava che lei fosse vecchia come l'alba del tempo. Al contrario, Jaja sembrava giovane, la pelle fresca e setosa come quella di una ragazza, il colorito pallido.

«Ha ucciso mio padre e si è impossessato della nostra terra e della nostra casa» Pietro aveva risposto sbocconcellando un pezzo di formaggio. «Lui sa tutto, non può far finta di non capire.»

«Capire? È ignorante, arrogante e crudele. Lui pensa di essere diventato vecchio in galera proprio per non rinunciare ai suoi diritti: per questo ha ucciso un uomo. Credeva che la terra di Locoe spettasse a lui, e ancora oggi lo crede. Dopo vent'anni passati in prigione, è ancora più convinto di allora.» Ed era stata zitta per un po' mentre Pietro aveva abbassato la testa continuando a masticare. «Tu vuoi ucciderlo» gli aveva detto ancora, e a lui era parso che si trattasse di una sorta di incoraggiamento.

«Io voglio che lui ci restituisca ciò che ci ha rubato e il nostro onore…»

«Il tuo onore ti costerà l'inferno, lo sai questo, vero?»

Pietro non aveva risposto, e Jaja aveva ammorbidito il tono: «Angela, tua madre, mi ha chiesto…».

Era stato il suo turno di interromperla: «Mia madre?».

«Mi ha spedito una lettera. È arrivata portata dalla stessa tua nave. M'implora di salvarti.»

«Io voglio solo giustizia.»

Jaja aveva fatto scorrere il suo sguardo su Pietro che indossava i vecchi abiti di suo padre, odorosi di naftalina. Angela li aveva conservati, come una premonizione appesa per anni nell'armadio. Gli tornavano comodi, non avrebbe potuto usare a Nuoro i suoi vestiti argentini, tutti lo avrebbero subito riconosciuto come straniero.

«La somiglianza con tuo padre è impressionante: lo stesso fisico, la stessa statura e la stessa faccia. Sembra che ventidue anni non siano mai passati.»

Pietro si era sentito a disagio.

Era uscito per strada, scosso dal colloquio con Jaja, dirigendosi verso via Majore, al centro di Nuoro. Il giorno era caldo, ma l'aria era secca, senza alcuna traccia d'umido. Nei vicoli di Santu Pedru sostavano gruppi di persone e tutti lo guardavano con curiosità: era allo stesso tempo un forestiero e certamente un nuorese. Ma sapevano che era ospite di Jaja e perciò non facevano domande.

In piazza San Giovanni una piccola folla ammirava una nuova Fiat 514 Torpedo parcheggiata nel mezzo, una splendida macchina, rossa e nera. Molti bambini correvano intorno e urlavano. Gli avevano ricordato sé stesso, una vita prima.

Via Majore era adesso pavimentata con lastre piatte di granito, un lusso per un paesone come Nuoro, e lui aveva camminato per la discesa sentendosi preda della sua dualità, metà Pietro Mattana il nuorese e metà Giuseppe Canceddu, l'argentino. La costruzione della sua identità era evaporata. Non sapeva più chi era.

Ritornato in via Asproni, Jaja lo aspettava. Gli aveva detto: «Voglio che domani tu vada a pregare al cimitero».

«Perché?» aveva chiesto lui, perplesso. «Ci sono già stato, e domattina devo andare dal notaio.»

«Ci andrai dopo, non preoccuparti, il dottor Sanna non arriva mai in ufficio prima delle dieci. Ma domani è un giorno importante e vorrei che pregassi sulla tomba di tuo padre. Devi pregare. E fammi un altro favore, Pietro: prima del cimitero, passando da Su Contone, vai dritto nella discesa e passa da Bastiano, il falegname. Ha un pacchetto urgente da consegnarmi.»

«Va bene, Jaja» aveva detto Pietro tenendo gli occhi bassi, e sentendo di nuovo, pesante come il caldo della sera, la sensazione di malessere.

9 luglio 1931

Dopo una lunga notte di incubi, quando si era svegliato Pietro aveva subito capito che c'era qualcosa di sbagliato. L'aria del mattino era strana, e diversi persino i profumi. La casa sembrava differente, nuova, disabitata. Nemmeno Murichessa si era affacciata a salutarlo, offrendogli una tazza di latte, e la cucina di solito odorosa e fumante era invece deserta, il tavolo vuoto senza nemmeno una briciola. Era uscito dalla casa per sottrarsi all'angoscia di quelle stanze, ma anche all'aria aperta si sentì confuso: cosa gli stava succedendo?

A sedici anni, a Buenos Aires, Pietro era stato operato d'urgenza di appendicite. La madre e Vincenzo l'avevano portato in carrozza all'ospedale, preoccupati dai suoi dolori e dalla febbre. Si moriva frequentemente di peritonite, allora, e anche durante le operazioni, invasive e pericolose. La pancia veniva aperta con un grande taglio a croce e i punti di sutura erano primitivi come per gli animali. Ai dolori seguiti all'intervento si sommava la sete, per giorni: i medici temevano che l'intestino non reggesse e proibivano ai pazienti di bere alcunché.

Pietro ricordava questo tormento, il sapore dell'etere come se ancora lo respirasse e la sensazione di ubriacatura prima che cessasse l'effetto ed esplodessero i dolori.

Gli pareva ora di aver respirato lo stesso gas, di sentire la testa leggera e veder scorrere immagini strane: una fila di alberelli verso Santu Pedru, i vicoli non selciati ma pieni di polvere, decine di povere case di fango che non ricordava, la discesa verso Su Contone priva del crocicchio di abitazioni e già strada per Lollove, in aperta campagna. Come se Nuoro si fosse ristretta, improvvisamente invecchiata.

Gli sembrava di camminare, con gambe molli che appena appena lo sorreggevano, in una vertigine. Era colpa del viaggio, della tensione accumulata, oppure una forma di pazzia? Aveva tentato di svegliarsi, ma invano.

In alto sulla destra sarebbero dovute apparire le mura grigie del cimitero e lui si era arrestato sconcertato: non vedeva altro che una parata di cipressi e alcune cappellette di granito! Un lungo brivido gli aveva percorso il corpo dalla nuca ai talloni.

Aveva fermato un passante, un vecchio, per chiedergli: «Che giorno è oggi?».

«Ma cosa sei, matto?» questi gli aveva risposto. La faccia di Pietro era orribile, trasfigurata dalla paura.

«Che giorno è?»

«31 luglio, che diamine!» aveva risposto il vecchio, indispettito.

«Di quale anno?»

«Tu sei proprio matto in testa! 1909, che anno dovrebbe essere?» E si era allontanato scomparendo dietro una curva.

31 luglio 1909? Una cosa senza senso! Che sorta di tragico scherzo era questo?

Pietro si era girato per tornare subito a casa di Jaja – aveva disperatamente bisogno di parlare con lei – quando una rude voce l'aveva chiamato, proprio in quel momento: «Giuseppe!».

Giuseppe era stato il suo nome per ventidue anni in Argentina. E lui si era voltato. Sulla strada per Lollove, vuota e polverosa, delimitata da fichi d'India violacei, c'era un uomo che Pietro non aveva mai visto. La sua faccia era pelosa come quella di un cinghiale, e i suoi occhi erano rossi e sporgenti. La sua espressione era distorta dalla rabbia. Imbracciava un moschetto. «Tu! Sei tu che hai rubato la mia terra, Giuseppe Mattana!» aveva urlato.

«Ma di cosa stai parlando?»

«Lo sai bene. Hai rubato la mia terra, la tanca che mi era destinata!»

«Io non sono Giuseppe, sono Pietro, il figlio» aveva balbettato mentre il tempo si fermava, i colori scomparivano e lui veniva colto da una folgorazione: era stata forse Jaja con i suoi misteriosi poteri a scambiare le date – dal 9 luglio 1931 al 31 luglio 1909 – la data della morte del padre di Pietro, affinché lui non commettesse un omicidio, un peccato mortale, e la sua anima fosse salva?

«Sono appena tornato dall'Argentina, credimi!» aveva detto con maggiore coraggio. La sete di vendetta dentro di lui si era di colpo dissolta, ma ora si rendeva conto del pericolo mortale che correva. E non voleva morire.

«Sei un ladro e un codardo, ti nascondi dietro un altro nome, come se fosse possibile confonderti!» Lo sconosciuto aveva puntato il fucile verso di lui, chinando appena il busto in avanti come un soldato che si apprresti all'azione. «Meriti di morire come un bastardo!»

«Io non sono Giuseppe, sono Pietro, suo figlio!» lui aveva urlato di nuovo, spaventato a morte.

«Codardo! Ladro e codardo!»

La mattina di luglio era immobile, non disturbata dal vento o dai rumori, eterna. Lui non aveva sentito lo sparo, non aveva sentito nulla, più nulla. Il mondo evaporò come un sogno.

Murichessa aveva chiesto: «Dov'è Pietro? Il suo letto è intatto».

Jaja stava scrivendo una lettera. Aveva sollevato appena la testa: «È partito di notte».

«Per andare dove?»

«Difficile saperlo. Un pellegrinaggio, immagino.»

«In luglio? Non è tempo di pellegrinaggi, questo.»

«Tu dici?» Jaja aveva fatto una lunga pausa guardando verso la finestra. Poi aveva abbassato la testa e, riprendendo a scrivere, aveva continuato: «Invece io penso che sia sempre il momento giusto per muoversi, se devi salvare la tua anima».

Murichessa non aveva insistito. Aveva ripensato a quegli abiti che puzzavano di naftalina, alla pelle fredda e allo sguardo remoto, ai silenzi di quel ragazzo venuto da lontano – le sembrava che Pietro fosse stato un fantasma di passaggio in casa Mannu.

7

Il racconto mi ha colpito al cuore e l'impressione di incombente follia lotta contro la pietà umana che Angela mi suscita.

Certo, suo figlio Pietro Mattana voleva tornare a Nuoro per vendicare il padre e lei aveva tentato, invano, di convincerlo a non partire. Allora aveva scritto una lettera a Jaja, chiedendole di fare qualcosa per salvargli l'anima - e sin qui il racconto sembrava ragionevole. Tuttavia, penso, Angela doveva conoscere i poteri oscuri a cui si rivolgeva e quando Jaja le aveva risposto, mesi dopo, mettendo fine a tutta la vicenda e scrivendo che Pietro era morto non in peccato mortale, senza lasciare una tomba, avrebbe dovuto provare dolore, rammarico se non pentimento, e avere dei dubbi, dei pensieri. Mi pare invece che il suo racconto tradisca un'accettazione quasi distaccata, che poco si addice a una madre.

Non discuto la veridicità del racconto in quanto non mi sconcerta più il potere maligno di Jaja. Nondimeno, nello sbalordimento per la conclusione della storia, non riesco a comprendere la decisione di Angela, mi sembra mostruosa.

Sorseggio l'ultimo goccio del tè forte che Angela mi ha offerto e penso che la voce ferma con cui mi ha raccontato tutta la storia, fino all'ultimo, ha qualcosa di sconvolgente. Forse tutti gli emigranti sardi, dopo un po', diventano matti? Così in effetti mi sussurrava don Costantino e così commentava Lorena quando riemergeva dalla sua giungla brasiliana e io le dicevo: «Come sei strana, ti stai trasformando in una selvaggia». Lei si guardava attentamente allo specchio, si rigirava a destra e a sinistra per dirmi: «Appartengo a una razza di mutanti, i sardomutanti, la cui identità è stata strappata con violenza. Con dolore ci trasformiamo e ci adattiamo per evitare la pazzia. Perdiamo la fluidità della nostra lingua madre, dimentichiamo il panorama, la mappa dei sentieri dell'infanzia, il cielo tra i sugheri e l'odore dei vicoli. Per sopravvivere sviluppiamo le branchie, se occorre, oppure una lunga coda da iguana».

Ma Angela, qui di fronte a me, deve aver trovato una sua pazzia nel distacco. Racconta e la storia sembra riguardare un'altra persona e un'altra dimensione che non le appartiene, appena sfiorata.

«So che siete vedova una seconda volta e mi dispiace... Vincenzo Canceddu, vostro marito, quando è morto?» le chiedo per riprendere il contatto con lei.

«Nel 1950, dopo la guerra» mi risponde con voce atona. «Fu una morte stupida, lui non c'entrava. Stava tornando al deposito di via Ramos Mejia con il suo autobus e capitò in mezzo a una manifestazione, di fronte al parco comunale del Centenario. C'era stato uno sciopero generale e iniziarono a sparare, non si sa bene chi e contro chi. Ci furono quattordici morti, tra cui Vincenzo. Fu raggiunto al petto, un solo colpo di pistola dal basso della strada, che ruppe il parabrezza e lo raggiunse dritto al cuore. Non deve essersi accorto di nulla, pover'uomo.»

«E in tutti questi anni come è stata la vostra vita, Angela? Come avete fatto qui, da sola?»

«Avevamo questa casetta in via Agustín Bardi e qualche risparmio. Vincenzo aveva comprato la casa prima della guerra, che qui ci ha risparmiato. C'era un bellissimo albero di lillà proprio davanti alla porta e lui diceva che gli ricordava i mandorli in fiore nella valle di Caparedda. L'ha acquistata per me, per vedermi sorridere. Era un po' grande per tre persone, ma era un'occasione particolare ed è stata un dono della Provvidenza. Quando è morto Vincenzo, la pensione è durata ben poco per colpa dell'inflazione. Allora mi sono messa a lavorare presso il fornaio Manjares, qui dietro, in via Antonio Caviglia, e poi mi sono organizzata per fare dolci a casa. Li vendevo al negozio e ai vicini, e così ho passato la vita, cucinando dolci di mandorle. Non ho mai avuto particolari esigenze, io, ho sempre vissuto con poco. Quando ho capito che non avrei potuto più lavorare, ho ceduto la casa alla nostra parrocchia, mantenendo l'usufrutto di una stanza e il diritto ai pasti e all'assistenza. Le altre camere sono occupate da indigenti come me.»

Tace a lungo, e anche io non so che cosa aggiungere alle sue parole sconsolate.

«Sì, viviamo qui» e muove la mano come a dire: è tutto, non c'è altro da dire o fare.

«E a tornare in Sardegna, ci avete mai pensato?»

Mi guarda senza muovere un ciglio, senza cambiare espressione. Poi risponde: «Avrei da visitare solo una tomba, quella del mio primo marito, il padre di Pietro, se mai la trovassi. Mi hanno detto di tanti lavori fatti al cimitero...» E rimane zitta, immobile.

Il silenzio, il sole del pomeriggio, la brezza leggera e quel suo accenno *al cimitero*, come se al mondo ne esistesse uno solo, quello di Nuoro, rendono il patio surreale.

Infine mi chiede: «Cosa stai cercando, Rechella?». E i suoi occhi sembrano per un istante brillare, come quelli della ragazzina di un tempo a Locoe. Forse non è pazza, o non del tutto.

Io sono stanca. Mi sono fatta lasciare a una fermata del bus e ho camminato per quaranta minuti nell'assolata via Agustín Bardi prima di arrivare alla sua casa. Siamo in marzo, ma ancora l'estate non molla la presa. Nella cartina, tutte quelle strade parallele che puntano al mare senza mai arrivarci sembrano corte come denti di un pettinino. In realtà, sono lunghe chilometri e guadagnare dieci numeri civici richiede una camminata di cinque, seicento metri. Ho sudato, mi sono persa in quella ripetizione di case unifamiliari a uno o due piani, ognuna diversa per un dettaglio e tutte uguali, con poche macchine parcheggiate e un traffico inesistente. A momenti mi è sembrato d'essere in Campidano, sì, l'impressione è stata quella, la vegetazione era simile, simile il cielo senza nuvole, con l'orizzonte invisibile della pianura dalle parti di Cabras. Mancavano solamente le torri coniche per la raccolta dell'acqua e il sentore marcio delle peschiere. Raggiunta la casa, dopo le presentazioni, ho subito il turbamento d'immergermi tra i rancori, le faide e le morti violente di Nuoro, e mi sono sentita anch'io squilibrata, trascinata da qualcosa che avevo sottovalutato.

Sospiro, non sono certa di voler dire la verità a questa donna in cui ogni passione pare essersi spenta. Ma non posso tornare indietro: avverto di essere solo all'inizio della storia, e Angela possiede forse la chiave di cui ho bisogno. Così mi faccio coraggio: «Voi conoscete bene Jaja. Anch'io ho frequentato la casa di via Asproni per anni, da bambina, perché a quel tempo con Jaja viveva suo nipote, Martino, che aveva la mia età».

Nel pronunciare il suo nome la mia voce si incrina, sono travolta dalle emozioni: «Lei a quel tempo non sembrava malvagia. Era una donna straordinaria, ci raccontava la sua vita, ci insegnava a cucinare, ci spiegava la storia della Sardegna...». E davanti agli occhi mi scorrono come dietro il suo magico velo i ricordi dei pomeriggi trascorsi con lei e Murichessa davanti al fuoco, o nel giardino, o camminando per mano a Martino. Ma devo trovare la forza di completare il mio racconto. «Angela, voi sapete quale strazio sia perdere chi più si ama. Lo so anche io: Martino è morto, si è sfracellato cadendo dal muro di cinta del frutteto di Jaja. Aveva solo tredici anni, tutta la vita davanti. All'epoca si parlò di un incidente ma ho sempre pensato che non fosse così. Lui era… magico, sapeva vedere cose grandi, voleva partire, volare. Forse sbagliai io a trattenerlo col mio amore, non capivo perché avesse paura di Jaja…» Punto gli occhi in quelli di Angela e li vedo ardere di una luce nuova, che interpreto come partecipazione ai miei dubbi. «Solo molti anni dopo ho cominciato a intuire che c'era di più. Voglio capire se è stata Jaja a uccidere Martino, il mio primo e unico amore. Perché e come.»

Angela fa un lungo sospiro che non so decifrare. Poi mi dice qualcosa in nuorese, è la prima volta che lo usa, frasi che non ricordo perfettamente ma che suonano così: «*It'ischimus nois, sa connoschenzia nostra, fiza mea, est finia, limitada. Comente podimus connòschere sa beritade?*» Cosa sappiamo, la nostra conoscenza, figlia mia, è finita, limitata. Come possiamo arrivare alla verità?

Mi viene voglia di urlare, come mi era accaduto con il funzionario del check-in di Linate. Quand'ero piccola avevo letto il racconto *Dagli Appennini alle Ande* nel libro *Cuore*, e ricordavo bene lo scoramento del piccolo protagonista che cerca di ritrovare sua madre nella vastità della pianura argentina. Alla frase di Angela mi sembra di provare la stessa sensazione di piccolezza, di impotenza.

Ho passato l'intera adolescenza e giovinezza a cercare di fuggire dalla colpa della morte di Martino, e questi sei anni a Buenos Aires dimentica di tutto, come avessi scelto un coma farmacologico, in attesa di trovare il coraggio per affrontare Jaja alla pari. Adesso mi sono risvegliata per vagare alla ricerca di una luce. Le frasi secche di Angela mi convincono di essere fuori strada, di aver cercato per niente questa vecchia figlia d'anima che ha passato con Jaja tanti anni ma forse senza capirla, com'era accaduto a me.

Tutto inutile allora, nella nostra migliore tradizione?

Rispondo per disperazione: «La nostra conoscenza può essere modesta, lo so, ma non c'è una ragione morale che dovrebbe comunque guidarci nel giudicare e nel decidere?». E mentre finisco la frase vedo Angela raddrizzare la schiena e infiammarsi, come se fosse trent'anni più giovane: «La morale, figlia mia? Il bene e il male? Stiamo parlando di Jaja e di un ragazzino che non conosco, oppure mi stai accusando di aver fatto male affidando mio figlio a Jaja?».

«Adesso che ho capito Jaja non avrei chiesto il suo aiuto, non avrei potuto.»

«E che cosa avresti fatto? Come madre avresti condannato tuo figlio all'inferno?»

«Ritrovando Mariane vecchio, forse non l'avrebbe ucciso. Era una possibilità...»

«Una possibilità...» dice e si chiude in sé stessa prendendo tempo, come per considerare la mia prospettiva. Poi solleva la testa e mi chiede: «Hai figli, Rechella?».

«No.»

«Lo immaginavo.»

«Io...»

«Non mi devi nessuna giustificazione, sei così giovane, una ragazza. Io ho avuto un solo figlio perché ho avuto un solo marito, Giuseppe. Ero un'orfanella, e lui veniva ogni mattina a portare il latte. Quando aveva poche consegne appariva su un cavallo altissimo, dal quale smontava per arrivare con un balzo a un centimetro da me, dalla mia faccia. Quando il carico era pesante, spingeva invece il suo asino. Mi passava il latte come fosse un suo dono personale, faceva in modo di sfiorarmi le mani. Quando arrossivo, sorrideva, sì, e allora io sentivo di aver ritrovato un posto al mondo, di non essere più sola. Non sapevo che anche lui fosse un orfano: mi sembrava serio, sì, ma spavaldo, un po' barroso. Era giovane, bellissimo, con la pelle fresca, con un buon profumo di cisto. Notavo che si lavava la camicia e che si curava le unghie, e questo era importante per me, voleva dire che ci teneva, che aveva un sogno. Quando mi ha parlato la prima volta, mi è sembrato che le gambe non mi reggessero. "Mi chiamo Giuseppe," ha detto "ho un mio gregge." Quel giorno non ho vissuto e la notte non ho dormito, mi sembrava tutto troppo grande. Capivo che parlandomi del gregge mi aveva fatto una dichiarazione, una proposta, ma non sapevo dove stesse mirando, speravo potesse trovare un modo. Ero una trovatella, una fiza 'e anima, che cosa potevo sapere della vita? Invece lui trovava sempre la soluzione pratica, senza neanche pensarci, o almeno senza darne l'impressione. "Mi chiamo Angela," gli ho detto il giorno seguente "perché un angelo mi ha depositata sul gradino della porta di Nostra Signora delle Grazie, a Seuna. Non ho nessuno, non ho niente se non quest'abito che indosso." Lui mi ha guardato e ha annuito come se ci fossimo detti tutto. Finito di allacciare la bisaccia, ci aveva messo un po' e avevo capito che stava riflettendo, mi ha detto: "Compro un pezzo di terra, ci sposiamo in chiesa e..." non ha finito la frase, è montato a cavallo e da lassù ha concluso, con fierezza: "Sono orfano anch'io".»

Non oso interrompere Angela, che ora tradisce nella voce qualcosa che può essere una impercettibile tenerezza, o nostalgia.

«Tempo quattro mesi ed eravamo marito e moglie. Dalla casa si scorgeva, lontanissima, la chiesa rurale di San Leonardo, nelle propaggini verso Orgosolo: era l'unico rettangolino bianco in una piccola valle sin troppo selvaggia, non ancora toccata dall'uomo. Giuseppe vi aveva portato le pecore e loro rappresentavano il nostro sostentamento, il nostro mondo. Ogni mattina, a una certa ora, lui andava a Nuoro a fare le consegne di latte e ricotta. Io controllavo il gregge e la casa che all'inizio era solo una stanza. Una vera stanza, comunque, con un solaio e un grande caminetto ad angolo, la cui cappa occupava quasi metà dello spazio. Nei mesi freddi cucinavamo, mangiavamo e dormivamo sotto la cappa, coperti di pelli. Le pecore non avevano un riparo e dormivano sotto un grande leccio a venti metri dalla nostra porta. Erano più resistenti, allora, vere pecore di montagna... Adesso può sembrare una vita di stenti, ma per me era un regno paradisiaco quello in cui mi svegliavo ogni mattina. Avevo un marito che mi voleva bene, premuroso, e insieme scoprivamo cose nuove. La campagna era nostra, infinita, era una scuola. E Giuseppe mi faceva sedere su una roccia e mi raccontava il futuro. "Qui, in questa direzione, pianteremo una vigna. Il vino rende più del latte, ma deve essere buono, onesto. Ci vorranno cinque anni di lavoro, ma ce la farò, vedrai, dobbiamo avere la nostra vigna. Tra la casa e il leccio faremo un pergolato e vedremo crescere l'uva per noi e per i nostri figli. Ingrandiremo le stanze un pezzo ogni anno. Avremo una bella casa, con una stalla e tanti camini, almeno tre, per guardare la neve d'inverno stando al caldo."»

Fa una pausa, come per lasciar risuonare dentro di sé la voce del marito.

«Di amare Giuseppe l'ho scoperto nel tempo, forse me ne sono resa conto quella volta che ci stavamo unendo nel nostro giaciglio, l'atto da cui è nato Pietro. Giuseppe era stato lontano col gregge per sei settimane ed era tornato il pomeriggio tardi. Avevamo mangiato con una certa trepidazione, sentendo quanto ci volevamo. Poi nel letto, nel buio della camera, soli nell'infinità della valle di Locoe, mentre lui mi amava con particolare tenerezza, avevo sentito sgorgare tutto il sentimento di cui ero capace. Avevo capito che l'amavo e mi ero messa a piangere perché la gioia mi soffocava.»

Angela mi guarda, poi si volge intorno, quasi interrogativa. Per un attimo, ho l'impressione che abbia paura di essere ascoltata, ma qui ci sono solo io e i vecchietti nelle stanze adiacenti. Finalmente prosegue con una voce sottile: «L'amore è una benedizione: quando c'è, tutto si trasfigura, prende significato. Giuseppe era mio marito, e Pietro era il frutto del nostro amarci, dell'essere una famiglia vera».

Adesso sembra aver esaurito le energie, ripiegata su sé stessa. Io mi sento in colpa: quale diritto ho di farla soffrire riportandola a rivivere la sua giovinezza?

Ma poi, lentamente si tira su con una nuova luce negli occhi e mi dice: «Il bene e il male, figlia mia? Per anni ho conosciuto tutto il bene del mondo, credimi, e poi d'un tratto il male. E il male, ricordalo, esiste! Esiste come sostanza, non solo come concetto. Ci aspetta, s'impossessa di noi, cambia la nostra esistenza. Mi fanno pena quelli che lo negano, che non lo vedono. Ti ho detto che ho avuto un solo figlio perché ho avuto un solo marito: è vero. Vincenzo è stato un angelo arrivato per posta e mi ha salvato l'anima, ma non posso dire che l'amassi e mi sono sempre rifiutata di avere un figlio da lui. Forse è stato egoismo da parte mia, ma un altro figlio non sarebbe stato frutto del nostro amarci ma solo del rispetto e di un contratto di vita insieme, non mi sembrava giusto. Non puoi fare un figlio per gratitudine, e credo che alla fine Vincenzo l'abbia capito. Così è stato».

Trovo la forza di parlare: «Avete ragione, Angela. Ma il male, non la sventura imprevedibile, il male deliberato come si fa a riconoscerlo?».

«Quando lo incontri, quasi sempre lo riconosci, fiziche'. Mariane era il male, il diavolo. Se fossi tornata a Nuoro, io l'avrei ucciso. Mi capisci? L'avrei ucciso senza pietà e avrei ucciso persino la sua famiglia perché aveva cancellato un uomo buono e le sue speranze, le mie speranze, la mia esistenza.»

«Vi capisco.»

«Cosa capisci?»

«La vendetta.»

«Ecco, adesso possiamo parlare. Lascia perdere la morale, con me. Don Giorgio, il prete, mi fa una testa così in confessione e quando io ho voglia di discutere non mi concede l'assoluzione. Lui è di Vittorio Veneto, non capisce il sentimento e la nobiltà della vendetta. Parla per frasi fatte, *porgi l'altra guancia*, *perdona*, *prega*. Ma tra noi due non dobbiamo mentire, essere ipocrite. L'avrei ucciso subito, potendo, e l'avrei ucciso dopo la sua uscita dal carcere. Anzi, avrei dovuto prendere io la nave e tornare a Nuoro, mi sarebbe stato facile avvicinarlo. Questo è l'unico rimpianto, avrei dovuto sacrificarmi io.»

«Perché non l'avete fatto?»

Riflette un attimo e sospira ancora una volta: «Per paura del mare, lo confesso, per viltà. Il viaggio dalla Sardegna a Genova e poi da Genova a Montevideo e infine a Buenos Aires mi aveva provato sino al midollo, mi aveva consumato l'ultima stilla di volontà e mi aveva portato vicino alla consunzione. Molte volte avevo implorato Dio di farmi morire e altrettante gli avevo chiesto di risparmiarmi per amore di Pietro. Quanto mare c'è tra qui e la mia giovinezza! La distanza ancora oggi, per me, non è in giorni o chilometri, ma in onde. Non posso pensare di tornare, di ripercorrerle tutte, a una a una, Dio mio, no! Quando Pietro ha deciso di comprare i biglietti io ero sicura di quanto sarebbe successo. A Nuoro mio figlio avrebbe incontrato il diavolo. Io vedevo il cuore di Pietro come fosse una pesca gialla ogliastrina, di quelle dolcissime che quando le apri ti lasciano le mani bagnate di succo. Ecco, il cuore di Pietro rilasciava una tale quantità di voglia di vendetta da superare persino la mia. E comunque, il suo nocciolo non era scalfibile ma duro e tossico: era nato così. Capisci adesso? Potresti immaginare una fine diversa della storia? Avrebbe perso la sua anima, povero Pietro: il diavolo non se la sarebbe lasciata scappare. No, non esisteva un'altra possibilità che rivolgersi a Jaja, ai suoi poteri».

Non so cosa dire e rimaniamo in silenzio a lungo.

«Siete stanca?» le chiedo poi.

«Sì, ma prima che mi lasci voglio che mi racconti la storia di Martino, devo sapere. Altrimenti non posso capire la tua richiesta, non posso capire chi sei tu e perché sei qui. Raccontala ora. Di tutto il resto parleremo domani, a Dio piacendo.»

Annuisco e respiro, un po' spaventata dal dover ricordare e spiegare.

E inizio a raccontare.

«Io l'amavo come si ama a tredici anni…»

8

«Ma non vi è venuto in mente che tutto potesse essere una... un'invenzione di Jaja?» chiedo ad Angela il giorno dopo, riandando al suo racconto.

Non avevo dormito, ero tornata tardi al mio miniappartamento in Estados Unidos senza mangiare e all'alba ero di nuovo in piedi, nervosa e preoccupata. Avevo preso un giorno di ferie e la mattina era trascorsa con un senso d'ansia che il vento levato sulla baia aveva contribuito a esasperare. Avevo pulito il bagno, stirato le mie divise e le mie camicette, e poi ero uscita. Avevo paura di riprendere a parlare con Angela eppure non vedevo l'ora di sedermi con lei e continuare a scavare.

La via Agustín Bardi era diversa dal giorno prima, appiattita sotto il grigio del cielo. Non era più una strada di Cabras; la luce mi ricordava Corpus Christi, la città texana sul golfo del Messico nella quale avevo passato quattro mesi l'estate prima per uno stage di cucina internazionale. Vivevo in una stanza in affitto in un appartamento su una via trafficata, Airline Road, e ogni giorno mi colpiva il grigio che s'impossessava del panorama. Avevo immaginato il mare, il sole e le spiagge, e mi ero ritrovata in un'atmosfera industriale con magazzini che sembravano chiese messicane col tetto a botte, spazi enormi e alberi che, nella vastità, mi parevano radi e tristi. In ogni caso il mare era perso chissà dove, irraggiungibile come al fondo di via Agustín Bardi.

Ci siamo sedute all'interno della casa per evitare il vento, Angela e io, in un salotto orribile, coerente con l'atmosfera di una casa di riposo per indigenti. C'è odore di povertà, di minestre in polvere dei discount, di corpi non ben lavati – altri vecchi sonnecchiano distanti da noi senza prestare attenzione. Angela è invece elegante come il giorno prima, e profuma di saponetta. Maledico la mia distrazione: avrei dovuto portarle un regalo, magari proprio una boccetta di profumo francese che in hotel avrei potuto acquistare con lo sconto.

Beviamo il tè che ha preparato con gesti lenti come maneggiasse ceramiche di Limoges, la prendo larga e le chiedo ancora del figlio perché mi sembra che la storia non sia completa, non sia conclusa. Poi le faccio la domanda che mi è rimasta in testa sul ruolo di Jaja e su una possibile invenzione di quanto raccontato.

«In che senso?» chiede in risposta, non infastidita, solo attenta. Di certo la sua vita è diventata più chiusa e solitaria, e io rappresento un diversivo, parlo l'italiano e sono sarda.

«Beh, non c'è una tomba, ecco. È tutta la notte che non mi capacito di questo fatto. Potrebbe non essere morto» azzardo, stupendomi del mio coraggio.

«Pietro è morto.»

«Ma è stata solo Jaja a dirlo, è vero?»

Angela non commenta subito. Mi guarda a lungo senza remore, come fanno spesso le persone anziane, e poi mi dice senza alcuna fretta: «In lunghi anni di solitudine, da quando Pietro è partito, ho avuto tanti pensieri, puoi immaginarlo, figlia mia. Non potevo spartirli con Vincenzo né con altri; me li sono tenuti in testa. Li ho nutriti, è vero, e in certi momenti mi hanno preso la mano: la mia è stata un'esistenza di solitudine. Ma poi, da poco, tutto questo pensare e ripensare come in una discussione deteriorata con me stessa si è dissolto, ha perso spessore e definizione. Il sentimento di tragedia è sfumato. Non vorrei sconvolgerti, Rechella, dandoti l'impressione di una madre senza cuore che dimentica il figlio ammazzato, non è così: non ho mai dimenticato Pietro e penso che tu l'abbia compreso. Pietro è sempre vicino a me, i sentimenti non c'entrano. È la mia testa che è cambiata. Non so se a una certa età possa succedere, perché in realtà avevo sempre saputo che le fissazioni peggiorano a mano a mano che si diventa vecchi, quando le arterie si sclerotizzano. A me è capitato il contrario. Non parlo delle arterie, che ne so, ma della testa: il brusio di sottofondo a un certo punto è cessato. Allora ho pensato che la mia memoria avesse creato uno scudo e ho immaginato che una sorta di medicina rilasciasse i suoi principi lentamente, proprio a causa dell'età che avanza: il corpo che si difende, ecco, e allontana i dolori passati, qualcosa di simile. Poi, dopo un po', ho associato questo fatto alla morte di Jaja...».

«Che cosa? Jaja è morta? Quando è successo?» alzo la voce. Mi rendo conto che il pensiero della sua morte non mi ha mai nemmeno sfiorata, e la notizia, saputa così di punto in bianco, mi fa stranamente male, anche in termini fisici. Sento un vortice di capogiro.

Mi alzo in piedi e mi risiedo.

Jaja morta? Ma se continua a interferire con i miei sogni? Non mi parla da tempo, ma il suo potere mi sembra intatto, ben presente in me.

«Ti senti bene?» Angela mi chiede, preoccupata. «Sei pallida, pariri sutta de surbiles.» Sembri succhiata da una sùrbile.

Prendo tempo, ancora turbata. «Sto bene adesso. Solo, non pensavo... non sapevo...»

«È morta il 29 dicembre del 1971. La notizia mi è arrivata da

Nuoro una settimana dopo, ed è da allora che ho iniziato a sentire come se mi fossi liberata di una dipendenza. Ho ripreso a respirare, a ragionare meglio.»

«Posso aver ragione, allora» interferisco, ancora frastornata. «Jaja potrebbe aver avuto nella vostra vita un ruolo che voi non immaginate.»

Angela scuote appena le spalle, poi prosegue: «Quando nasciamo, questo era uno dei tanti pensieri che ospitavo in testa, il mondo non ci è comprensibile. Non solo siamo nudi e senza difese, non solo non abbiamo un istinto che ci orienti come gli animali, ma in più siamo privi di istruzioni che evitino errori e dolori. Non è così, Rechella?».

Io trasalisco, non mi aspettavo un discorso che assomiglia tanto a quelli di Lorena. Sembra che Angela in questi anni abbia perso il fardello della sua umile origine e abbia letto tutti i libri della Biblioteca Popular, come suo figlio: la sua sintassi è perfetta, le sue parole hanno un incedere filosofico, la sua mente è lucida nonostante l'età.

«Pensa a me» lei continua. «La domestica che mi ha raccolto a Seuna, sì, poteva essere un angelo di Dio, eppure mi ha trasmesso solo insicurezze e paure. Nuoro era un paesone arcaico con molta violenza, e i bastardi erano la norma nelle famiglie e per le strade. Ci vestivano di grigio, assomigliavamo a personaggi di Dickens. Ho visto una fotografia di un matrimonio, fatta negli anni Venti. Il corteo nunziale, dopo aver risalito la via Majore, stava arrivando in piazza San Giovanni. In primo piano si notavano tre bambini magri ed esuberanti, vestiti di una specie di divisa, diversi e staccati dai paggetti che precedevano gli sposi, e ho riconosciuto in loro gli orfani di quei tempi. Erano maschietti, potevano girare per le strade. Noi bambine rimanevamo invece chiuse in casa: persino passeggiare per il quartiere era un sogno, e ogni giornata era una sofferenza. Ero un uccellino spaurito quando Jaja mi ha preso in casa. Mi ha lavata e vestita, ha dato dignità al mio nome, mi ha educata. Devo tutto a Jaja.» Fa una lunga pausa per poi concludere: «Non posso dubitare di lei, neppure adesso che è morta».

Annuisco, delusa. «Inutile che vi chieda di Martino, allora» dico, e mi alzo in piedi. Ho ventinove anni, sono giovane, e sento di non avere altre armi a disposizione per indagare, né altro tempo. In aggiunta, un filo di rabbia inizia a martellarmi le tempie, e questo è per me un brutto segnale: rischio di passare una notte col mal di testa, devo fare qualcosa.

Ma Angela mi stupisce ancora una volta intimandomi: «Siediti. Non si lascia così una vecchia signora senza farle finire il tè».

Cerco di calmarmi, mortificata. Sono stata brusca, è vero, ma pensavo non ci fosse altro da dire. Ho sofferto nel riportare a galla i miei ricordi e nel condividerli con lei. Le ho dato il cuore, e per che cosa poi?

Mi costringo comunque a un po' di pazienza. Sono le tre di pomeriggio; alle cinque al massimo voglio essere a casa. Mi prenderò una tisana, Lorena mi ha rifornito di erbe di tutte le specie, e ingoierò due pastiglie per il mal di testa guardando una telenovela e cercando di dimenticare l'incontro con Angela e l'impressione finale di spiacevole omertà.

«Certo, chiedo scusa. Posso fermarmi altri cinque minuti, con piacere. È stata una vera sorpresa questo incontro, Angela» dico facendo ricorso alle frasi che uso ogni giorno in hotel «non avrei immaginato...»

«Credo che noi sardi» m'interrompe senza dar l'impressione di aver sentito le banalità che ho detto «abbiamo difficoltà a distinguere tra destino e libertà.»

Io rimango zitta, ancora una volta colpita dalle sue considerazioni. E lei continua: «La libertà, Rechella, richiede innanzitutto che le forze che agiscono dall'aldilà non interferiscano con la volontà umana. Oppure che la volontà umana sia più potente di esse. Altrimenti non possiamo parlare di una vera libertà».

«Ma possono esserci anche delle forze umane che interferiscono» l'interrompo.

«Ci arrivo, Rechella, dammi tempo. Dicevo che se l'aldilà s'impone, la libertà di scelta diventa solo una parola vuota, e qui subentra il destino. Sei d'accordo? E noi che colpa abbiamo se non siamo liberi ma condizionati dal destino? Possiamo rimproverarci di non seguire *una morale che dovrebbe guidarci*, come dici tu, se abbiamo un solo binario davanti a noi, senza alternative? Eppure, viviamo lo stesso il senso di colpa e il bisogno di espiazione.»

Io non rispondo e non penso che lei se lo aspetti. Le sue parole suscitano in me una profonda angoscia.

«Se invece l'aldilà non c'entra, allora abbiamo in mano leve umane e la libertà di usarle per contrastare forze umane. E la libertà richiede sempre responsabilità.»

Mi osserva come si guarda un pubblico a cui si è fatta una sorpresa concepita per sconcertare e confondere: *et voilà!* E infatti io sono confusa. Cosa ha letto Angela nei suoi anni di solitudine? Come mai è arrivata a fare simili riflessioni, non certo coerenti con questa casa di riposo, con questo odore di vecchiaia in miseria?

Per un attimo respiro, penso che Angela abbia davvero tratto dai libri che le portava in casa Pietro una sua personale e un po' delirante filosofia. Ma lei non si ferma, vuole arrivare a me.

«Parliamo di mio figlio, adesso. Io mi sono trovata di fronte a forze non umane che volevano la sua anima: ne sono sicura. Mariane era il diavolo, oh sì, e aspettava con pazienza Pietro. Cosa fa una madre se sente che l'anima di suo figlio è in pericolo mortale? Non ho avuto altra scelta che rivolgermi a Jaja, che dialogava con l'aldilà, e aveva un potere più grande del mio.» Sembra quasi orgogliosa, poi continua con fermezza: «Pietro è morto, lo so, Jaja non ha potuto farci nulla. Non riesco a pensare al suo corpo e non m'interessa una tomba mancante dall'altra parte del mondo, che io mai rivedrò. A me, Rechella, non resta che l'espiazione, ogni giorno, ogni ora sino all'ultimo istante della mia vita. Destino ed espiazione, non ho altro» sospira profondamente. Poi riprende: «Come vedi ho lasciato per ultima la domanda su Martino, ma come riconoscimento di importanza. Ho riflettuto stanotte sul tuo racconto e non posso non pensare a forze soprannaturali. Probabilmente quelle tempeste sulle quali lui volava erano reali, erano il segno di una lotta mortale che aveva come obiettivo la sua anima. Martino era una persona speciale, mi dicevi, e penso che Jaja non sia riuscita a proteggerlo, o almeno non come tu ti aspettavi».

«Cosa intendete?» chiedo, catturata dalla sua voce.

«Tu lo amavi, Rechella. Ma avevate solo tredici anni e, vedi, a quell'età l'amore ha sempre in sé un qualcosa di magico e poetico, ed è facilmente mitizzabile: il primo incontro, il primo bacio... Può darsi che tu ti aspettassi troppo.» Indugia un attimo. «Se per esempio Jaja gli avesse salvato l'anima, come ha fatto con Pietro, per te questo non sarebbe stato importante.»

«Mi state dicendo che dovrei ringraziare Jaja e limitarmi a ricordare Martino, nient'altro?» chiedo esitante, umiliata.

«Ti sto dicendo che la risposta è dentro di te, solo tu puoi trovarla. Solo tu hai conosciuto la sostanza del male e del bene che si sono fronteggiati, e con onestà potrai stabilire come sono andate le cose.»

«E Jaja?»

«Noi umani abbiamo sempre bisogno di attribuire a qualcuno meriti e colpe. Jaja è fuori da questo cerchio, Jaja appartiene a un mondo diverso, possibile che ancora tu non abbia capito? Mi ha aiutata, come posso pensare di lei qualcosa di male?»

Torno a casa con un mal di testa che mi fa sragionare. Prendo due pastiglie e mi butto sul letto. Sto immobile, al buio, per non vomitare.

La mia autostima è frantumata e le mie tempie battono una marcia dolorosa. Non riesco a trovare sollievo neppure compiangendomi.

È in questo momento, nel silenzio battente, che sento di nuovo chiara la voce di Jaja. Dall'oscurità mi dice: «Il mondo che abitiamo e al quale crediamo di appoggiarci con i piedi per terra non è altro che la superficie onirica di un magma senza forma. Un'anima sotterranea, la volontà di vivere, ci destina alla sofferenza. Ma è possibile sottrarsi a questo destino e rinunciare alla volontà di vivere, è possibile accettare la morte».

«Chi parla?» oso chiedere. Jaja mi sorprende sempre, ma questa volta mi sembra di ascoltare la stessa voce colta e saccente di Angela, e mi sento circondata.

«È Schopenhauer. Se vuoi capire cosa succede e ritrovare l'equilibrio, Rechella, ricordati che devi accettare la morte.»

Poi la voce tace, lasciandomi sola nel buio dove mi giunge in soccorso un sonno profondo.

Mi sveglio che ancora non è l'alba, la testa sgombra dal dolore ma abitata da un unico pensiero: morta o no, in qualche dimensione Jaja è ancora viva. E se la risposta è dentro di me, io già la conosco: lei è il male, e dal suo magma infernale si protende sulla terra cercando nuove vittime.

Accettare la morte di Martino, di Pietro, che cosa vuol dire? Sono anche io priva di libertà, costretta a un destino di sofferenza?

Spalanco la finestra: dal mio abbaino posso scorgere la linea luminosa dell'aurora sopra i tetti di Buenos Aires. Respiro forte e l'alba, come sempre, mi riconcilia con me stessa: immagini della mia infanzia appaiono e scompaiono, sento gli odori di stallatico, i campanacci, una voce che si allontana chiamando nei campi: Rechella, Rechella... Una calma consapevolezza mi prende: non mi farò tramite del male, posso ancora vendicarmi, se non altro facendo sopravvivere una scia di amore.

Una settimana dopo, inaspettatamente, mentre smonto dal turno di pranzo la reception dell'hotel mi avverte di una chiamata. Salgo alla cabina telefonica, e la cornetta mi restituisce la voce di Angela stentata e insicura. Mi vuole incontrare, io esito, poi acconsento a fissare un appuntamento, di prima mattina e per una sola ora, perché non voglio perdere un'altra giornata di lavoro.

Prendo un taxi e, appena arrivata, rifiuto il suo tè.

«Non è stata colpa mia» mi dice guardandomi fissa «ma tua.»

Scuoto la testa, non capisco.

«Sei giovane e, permettimi, devi imparare ad ascoltare meglio. Ti avevo raccontato di Pietro: si era appassionato ed era diventato un cultore della filosofia. Era un'informazione importante. Dopo la sua morte, ho preso in mano i suoi libri, volevo conoscerlo meglio, stargli vicino. All'inizio non riuscivo a leggere neanche una pagina, capivo le singole parole ma non il senso delle frasi. Beh, ho avuto quarant'anni di esilio per intestardirmi anch'io come lui. Mi spiace averti sorpreso, ma pensavo che avessi collegato le cose.»

Non trovo niente da dire, ma l'impressione di essere di fronte alla pazzia torna prepotente. Mi ha fatto andare sin lì solo per giustificarsi?

Invece aggiunge: «Ho capito la tua delusione riguardo a Jaja, ci ho pensato, ma non riesco ad aggiungere niente, mi spiace. Però posso darti il nome di un altro nuorese che l'ha conosciuta, anche lui emigrato in Argentina. Potresti incontrarlo, se vuoi. Si chiama Zolu Fodde».

L'ultimo colloquio con Angela non fa che accrescere la mia confusione: cosa cercavo veramente? Di fronte a lei, mi ero sentita ancora una ragazzina, così immatura. Appartenevo ancora al tepore della stalla, con le mie capre e il mio asino, e con mio padre, nel chiaroscuro della lampada, che compiva gesti che facevano parte delle mie radici: accarezzava di passaggio gli animali e li controllava, spostava i bidoni del latte, passava la spazzola su Billubì, metteva ordine per la notte. La mia era una famiglia allargata a una comunità di animali, e l'armonia non poteva prescindere dal benessere di tutti. C'era poco spazio per l'egoismo, si andava a dormire quando tutto era a posto e ci si svegliava molto presto pensando alle cento cose da fare. Era duro, lo so, e devo stare attenta a non cadere nell'elegia del tempo passato, eppure la sera, quando si chiudevano le porte e ci si lavava prima di andare a letto – mia madre non transigeva e la mattina controllava le lenzuola una per una – mi prendeva una sorta di calmo appagamento che non ho più provato.

Ancora oggi, quando voglio addormentarmi, penso alla luce soffusa nella stalla, a Billubì, sempre un po' sbuffante quando si trattava di dormire perché stava diventando vecchio, intollerante. Respiro il profumo caldo, metto a posto i sacchi di iuta, controllo la mucca che ha un po' di mastite. Poi chiudo la porta e finalmente gli occhi.

La base solida rappresentata per me dalla mia famiglia si era arricchita del mio folgorante incontro con Martino, degli spazi misteriosi e lussureggianti di casa Mannu, del nostro amore inconsueto, avvolgente, dell'ingresso in altre dimensioni. Il contatto con un carattere tormentato e una storia tanto diversa dalla mia, il soprannaturale così invadente, il mio sogno di un futuro insieme: tutto questo mi aveva fatta sentire partecipe di un'esperienza unica, che la mia famiglia non poteva condividere ma a cui non avrei mai potuto rinunciare.

Fino a che ogni cosa era stata cancellata in un istante, con bestiale crudeltà.

Era solo destino, come diceva Angela? Dovevo accettare la morte, come suggeriva Jaja? Non riuscivo a trovare il bandolo a cui ancorarmi, ero insicura e instabile.

Madrid è stata poi una violenza, come in seguito Buenos Aires. Certo, ci si adatta a tutto e piano piano si costruisce un altro sé sovrapposto al primo, sul quale il tempo si accanisce strappando pezzi essenziali, ma di quante perdite è fatta la vita!

Mi mancava mio padre, oh quanto mi mancava, perché ero sicura di fronteggiare qualcosa di oscuro, più grande di me, che mi sfuggiva nei termini, persino nel linguaggio, e mi lasciava tremante.

Lui non c'era mai perché lavorava dall'alba alla notte, eppure c'era sempre, appariva dall'oscurità della stalla e mi diceva: «Reche', devi scaldarti le mani, quante volte te l'ho detto?».

«Sono calde, ba'.»

«Sono calde per te, ma non per lei, povera Mascherada.» Mascherada era una capra rimasta quasi rachitica, più piccola delle altre. Lui la proteggeva, era la sua preferita.

«Come lo sai, ba'?»

«Come lo so?» sorrideva. E io mi sentivo sicura, amata. Aveva tempo per me, aveva pazienza: «Nel lavoro, piccola, devi metterci passione. E nella vita è lo stesso. Fatti guidare dalla passione e non sbaglierai. Tratta bene gli oggetti, tratta bene le persone, gli animali. Tratta bene te stessa. È l'unica strada sicura. Guarda!».

Aveva preso un secchio di acqua tiepida e aveva lavato con cura le mammelle di Mascherada. Poi, con le mani calde, aveva iniziato a mungerla. Io mi ero messa a ridere: «Ma non c'è tempo, non c'è tempo per farlo a tutte! Addirittura lavarle! Abbiamo ventidue capre. Cosa vuol dire questo?».

«Vuol dire che devi fare quello che puoi, non devi caricarti sulle spalle tutto quanto non potrai mai fare, tutti i mali del mondo. Ma quello che fai, Reche'» e mi aveva fissato con occhi grandi «lo devi fare bene, con passione… Vedi com'è contenta Mascherada, e come siamo felici adesso noi due?»

Gli avrei chiesto fiduciosa: come si può affrontare una sùrbile, ba', come si fa a impedirle di diffondere il male?

A Buenos Aires, a ventinove anni, cosa cercavo veramente?

Forse di dimenticare le frasi di Jaja: *Anche tu lo sapevi, sei tu infine che hai deciso* e *Capirai di averlo mandato tu a morire, sarà la tua condanna* – perché due frasi bastano eccome a cambiare un'esistenza. E perché chi conosce il male ha solo due strade davanti a sé: abbracciarlo o rifiutarlo con tutto sé stesso. E se anche questo fosse stato il mio unico spiraglio di libertà, io volevo sceglierlo.

Mia madre, negli anni di Martino, aveva cercato di impedirmi di frequentare casa Mannu. Mio padre, invece, l'aveva sempre quietata ribadendo che io ero libera e che la sola cosa importante era instillare in me la fiducia nel bene. Sapeva che io ero quella che ero e non avrei rinunciato a cercare colpe e colpevoli per immaginare la mia vendetta, fosse anche cancellare dalla terra una sùrbile.

Parte terza

1977-1978 – Lorena

9

«Nemmeno io sono andata al funerale di Martino, e questo è un buco nero nell'anima. Ho lasciato che lo seppellissero senza di me, così come ho permesso che mio padre morisse mentre ero lontana, cercandomi.»

Lorena mi ascolta sorseggiando il suo bicchiere di acquavite. Siamo entrambe un po' sbronze, ed è il momento delle confessioni. Su Buenos Aires si abbatte un temporale di un giugno feroce, e via Estados Unidos, leggermente in discesa, assomiglia a un fiume giallo squassato dalla pioggia e dal vento. Gli infissi di bassa qualità scricchiolano e sbattono e mi riportano a qualcosa del passato, al sentimento di rispetto che avvolgeva la stalla durante le tempeste.

La nostra casa era proprio di passaggio: il vento s'infilava trionfante e sembrava gonfiare vele immaginarie. Le capre si stringevano l'una all'altra a formare un corpo solo, Billubì chinava la testa e borbottava, come a dire: "Te l'avevo detto: il tempo sta cambiando" e anche le due vacche, le più giocose della compagnia, tremavano vicine, zitte.

In casa, se qualcuno dei figli si lamentava del tempo, mia madre ci ricordava che avevamo il privilegio di un tetto sopra la testa e una minestra nel piatto, e che potevamo accettare in letizia ogni tempesta. Mio padre sembrava divertito e approfittava per raccontarci qualche episodio di quand'era piccolo e le streghe lo inseguivano nella foresta di *Sos Littos*, scagliandogli contro fulmini azzurri. «Adesso siamo pastori a Nuoro, dentro Nuoro» diceva «di che cosa abbiamo paura?»

Lorena è da più di un mese a casa mia. Credo che voglia divorziare o abbia già divorziato, ancora non so, e non aveva un altro posto dove posarsi. È arrivata con una grande borsa etnica e una borsetta di paglia, tutto qui.

A me non dispiace averla tra i piedi: prende delle pillole ovali che la ottundono un po' e beve tanto, ogni giorno e metodicamente, ma s'impegna a pulire la casa e a prepararmi i pasti.

Ha un talento particolare per girare nel mercatino rionale e trovare prodotti freschi, attività che a me spazientisce. Dopo giornate trascorse in cucina, io ho solo voglia di qualcosa di disintossicante, e lei me lo fa trovare pronto, un piattino ogni volta diverso. Questo mi fa sentire accudita come mai mi è successo prima.

Quando torno la sera, però, Lorena spesso dorme, rannicchiata sul divano con un libro aperto. Compra libri, mai giornali, e legge in maniera compulsiva. Sottolinea le frasi, scrive commenti sui bordi delle pagine, s'arrabbia e persino piange.

Ma stasera il vento l'ha svegliata e il bicchiere della staffa ha in realtà dato la stura a discorsi diventati man mano più intimi.

Parlare in italiano mi rilassa, intanto mangiucchio hummus, bevo Malbec e sento crescere il desiderio d'assopirmi, ma voglio esprimere la mia gratitudine a Lorena e cercare di capirla meglio così le chiedo: «E tu, perché sei fuggita?».

«Mi ero appena laureata in Medicina a Cagliari ed ero tornata a Bitti. Ho presto capito che un filo si era spezzato, non ero più in sintonia. Avrei dovuto riadattarmi alla vita di provincia, oh, i bittesi sono convinti di essere i migliori e non accettano cambiamenti...»

«Perché sei fuggita?» ripeto. Mi sembra che Lorena stia divagando con questi cliché da emigrante.

«Ho convissuto alcuni mesi col mio fidanzato dei tempi del liceo, in un appartamentino vicino al rudere dov'era nato Giorgio Asproni, in alto nel paese. Una domenica mi ha portata a cena e mi ha chiesto di sposarlo. Era quello che tutti si aspettavano per me, come se la laurea fosse stata un mio capriccio e il mio destino dovesse essere quello di sposa e madre. Sul momento non ho avuto la forza di rifiutare, ma lui ha presto capito che quel matrimonio era quanto di più lontano da me. E mi ha lasciata. Ho poi saputo che la sua famiglia non sopportava che lui vivesse a Bitti con me, una donna marchiata da chissà quali altre esperienze fatte altrove.»

«Mhm, *la sua famiglia*?»

«Beh, hai ragione: *lui* non sopportava. Non ha retto all'emarginazione alla quale la provincia ti costringe se non ti sottometti: frasi, sguardi, mancati inviti, bla bla. La proposta di matrimonio era stata un tentativo di *ripulirsi*, ti rendi conto?»

«E la tua, di famiglia?» chiedo, perché dopo anni non so quasi niente di lei.

«Mio padre era già morto. Anch'io come te non l'ho visto morire. Tornavo da Cagliari con l'auto di un amico e ci siamo fermati a mangiare con calma, ci aspettavano le vacanze di Pasqua ed eravamo rilassati. Quando siamo arrivati a Bitti, mio padre era già stato trasportato a Nuoro. Dissecazione dell'aorta, senza scampo. Mia madre è morta dopo due anni. Ma nel frattempo io, sua figlia unica, sua unica ragione di vita, ero scappata nel mezzo del Brasile, dove non arrivavano neppure i telegrammi.»

Lorena beve un incredibile sorso di acquavite e io mi aspetto che crolli addormentata. Sono pronta a coprirla con un plaid, a finire il mio bicchiere in solitudine e a buttarmi sul letto ma lei sembra invece rianimata, più presente a sé stessa. «Sarei potuta andare in Inghilterra. Avrei trovato posto in qualche ospedale, cercavano medici. Io ho letto tutti i libri di Cronin, non avrei avuto sorprese. Ma c'era un'idea che mi si era accesa nella mente: avevo visto una locandina umanitaria, così sono andata sino a Roma e ho percorso tutta la Nomentana, una via che non finisce mai, per arrivare alla sede dell'associazione religiosa che la promuoveva. Mi hanno detto che sarebbero stati in grado di pagarmi il viaggio e avrei ricevuto ottocentomila al mese per lavorare in un presidio medico situato nel Pará, in Brasile, sopra il Rio delle Amazzoni. Il posto si chiamava Terra Santa, ed era di fatto un avamposto nella giungla. Ho fatto le vaccinazioni ed entro quindici giorni, nell'ottobre del 1966, sono partita. Da Recife, dove si faceva scalo con l'Air France, ci volevano tre giorni di viaggio.»

«È a Terra Santa che hai incontrato tuo marito?»

«Sì, ero lì da quattro anni. In ambulatorio c'era un unico infermiere, un ragazzo di famiglia indigena che era riuscito a studiare per un anno in una grande città. Si chiama Kaíque. So di essere un po' stronza, ma più che un amore è stato l'unica scelta possibile. Ci siamo sposati in municipio ma io non ho mai registrato nulla presso l'ambasciata italiana, ho mandato le partecipazioni alle zie di Bitti, non chiedermi il perché. Mi sembrava di dover mantenere un contatto, ma non ho mai ricevuto risposta.»

«Com'è Kaíque, bello?»

«Bellissimo come un dio della giungla.»

«Ah, allora la tua unica scelta è stata fortunata!» scherzo io, invidiandola per un attimo. Poi penso con mestizia che io invece, da anni, non mi concedo nemmeno una serata fuori a ballare. Ma Lorena non coglie, va avanti.

«Kaíque ha un cuore buono e mani d'oro, ma è un primitivo. Di figli non ne sono venuti, e questo, col senno di poi, è stata una fortuna. Facevamo l'amore tre, quattro volte al giorno. Tutto per lui era facile, e il sesso solo il soddisfacimento di un bisogno naturale. Mi colpiva la sua mancanza totale di retropensieri. Purtroppo, ecco, non limitava la sua naturalezza a me, era giovane, instancabile, e a un certo punto ho smesso di contare i suoi tradimenti, anche se capivo che lui non li considerava tali.

Comunque tutto si deteriora su queste basi aperte e senza ancoraggio. Kaíque è affezionato a me ma è figlio della sua terra, e io vengo da lontano. Ho iniziato a viaggiare. La parte difficile è arrivare da laggiù a Recife o a Fortaleza; poi, vicino al mare, ritrovo la mia energia e uno spicchio d'identità. Al di là dell'oceano c'è la Sardegna, e da questa certezza io posso sempre ripartire per programmare altri viaggi... Ho conosciuto dozzine di nostri emigranti, e quello che mi ha colpito è il senso di provvisorietà che scolora le loro esistenze. Alcuni scelgono di ghettizzarsi, e in questo dolore chiuso la politica ha inzuppato il suo biscotto avvelenato. Altri semplicemente decidono d'impazzire. Non io, Rechella, io voglio vivere, e anche tu devi farlo! Siamo giovani, possiamo sfuggire a un destino di follia.»

«Torni sempre alla pazzia.»

«Beh, se il temine non ti piace, chiamiamola *disorientamento*.»

«Tu però non sei né folle né disorientata. Sei riuscita a fuggire da Terra Santa» dico, e mi accorgo di aver bisogno di altro vino. La tempesta, fuori, si placa e poi riprende come il corso del mio umore. Ogni parola di Lorena apre un fiotto di sentimenti a cui mi sottometto galleggiando sull'alcol, e ho ancora voglia di ascoltare.

«Ah, certo, questo è il mio successo! Ho smesso di saltare come un grillo impazzito intorno all'ossessione della Sardegna o della sua alternativa, come se dovessi per forza trovare un'altra patria. Ho messo in discussione me stessa, invece.»

«E dunque, adesso dove hai intenzione di andare?»

«Non puoi farmi questa domanda, Reche'. Noi sfuggiti alla follia abbiamo un attaccamento all'immediato, all'istante.»

«L'alcol ti rende filosofa!»

«Al mio livello di semi alcolismo, di generoso confine tra uso e abuso, ebbene sì, mi apre il cervello. E allora parliamo di te: tu non sei né pazza né sana, sei una donna che nasconde qualcosa.»

«Cosa?»

«Un obiettivo.»

È in quel momento che la tempesta decide di azzittirsi. Senza un sospiro, una transizione che ci prepari al silenzio. Siamo atterrate a Buenos Aires, Lorena e io, materializzate per magia nel mio appartamento di Estados Unidos, e ci guardiamo in faccia.

È in questo momento che decido di dirle di Angela. Nella notte che si assottiglia come l'acqua per strada, felpata, inizio a raccontare: «Il transatlantico che lo aveva riportato in Sardegna aveva uno scafo nero e la prua verticale...».

No, non sono andata al funerale di Martino, avrei dovuto? La morte è un fatto personale, intimo, e a tredici anni si ha bisogno solo di raccoglimento. L'elaborazione del lutto è un processo lento e richiede una ricostruzione che lavora per cellule, a una a una, per minuscoli eventi.

Ignazio, un'altra meteora incontrata all'Hotel Panamericano e proveniente da un lontanissimo Marghine, un esperto del dolore che lavorava all'ospedale di Montevideo, un medico straordinario, mi diceva che il corpo è un grande guaritore di sé stesso, il migliore, ma richiede il giusto tempo e modo: nessuno strappo in avanti è consentito. «Pensa a chi ha subito un drammatico incidente, magari con fratture multiple» mi spiegava «noi lo aiutiamo con la chirurgia necessaria e con una terapia anti dolore, ma è poi il corpo che ritrova il proprio senso, il proprio miracolo, e piano piano, impercettibilmente, ridiventa l'organismo di prima. Ci possono volere anni.»

L'elaborazione del lutto non è diversa: di fronte a un trauma, a una disarticolazione, reagiamo come un uccellino che ha sbattuto contro un vetro. Ci raccogliamo in noi stessi perché il linguaggio corrente non basta più a spiegare il dolore, la morte, l'assenza di senso, e iniziamo inconsciamente a riformare un nuovo alfabeto, al quale ci aggrappiamo per riemergere.

Tutto il resto è sovrastruttura e serve con l'avanzare dell'età, quando si ha bisogno di spartire non tanto il dolore della perdita ma l'angoscia della nostra futura morte. I funerali diventano allora un ritrovo sociale: ci si conta, ci si conforta l'un l'altro, ci si illude che il numero faccia la differenza e che la morte, instancabile, non peschi nel gruppo ma ghermisca quelli che camminano da soli, là fuori, indifesi.

Poi è importante impacchettare tutto – la forma ha un'importanza crescente – e chiuderlo nel recinto del cimitero di Nuoro, sulla collina: la morte non deve esistere, l'abbiamo rifiutata e spinta ai margini.

Mia madre non sarebbe stata d'accordo sulle ultime considerazioni. Lei conservava un concetto forte di comunità e non concepiva un dolore che fosse tenuto costretto, nascosto in casa. «Gli amici servono, sono uno sfogo nei momenti difficili, puoi riversarci tanto. E non c'è vergogna nel dolore.» Inoltre – prima della crudele conclusione della nostra transumanza a Nuoro – manteneva una visione romantica della città nella quale erano arrivati, come Giuseppe e Maria a Betlemme, con il figlio che stava per nascere e le bestie, guidati da qualche stella. Nuoro li aveva accolti e nutriti, aveva dato opportunità ai figli: perché essere ingrati? I funerali erano per lei il segno che lo spirito comunitario ancora sopravviveva, e dunque faceva di tutto per difenderlo: a esso era legata l'esistenza del suo mondo, casa, famiglia e bestie comprese. Sino alla notifica dello sfratto.

Mio padre era un allevatore pastore, invece, e conosceva il significato della solitudine, che era il suo pane quotidiano, il suo ricovero, lo stato naturale del suo essere. Oh, era generoso e si donava senza limiti: per la famiglia e per ciascuno di noi avrebbe dato un braccio, la vita, ma conservava un territorio suo in cui era quasi impossibile entrare.

Di lui, i ricordi più belli sono notturni: mi svegliavo per un incubo, scendevo le scale e scivolavo a piedi scalzi nella stalla, sicura di trovarlo lì. Non mi sorprendeva scorgerlo seduto su una sedia bassa, pensoso, alla luce di una lampada. Come tutti i pastori dormiva poco e quando capitava. Mi faceva segno di raggiungerlo e mi cullava senza dir niente. Non c'era bisogno di spiegare: il suo amore era così intenso che persino i cani della corte di Billubì, nell'angolo più buio, lo sentivano e venivano sonnacchiosi a leccarmi, per poi tornare a dormire.

Mio padre mi aveva aspettato proprio nella stalla, quella notte verso l'alba, carezzando Mascherada. E mi aveva detto: «Se non vuoi andare al funerale, non andare».

«Mamma...»

«Tua madre andrà, e rappresenterà tutti noi. Ma tu devi decidere per te.»

«Non posso vedere...» E non intendevo la bara, i fiori, la macchina dei morti, ma le persone: Rossella, Carlo, Murichessa. Jaja non sarebbe andata, né in chiesa né al camposanto, la voce della sua natura iniziava a diffondersi, ma io allora non capivo...

«Shhh. Non devi giustificare niente. Puoi rimanere in casa a dormire, ti daremo altre gocce di medicina, oppure puoi venire con me in campagna. Possiamo incamminarci tra mezz'ora verso Locoe.»

«E Martino?»

«Martino ne sarebbe contento. Possiamo pregare quanto vogliamo, camminando, oppure parlargli nella luce dell'alba. Possiamo immaginarlo che cammina con noi, perché Martino non ti lascerà mai, e mai ti giudicherà.» Non avevo più lacrime per piangere, mi ero stretta a mio padre, pronta a seguirlo.

Poi in realtà ero crollata, drogata da un calmante cui non ero abituata, ma avevo sognato di camminare circondata dalle capre, in un campo fiorito e profumato, cercando di raggiungere mio padre e Martino che camminavano davanti al gregge col passo elastico e veloce dei pastori, parlando fitto tra loro.

E ancora mi aveva aspettato nella stalla, mio padre, anni dopo, perché voleva che insieme seppellissimo Mascherada. Io ero alle soglie della maturità, più depressa e solitaria che mai, impacciata e insicura.

Non avrei voluto assistere, ma lui mi aveva chiesto il favore di non lasciarlo solo. Aveva piegato la piccola Mascherada in posizione fetale e l'aveva messa in un sacco che aveva chiuso con cura. Voleva fare una buca appena fuori dalla porta, sulla destra lungo il muro. «Così guarda il monte Ortobene» mi aveva detto «e ogni mattina vede sorgere l'alba.» Io ero rimasta zitta. Sapevo che era affezionato alla capretta sfortunata, ma non avevo capito quanto: era un pastore, stava a me comprenderlo.

Aveva fatto la buca con una sorta di rabbia, l'aveva ricoperta e pareggiata, poi aveva piantato un geranio che si era portato in tasca. A quel punto io ero scoppiata a piangere e lui, con la stessa rabbia, mi aveva detto: «Devi andare via da qui, Rechella, via! Prenditi la maturità e vattene. I tuoi fratelli stanno partendo, ognuno per la sua strada, e noi stiamo invecchiando in fretta. Non restare in una casa che si spegne».

Io avevo continuato a piangere, disperata. «Voglio stare con te!» gli avevo detto. Lui mi aveva respinto con forza: «Io non voglio che tu stia ancora qui, non è il posto giusto. Non rimarrà neanche tua madre, non è legata a questa stalla, devi andartene via subito!».

Aveva buttato il piccone per terra, aveva guardato ancora il geranio e se ne era andato.

Poi il tempo ci allontana, è vero, senza rimedio né misericordia. Rimangono le piante di geranio, le mie preferite, che scopro in posti inaspettati e che mi ricordano all'istante Mascherada. Non ho avuto un altro amore oltre Martino e non ho avuto la figlia che una notte, con una gioia immensa, avevo sognato. Eppure vorrei che qualcuno, qualcuno che non so più immaginare, piantasse una piantina di geranio rosso sulla terra della mia tomba, un giorno, orientata a est.

«Kaíque mi ha insegnato qualcosa sul linguaggio» mi dice Lorena giorni dopo la tempesta. Non ho ancora capito se abbia sentito e compreso bene tutta la storia di Angela, non abbiamo sinora ripreso l'argomento. A mezzanotte la trovo di nuovo adagiata sul divano, la schiena appoggiata al bracciolo destro, che lei preferisce, sotto la lampada, sveglia come un grillo. È truccata e si è aggiustata i capelli sotto un cerchietto multicolore.

In tavola mi ha lasciato una scodella di qualcosa che sembra yogurt, che non ho ancora voglia di assaggiare. Ho bisogno di rilassarmi, di tirare su le gambe e di non pensare a niente. È stata una giornata frenetica, una delle tante.

«Quale linguaggio?» le chiedo divertita. «Quello del corpo?»

Lei sta al gioco: «No cara, di quello io so già molto, sei tu che dovresti ripassare! No, sono seria: nella loro cultura, il linguaggio ha una sostanza propria. Non è solo un mezzo di comunicazione tra il mittente e il destinatario, bensì una porta attraverso la quale l'uomo può prendere coscienza di sé».

«Non ti seguo» le dico «non sono così intelligente.»

Lei sbuffa: «Smettila. Lo sei eccome e dovresti solo smettere di spendere la tua intera vita in cucina... Nel cuore del Brasile tutti pensano che non siamo noi a usare il linguaggio per esprimerci, ma che sia quest'ultimo, dotato di una propria vita, a manifestarsi attraverso di noi e a rivelarci il mondo. La natura parla, gli oggetti parlano. Se noi sappiamo ascoltare, il linguaggio ci aiuta a decifrare l'universo...».

«Bello» la interrompo, per niente convinta «mi ricorda le trasmissioni in tv, dove c'è sempre qualcuno, folgorato sulla via di Damasco, che *prende coscienza di sé.*»

Scoppia a ridere. «Non guardo la televisione, Reche', ma ricordo benissimo il *Radiocorriere tv*. Lo compravano a casa, c'erano i programmi della settimana. Hai ragione: in ogni film e commedia c'era una rivelazione che esplodeva. Qualcuno, che sino a un attimo prima viveva inconsapevole, prendeva a un tratto coscienza di sé, e la storia si sviluppava.»

«Oggi hai incontrato qualcuno?» chiedo, perché mi sembra che sia troppo giuliva e parli sopra le righe.

«Uhm, forse. Ma dammi tempo.» Mi guarda, più seria. «Ti ho parlato di Kaíque perché ci ho messo anni a capirlo, e ancora adesso mi rimangono alcuni dubbi. Eppure, questo concetto di linguaggio preesistente che ci fa capire la natura e chi siamo mi piace. Noi non siamo al centro del mondo, capisci? Ma viaggiatori, anime di passaggio.»

Sospiro. «Questo yogurt?» chiedo, pronta a mangiarlo in fretta e ad andare a letto.

«Alle mele. Un tipo particolare di mele, non chiedermi. Provalo.»

Mi dà il tempo di assaggiare il primo cucchiaio e poi dice: «Volevo arrivare a questo: dovremmo analizzare i discorsi di Angela pensando a quel che diceva Kaíque».

«Cioè?»

«Ci ho pensato molto. E trovo strana, anzi abnorme, la discrepanza tra la cultura di base che può avere questa signora ultranovantenne e le storie che ti ha raccontato. Per non parlare dei commenti, delle lezioni che si è permessa di darti.»

«Ma sì, te l'ho detto, anch'io all'inizio ero spiazzata. Mi ha spiegato che si è formata sui libri di Pietro, suo figlio, ma lo sconcerto rimane... Ci sei arrivata finalmente.»

«Sì, non prendertela, sembra una classica sceneggiatura da film: il figlio parte, il figlio muore, è il secondo tragico lutto della sua vita e Angela deve trovare una chiave per sopravvivere. Sono i libri del figlio che l'aiutano, il suo linguaggio...»

«Mi stai facendo venir voglia di urlare, Lorena!» dico severamente. È la prima volta che la sento come un'intrusa e vorrei essere da sola, in santa pace in casa mia. La mia delusione supera la stanchezza cronica del dopo lavoro: mi sembra che Lorena giri attorno al racconto, ma non sia entrata *dentro* al discorso di Angela. Io ho bisogno di aiuto, non di argomenti per chiacchiere serali e tantomeno di giudizi.

«Dove ho sbagliato?» mi domanda preoccupata.

«Non capisco qual è il punto. Forse me ne vado a dormire» mi sforzo di dire.

«Il punto è che dobbiamo riflettere su tutte le sue frasi e focalizzarci su una in particolare, che tu mi hai riportato: *devi imparare ad ascoltare meglio*. Ricordi? Mi hai detto che lei ha usato più o meno queste parole. E io mi sono convinta che lì stia la chiave di tutto. Allora dobbiamo chiederci: che cosa non hai ascoltato, Rechella?»

Sono sconcertata.

«Senti, Reche', io sono una donna pratica. È sciocco arrendersi, e lo è ancor di più accontentarsi dell'irrazionalità. Ora: le persone non scompaiono, e neanche le tombe. Sherlock Holmes direbbe che occorre eliminare l'irrazionale per arrivare al vero. Ci deve essere un capo della matassa, si tratta di trovarlo e di tirarlo, se vuoi arrivare alla verità.»

«Non credi ai poteri di Jaja, Non credi a me...?» e mentre glielo domando mi viene da piangere perché a ruoli invertiti forse neanch'io le crederei. Durante l'infanzia ci hanno insegnato un cristianesimo dai toni fiabeschi; al liceo ci hanno inculcato l'Illuminismo, il metodo sperimentale, la luce della scienza. E adesso capisco che le donne che dialogano con l'aldilà non hanno ricevuto un dono ma su castigu, un castigo. Il soprannaturale spalanca abissi a cui non siamo pronti, non possediamo neanche un linguaggio adatto a descriverli. E io ci sono inciampata ignara, spinta a essi dall'amore che mi ha messo sulla strada di Martino, e di Jaja.

La solitudine della rivelazione di cui sono stata testimone e la stanchezza mi cadono addosso: piango il dolore che non ho osato gridare alla morte di Martino e di mio padre, tutti questi anni di nostalgia e smarrimento, piango la donna dimidiata che sono, drogata di lavoro, sola e ossessionata da un mistero profondo, piango la mia famiglia dispersa e il mio disterru – lo sradicamento che mi impedisce di amare.

Lorena smette di parlare a macchinetta, mi si accoccola vicina e mi prende tra le braccia come una madre. Mi culla a lungo, senza bisogno di parole. Poi si alza, apre il frigorifero e mi prepara una tazza di latte caldo, fumante, con un generoso cucchiaio di miele, un sapore antico.

La ringrazio con gli occhi finalmente asciutti, mi sento svuotata.

«Scusami» sussurro, ma lei veloce mi posa un dito sulle labbra e riesco solo a dire: «Grazie... Continua, dai, il ragionamento che stavi facendo».

Lei mi guarda con dolcezza e con divertimento e mi risponde: «Sono così felice, Reche'! Per la prima volta da quando ti conosco ti sei comportata da essere umano! Da questo bel pianto si riparte: domani ti porto dal parrucchiere e a comprarti qualche vestito diverso dalla tua divisa, e sabato sera andiamo a ballare. Promesso?».

Abbasso gli occhi, incerta.

«Guarda che non hai diritto di sottrarti. Proseguo col ragionamento su Angela se tu mi prometti che esci con me.»

«Prometto» e sorridiamo.

«Allora, stavo dicendo che credo ai poteri di Jaja, ma non credo ad Angela. Mi sembra una pupa, gli spiriti che i diavoli mandano avanti per distrarre e confondere. Apre la bocca e parla uno strano linguaggio. Nasconde qualcosa.»

Fa una lunga pausa, avvicina la faccia e mi chiede a bruciapelo: «Cosa non hai *ascoltato*, Rechella?».

È pazza, mi dico, ma finalmente mi viene da ridere.

Il giorno dopo non riesco a mantenere la promessa, sono di turno, ma quello ancora successivo Lorena non mi lascia scampo.

Ha preso appuntamento in un negozietto di parrucchiere arredato in stile gipsy, e mentre la giovane di bottega mi fa lo shampoo chiudo gli occhi e provo un piacere primitivo, come se tutti i miei incubi potessero sciogliersi sotto quelle dita profumate, scivolando via con l'acqua tiepida. Tengo gli occhi chiusi anche mentre le forbici scattano metalliche intorno alla mia testa e la titolare del negozio, una pingue donnona dalla pelle olivastra, decide con Lorena il mio nuovo taglio senza che io nemmeno provi a interloquire.

Quando infine mi guardo allo specchio vedo una ragazza più giovane di quella lasciata a Madrid ma ancora più sarda. Il taglio ha messo in rilievo i miei zigomi e il mio naso, che mi sembra enorme. Me lo tocco e mi rigiro, poi decido che in fondo mi piace: non è un naso qualsiasi, ma è importante, un naso di carattere.

Lorena mi porta poi al mercato di San Telmo. Lo ricordavo vivo, pieno di gente e bancarelle; lo ritrovo grigio e spopolato, e improvvisamente mi rendo conto di aver vissuto in questi ultimi anni in una bolla, l'Hotel Panamericano, mentre Buenos Aires cadeva nell'orrore sotterraneo della Guerra sporca. Guardando in giro mi accorgo che molti negozietti sono chiusi, che le poche bancarelle vendono solo cibo di prima necessità e che le persone sono tristi, preoccupate. Lorena non vuole arrendersi, pensava di comprarmi una gonna coloratissima mentre io immaginavo di regalarle un fiore di stoffa rosso che ricordavo di aver visto, ma in breve rinunciamo.

«Dio mio» dice Lorena. «Cosa succede?»

Rispondo: «È l'Argentina, non riesce ad avere pace».

La sera del sabato, quando dovremmo andare a ballare, sono chiamata all'Hotel per un'emergenza in cucina, evento che sta diventando frequente a causa di mancanza di personale e di materie prime. Lorena prende un taxi e passa la notte fuori chissà con chi, non ho alcuna voglia di farmelo raccontare.

È così che scivolo nella depressione, pur se il verbo scivolare non mi sembra corretto in quanto avverto proprio uno stacco, un salto, non un lento passaggio. E lo stesso termine depressione mi sembra generico: durante una delle nostre chiacchierate notturne propongo a Lorena la definizione di «accidia esistenziale selettiva indotta da mancanza di autostima» e lei approva. Da lieve ma convinta alcolista qual è, nasconde a sé stessa lo stato vero di abuso ed è avvezza a cercare definizioni che le lascino in mano qualche leva giocabile.

Nei giorni che seguono, la sensazione è comunque di una discesa cui non posso oppormi. Sto esaurendo la sorgente di energia interna e dunque non riconosco più un senso alle mie giornate in cucina, al *barrio* in cui vivo, a Buenos Aires stessa.

Lorena invece mi sembra sempre più elegante e curata, e lo yogurt alle mele è diventato una costante sulla tavola, segno che non ha più voglia di attardarsi tra le bancarelle. Ha comprato una camicia a scacchi in Don Anselmo Aieta, conosco il negozio e la piazzetta dove si teneva la fiera delle Antiguedades, ora diventata il centro per i baratti, e appare più sbarazzina e *occidentale*. L'abbronzatura si è stemperata, le sopracciglia sono diventate sottili e ordinate, i capelli scuri ma lucenti.

In compenso, il mio appartamento assomiglia a un'esplosione di magliette, mutandine, forbicine, creme e trucchi vari. A stento difendo la mia stanza, perché Lorena non si astiene dal fare razzie.

«Al lavoro come va?» mi chiede, sapendo che poco altro occupa le mie giornate.

«Sono un automa» rispondo «non perdo un colpo, non sbaglio, ma faccio tutto senza passione.»

«E gli altri non se ne accorgono?»

«Le cucine sono una grande macchina ben organizzata. Io sono addetta agli antipasti e alla paella, vivo nel mio settore, abbastanza autonoma. Il menu è lo stesso da tempo e lo chef capo neanche mi vede.»

«La depressione non deriva dunque da crudeli dialettiche che ti feriscono nelle cucine del Panamericano» celia Lorena. «E allora?»

«Allora tu ne sei responsabile al cinquanta per cento» rispondo, antipatica. Non sono sicura di voler accettare una convivenza con lei *sine die*. Non so sino a quando la sopporterò, non immagino per quanto ancora le nostre due provvisorietà potranno sostenersi e non ostacolarsi.

«Mi dispiace. Spiegami, per favore.»

«Penso a Martino, Lore'. So che tu mi consideri ossessiva, ma è così. Quel sogno interrotto ha marchiato la mia vita e mi sembra che abbia segnato anche la mia intera famiglia: il destino avrebbe potuto essere diverso per tutti noi. Ma anche adesso che vivo sola, lontana, e che ho interiorizzato che Jaja sia stata e sia una sùrbile – perché lei è viva, capisci? – , anche adesso mi pare che questo esilio non sia sufficiente a espiare. Sento di dover fare di più. Allora trovo il coraggio di aprirmi di nuovo, e parlo con don Costantino: non è stato facile, sai? E sono stata fortunata perché lui è un uomo sensibile, altri preti mi avrebbero già fatto un esorcismo!

«Poi, anche grazie a lui e a te che mi sostenete, inizio a indagare e m'imbatto in Angela. Rimango toccata dal suo incredibile racconto e dalle sue spiegazioni filosofiche. Il caso, se di questo si tratta, sembra assumere connotazioni inquietanti. Sto con lei per ore e ore ma alla fine sento che mi rimprovera di dover imparare ad ascoltare, e proprio tu mi chiedi: *Cosa non hai ascoltato, Rechella?*

«Una responsabilità opprimente mi pesa sulle spalle, non riesco a reggerla. Ti sembra così strano che io vada in pezzi? Ti giuro che arrivo anche a chiedermi se io sia qui a Buenos Aires perché lo ho scelto, o per puro caso, o perché qualcuno lo ha deciso per me...»

Lorena non risponde. Mi abbraccia stretta e poi prende due bicchieri. C'è un fondo di Malbec che ci dividiamo, *Salude! Vida!*, e che appena ci riscalda. Poi apriamo senza dir niente un'altra bottiglia di vino, una scatoletta di acciughe e un panetto di burro, e tagliamo due grosse fette di pane.

Lei dice: «Una pupa può spaventare, ma non dovrebbe essere troppo intelligente, non credi?».

La domanda mi costringe a pensare e quindi a ingoiare un lungo sorso di vino. Murichessa mi parlava di queste creature che io visualizzavo come spiriti neri guizzanti, schiave dei diavoli.

Lorena continua: «Io penso che alcune cose interessanti Angela le abbia dette. La difficoltà per noi di riconoscere la differenza tra libertà e destino mi sembra interessante, e Buenos Aires, credimi, non è certo destino. Tu non sei condannata a stare qui, ricordalo. Hai un ottimo curriculum, puoi trovare lavoro dove vuoi. Ma nel frattempo, può darsi che Buenos Aires abbia un senso che adesso ti sfugge. Rifletti: don Costantino Cossu vive qua; di qua è passato Prededdu e vi siete incontrati; lui ti ha parlato di Angela, che guarda caso sta a mezz'ora di bus; e Zolu Fodde ti è stato indicato da Angela. Beh, io non trascurerei questa collana di circostanze».

«Ma perché una pupa, come dici tu, dovrebbe darmi un'indicazione utile?»

«Magari vuole rafforzare il suo racconto. Oppure... vuole distoglierti da qualcosa di più importante. O tenderti una trappola, chissà. In ogni caso, ora non puoi che andare avanti e cercare questo Zolu Fodde. Tu hai la missione di far luce e non puoi tirarti indietro adesso che qualcosa si sta muovendo.»

«Non so se ne ho più la forza.»

«Non dire stupidaggini, Reche'. E ti aiuterò io, comunque: anch'io faccio parte della catena di coincidenze, non pensi?»

Finiamo di nuovo ubriache.

Quando mi sveglio, col mal di testa, mi accorgo di essere crollata sul divano. Lorena dorme invece supina sul mio letto, a gambe e braccia spalancate come per occuparlo militarmente.

10

È martedì, il mio giorno di riposo in questo periodo. Il cielo è bianco, con nuvole in movimento. Ho preso un bus per Luján. L'istituto dove don Costantino vive si trova infatti nella periferia di questa cittadina, posta a ovest di Buenos Aires e nota come Capitale della Fede in quanto sede di culto della Madonna di Luján, patrona dell'Argentina.

Alla stazione mi aspettava Santino, l'autista muto dell'istituto, e in dieci minuti sono arrivata qui, circondata dall'umanità variegata che abita questo spicchio particolare di mondo. È la prima volta che vengo e non riesco a decifrare sino in fondo i miei sentimenti.

All'angolo tra Jujuy e La Plata, due strade di quartieri operai, con marciapiedi pieni di erbe e cartacce, e proprio di fronte alla libreria Jugueteria (che avrebbe bisogno di una nuova tenda e di una mano generosa di intonaco, ma che per me rappresenta il miracolo imperituro della cultura) c'è un muro di cinta ad altezza d'uomo, fatto di mattoni scuri un tempo pregiati. All'interno attraversiamo un piccolo parco poco curato sino a un paio di costruzioni tra cui una più grande e allargata su tre lati, che abbraccia un cortile. È il famoso *cortile del collegio* di tutti i racconti dei ragazzi allontanati dalle proprie famiglie, dove si svolge la vita sociale e lo sport, e nel suo spartano grigiore mi trasmette subito tristezza e struggimento.

Don Costantino porta come sempre pantaloni e camicia senza alcun segno di religiosità esibita e mi sorprendo a sperare che anche lui sia contento di vedermi. Mi prende da parte, ci sediamo al tavolo della cucina e inizio a raccontargli di Angela. Le sue parole, impregnate di concetti filosofici, lo sorprendono e mi dice: «Reche', nelle parrocchie, negli istituti come questo o nella casa di riposo di Angela, non si fanno questi discorsi: tutto è più basilare, meno sofisticato. Noi sacerdoti aiutiamo le persone a radicarsi meglio nei compiti quotidiani, a far bene le cose, a trovare un senso nello studio e nel lavoro, a rispettare gli altri. Guardati attorno: ci sono molti orfani e molti fizos 'e anima, bambini che le famiglie non potevano mantenere, catapultati qui, smarriti come animaletti abbandonati. E adulti che non hanno un posto nel mondo, o l'hanno perso, relitti, oggetti dimenticati. Non ci sogniamo più di insegnare teologia, di ottenere conversioni, di forgiare soldati di Cristo. I tempi del proselitismo sono finiti, nel bene e nel male. In particolare noi del PIME, il Pontificio Istituto Missioni Estere, ci consideriamo umili operai. Coltiviamo la fede, certo, ma senza l'obiettivo di comunicarla ad altri, magari forzandola. Lo Spirito Santo segue i suoi indecifrabili percorsi. Possiamo invece trasmettere un esempio quotidiano, un *imprinting* che rimanga quando queste anime dovranno confrontarsi col mondo esterno. Oppure, nelle case di riposo, cerchiamo di non lasciar soli gli anziani, ci preoccupiamo del loro miglior accompagnamento, beh, verso il momento in cui dovranno morire. Non facciamo filosofia, hai capito?».

Io annuisco e sorbisco il mio mate, un semplice mate cocido servito in una tazza qualsiasi eppure così buono. Non c'è spazio per niente di superfluo, qui, e la stessa stanza nella quale siamo seduti, affacciata sul cortile, è povera. La tinta usata sulle pareti, una specie di celeste che definirei *celeste credenza*, è di recupero;

il tavolo sembra quello dismesso da un cantiere edile; le sedie un'accozzaglia di materiali, stili, provenienze e generazioni diverse. C'è persino, nell'angolo, una di quelle poltrone squadrate che si inclinano per favorire la seduta e l'alzarsi degli anziani, ma scollegata dalla corrente elettrica. La occupa padre Agostino il quale, vicino ai cento anni, non ha più la forza di muoversi da solo. La credenza è gialla, residuata da uno spaccio di qualche povera associazione rionale, e sulla parete è appesa una grande croce di buona fattura circondata da dozzine di cartoline da tutto il mondo – avevo notato anche un *Saluti da Macomer*.

Don Costantino mi propone un giro per l'istituto e mi rendo subito conto che la solitudine qui non sembra esistere: ovunque ci sono gruppi di persone che interloquiscono e ingombrano il passaggio. Allo stesso tempo, però, non riesco a togliermi un peso dal cuore. Mi chiedo cosa succederebbe se chiudessero la porta e mi dicessero: bene, Rechella, tu adesso devi stare qui, devi vivere qui. Stare lontani, lo so, accresce la claustrofobia.

Io seguo don Costantino che controlla la preparazione del pranzo e in cucina ottengo un caldo successo perché vengo presentata come *grande cuoca internazionale*. Lui si ferma a discutere con questo e con quello e mi presenta chiunque, le suore e le collaboratrici esterne, i preti, don Graziano e don Luciano, i più piccoli ospiti. Una bambina, avrà tre anni e mezzo, mi prende la mano e non mi abbandona più. Di pomeriggio mi si addormenta in braccio e quando una suora viene a prenderla, «Edelina, saluta Rechella, dobbiamo andare a lavarci», piangiamo entrambe.

Vedo don Costantino intenerito, mi stringe una spalla con la mano. Ha una faccia di orgolese bella e affilata; i suoi occhi sono spilli in movimento; i blue-jeans e la camicia azzurra impolverati sino alle fibre, ai pigmenti del colore. Mi dice che alcuni fedeli vorrebbero regalare all'istituto un asino, per permettere di svolgere sessioni di ippoterapia, specie con i ragazzi disabili che ne trarrebbero grande giovamento. Alcuni ospiti hanno gravi lacune neuronali, e le cure che contemplano l'uso di cavalli e soprattutto asini hanno ormai una bibliografia di successi. È però molto indeciso perché prendersi cura di un animale richiede persone esperte, la costruzione di una stalla e un impegno costante. «Tutto si degrada velocemente se non lo gestisci mattina e sera, e qui abbiamo da badare ai cristiani. Cosa ne sarebbe poi dell'asino se mi comandassero in missione da qualche altra parte?»

Gli do ragione e gli racconto di Billubì e del suo carattere, facendolo ridere. Poi gli riporto il discorso di Prededdu sulla moria di asini a causa dell'introduzione delle moto Guzzi nelle campagne della Barbagia, e ne parliamo a lungo. Don Costantino è appassionato del mondo agropastorale, si agita: «Mi sarebbe piaciuto creare un centro di ippoterapia nel Supramonte, era uno dei miei sogni di gioventù» confessa. «Già Ippocrate descrive la pratica dell'ippoterapia quattro secoli prima di Cristo, è diffusa negli Stati Uniti, in Belgio, e qui all'istituto sarebbe utilissima. Ma adesso, vedi, ho paura di accettare anche un solo asino a Luján: le responsabilità ti tarpano le ali.»

Piano piano siamo tornati in Supramonte, in Sardegna, era inevitabile, e mi è facile raccontargli in dettaglio gli incontri con Angela. Il tutto ci prende più di due ore perché veniamo continuamente interrotti. Arriva anche Bruno, un settantenne nuorese ex proprietario di un grande negozio di abbigliamento che poi ha chiuso per dedicarsi al volontariato, prima in Africa e adesso qui. È un uomo-orchestra: suona e canta canzoni italiane aiutandosi con una fisarmonica, un'armonica e una semi batteria ambulante, fa tutto da solo. Vuole accordarsi per uno spettacolo da tenere nel fine settimana e ci intrattiene con squisita educazione, come se stesse guidandoci nel suo atelier.

«È rimasto vedovo da alcuni anni» mi dice don Costantino quando Bruno si allontana «non aveva più parenti e qui ha trovato una famiglia. Ci dà una grande mano.»

«Ma dove vive?» chiedo, perché in verità la sua mi sembra una situazione tristissima.

Don Costantino mi fissa: «Ha una stanza nel quartiere qui vicino ma questo non deve metterti angoscia, Reche'. Mi pare che Luján per te sia un isperdissiu, un posto sperduto, so che la prima volta può fare questa impressione. Eppure è un mondo vivo, complicato, dinamico, non un mortorio. Bruno qui è felice, ha trovato uno scopo. C'è tanto da fare e…» e lascia il discorso a metà.

«E…?» chiedo.

«E dedicarsi agli altri fa bene allo spirito, credimi. Ho sempre paura a dire cose come questa, soprattutto tra noi sardi, siamo troppo scettici. Ma è la verità, anche se non posso convincerti con le parole.»

Mi guardo intorno e non dico niente: il sole è già basso e mi sento stringere il cuore.

Tra una pausa e l'altra, don Costantino mi chiede comunque di continuare a raccontare: è interessato. Infine, in un momento di pausa, gli chiedo se Angela può aver imparato quel suo linguaggio studiando filosofia dai libri del figlio morto, potrebbe essere vero?

Lo vedo molto perplesso. Prende tempo, poi mi dice: «Sento una brutta puzza, Reche'».

«È quello che dice Lorena.»

«Chi è Lorena?»

«La dottoressa mezza bittese e mezza brasiliana che sta svernando a casa mia. Mi doveva accompagnare, oggi, ma ha avuto da fare. Volevo presentartela.»

«Mhm…»

«Secondo lei, Angela è una pupa.»

Don Costantino è ancora immerso nei suoi pensieri e non commenta. Guardiamo il cortile dove è in corso un gioco a squadre che mi ricorda il ruba bandiera della mia infanzia. Poi lui mi chiede di ripetere alcune frasi di Angela e infine mi dice: «Quando sono arrivato in Argentina mi è capitato di partecipare a un esorcismo. C'era un prete molto famoso a Buenos Aires, padre Raul, e mi aveva chiesto di assisterlo: oh, Reche', una volta mi è bastata! Pensa che il posseduto era un poveraccio di Rosario, un bracciante che mai aveva studiato. Dopo un'ora di contorcimenti, di vomiti e urla bestiali che ancora mi procurano la pelle d'oca, il posseduto, bagnato ripetutamente dall'acqua benedetta, si era calmato e con occhi rossi e feroci e voce roca si era rivolto a padre Raul parlando correntemente in latino!».

«Cosa diceva?»

«Lo minacciava dipingendogli l'inferno a cui era destinato... Mi disgusta anche solo ricordarlo, confesso la mia debolezza, non mi piacciono queste cose. Ognuno deve seguire il suo sentiero: io sono attratto dall'amore di Dio e cerco di concentrarmi su questo. Comunque, a un certo momento, il posseduto si è girato verso di me e fissandomi ha detto con un'orribile voce femminile che ancora mi fa accapponare la pelle: *Satis est beatus, qui potest cum vult mori*, cioè *È molto fortunato chi può permettersi di morire quando vuole.*»

«Che cosa intendeva?»

«Non lo sai? È il motto delle sùrbile! È stato come ricevere uno schiaffo in piena faccia: puoi arrivare sino in Argentina, a diecimila chilometri di distanza, puoi essere protetto dagli esorcismi e dall'acqua benedetta di padre Raul e nasconderti a Luján, ma non puoi sfuggire al demonio, lui sa dove trovarti, e ti parla con la voce delle tue radici. È terribile.»

«Non avevo mai sentito questa frase, ma a me pare quasi pietosa...»

«Ma le sùrbile non la intendono in questo modo, anzi: sono loro stesse ad arrogarsi il diritto di dare la morte agli altri, come le Parche della mitologia classica. Le sùrbile, però, lo fanno per saziarsi, per accrescere la propria potenza.»

Sentirlo parlare così mi raggela, e non posso fare a meno di chiedergli: «Ma tu davvero *credi* a tutto questo?».

«Vedi, Rechella, io sono la persona più lontana al mondo da qualunque tipo di superstizione. Però so anche che il dolore genera mostri... dentro e fuori da noi. Non è un caso che le sùrbile siano in origine donne morte di parto, non credi? Ricordati: nulla sappiamo di Dio, se non che si è affidato alle nostre mani di uomini, costantemente tentati dalla ferocia e dall'egoismo. E allora solo con i nostri gesti quotidiani possiamo difenderlo, con il coraggio di tenere sempre accesa una luce.»

L'episodio che mi ha appena raccontato, la frase in latino e il collegamento con le sùrbile spalancano una botola in cui temo di cadere: Jaja è sul fondo ad aspettarmi. Eppure sento che don Costantino mi esorta a combattere, mi ha dato una carta importante che però non so ancora come giocare. Gli dico: «Sono stata male anch'io dopo gli incontri con Angela. Eppure quando mi ha richiamata sono andata. Ti capisco: c'è uno strano potere...».

«Non penso a qualcosa di folcloristico come una pupa, sono cose lontane da me» dice ancora don Costantino a voce bassa. «Angela potrebbe essere caduta preda di una setta, ce ne sono tante anche qui. Ma se il mio istinto non sbaglia, anche lei può essere una posseduta.»

«Ma non hai appena detto che...?»

«Non ti sto dicendo che sia posseduta da un diavoletto con le corna rosse e la forca, Rechella» risponde serissimo. «Sto parlando del Male più puro, che ciascuno di noi incontra sul suo cammino in misure diverse e che tu hai sperimentato in Jaja.»

«Cosa facciamo?» chiedo, mentre l'ultimo raggio di sole tramonta e il cortile diventa subito buio. Mi viene voglia di trovarmi già a casa. Forza della suggestione, oppure sento davvero un brivido risalirmi la schiena?

Don Costantino capisce. «Ti faccio accompagnare col furgone sino a casa, non preoccuparti. Non ti lasciamo sola.» E si alza per chiamare Santino.

Quando torna mi dice: «Preparati, il furgone sta arrivando. Ho pensato che dovrò parlare innanzitutto col superiore provinciale, vedrò come impostare il discorso. Ora comunque dobbiamo trovare questo Zolu Fodde. Potrebbe spiegarci tante cose».

«Ma se anche lui fosse posseduto?»

«Lo scopriremo, adesso non pensarci. Cerca di dormire, stanotte, e torna presto a trovarci: qui anche tu potresti essere di grande aiuto.» Mi fa un gesto di saluto e poi aggiunge: «E non dimenticare le preghiere».

Il suo monito mi risuona in testa mentre Santino s'inoltra verso Buenos Aires e poi mi deposita in Estados Unidos, dove sotto una fitta pioggerella scendo dal furgone e risalgo verso il mio appartamento.

Essere cresciuta in una stalla mi ha insegnato che l'accoppiarsi degli animali non ha niente a che fare con i sentimenti. Non puoi essere scandalizzata o eccitata o romanticamente presa dalla visione della gatta di casa che si fa montare, fingendo rabbia, dal rosso gatto del vicino, o di un maiale che monta la scrofa spingendola in un angolo del recinto. E in fretta impari che gli organi genitali non sono di per sé stessi lascivi o impudichi.

Per questo motivo, avendo aperto la porta di casa e avendo scorto un uomo nudo che mangia una mela, girato a fissarmi con aria ebete e interrogativa, la vista del suo membro a riposo non mi suscita nessun sentimento, neanche d'allarme, perché sul divano è sdraiata Lorena che appare paga e non in pericolo.

Lui d'altro canto è solo un ragazzo, forse di vent'anni, che devo aver già visto nel quartiere: capelli ricci, occhi ravvicinati, un fisico magro da chitarrista. Indossa solamente una t-shirt verde di cotone che gli arriva sopra l'ombelico. La pancia e l'inguine sono glabri, implumi. Nell'insieme, mi dico, questo non è certo il diavolo, e mi scappa un sorriso.

«Ti presento Mateo» dice Lorena ricomponendosi un po'. «Non sapevamo dove andare.» È ubriaca e non sembra a disagio.

«Gli do cinque minuti» le dico, e vado verso la mia stanza chiudendomi di malagrazia la porta alle spalle.

Non provo indignazione, solo fastidio. Stavo pregustando una serata di dolce far niente e di silenzio, per poter raccogliere i pensieri, con un bicchiere di vino poggiato sul tavolino – sto diventando anch'io un'alcolizzata? – e un plaid steso sulla pancia. Senza parlare, senza più raccontare. E adesso invece devo gestire questa situazione non piacevole: per riposare, devo prima riconquistare il mio territorio.

Bussano alla porta. «Signorina Rechella? Sono Mateo, volevo dirle che mi dispiace…»

«Va bene» dico. Non ho voglia di altre storie.

«Io l'ho vista tante volte. Lavoro al Caffè in piazza Dorrego. Lei mi piace molto, e le chiedo scusa.»

«Va bene» ripeto. Cosa posso dire? L'importante è che non cerchi di entrare.

«Avrei voluto scopare con lei, davvero, ma la sua amica, qui, si è fatta avanti decisa» sento che lei ridacchia «e non ho resistito.» Anche lui ha bevuto, lo giustifico, non se ne può fare a meno con Lorena.

Mi viene da ridere ma sto al gioco: «La ringrazio molto del pensiero, ma ora vorrei dormire» rispondo, e non so se essere divertita o arrabbiarmi. In fondo mi fa tenerezza.

«Le auguro una buona notte. L'aspetto al Caffè.»

Faccio passare cinque minuti ed esco dalla stanza, decisa a parlare con Lorena. Ma lei dorme e russa, oppure finge benissimo, e tutta la mia rabbia si estingue. La copro con il plaid, spengo la luce e mi siedo nella penombra a finire il vino. Il traffico in Estados Unidos è costante, un'onda luminosa dopo l'altra, senza pause.

Sono a Buenos Aires, mi dico, qui il diavolo non esiste.

C'è fresco ma non c'è vento e decidiamo di sederci fuori, ai tavolini blu della piazza. Ai lati, sbarrate, ci sono bancarelle di bigiotteria e un chiosco di libri. È giugno e ci sono quattordici gradi. Lorena mi dice: «Dopo tanti anni di caldo umido, non mi sembra vero di poter respirare, di non sudare».

«Sei abbastanza coperta? Non vorrei doverti curare per qualche influenza, mi manca solo questo.»

«Non fare la mamma apprensiva, Reche', noi siamo sopravvissute a una guerra nucleare.»

«Mhm.» Poi mi accorgo che Mateo sta arrivando a prendere l'ordinazione e dico: «Parlo io, tu stai zitta». Lorena annuisce.

Quando lui si avvicina, lo aggredisco: «Io non voglio rinunciare a questa piazza solo perché tu fai il barista al Caffè Dorrego, mi capisci?».

Rimane interdetto e si blocca, guardando alternativamente me e Lorena. Proseguo con lo stesso tono: «Alla prima frase poco rispettosa, amichevole e non professionale, vado dalla polizia e denuncio che hai tentato di introdurti in casa mia per stuprarmi. Ti rovino la vita».

«Ma è stata lei a...» e guarda Lorena. Lei regge il mio gioco e scuote la testa, negando.

«Pretendo rispetto e deferenza, hai capito?»

Annuisce. «Va bene, va bene, non... non preoccupatevi, davvero. Cosa posso portarvi?» chiede, e non vede l'ora di fuggire.

«Caffè bollente e aranciata.»

«Posso portarvi due dolcetti, due alfajor?»

«Sì» e ci mettiamo a parlare tra noi, ignorandolo.

Lorena mi chiede: «Ma come faccio se non può salire a casa? Lui vive in una camera condivisa con altri».

«Fallo risolvere a lui, il problema. Vedrai che una soluzione la trova. In ogni modo, adesso lo hai in pugno.»

Fa una smorfia dubbiosa e poi mi dice: «Io ho una casa a Bitti, quella dei miei. Non so in quali condizioni sia oggi, e se le mie zie l'abbiano occupata, ma è mia. Non ha una gran vista, stretta in un vicolo, però è bella. Sai, di quelle con le scale strette di marmo bianco, con tante piante di aspidistra, e le piastrelle dei pavimenti grandi e lucide, floreali...».

«Perché mi racconti questo?»

«Perché mi sento una *homeless*, mi dispiace gravare su di te.»

«È la prima volta che ti senti così?»

«Beh, sì. Pensavo di avere una casa, a Terra Santa. Poco più di una baracca, proprio di fronte alla Capela de São Francisco de Assis, ma ci ero affezionata e non mi sono mai posta il problema. Persino negli ultimi anni, quando partivo e poi tornavo, quella era casa mia. Scaricavo il mio borsone di abiti e biancheria da lavare, mi facevo una doccia – che conquista la doccia a Terra Santa! – e mi buttavo a letto. Ci viveva anche Kaíque, certo, e proprio per questo quando me ne sono andata è rimasta a lui, non potevo certo lasciarlo senza un tetto.»

«Hai perso una casa, dunque?»

«E un letto comprato da un prete polacco, una piccola cassapanca, una lampada…»

«Mi spiace.»

«Anche a me. Non ci avevo riflettuto, ma adesso da sobria mi manca molto… Ho trentatré anni, un matrimonio, anzi, un quasi matrimonio alle spalle, sono senza lavoro in una città straniera piena di gente senza calore e misericordia. Non ho una casa, non posso neppure scopare.»

«Hai problemi di soldi?»

«Al momento no. Ho sempre messo da parte tutto. A Terra Santa vivi con due lire, la frutta costa niente, ti vesti con un abitino e due ciabatte. Non ho problemi immediati.»

«Bene. La situazione non mi sembra disperata. Sei giovane, hai una casa in Sardegna, una laurea in Medicina, un'esperienza internazionale, una riserva finanziaria e un'amica che ti ospita affinché tu possa trovare la tua nuova strada…»

«Grazie, Rechella.» Mi abbraccia e chiede: «Cosa posso darti io in cambio?».

«I tuoi consigli, Lorena.» Faccio una pausa per raccogliere le idee, poi continuo: «Vedi, io non ho una casa se non in affitto, qui a Buenos Aires. Non ho una laurea, ma solo un certificato di Chef de cuisine. E il mio conto corrente, con questa inflazione che ti mangia l'anima, galleggia costantemente tra il nero e il rosso. In più ho un'ossessione: vorrei capire cos'è successo veramente a Martino e quale sùrbile sia Jaja, i limiti dei suoi poteri, il male che può ancora fare. E non mi do pace, anzi peggioro. Tutto qui, se non fosse che Jaja continua a parlarmi e sulla mia vita continua ad aleggiare la puzza di zolfo».

«Lasciamo questo tavolino all'aperto e andiamo a prenderci due bicchieri di vino» propone Lorena «inizia a fare freschetto.»

Il Caffè Dorrego non è affollato. Ci sono due coppie sedute vicino alla vetrina e un avventore solitario che legge un libro, in fondo al locale. Il barista ci saluta; è indaffarato come tutti i baristi, anche se mi domando come possa occupare il suo tempo con cinque clienti. Sono abituata alla frenesia delle cucine dell'Hotel Panamericano e in fondo mi sorprende ancora come queste possano funzionare ventiquattro ore al giorno per sette giorni alla settimana, quando il ritmo di Buenos Aires sembra scandito da un orologio più lento e indolente.

Mateo fa un inchino imbarazzato e ci indica un tavolino d'angolo: «Qui fa più caldo» dice «vi porto del vino?».

Mi ritrovo nell'irrealtà della dislocazione, come la chiama don Costantino: potrei essere ovunque, in un bar di una qualsiasi piazza usata per ospitare mercatini rionali, in una città del mondo. Pavimento di mattone lucidato, bancone di legno verde così come le pareti e le vetrine, quadretti anonimi alle pareti, mezze luci. Dove mi sono persa?

Dico a Lorena: «Mi bevo un bicchiere di rosso e me ne vado a casa. Ma non voglio che ti senta obbligata a venire con me: tu fermati quanto vuoi».

«Va bene, ma prima dimmi cosa non va, hai cambiato faccia.»

«Scusa, entrando mi sono sentita intrappolata in uno stereotipo, in un non-luogo... mi è sembrato di perdere l'orientamento, di non sapere più dove mi trovo.»

«Uhm, credo di aver capito. Ma forse direi meglio che questo ti sembra un archetipo, un'immagine primordiale contenuta nell'inconscio collettivo.»

«D'accordo, bello… un archetipo. Vai avanti, sei più brava di me!»

«Beh, l'immagine primordiale costituisce uno degli elementi simbolici delle favole, delle leggende o dei sogni.»

«Ah. Non credo che questo sia un posto da favola, se no noi non c'entreremmo.»

«Scema!» ride. «*Procedamus igitur,* insomma *andamus innantis.* In questo archetipo di bar, dove il nostro comune immaginario ci ha fatto sedere, ecco, d'un tratto si apre la porta, e chi entra?» chiede fissandomi.

«Ah, vuoi giocare…»

«Nessun gioco. Seguimi: siamo sospese in una discontinuità spazio-temporale, stiamo bevendo un vino di media qualità che non riconosciamo e non ricorderemo, è notte. D'un tratto si apre la porta e, inaspettatamente, appare…» e indica con la mano la porta. La suggestione è forte, imperativa.

«Mia madre» dico io, sorprendendo me stessa.

«Oh, che bello, racconta» m'invita Lorena, e beve una sorsata di vino rosso sgranando gli occhi.

«… Ha capito di aver sbagliato e ha preso un aereo per Buenos Aires, senza dirmelo. Per la verità ha cercato di avvertirmi, ma aveva perso il mio ultimo indirizzo, questo è emblematico. Ricordava però il nome del *barrio* ed è partita lo stesso, perché il senso di colpa la soffocava. Ha cercato nel quartiere per un'intera settimana e stasera ha provato nella piazza Dorrego.»

«Com'è lei?»

«È nata nel 1923 per cui ha oggi cinquantaquattro anni. Si è sposata giovanissima, e dalla fine del 1971 vive a Serdiana, con mio fratello Antonio e la sua famiglia. Indossa un cappotto leggero comprato a Cagliari per l'occasione, da Marras, perché non vuole farsi vedere ordinaria all'altro capo del mondo, e porta una sciarpa in testa perché a Nuoro ha iniziato a soffrire di cervicale. È più bassa di me, più robusta. Il suo viso è ancora giovanile, senza troppe rughe, lo sguardo determinato. Non si è scoraggiata a camminare per tanti giorni per Buenos Aires, è una donna pratica, ha ristretto il raggio della ricerca.»

«Bene, vai avanti.»

«Ha in albergo una valigia per me, piena di biancheria acquistata da Frette, in largo Carlo Felice, perché ha paura che la figlia vada in giro con magliette e mutande slabbrate e non abbia una vestaglia decente. La vestaglia per lei è molto importante, una specie di simbolo del benessere raggiunto.»

«Perché hai bisticciato con lei?»

«Non direi di aver bisticciato. Ne ho avuto la tentazione molte volte, è vero, ma mi sono trattenuta, l'amarezza era troppa.»

«Davvero?»

«Insisteva perché io restassi con lei, e questo, pensavo, perché ero l'unica figlia femmina e la più piccola della famiglia. Ma dove saremmo vissute, a Serdiana, a casa di Antonio? Così le ho detto: vieni in Spagna con me, iniziamo una nuova vita in un posto migliore, stiamo insieme. Ma non ha voluto ascoltare: lei è andata a Serdiana, io a Madrid. E questo è tutto.»

Lorena spalanca gli occhi e poi batte una mano sul tavolo, tanto forte che tutti si girano. Mi dice: «Questa è una favoletta, Rechella, ti dimentichi che ho qualche anno più di te e tu stai infrangendo le regole dell'archetipo, non si scherza con le favole e i sogni». Alza il braccio: «Mateo, portaci una bottiglia di Malbec, dobbiamo affogare nell'alcol la spudoratezza di questa ragazza».

Continuiamo a bere mangiucchiando cetriolini e tocchi di carne, e Lorena insiste: «Racconta bene dall'inizio, Rechella, sento il profumo di una tragedia shakespeariana, parlami di tua madre.

Guardala: è ancora lì alla porta, confusa, incerta». Ma mentre il vino a lei fa l'effetto di un eccitante, a me rende triste. Rivivo la scena vissuta a Nuoro tra le scatole del trasloco e la racconto con un groppo in gola ma sorprendendomi a recitare le due parti e a imitare la voce e il tono di mia madre. Voglio essere oggettiva, comprendere a fondo le antagoniste, o adesso o mai più, e la voce si solleva mentre io, io nella mia parte, scoppio a piangere. Tra le lacrime vedo che Mateo si è avvicinato al tavolo e ascolta mordendosi l'indice, ma non mi rendo conto che tutti nel bar adesso ascoltano, interdetti e ammirati.

Alla fine scende un completo silenzio, nessuno parla o si muove, neanche il barista. La parola *merda* persiste nell'aria.

Mateo fa il gesto di accarezzarmi la guancia dove ho mimato lo schiaffo, e dice infine: «Sei bravissima, è meraviglioso sentire una storia così intensa in italiano. Non ho capito tutto, ma in due minuti hai... espresso uno spicchio di vita: che temperamento, che personalità! Ma che cosa vuol dire sùrbile? È chi uccide i bambini piccoli?».

«È una creatura maligna con fattezze umane e dotata purtroppo di un immenso fascino. Ti fa credere di amarti, ti accoglie nel suo cerchio magico, ma il suo scopo è succhiare fino all'ultima goccia le tue energie, è suscitare la tua speranza per poi umiliarla, è veder nascere in te l'amore per poi distruggerlo. È una strega senza scopa e incantesimi ma dotata di un cuore buio capace di avvelenarti, un vampiro dell'anima. E può abbandonare il proprio corpo per inseguirti fin dentro i tuoi sogni notturni. È sospesa tra la vita e la morte e cerca l'immortalità.»

«Un vampiro? Quindi succhiano il sangue?» chiede il barista facendosi il segno della croce.

«Si dice che ami soprattutto quello dei bambini... ma credimi, non è la cosa peggiore che può fare.»

Lorena è sconcertata: «Non mi avevi raccontato questa parte della storia… e non immaginavo che sapessi recitare!».

«È il vino, Lorena, e la paura.» Ancora singhiozzo, e guardo verso il grande specchio che sta dietro il bancone per l'assurdo terrore di trovarvi gli occhi di Jaja.

11

Nonostante gli sforzi di don Costantino, per un anno ci è impossibile rintracciare notizie su Zolu Fodde. Ho trent'anni e mi sembra di essermi allontanata dalla Sardegna da sempre. Mi guardo nello specchio grande dell'armadio, con attenzione, e a stento riconosco la ragazza che aveva preso il volo da Roma a Madrid, nel 1967. Ero una saccopelista, come tanti studenti in movimento per l'Europa con l'Interrail, con i capelli lunghissimi e crespi e le sopracciglia folte. Vestivo come ci si vestiva a Nuoro allora, cercando di aggiungere un tocco personale alle quasi divise che i negozi proponevano, gonne al ginocchio e maglioncini, e indossando i calzoni come una provocazione.

Ero partita come per una gita scolastica, con le Superga bianche, un paio di jeans scuri e un twin-set color granata. Il cappotto era semplicemente un cappotto, l'unico che possedessi, beige con i bottoni marron. Ho una fotografia scattata a Fiumicino, e mi fa tenerezza: sono goffa, disordinata e spaventata. Appena appena somigliante, mi dico, all'attuale Rechella dal viso affilato, un caschetto morbido con qualche schiaritura, la figura scattante che si conviene a una Chef de cuisine del Panamericano e un pallore che ho imparato a mascherare con un velo di fard. Ma lo sguardo, più di tutto, non mente: la giovinezza è passata veloce come questi anni da emigrante – quanto corrono i mesi a

Buenos Aires! – ed è subentrata una crescente pesantezza nell'affrontare la vita. L'episodio di Angela che mi aveva sconcertato nel profondo, e al contempo aveva aperto una possibilità di chiarimento – cosa potrà dire questo misterioso Zolu Fodde? – non ha ancora portato a nulla. Mi sento inquieta e a niente valgono le sollecitazioni di don Costantino alla pazienza cristiana. Io sono appesa a un nulla che mi fa girare su me stessa, sospesa sopra un'oscurità che mi dà ansia.

Anche l'instabilità dell'Argentina non mi fa vivere bene. L'Hotel Panamericano è un'oasi protetta: gli stranieri portano valuta pregiata e vanno trattati al meglio, non manca il cibo che sta diventando un problema soprattutto a Buenos Aires e il mio stipendio viene ragionevolmente adeguato; non dovrei dunque lamentarmi. Ma mi accorgo che su questa sfortunata terra è calato un sudario maligno. La Guerra sporca corrode sempre più in profondità la popolazione, le famiglie e le scuole, e gli influssi diabolici di José López Rega e della sua organizzazione Tripla A sono i pilastri di una dittatura militare efferata e senza pietà.

Un'altra notizia mi ha ulteriormente addolorato: Marcelo, il cacciatore di teste che mi aveva portato a Buenos Aires, è morto. Tornato in patria dopo anni a New York, è stato subito arrestato. Non ho potuto neanche incontrarlo, ho solo saputo da un'impiegata dell'amministrazione dell'hotel che era stato dichiarato deceduto per infarto in carcere.

Mi sembra di soffocare, inseguita e perseguitata dalle ali nere del male.

Perché mi viene in mente un maggio pieno di polvere, a Nuoro? Mi pare fosse il 1963, e la primavera, a quei tempi, era un'esplosione di colori in alta definizione e di profumi stordenti. Dopo l'inverno, le piante, i fiori e gli uccelli erano pervasi da frenesie benigne e la natura scopriva panorami verdi come smeraldo: com'era bella e rigogliosa la Sardegna! Quel maggio era stato però un mese strano che aveva cancellato tutto il vigore e la freschezza della primavera portando sabbie dall'Africa, e tanta polvere.

Ora, in questo maggio argentino, autunnale, risento la polvere arrivare e una sensazione di allarme: qualcosa bolle nell'aria, la pianura mi sembra pronta a scoppiare, a emettere scintille e sfrigolare. Vorrei aver fede per pregare e non sentire queste premonizioni che fanno cupe le giornate.

Nel frattempo Lorena è partita, è tornata in Brasile. Ha resistito sino a dicembre, poi si è abbandonata alla nostalgia ed è volata a Fortaleza, dove ha trovato casa e lavoro.

Oltre a lasciarmi le sue sciarpe colorate e un ombretto verde che mi dona molto, mi ha fatto un regalo più grande: in aeroporto mi ha scritto una lettera. L'ho riletta tante volte che potrei citarla a memoria:

Rechella, carissima amica mia, ti devo tanto. Mi hai raccolta dopo il divorzio, io mi illudo ancora di essere stata sposata, e mi hai ospitata e nutrita come se io fossi la madre prodiga e tu la figlia samaritana. E già potrei concludere questa lettera ringraziandoti, oppure aggiungendo le cose che sai già, ovvero che dopo lo spirito e i colori del Brasile stare a Buenos Aires ha riempito la mia brocca di una malinconia crescente che mi ha impedito di restare – perdonami. Sono diventata un vaso di argilla che trasuda mestizia e mi chiedo come tu faccia a vivere lì, in quel posto sussiegoso e tragico. Baci e abbracci, teniamoci in contatto.

Ma se continuo a scrivere è perché ho bevuto due bottigliette, adesso tre, di uno Chardonnay francese, il Montrachet Grand

Cru, Côte de Beaune (leggo l'etichetta, non lo conoscevo), e perché mi auguro che tu abbia a portata di mano un vino simile: dobbiamo dirci delle cose importanti.
Sai che sto fuggendo a Fortaleza: è lì che riassaporavo la libertà dopo la giungla, che potevo rivedere il mare e abbandonarmi a sane scopate dopo la monogamia di Terra Santa, peraltro solo mia. Fortaleza ha una cosa che mi attira: è «sulla strada del ritorno», e questo attenua l'angoscia portata da ogni viaggio.
Ma io sto fuggendo anche da te, devi saperlo, perché tu mi fai paura, amica mia.
Aspetta, ho bisogno di altro vino per farti subito la domanda chiave: chi sei, Rechella? Io sono partita dalla Sardegna da laureata in Medicina e seguendo un sogno umanitario che aggiungeva romanticismo al mio desiderio d'evasione. Ma tu? Hai avuto un'esperienza strana e intensa, e una perdita dolorosa, okay: hai resistito un po' e poi sei volata via. Ma, cazzo, a diciannove anni non sei fuggita a Cagliari all'università oppure a Roma a fare la puttana alla stazione Termini, come tante, ma hai cancellato le tue tracce, la tua esistenza, a Madrid... Poi ti sei inventata una competenza, un lavoro, sei tornata a Nuoro e hai litigato con tua madre, sei ripartita e sei arrivata in Sud America, senza agganci, sicurezze. Sempre sola, testarda, contro tutti. E già questo basterebbe per rispettarti, per dire: ah, questa ragazza ha qualcosa di speciale.
Ma non è abbastanza per te: ti metti in gioco nell'orrido campo del soprannaturale, indaghi, ti tormenti... È questo il terreno su cui io non voglio seguirti più, mi spiace. Come ti dice il tuo don Costantino, si può scegliere di stare fuori da queste storie infernali, si può optare per l'amore, il bello, il sole e i colori.
Tu no, ti scontri ancora con figure oscure, prima Jaja e poi Angela, e non vuoi fermarti, vuoi andare a fondo. Perché?

Questa tua cupa determinazione suscita la mia ammirazione ma allo stesso tempo mi respinge. Dove vuoi arrivare, Reche'? Sei sola nel buco del culo del mondo, nelle cucine sotterranee dell'Hotel Panamericano, eppure non ti arrendi e vuoi andare ancora più lontano. Cosa ti rode, me lo spieghi? Sembri lo stereotipo (ci risiamo!) del sardo bastonato eppure mai sconfitto del tutto, insoddisfatto, masticatore di bile, ipersensibile e permaloso. Che si sente superiore in virtù del suo complesso d'inferiorità. E che va avanti a testa bassa, e ovunque te lo ritrovi tra le palle, come un destino.
Non mentire: tu cerchi ancora vendetta, non giustizia o verità. Hai un chiodo piantato in testa che non vuoi togliere, e ti sento capace di mantenerlo per tutta la vita, rigirandolo e conficcandolo ancora più profondamente. Spero che adesso tu sia ubriaca quanto lo sono io – non voglio offenderti o farti sentire incompresa. Ma da questa angustia infinita, senza speranza, sono fuggita e sono pronta ancora a fuggire.
Rechella, ricorda una cosa: io ti voglio bene, se vorrai stare bene io ci sarò sempre!
M'imbarco, abbi cura di te,

Lorena

P.S. Almeno scopatelo quel bell'orgolese!

Questa lettera ha fatto ciò che solo le vere amiche sanno fare: mi ha ferito, ma mi ha aiutato a guardarmi meglio che nello specchio. E mi ha anche permesso di ammettere con me stessa che un pensiero, riguardo a quel post scriptum, lo avevo fatto davvero. Don Costantino è una creatura di tale generosità e bellezza interiore che non si può non innamorarsene un po'. E il fatto che sia anche un bell'uomo rende le cose più complicate. Ma io ho già abbastanza problemi nella vita...

E poi Lorena mi ha lasciato un altro regalo, involontario: Mateo. Sono tornata a trovarlo al Caffè Dorrego, è stato come sempre timido e spavaldo insieme. Una sera sono passata di lì proprio mentre finiva il turno, mi ha accompagnata a casa, è salito con me. Da allora, lo chiamo per dormire insieme, arriva quando mi sto addormentando, se ne va di mattina presto. È educato, pulito, con slanci di ingenua tenerezza. E parla poco. Spesso non facciamo sesso ma gli chiedo di abbracciarmi da dietro, e stiamo così, rannicchiati a cucchiaio, in posizione fetale. Mi addormento mentre lui mi dice: «Che grosse tette hai, a vederti vestita non si direbbe» e io ringrazio di avere ancora un corpo di carne e non di pietra.

Ho messo la lettera di Lorena in una cartellina celeste, sto cercando di tenere in ordine i miei documenti e mi sforzo di rispettare una serie di routine settimanali che mi rassicurano, così ogni tanto la leggo. Rappresenta la base per le mie riflessioni.

Cosa non hai ascoltato, Rechella? Mi aveva chiesto Lorena.

«Cosa non hai ascoltato?» mi ripeto, e per rispondere devo cercare di ricordare, parola per parola, il racconto di Angela.

Mateo mi aiuta perché non parla e mi tiene stretta. Quando la sua eccitazione si spegne nel primo sonno, è il momento per me di riandare al patio di via Agustín Bardi, e riascoltare Angela, Pietro e Giuseppe Mattana, Pasquale Mariane e Vincenzo Canceddu, Jaja e Murichessa. Faccio scorrere tutto con lentezza, come un film al rallentatore eppure, notte dopo notte, non riesco a trovare alcuna discrepanza, tutto appare tanto logico da sembrare appunto costruito. Una tragica storia che si incastra come i denti del destino – mi sembra di aver ascoltato bene.

È un sogno che inizia a svelarmi la verità.

E nel sogno Jaja mi dice: «Te l'avevo detto: il 22 settembre del 1907, circa alla stessa ora del mio matrimonio, il transatlantico

Principessa Jolanda affondò durante il suo varo. Jolanda di Savoia era la prima figlia del re d'Italia Vittorio Emanuele III, nata sei anni prima».

Nel sogno io le rispondo compostamente, come fossi di nuovo seduta nella sua cucina: «Lo ricordo, ma cosa c'entra?».

Lei continua: «La bellissima nave era stata commissionata dal Lloyd Italiano ai cantieri navali di Riva Trigoso, a Sestri Levante. Era costata sei milioni di lire. Ma ci fu un errore di valutazione. Il pescaggio del cantiere era insufficiente, il baricentro del transatlantico troppo alto. La nave, non zavorrata, si inclinò subito sul fianco sinistro. Si sarebbe risollevata, forse, se i finestroni laterali fossero stati montati e sigillati. Invece imbarcò acqua e affondò».

Mi sveglio la mattina e continuo a non capire. La voce di Jaja risuona nella mia testa per alcuni giorni, ma ho bisogno di tempo per scavare e trovare la chiave. Finché non decido di fare come Pietro Mattana una volta arrivato a Nuoro, ovvero di essere attenta alle date e ai nomi, *precisa*.

Ed è curioso il modo in cui l'arcano si svela. A un certo momento, mentre cucino la mia paella – ormai la proponiamo persino per la prima colazione – tutto è chiaro: bastava confrontare i due racconti, quello di Jaja e quello di Angela, per accorgersi che le date non corrispondono!

Jaja si è sposata nel 1907 e subito si è messa in viaggio per Nuoro. Nel 1906, quando incontra Bobore Mannu a Olbia, aveva sedici anni – e dunque, calcolo, era nata nel 1890.

Angela sposa invece Giuseppe Mattana nel 1900 e vanno a vivere a Locoe. Lei ha diciassette anni, quindi dovrebbe essere nata nel 1883, e dunque non può essere stata fiza 'e anima di Jaja, sia per ragioni di età – era addirittura più grande di lei – sia di luogo, in quanto solo nel 1907 Jaja arriva a Nuoro.

Ecco la bugia, grande e allo stesso tempo banale come tutte le bugie quando si rivelano!

Mettere in fila gli eventi e scoprire la menzogna di Angela non mi dà soddisfazione né sollievo. Anzi mi procura dolore come se avessi subito una truffa.

Divento incerta su tutto, e la stessa Buenos Aires mi appare d'improvviso fisicamente minacciosa. Passo una giornata in preda a un'impressione di violenza, con le gambe molli e le mani che mi tremano.

Lei, la vecchia provata dalla vita, la nobile vedova sarda, mi ha mentito, mi ha preso in giro. Potrebbe essersi limitata a millantare il rapporto con Jaja, un peccato veniale, ma sento che la contraddizione abbraccia un qualcosa di più profondo.

I telefilm del Tenente Colombo insegnano come nelle indagini il detective cerchi innanzitutto un'incoerenza. Nella vita è lo stesso: quando si intuisce una prima piccola menzogna non è difficile la combinazione che apre la strada alla verità. Adesso ne sono sicura: Angela mi ha ingannato.

Non posso parlarne con Mateo, non capirebbe, e non posso telefonare a Lorena che ha fatto per il momento perdere le sue tracce. Dovrei andare a Luján da don Costantino, ma mi blocca un forte senso di vergogna. Penserà che sono stata un'ingenua. Come ho fatto a cadere nell'inganno con tanta superficialità e faciloneria? Sono stata vicino a Jaja per anni, ho ascoltato dozzine di suoi racconti, sono stata spettatrice delle sue trance, avrei dovuto imparare qualcosa sulla manipolazione, eppure Angela mi ha irretito senza fatica.

Allora mi viene in mente di scrivere a Gavino, l'attore di San Sperate che vive a Nuoro. La fitta corrispondenza dei primi mesi, dopo che Lorena ci aveva messi in contatto, si è ormai ridotta agli auguri di Pasqua e di Natale, e poche frasi in tutto. Non gli racconto di Angela, ma gli chiedo se lui crede al soprannaturale. Tarda a rispondermi, non so in quale paese della Sardegna sia, ma poi scrive:

> *Tra noi e il mondo non conosciuto c'è appena una parete di carta velina, Rechella. Sentiamo sussurri, bisbigli, e qualche volta c'è una vera smagliatura che ci consente di vedere qualcosa. È un portato che noi artisti non possiamo negare. Tu sai che ci sono donne che dialogano con l'aldilà, non le invidio. Noi invece possiamo accettare l'abisso dell'inconoscibile e frequentarne solo le meraviglie, questo è l'arte. Ma se mi fai queste domande, qualcosa evidentemente ti ha toccato, anche se non mi spieghi niente di più. Ti do solo un consiglio: cerca di evitare il potere. Il potere mi fa paura, in noi e negli altri. Cerca invece l'illuminazione, ecco, segui la tua voce più profonda, non sbaglierai.*

Infine mi decido, e telefono a don Costantino per raccontargli la scoperta. Poi aspetto il mio giorno libero e vado a Luján con un bus pieno di vecchiette devote che recitano l'Ave Maria per tutto il viaggio. A un certo momento mi lascio trascinare dalle preghiere, e questo abbandono mi fa bene. Mi perdo nel ritmo della novena – non è una novena, no, ma mi ricorda quella di Pasqua in cattedrale – e all'improvviso sento un conforto che non provavo da mesi: sono in buone mani.

Nell'istituto è in corso una grande grigliata. Qualcuno ha donato della carne, tanta carne, e don Graziano ha costruito una graticola di fortuna vicino agli alberi. Si è messo un grembiule e si comporta come un direttore d'orchestra. Ci sediamo sull'erba, in attesa, e cantiamo *Mi prostro innanzi a te*, in italiano. Quasi nessuno capisce la lingua, ma tutti cantano con entusiasmo. Don Luciano versa il vino con parsimonia, scegliendo con attenzione chi può berlo, e iniziamo a mangiare. La carne è squisita, i bambini eccitati e felici. Edelina vuole starmi in braccio e sono io che le taglio piccoli pezzi di vitello dal mio piatto. Sorride e ogni tanto mi dà un bacio. Poi corre a giocare, sta crescendo anche lei.

Don Costantino sparisce nella casa e ritorna con un grande cestino di pane. Si siede al mio fianco e mi sorride. Santino ha una vecchia macchina fotografica e scatta una foto. Io mi schernisco, ma don Costantino mi cinge le spalle e ordina: «Espressiva, espressiva!» e ridiamo come ragazzi.

Dopo un po' sento la testa pesante. Sarà il sole sulla nuca o il vino? Da quando è partita Lorena ho evitato di bere per disintossicarmi; mi sento strana. In realtà sto scontando una decompressione rapida: ho passato giorni di continua tensione, e adesso le preghiere, il vino, i baci di Edelina e l'atmosfera gioiosa mi hanno svuotata come un vecchio pneumatico. E la testa mi martella.

Don Costantino se ne accorge: «Sai cosa c'è in frigo?» mi chiede. «Una bella bottiglia di San Pellegrino. Ti do un'aspirina, ci mettiamo all'ombra e chiacchieriamo. Va bene?»

Annuisco e ci spostiamo nella veranda. Don Agostino, da dentro la sala, ci saluta. Sta mangiando da solo un piatto di carne tagliata a pezzetti. Don Costantino dà un bicchiere d'acqua frizzante anche a lui, poi mi chiede: «Allora, Rechella, devo iniziare a preoccuparmi?».

Lo guardo, non so proprio cosa rispondere.

Mi guarda con dolcezza: «Mi sembra che tu stia funzionando come un parafulmine...».

«È una cosa negativa?»

Rimane in silenzio per alcuni secondi, poi mi dice: «Il soprannaturale non è mai banale, Reche'. Non possiamo prenderlo sottogamba. Tu sei un'apertura verso altre prospettive. Questo è un dono e una responsabilità».

«Cosa posso fare?»

Scuote la testa. «Sai, il sentimento che prende alla gola un buon sacerdote è la frustrazione…»

«Pensavo fosse il desiderio di una donna» mi sorprendo a dirgli.

Mi dà un buffetto sulla nuca: «Sempre di frustrazione si tratta» mi dice, ma è serio. «Vorrei sempre essere d'aiuto, ma i miei mezzi, i miei *poteri*, sono limitati. Posso fare cose straordinarie come trasformare un'ostia nel corpo di Cristo, ma non riesco a risolvere se non un numero irrisorio di problemi, anche in una piccola comunità come questa. Di sera, quando mi corico, mi sembra di non aver concluso niente, ho risolto quattro problemi e altri sette se ne sono aggiunti. E con te poi…»

«Ti capisco» lo interrompo, spaventata da quello che potrebbe dire.

«La vita di ciascuno degli ospiti dell'istituto è tanto difficile che sarebbe già troppo per me darle un senso, una direzione. E solo qui, in questo rettangolo di mondo, vivono cinquantatré persone. Poi c'è tutto l'universo attorno, ci sono gli amici come Bruno… E c'è Rechella, ad esempio, che porta con sé un turbamento particolare.»

Con un po' di batticuore mi chiedo se parli del mio, di turbamento, o di quello che sembra provare lui stesso.

«Mi chiedo perché Jaja abbia scelto te. Sembra che tu abbia fatto una specie di apprendistato con lei, ecco.»

«È così. Ma io faccio come dici: le resisto.»

«Certo» e sorride. «Ma ti trascini dietro qualche aderenza. Questa storia di Angela mi inquieta: perché ti ha mentito, è solo pazza? Può darsi, ma io e te abbiamo sentito da subito puzza di bruciato.»

«Cosa devo fare?» chiedo ancora una volta.

«Se ti dico di pregare, di chiedere aiuto alla Madonna di Luján, ti metti a ridere. Ma io sono un prete, non ho altri mezzi e il diavolo non mi piace, te l'ho detto...»

«E se stessimo esagerando? Se mi fossi fatta prendere la mano da una vecchia pazza? Forse è colpa mia.»

«Smettila! Anche io non so cosa dire e non so cosa fare, ma tu adesso hai bisogno di riposare. Io intanto vedrò di parlare al vescovo: magari sa dirmi qualcosa della casa di riposo per anziani dove sta Angela, nel quartiere Don Bosco. È l'unico aggancio che riesco a immaginare, anche se il vescovo è...» e fa un gesto vago di sconforto.

E in questo momento mi viene spontaneo abbracciarlo, buttargli proprio le braccia al collo. Per un attimo sento il suo odore di brace e sudore buono. Ci stacchiamo con una punta di imbarazzo: «Troveremo la via» dice, e io corro a riprendere l'autobus.

Passano alcune settimane in cui mi rifiuto di pensare. Ogni mattina mi accontento di un caffè macchiato e corro all'hotel. Mi impongo di lavorare dodici ore, compresi i trenta minuti che dedico al pranzo seduta in cucina, senza uscire. Mangio da sola, a capo chino, e i colleghi rispettano il mio bisogno di isolamento. La brigata è quasi la stessa da anni, non ci sono conflitti se non per qualche lamentela portata da un cliente ogni tanto, e noto che tra noi si è instaurata una sorta di protezione reciproca.

A volte, mentre sbocconcello in silenzio, mi chiedo se sto dormendo a occhi aperti.

La sera torno a casa stanchissima. Se Mateo mi vuole, ma vedo che sta diventando pigro e questo non mi dispiace, seguo il suo movimento recitando a voce bassa una poesia di Verlaine, la *Chanson d'automne*, che mi sembra s'intoni con l'atmosfera delle notti di Buenos Aires:

Les sanglots longs
Des violons
De l'automne
Blessent mon cœur
D'une langueur
Monotone.

Mateo non capisce ma si commuove, come se riuscisse col suo corpo a far sgorgare dal mio la poesia.

E infine, in un giorno come tanti, don Costantino telefona. «Angela è morta. È una cosa di qualche giorno fa, la cremazione è già avvenuta.» Fa una pausa per permettermi di respirare. «Ti andrebbe di tornare alla sua casa? Ti accompagno.»

Santino ci porta in via Agustín Bardi, di primo pomeriggio, con una lentezza che mi fa pensare a un funerale. Tutta la città sembra addormentata. Nei vialoni della periferia, dove ci perdiamo più volte, non si muove un refolo di vento e la luce è abbacinante. Io e don Costantino stiamo in silenzio, perplessi, come se ci domandassimo, ed è così, il perché di questo viaggio.

Lui nel frattempo ha fatto ricerche presso la segreteria vescovile. La pratica di Angela era ben conosciuta a causa della donazione fatta a suo tempo e della trasformazione della casa in una struttura di assistenza agli anziani, ma alla curia non risultava nulla di strano.

Arriviamo e decidiamo di entrare, nonostante don Giorgio Trivellin, con cui abbiamo l'appuntamento, non sia ancora arrivato. Al primo piano ci sono sei stanze da letto, di cui la più ordinata e confortevole è la stanza della padrona di casa, che guarda verso il patio, mentre le altre cinque sono occupate da anziani in stato più o meno avanzato di demenza senile. Al pianterreno ci sono una cucina, uno sgabuzzino con un gabinetto, una stanza dove dorme la signora che fa da assistente, e la sala comune. C'è ovunque un tanfo di urina mischiato a odori dolciastri di farmaci e minestre.

La parte più curata è il patio, quello dove sono stata a colloquio con Angela, un rettangolo di circa cinquanta metri quadri piastrellati con quadrotti di cemento a rilievo e abbelliti da vasi di fiori e rampicanti che corrono lungo il perimetro. La parte più distante è un'aiuola unica, circa cinque metri per tre, con un bordino di mattoni a spina di pesce, piantine diverse di gaillardia e due alberelli, uno a destra e l'altro a sinistra che non riesco a riconoscere, forse berberis, ma con uno strano fogliame tendente al rosso.

«Angela curava personalmente quell'aiuola» ci dice l'assistente, notando il mio interesse. «Ci mancherà. Era comunque la padrona di casa e metteva ordine dappertutto.» La guardo e in realtà mi sembra sollevata: i rapporti con Angela non dovevano essere facili.

«Come è morta?» chiedo.

«Nel sonno. L'ho aspettata per la colazione e poi sono andata a bussare alla porta. L'ho trovata composta, con le braccia fuori dalla sovraccoperta, come se dormisse ancora.»

Arriva trafelato don Giorgio. È grasso e molliccio, con le gote rosse. Ci parla della casa e dei costi che la parrocchia deve sostenere. «Non ci sono donazioni, purtroppo» dice «se non qualche scatola di cibo che i supermercati ci regalano. Per noi è un grosso sacrificio, ma ospitare questi anziani senza famiglia e mezzi di sostentamento è un dovere...» Si guarda intorno e non mi sembra familiare con gli spazi: non penso che frequenti molto la casa. Poi, ad uso soprattutto dell'assistente, continua: «Adesso nella stanza di Angela metteremo due vecchietti di novant'anni, marito e moglie, di Avellino, sfrattati. Di questo, in ogni caso, dobbiamo ringraziare Angela».

L'assistente lo interrompe e si appartano. Lei non sembra contenta, discutono animatamente.

Il caldo si fa pesante e sembra emettere un proprio odore, come di terra umida. Salgo al primo piano e mi affaccio dalla finestra della stanza di Angela. Quel che vedo è solo l'aiuola, e nella tremolante calura pomeridiana mi sembra che le due piante di berberis si muovano sincrone. Sto ad osservarle senza pensieri, senza emozioni. Il tempo si è fermato, è arrivato alla fine, coerente con questa casa che è l'ultimo passaggio verso la morte. L'orizzonte si restringe, non rimane che una misera aiuola che niente ha a che fare con la dimensione del panorama da cui era partita Angela, esteso da Locoe alle propaggini del Supramonte.

Forse capisco Martino, adesso, che cercava di andare *oltre*, di superare volando la catena delle montagne, perché la vita è una lotta tra il desiderio di spaziare e il tempo come invisibile confine.

Martino ha perso. Angela ha perso e si è ridotta a guardare un'inutile aiuola. Ma nelle loro sconfitte percepisco una differenza sostanziale: Martino cercava di elevarsi e fuggire dalle costrizioni, Angela, mi sembra abbia agito per chiudere, per contenere. Questa era la *sua* aiuola, la sua realizzazione.

Cosa ha di bello questa periferia? Me lo chiedo mentre Santino ci riporta verso Buenos Aires. Sono depressa e mi accorgo che don Costantino è ugualmente provato. Le case per anziani sono impregnate di dolore. Il tramonto fa apparire fragili e tristi tutte le costruzioni che si rincorrono, strada dopo strada, tutto è stanco, impolverato, senza un fremito. *Les sanglots longs / Des violons / De l'automne / Blessent mon cœur / D'une langueur / Monotone.*

Di notte sono a Nuoro. Non ho chiamato Mateo, mi sono addormentata tardi, agitata. Sogno mio padre che piange, seduto contro il muro del cortile. Ha una pala in mano e mi dice: «Le nostre promesse sono vane, Reche', noi non abbiamo il potere di mantenerle». Fa un gesto circolare con il braccio e io vedo un panorama di guerra: la nostra casa è un ammasso di macerie, il cortile è un cantiere di buche e pozzanghere.

Io non parlo, non ho voce, e lui continua: «Avevo promesso a Mascherada di farle guardare il monte Ortobene e l'alba, ogni mattina, e invece non trovo né le sue ossa né il geranio sulla tomba. Hanno distrutto tutto. Le nostre parole sono illusioni. Non promettere mai nulla, figlia mia, non portare con te pesi che sono solo sofferenza e ansietà».

La mancanza di mio padre è crudele. Sento i muratori che a colpi di mazza e piccone buttano giù le pareti della nostra casa. Sento il lamento dei nostri animali che mi chiamano, terrorizzati che io li lasci soli nell'ora della morte, un coro disperato, con muggiti e mugolii e belati che fanno accapponare la pelle.

Mi sveglio in lacrime.

Passa un mese e mezzo trascinato ancora dalla monotonia, poi don Costantino mi telefona: «Mettiti seduta, Reche', don Giorgio mi ha buttato giù dal letto».

«Cos'è successo?»

«Avevano deciso, in parrocchia, di rifare il patio della casa di Angela per ottenere un locale di servizio in più. Una squadra di operai ha iniziato i lavori... E nell'aiuola hanno trovato due scheletri, sepolti vicini, non tanto in profondità. La polizia ha messo i sigilli.»

«Due scheletri?» tardo a capire. «Vincenzo aveva comprato una casa... Oh, ecco perché era *un'occasione particolare, un dono della Provvidenza.* Forse perché nascondeva questo segreto?»

«Potrebbe esserci un'altra spiegazione» m'interrompe don Costantino «non credi?»

«Quale?»

«Che Angela sia stata un'assassina.»

Rimango paralizzata alcuni secondi. Fuori dalla finestra sta piovendo a grosse gocce pesanti portate dall'Atlantico. Comprendo che la mia vita sta per svoltare ancora, ma non immagino come.

«Sei lì, mi ascolti?» chiede don Costantino.

«Ci sono.»

«Beviti un bicchiere d'acqua, Reche'. Ci sentiamo di pomeriggio, dobbiamo parlarci. Penso che la polizia vorrà interrogarci, prima o poi.»

«Noi?»

«Si tratta di omicidio. Tu sei stata l'ultima che ha parlato con Angela raccogliendone la storia, e sono io che ti ho mandato da lei. Vorranno ricostruire tutto.»

Penso alla lettera di Lorena e vorrei sentire la sua voce: mi manca. Passo una giornata d'inferno al lavoro aspettando di tornare a casa per bere – non mi vergogno a dirlo, ho un bisogno primitivo di alcol.

Così arrivo a casa come una drogata in astinenza, anelando a un bicchiere di Malbec e a una delle pillole lasciate da Lorena, che risolveranno tutti i miei problemi. Continua a piovere, e la mia finestra su Estados Unidos fotografa la notte argentina più malinconica che io ricordi. Sono in silenzio, non c'è musica se non il fruscio ininterrotto del traffico sul bagnato, ma io sento tutta la tristezza e il dolore del tango: solo qui poteva nascere questa musica intima, solo qui raggiungere tali vertici di struggimento.

Piango teneramente e mi compatisco – sono questi gli effetti della pastiglia? – e pian piano mi lascio andare.

Mi sembra di cavalcare ancora il mio Billubì e di sentire lo stesso balsamo animale. Ed è adesso, mentre nel sogno languido si insinuano le dissonanze e l'organo di Astor Piazzolla, che vedo Angela.

Angela, una giovane donna emigrata.

Indossa la gonna e la camicetta che aveva nel patio, ma in realtà – osservo il suo portamento, il suo sguardo – veste ancora il costume quotidiano di Nuoro, sa fardetta, la gonna in tela indiana, sa franda, il grembiule, sa camisa e su mucadore, il fazzoletto senza ricami. Il suo capo è piegato di lato, ma il mento è proteso in avanti in segno di determinazione.

Ha preso una decisione, è chiaro, e nessuno potrà farle cambiare idea: suo figlio non partirà per tornare a Nuoro ad ammazzare Mariane, non finirà in galera e non perderà l'anima. Aspetta che Pietro si sia addormentato e che anche Vincenzo dorma, e gli spacca il cuore con un coltello che fa entrare dallo stomaco, verso l'alto. Mentre il figlio muore, gli chiude la bocca e gli sussurra con amore: «È per il tuo bene, figlio mio!».

Poi lo avvolge nelle lenzuola e lo trascina nel patio. Subito dopo pulisce le scale. Nell'aiuola di terra morbida ha già preparato una buca e lì lo sotterra. Nei giorni seguenti, mentre Vincenzo segue i suoi turni di lavoro, ha cura di spianare il terreno, di mettere nuove piantine e buttare via la valigia. Giuseppe è partito, nottetempo, chissà quando ritornerà.

La vedo guardare l'aiuola dalla finestra. Il suo sguardo è fermo, il fondo di pazzia fa appena capolino: ha fatto ciò che una madre deve fare, non ha dubbi. Nel tempo sentirà parlare di colpa ed espiazione, e cercherà una migliore giustificazione a quanto fatto. In ogni caso, considererà ogni giorno della vita che rimane come il suo pesante castigo, perciò sufficiente a ripulirle la coscienza.

Il sonno che avanza prepotente mi impedisce di chiarire il secondo episodio. Vedo sul volto di Angela che il tempo è passato e colgo il suo panico improvviso. Forse Vincenzo ha scavato nell'aiuola e ha trovato le ossa, forse ha subodorato qualcosa. Colgo l'esplosione della violenza, lei che si gira e lo colpisce – con una zappa?

Poi dormo e tutto si spezzetta e si confonde: i muratori che abbattono i muri, mio padre con la pala, Vincenzo che cade per terra con la testa fracassata, Angela che scava.

Io ti ho vista uccidere tuo figlio e ho visto i tuoi occhi fissi, sgranati dalla pazzia e dallo sbigottimento. I gigli di Locoe ti hanno intossicato, hanno infettato il tuo cuore. Si ha un solo amore, un solo figlio e una sola valle. È lì che è possibile coltivare il bene, lì che il male riesce a tentarci: sta a noi decidere.

12

Don Costantino e io siamo nella sagrestia della Basílica de San José de Flores, il giorno dopo. «Non capisco» dico «come Angela abbia fatto a nascondere la morte di Vincenzo.»

«Probabilmente nello stesso modo usato per Pietro» considera pensoso. «Può aver raccontato che Vincenzo era partito per l'Italia. Lì potrebbe aver avuto un incidente, chissà. Dobbiamo pensare al dopoguerra, alle difficoltà di comunicazione, allo stato delle nostre ambasciate. Chi poteva preoccuparsi di un povero emigrante, uno tra le migliaia? E chi aveva interesse tra gli emigrati sardi a fare indagini, a mettere in dubbio la versione fornita dopo anni da Angela? Ci sono state tante sommosse e violenze a Buenos Aires da riempire libri e giornali. E magari Vincenzo non aveva parenti, chissà, la vita era molto dura, ognuno pensava a sé stesso.»

Io annuisco: «Si è inventata tutto, un racconto misterioso eppure logico, puntellato da un'infarinatura di filosofia. Era pazza».

«O posseduta.» Don Costantino si fa il segno della croce e sta in silenzio per lunghi minuti, poi dice: «Da quello che mi hai raccontato, la sua può essere una narrazione che via via ha arricchito per giustificare alcune cose, prima tra tutte la morte del figlio: l'intervento magico di Jaja richiedeva una precedente relazione con lei, ecco perché vantarsi di esserne stata fiza 'e anima».

Mi vengono i brividi e chiedo: «Non hai per caso un goccio di vino?».

«Un prete senza vino? Reche', ti sembra possibile?» e mi offre un moscato dolce. Riesce sempre a strapparmi un sorriso.

«Qui siamo al sicuro?» chiedo.

«Certo» mi risponde, e mi dà una benedizione che somiglia a una carezza.

Esco e cerco un taxi sotto una pioggia fitta e perfettamente verticale. Fendendola mi sembra di varcare uno dei veli magici di Jaja ed entrare in un'altra dimensione, un mondo fatato ma per una volta non pericoloso.

La polizia si prende il suo tempo, ma intanto la notizia è arrivata alla stampa. Per prima *La Nación*, il giorno dopo *La Prensa* e via via gli altri giornali riportano il ritrovamento dei resti umani. A fine settimana *La Nueva Provincia* dedica due pagine alla casa di riposo di via Agustín Bardi, soprannominata senza fantasia «La casa degli orrori». Alcune soffiate dei muratori e dei poliziotti e l'immaginazione dei giornalisti gonfiano il caso: si parla di dozzine di scheletri che ancora giacerebbero sottoterra, di torture ai vecchi moribondi, addirittura di messe sataniche.

Allora la Chiesa si fa sentire e la polizia accelera le indagini. Sono convocata nel Departamento Central de la Policía Federal alle nove del mattino. Mi accompagna don Costantino ma non è ammesso nella stanza dove mi fanno entrare. Ci sono due ufficiali, uno seduto e uno in piedi, e un dattilografo. Capisco che si tratta di un ufficio e non di una sala interrogatori, e questo mi rassicura: non ho mai avuto a che fare con la polizia e sono nervosa.

Racconto tutto cercando di non agitarmi ma di essere chiara, così mi ha suggerito don Costantino. Insistono molto sulle ragioni della mia visita ad Angela, ma io non posso certo approfondire la figura di Jaja, né tutto quanto concerne il soprannaturale. Vogliono sapere che spiegazioni mi ha dato sulla sparizione di Pietro e la morte di Vincenzo. Quando racconto che quest'ultimo era stato ucciso per errore durante una manifestazione che aveva causato quattordici morti, di fronte al parco comunale del Centenario, si guardano incerti. Poi uno dei due ufficiali abbandona la stanza, e noi rimaniamo in attesa in un silenzio pesante. Alla fine l'uomo rientra scuotendo la testa: «Nessun conducente di autobus è morto durante le manifestazioni».

Non sono interessati alla Sardegna, alle nostre storie, ma focalizzati su Buenos Aires, li capisco. La dettatura richiede molto tempo e quando posso alzarmi sono quasi le tredici.

Saluto don Costantino e scappo al lavoro. In cucina sanno del mio interrogatorio, li ho avvertiti e la notizia degli scheletri è sulla bocca di tutti. Passo un pomeriggio tutto sommato gradevole, al centro dell'attenzione, cucinando e intanto rispondendo alle molte domande. La maggior parte dei colleghi sono emigrati provenienti da Brasile, Perù, Bolivia, ma ci sono anche uno spagnolo, un canadese e una polacca, e mi accorgo che esiste un substrato di storie e di sentimenti che ci accomuna. Ognuno si intromette, aggiunge qualcosa, fa confronti con esperienze vissute, e la vicenda di Angela diventa in breve un patrimonio da spartire.

«Insomma» mi dice Ines, una brasiliana di mezza età che è addetta alle insalate «era tutta una storia inventata. Ma tu hai toccato Angela?»

«Cosa vuoi dire?»

«Le hai toccato una mano, un braccio?»

Ci penso: «Mi sembra di no, era sempre molto riservata e m'incuteva soggezione».

«Oh, poteva essere uno spirito, allora, una *vecchia nera*. Mia zia era una sacerdotessa del culto della Jurema, la pianta della visione, e aveva due semi di quella mimosa allucinogena sotto la pelle. Poteva guidare gli spiriti dei defunti a ritornare sulla terra impossessandosi di particolari persone. Una notte di luna mi mostrò una *vecchia nera*, che si recava a disturbare il sonno di una puerpera. Camminava come se sfiorasse il terreno, curva in avanti, terrificante.»

Tutti commentano e mi sento compresa, parte di un'umanità che mi riscalda. Nonostante la brigata di cucina sia sempre stata una buona compagnia non particolarmente problematica, solo adesso, dopo anni, mi rendo conto di essere circondata da persone che hanno una propria vita ed esperienze, desideri, sogni e paure. Allo stesso tempo, ascoltando le loro storie, capisco il senso di frustrazione di cui parlava don Costantino: c'è un impulso primitivo ad aiutare gli altri, a desiderare la loro felicità, e un contraccolpo di delusione quando ci si accorge della nostra limitatezza.

«Potremmo farci accompagnare da Santino?» oso proporre a don Costantino.

«In effetti» mi risponde «passando per la scorciatoia di Cañuelas non ci vuole molto, forse due ore. Ma non vorrei bloccare il furgone per tutto il giorno, ci potrebbero essere le solite emergenze all'istituto. Forse è meglio se noi due prendiamo il treno del mattino da Buenos Aires. Dal Mercado Central a San Miguel del Monte ci vogliono tre ore, possiamo leggere, parlare, dormire. Cosa ne dici?»

Finalmente, dopo più di un anno di ricerche, siamo riusciti a ottenere l'indirizzo di Zolu Fodde a San Miguel del Monte. Mi si affaccia il timore che ormai potrebbe non trovarsi più lì, ma cerco di scacciarlo, perché dopo lo svelamento delle bugie di Angela sento più che mai il bisogno di trovare delle risposte.

Sono morta di stanchezza quando prendo il treno del mattino dal Mercado Central. Alla fine don Costantino non è potuto venire e mi ritrovo sola, diretta a San Miguel del Monte, con in tasca l'indirizzo di Zolu Fodde e niente di più.

La carrozza è quasi vuota e all'inizio del viaggio dormo scomposta, con la testa ciondolante. Sogno di essere nelle campagne di Giave, sul treno per Sassari. È la primavera prima della maturità e sto seguendo un consiglio, o un ordine, di mia madre. Ha tanto insistito che infine ho deciso di dedicare un sabato alla visita all'università di Sassari, per rendermi conto. Non so chi gliene abbia parlato, ma lei ha idealizzato questa possibilità, mi ha descritto l'edificio come fosse addirittura un castello moresco pieno di portici e palme, e non me la sono sentita di dire ancora una volta no.

D'altronde a Nuoro mi sento sempre più distaccata ed estranea, e una giornata a Sassari non mi spaventa se non per lo stravolgimento della routine anestetizzata che mi sono costruita.

Giave mi sorprende, è l'America, l'Arizona. La pianura gialla è butterata da colline coniche tronche che ricordano i paesaggi di *Ombre Rosse* di John Ford. Tiro su la schiena e mi dico che deve esserci un significato in questo viaggio, in questo treno che si lascia alle spalle la Barbagia e i dirupi dell'interno per affrontare trionfante un nuovo territorio glorioso. Mi sento regredire all'infanzia, al tempo in cui Martino c'era ancora, e sono completamente felice.

Alla stazione di Sassari mi aspetta frate Federico, un francescano conosciuto da mio padre quand'era militare. Sembra che la nostra famiglia sia divisa in due, tra la casa e la stalla, ma non è così, almeno per quanto riguarda me. Mio padre non ha detto niente su Sassari, non ha eccepito sull'idea di una visita all'università, ma ha provveduto ad affidarmi a una persona di fiducia, non mi ha lasciato sola.

Frate Federico mi porta intanto in un bar e ordina due cappuccini con brioche. È alto, magro, con i capelli bianchi cortissimi. Penso che abbia più di ottant'anni, ma trasuda energia e lucidità. Mi dice: «Rechella, Rachael, Rachela, Rachelam, Rahel, Rahela, Rahella, Raquel... Il tuo è un nome importante, non più così comune. Ti ho battezzato io, lo sai?».

«Non lo sapevo.»

Lui sorride come se capisse il perché, e continua: «Nel nome il destino, Rechella. Sei bella dentro, non superficialmente carina; sei quanto ognuno al mondo desidererebbe; i tuoi amici, pochissimi e buoni, sono fortunati, ti curi di loro nonostante i tuoi problemi; sei testarda; ti cacci in tanti guai; piangi molto». E mi guarda.

«Non ho amici» dico, e mi viene voglia di piangere.

Scuote la testa: «Ti piace la brioche nel cappuccino?» chiede.

«È buonissima.»

«Beh, abituati a considerare amici anche gli oggetti, le sensazioni. La vita che ci è stata donata è fatta di sensi. Non cercarla sulla luna, la felicità, Rechella: è nelle piccole cose.»

Poi mi accompagna in una lunga passeggiata che io temevo si sviluppasse tra discorsi e spiegazioni, e invece rimane silenziosa. Lui non si cura di me, sembra cammini e preghi. Anzi, senza dubbio prega con trasporto: capto frasi in latino mentre il suo sguardo si perde. Visitiamo l'università, ma l'assenza di indicazioni e di spiegazioni lascia a me la responsabilità di assorbire quanto ritengo importante. Ci sono i portici e le palme, è vero, ma infine mi rimane una sensazione di superbia non giustificata, di arroganza.

Lo esplicito a frate Federico, prima di ringraziarlo e salutarlo, e lui mi risponde, serio: «Questa università è stata fondata nel sedicesimo secolo dai gesuiti; Sassari è cresciuta gesuita. E tu, amica mia, sei invece francescana».

Chiedo spiegazioni perché proprio non capisco, ma lui si schermisce: «Hai tutto il tempo per pensarci e comprendere. Riflettere fa bene, non disabituarti mai».

Riflettere fa bene, davvero? Il treno che mi porta a San Miguel del Monte avanza a testa bassa, insensibile, una gabbia di Faraday isolata, con noi passeggeri lasciati a noi stessi.

Ed è in questa gabbia che Jaja si siede di fronte a me e mi dice: «La pianura di Giave è magica, hai ragione Rechella, è il posto giusto per parlare tra donne».

È la prima volta che si materializza, l'ultimo incontro con lei risale a Madrid. Indossa un abito nero da signora che tiene molto a sé stessa e non vuole invecchiare, di un tessuto *devoré* un po' funereo ma di foggia orientale, sul volto un sorriso freddo. Non m'inganna con questa sua finta confidenza da donna a donna. È sempre lei, la principessa cinese, solo un po' invecchiata, e la mia reazione è di rabbia, sono stanca di attese e bugie. Le dico: «Saltiamo i preliminari, Jaja: Angela ha ucciso suo figlio e il suo secondo marito a Buenos Aires; ha millantato il suo rapporto con te, impossibile per motivi di date. Due cose non tornano: perché Prededdu Chironi ha dichiarato che a Nuoro era noto che Angela fosse stata tua fiza 'e anima, e come Angela ha ricevuto *da Nuoro* la notizia della tua morte. Come lo spieghi?».

Jaja sospira e sembra muovere appena la testa al ritmo del treno: «Rechella, ti aggrovigli su te stessa e perdi il quadro generale, come sempre. Se Angela ha millantato una storia utilizzando la mia fama, perché le credi quando ti dice che sono morta? Lei era un'orfanella adottata e cresciuta da una domestica; una giovanissima e poverissima sposa che viveva in uno stazzo di Locoe dove ha dato alla luce un bambino e dove è rimasta sino alla morte del marito e alla partenza affrettata per Buenos Aires. Che relazioni può aver sviluppato e mantenuto a Nuoro? Nessuna, non c'è alcun dubbio».

«Non sei morta» dico scuotendo la testa, senza sorpresa.

«Che differenza fa? Nessuna. Per il resto, è facile far girare una voce, basta sussurrarla alla persona giusta.»

«Ma perché darmi questi indizi? Forse per il gusto di farmi muovere come una marionetta?»

«Tutto è funzionale a te.»

«Cosa vuoi dire?»

«Trovo disponibili marionette a ogni angolo, non mi interessano. Ma tu hai attraversato la mia strada una volta, hai impedito che Martino potesse diventare come me. Sì, sei perspicace e testarda, rappresenti un pericolo che non posso sottovalutare.»

«E per questo mi disvii con falsi indizi?»

«Troppo facile. Ti parlo direttamente oppure tramite terze persone per non perderti di vista – sono sempre con te, non ti sorprende? Hai il destino che ti ho preannunciato all'aeroporto di Madrid, e io non comando al destino, devi capirlo. Ma posso stare al tuo fianco, controllarti e parlarti per dimostrarti che tutte le strade ti sono chiuse, non portano a niente. Potrei indicarti altre persone, altre vicende – sai quante famiglie sono venute a chiedere il mio aiuto? – ma ti accontenterai del prossimo incontro con Zolu Fodde, Rechella. Nessuno ti darà le risposte che cerchi, se non sarai tu a trovarle.»

Ci penso un attimo: «Quali strade? Non ho bisogno di prove concrete, so che hai ucciso Martino, mi manca solo sapere come. E impedirti di fare ancora del male!».

«Martino» dice Jaja, e adesso scorgo nel suo viso un ghigno diabolico «aveva mostrato di poter essere uno splendido sùrbile, aveva la capacità di volare, vedeva il futuro, era in contatto con l'invisibile. Non ci speravo più dopo il fallimento di Bobore e poi di Carlo, due nullità, eppure tante volte su castigu salta una o due generazioni, e Martino era davvero dotato.»

Fa una pausa per farmi sentire dolore al ricordo di Martino, e ci riesce: il mio piccolo Martino possedeva su castigu, è vero, qualcosa di troppo grande per lui, mi si stringe il cuore. «Ma c'eri tu, e l'amore fa da zavorra, puoi capirlo, è un sentimento che non può dimorare in un sùrbile. Martino ti amava ma si sentiva solo, abbandonato, e quella sera fatidica anche tu ti eri allontanata, era infelice. Non era la condizione giusta per cercare di passare le montagne. Ha tentato, è caduto.»

Io sono scossa da un fremito, vorrei ucciderla con le mie stesse mani, ma a malapena riesco a muovere le labbra: «Puoi dire la verità adesso, Jaja, siamo solo noi due nella valle di Giave».

«Ha saltato e non l'ho afferrato in tempo prima che cadesse.»

«Non ci credo! L'hai ghermito e lasciato precipitare come un agnello, a fracassarsi sulle rocce.»

«Di nuovo ti chiedo» dice calma «che cosa cambia? Sarebbe morto saltando da solo oppure un altro giorno o l'altro ancora, sempre indeciso tra un destino da sùrbile e l'amore per te.»

«E hai succhiato il suo sangue!»

«Queste sono le stupidaggini che sostanziano la leggenda, buone per le comari di quartiere. Non ho bisogno di succhiare il sangue di nessuno o di ungermi di olio sacramentale per raggiungere i miei scopi.»

«E allora?»

«Che cosa?»

«Quali strade mi sono chiuse, allora, maledetta assassina?»

«Quelle della vendetta. Come non l'hai saputo da Prededdu o da Angela, neanche da Zolu Fodde saprai come raggiungermi e vendicarti. Una sùrbile sa dove coltivare l'immortalità del male, una dimensione dove un umano non potrà mai giungere. Oh, ti consumerai nella tua ossessione, Rechella, cercherai in ogni modo di scontare il doppio errore di aver amato Martino e averlo lasciato solo nel momento del bisogno, nell'ora della sua morte, ma non potrai trovare il mio rifugio e cancellarmi. Chi sei tu, che poteri hai contro di me? Accetta il tuo destino, accetta il male.»

Allora concentro la mente sulla fermata di Giave, sul sole americano che mi scalda la faccia, sull'immagine dell'Arizona che si sovrappone.

Mi accorgo di essere lucidissima: Jaja ha parlato del suo *rifugio* e dal passato riemerge all'improvviso il racconto di Martino sulla violenza subita nella cantina di via Asproni. Mi ha dato un indizio fondamentale, adesso non posso sprecarlo.

Sono perspicace e testarda e per distrarla chiedo: «Hai agito anche su Barigada, non è così? Lei era una cavalla normale, eri tu che la facevi volare?».

«Era diventata la mia creatura, Bobore neanche se ne accorgeva. Lei mi raccontava tutto di lui e di Zolu Fodde, dei nuoresi e delle loro follie, e al mio comando si esaltava. Era una bestia meravigliosa.»

Ripenso alla sua descrizione della corsa di mesumaju: *Il suo allungarsi e prendere forza dalle esili zampe aveva qualcosa di portentoso. Quand'era sbucata dalla curva, nella salita verso il traguardo, io avevo capito che non ci sarebbe stata speranza per nessun altro cavallo: lei inghiottiva la strada, fluida e potente come un drago* e colgo il potere della sùrbile che mi sta di fronte. Ci aveva detto tutto, ero io che non ascoltavo.

E mentre il treno continua ad avanzare sballottandomi, ricordo quanto Lorena mi insegnava: *Il linguaggio ha una sostanza propria, non è solo un mezzo di comunicazione tra il mittente e il destinatario, bensì una porta attraverso la quale l'uomo può prendere coscienza di sé.*

Il linguaggio, dunque. Penso a quello di Jaja e a quello di Angela. Qual è in fondo la loro sostanza?

Il mondo si definisce e si qualifica con la creta del linguaggio, bisogna stare attenti perché una sola frase può essere sufficiente per essere sbalzati indietro nel tempo, diceva Pietro per bocca di Angela, e ancora: *Tra la realtà, la ragione e il linguaggio esiste una sostanziale identità: dall'ordine del mondo derivano l'ordine della mente che lo immagina e della lingua che lo descrive.*

Cos'hanno dunque in comune i due linguaggi? Mi chiedo. E proprio dalla monotonia ipnotica del treno comprendo una cosa che mi era sfuggita, *che non avevo ascoltato*: entrambi sono ipnotici.

Jaja ipnotizzava me e Martino, e questo effetto durava per anni sino a che naturalmente sbiadiva e potevo interrogarmi, comprendere. Lo stesso ha fatto Angela, ed ecco perché, pur essendo io passata attraverso l'esperienza di Jaja, sono ricaduta nell'errore. Il suo linguaggio mi ha ipnotizzata, era lo stesso della sùrbile.

Angela era dunque dominata completamente da Jaja, una pedina del male. Ha ascoltato Jaja, ha ammazzato il figlio e il marito!

Com'era successo a don Costantino, il diavolo mi ha raggiunta sino in Argentina, mi ha parlato con la voce di Angela ed è con me ora. Che questo treno attraversi una pianura sarda, americana o la provincia di Buenos Aires, non fa alcuna differenza.

«Non sbattere la tua vita contro il vetro» mi dice Jaja passandosi un fazzolettino sulle labbra. «Approfitta del dono che ti farà Zolu Fodde e porta il tuo piccolo mondo in Argentina. Possiamo fare un patto: io non entrerò nel tuo recinto, tu accetterai quello che è stato e d'ora in avanti vivrai quieta.»

Non comanda al destino, penso, lo ha detto lei stessa.

Apro gli occhi, guardo l'orologio e vedo che manca poco all'arrivo a San Miguel del Monte. Il panorama non è cambiato se non nella tonalità del colore: il sole si è nascosto dietro un velo pesante di umidità. Sono io, però, che ho una diversa consapevolezza.

Una volta giù dal treno, cammino osservando lo squallore in riva al lago (o è solo un enorme stagno grigio?), e mi sento forte come la pietra: il mio cuore ora è solido come il granito della Barbagia.

Parte quarta

1907-1978 – Zolu Fodde

13

Zolu Fodde deve abitare in questa casetta di mattoni a un piano, che si affaccia sulla Laguna de Monte, al limitare di un parco. La porta d'ingresso della casa è protetta da un bovindo, identico a quello che allargava lo spazio del salotto, verso il lago.

Busso alla porta e chiedo di lui, ma dall'interno una voce scortese mi risponde di non conoscerlo. Incerta, mi allontano di qualche passo, guardando verso le case vicine per decidere cosa fare. È stato un rischio prendere il treno con solo un indirizzo cui rivolgermi, mi dico, sono stata incauta, e già mi sale una gran rabbia verso me stessa. Mi appresto a fare qualche tentativo nei dintorni quando la porta alle mie spalle si apre.

Un vecchio, tarchiato ma con la schiena diritta da militare, mi osserva e poi mi chiede, inaspettatamente in sardo: «Di dove sei?».

«Di Nuoro.»

«Zolu Fodde è morto e sepolto.»

«Mi avevano detto...»

«Chi?»

«Don Costantino Cossu, il prete.»

«L'orgolese.»

«Sì, lui» e mi avvicino per guardarlo meglio. Il viso deve essere stato bello, con una grande fronte e occhi chiari, ma la pelle ha un colore malato. Il petto è pronunciato, la pancia assente. Le gambe, leggermente arcuate, troppo esili. Dopo un paio di secondi di silenzio, uno di fronte all'altra, mi ordina, ancora ruvido: «Entra».

Ed entro in una stanza che è cucina, pranzo e studio insieme. Alle pareti sono appesi tanti scudetti della polizia e invece non c'è un divano comodo, una tendina, né alcuna traccia di presenza femminile. L'odore è acre, di medicine e di chiuso.

Appena mi siedo inizia il mio interrogatorio, perché di questo si tratta. Per oltre un'ora rispondo senza prendere fiato, combattuta tra il voler dire tutta la verità e il desiderio di mantenere un angolo di riservatezza.

Racconto l'intera storia, convinta che quello che ho di fronte sia Zolu Fodde e incassando un deciso rifiuto ogni volta che cerco di essere io a porre una domanda.

Infine lui si alza e mi lascia alcuni minuti da sola, come accade durante i veri interrogatori di polizia.

Torna con due tazze di mate, sospirando. Percepisco che l'atmosfera è cambiata.

«Ho fatto quarant'anni nella polizia col nome di Sebastian. Sono stato fortunato. Quando sono sbarcato a Buenos Aires, nel 1928, una vita fa, cercavano vigilantes per le province dell'interno, e io mi sono subito offerto. Non è stato un periodo facile, ma non volevo stare in città a fare il muratore come tanti altri; avevo bisogno di continuare a vivere in campagna, di andare a cavallo. Dopo dodici anni mi hanno arruolato e col tempo sono stato promosso sergente. Ho viaggiato molto per l'Argentina, era nel mio destino. Gli ultimi vent'anni li ho passati qui, nel partido di Monte, un dipartimento tranquillo.» Fa una pausa, guardando il lago. «Ho comprato questa casa e mi preparo a morire.»

«Zolu Fodde?» provo finalmente a chiedere.

«Sono proprio io, Rechella. Devo aver lasciato qualche traccia per non scomparire nel nulla. Arrivato a questo punto trovo conforto nei sogni e nella speranza che qualcuno mi ricordi, o almeno sappia dove sono morto. Il Cementerio de San Miguel del Monte è appena quattrocento metri alle nostre spalle, un posto piatto e squallido, con un muro bianco e triste tutt'attorno. Ma con la casa ho comprato anche un loculo, qui si usa, e mi aspetta. Potrei farmi cremare, ma penso che nessuno vorrà portare le mie ceneri sino all'oceano. Prenderebbero i soldi e non mi cremerebbero neanche, oppure spargerebbero le ceneri in questa laguna senz'anima. Il pensiero mi fa impazzire.»

«Perché tanta fretta?»

Mi guarda negli occhi: «Ho ottantaquattro anni, un cancro al quarto stadio e forse due mesi di vita».

Non so far altro che sussurrare: «Mi spiace» e lui alza le spalle.

«Credi alla Provvidenza?» mi domanda dopo un po'.

«No.»

«Eppure tu, Rechella, sei la Provvidenza per me.»

«Perché?»

«Perché mi permetterai di confessarmi.»

«Non sono un sacerdote. Don Costantino potrà...»

«Non intendevo quel tipo di confessione. I preti sono poco inclini ad ascoltare davvero. Non risolverebbero un caso di polizia neppure per sbaglio, hanno troppa voglia di concludere il colloquio per fare le loro somme: un peccato corrisponde a cinque Ave Maria, un peccato mortale a cinquanta Ave e venti Paternostro.» Fa una lunga pausa, per poi continuare in un tono più intimo: «In queste notti insonni sto imparando che la morte è spaventosa quando non si è protetti. E la protezione, il conforto, può venire solamente dall'essere parte della propria comunità o dalla presenza di una persona amica. Io ho vissuto solo, lontano, e la morte che un tempo mi era indifferente ora mi fa paura. Tu sei venuta qui per capire. Proprio quando io sento il bisogno di raccontare la mia vita a qualcuno che possa comprendermi. Non è questo un segno della Provvidenza?».

Io non la vedo così, forse sono ancora colpita dal potere manipolatorio di Jaja, ma è meglio non discutere adesso. È il momento che lui si abbandoni ai ricordi, sono venuta per questo. Io sto in silenzio.

Zolu Fodde beve il suo mate e dopo un altro sospiro inizia a raccontare.

La storia di Zolu Fodde

1907

La febbre non abbandonava Zolu Fodde. Si trattava solo di un attacco di malaria, un malessere ripetitivo, ma intanto poteva stare avvolto nel giaciglio e fingere di dormire mentre Bobore Mannu parlava con su bardaneri, il capo delle bardane, le razzie organizzate, un uomo alto e rude chiamato Pepe.

Nella gerarchia della povertà, Zolu Fodde, tredici anni appena compiuti, rappresentava l'ultimo anello: era il giovane servo di Bobore Mannu che a sua volta era servo pastore, anche se quest'ultimo si era infine allontanato dalla pastorizia, svincolandosi dal padrone che l'aveva allevato, e viveva grazie alle sue doti di cavaliere.

Le bardane gli assicuravano mesi di arrogante e acido far niente e una fama sempre più diffusa. Certo, dei partecipanti alle bardane nessuno ufficialmente conosceva i nomi, ma le voci correvano più veloci dei mezzosangue nelle pianure della Giara. E in ogni caso c'erano segni rivelatori che non potevano essere nascosti ai parenti e agli amici più prossimi: per partecipare a quelle razzie Bobore mancava da Nuoro per settimane in contemporanea ad altri balentes, e poi tornava carico di carne, tessuti e talvolta gioielli, spille e bottoni. A volte il bottino era costituito da intere greggi, ma Bobore scambiava le pecore con altri beni: non sarebbe mai tornato a fare il pastore.

Zolu Fodde, la testa affondata nella pelle puzzolente di caprone, comprendeva che al suo padrone non piaceva su bardaneri – in verità Bobore non sopportava nessun tipo di autorità e non aveva nessuna intenzione di partire per una nuova bardana. Dall'altro lato, Pepe non sprecava parole. «All'alba del 15 a S'infurcau» ordinò. I cavalieri arrivavano al raduno in ordine sparso, provenienti da diversi sentieri.

Bobore Mannu annuì di malumore, senza dir niente. Pepe lo guardò storto per due secondi, poi uscì dalla casa, incombente e minaccioso. Era quasi il tramonto e il cielo era viola.

«Ci andrai?» chiese Zolu Fodde.

Bobore gli diede un calcio nel costato, e poi un secondo, più cattivo. «Preparami da mangiare» disse, incurante della febbre che divorava il suo servo.

Zolu Fodde aveva colto i segni premonitori di una nuova partenza, di cui Pepe non doveva sapere nulla: Bobore sarebbe dovuto andare a Terranova. Si alzò in piedi tremando. Avrebbe potuto limitarsi a tagliare del formaggio, Bobore non si curava molto del cibo, ma aveva bisogno lui stesso di qualcosa di caldo. Aggiunse due rami di leccio al caminetto, ravvivò il fuoco che languiva e gli avvicinò un pentolone di rame dove aveva fatto cuocere pezzi di pecora con patate e verdure. Appendendolo al gancio del camino sentì odore di rancido, ma non ci fece caso: niente andava buttato.

Mangiarono in silenzio quanto si era depositato sul fondo. Il sapore era orribile, ma Zolu Fodde si sentì meglio e ne avrebbe mangiato altrettanto, poi sarebbe andato a dormire e poi ne avrebbe mangiato ancora e ancora, aveva sempre fame e freddo.

Alla sua giovanissima età, con la malaria e il lavoro cui Bobore lo costringeva, avrebbe dovuto mangiare di più e meglio, e invece doveva accontentarsi di quanto capitava, per lo più avanzi di pecorino, pezzi di carne secca, una mela o una pera selvatica.

Uscì in un piccolo cortile interno cinto da muri alti e grezzi, riempì una brocca pescando con attenzione in una vasca d'acqua piovana e andò a controllare Barigada, poi tornò all'interno. Bobore si era addormentato su una stuoia vicino al fuoco. Allora cercò dentro una bisaccia e senza far rumore prese un pezzo di formaggio duro come pietra e se lo portò nel giaciglio d'angolo, dove si buttò a corpo morto. La febbre stava salendo, sarebbe stata una notte dolorosa.

Bobore era il suo padrone e, pur a mala voza, il suo eroe. E Zolu Fodde non avrebbe mai immaginato che dicesse la verità riguardo al matrimonio. Certo, nessuno poteva negare che avesse vinto la corsa di San Simplicio, a Terranova Pausania, e fosse ritornato con una coppa e ancora qualche franco in tasca. Sembrava impossibile, ma aveva battuto Antonio Ziccheddu Solinas e il grande Lineddu, cavalcando per giunta quella Barigada che pareva una cavalla da passeggiata, non da competizione. Zolu Fodde la portava al pascolo, a mangiare margherite e a bere, mentre Bobore cadeva in una delle pozze d'acqua gelida di Locula cercando di farsi passare l'ennesima sbronza. La vedeva indolente e lenta, non l'immaginava certo lanciata al galoppo in mezzo a cavalli muscolosi e feroci.

A Terranova tutti amavano fare scommesse, e per la festa di mesumaju si raggiungevano cifre che a Nuoro sarebbero bastate per rimpinguare le casse comunali per anni. Si parlava di migliaia di franchi: forse non si sarebbero potuti raccogliere neanche con bardane che rastrellassero come un pettine tutta la provincia. Anche per questo la corsa di San Simplicio era famosa, una gara spietata dove ogni furbizia era permessa.

Zolu Fodde sentì un brivido risalirgli la schiena: che un nuorese, e per di più un giovane senza un gregge né unu cunzau, un pezzo di terra, fosse riuscito nell'impresa, lo faceva vibrare d'orgoglio. Banda di troddioni, pensò, arroganti e maleducati, accozzaglia di ladri e bugiardi senza rimedio; ma quando c'era da tirar fuori gli attributi, beh, allora era meglio non mettersi contro i nuoresi.

Il pensiero di aver a che fare con su bardaneri, sempre primo dinnanzi alla sua banda di cavalieri, su un cavallo danubiano rubato al Regio Esercito e alto come un olivo, angosciava tutta la Sardegna. Ne era giunta voce fino a paesi persi nel nulla della Trexenta, della Nurra o della Marmilla, che alla prima nuvola di polvere all'orizzonte erano preda del panico. Come fermare quelle orde scatenate di senza-misericordia, quei cavalli che avanzavano a ventaglio e poi si incuneavano penetrando negli ovili e nei vicoli?

Zolu Fodde sognava di essere il secondo di Pepe, il suo braccio destro. Non visualizzava il suo cavallo, forse era nero o forse bianco, ma vedeva sparpagliarsi davanti a lui la gente impaurita; vedeva pastori feroci cadere a terra e rotolare perdendo il moschetto, i vecchi chiedere pietà. S'inebriava degli spezzoni di racconti che riusciva a estorcere a Bobore mentre lo metteva a dormire come un bambino e puliva il suo vomito, e sognava imprese epiche.

Ma Bobore e Barigada eroi di Terranova? Non gli sembrava vero, così come la storia della fidanzata nobile e ricca. Bobore ne parlava solo quando era sbronzo marcio, solo con lui, prima di cadere in coma. Davvero era riuscito a conquistare una donna nella lontana Gallura?

Quel che è certo è che da qualche tempo faceva dei viaggi misteriosi, ogni volta un mese tra andata e ritorno. Bobore parlava nel sonno, rideva e si dava arie, bofonchiava e ruttava, e Zolu Fodde raccoglieva frasi che nella sua testa formavano un quadro confuso. In ogni caso, oltre le bardane aveva un segreto più grande, era chiaro.

E poi, improvvisa, la notizia del matrimonio, buttata sul fuoco del camino come una scorza d'arancia! Bobore era appena brillo, e aveva parlato a Zolu Fodde perché di lì a poco non sarebbe stato più possibile nascondere il fatto.

«Mi vado a sposare» aveva detto. «E torno con mia moglie.»

Aveva avuto un forte singulto e sputato bile. Poi aveva bevuto un altro sorso di vino dalla borraccia e aveva aggiunto cattivo: «Preparati a dormire con Barigada, non ti voglio in mezzo ai piedi».

Zolu Fodde aveva solo chiesto quando, e Bobore era esploso: «Se ne fai parola, una sola parola con chiunque, ti schiaccio la faccia sulla brace».

Così la notizia era rimasta sospesa sino a quando era iniziata la concitazione di Bobore, usuale prima delle partenze: accarezzava Barigada e la controllava accuratamente, le parlava a bassa voce; piegava la camicia buona e un paio di mutande militari; passava il grasso sulla sella, sui gambali e gli scarponi; avvolgeva carne secca; puliva la borraccia, il moschetto e il pugnale. Il tutto con una tensione crescente e con una strana ripetizione dei movimenti.

Era ancora immerso nel suo nervosismo quando Pepe aveva bussato alla porta. Ma Bobore non gli aveva detto niente del viaggio imminente.

Era ora di dormire, adesso, e la febbre formicolava entro le vene. Zolu Fodde si sentiva liquido, trasportato in un mare d'erba e papaveri, onde molli dove lui si tuffava e incontrava sua madre, che immaginava giovane e profumata. Lei era felice e gli occhi le lacrimavano dal riso, lacrimavano tanto e ora lei piangeva disperata, era una vecchia che gli diceva: «Oh Gesù, non sei più il mio bambino». Lui la chiamava ma lei diceva solo: «Che cosa ho fatto?» mentre le colline intorno vorticavano. Zolu Fodde batteva i denti, e quella era la colonna sonora della malaria.

Non era un circo, non ne arrivavano ancora in Sardegna, ma un grosso carro chiuso come una stanza di legno, trainato da un cavallo belga grigio ferro che sembrava un animale da guerra.

Il carro si era fermato nello spiazzo davanti al convento e aveva allungato dal tetto quattro traverse, due da una parte e due dall'altra, come zampe di un ragno, e una famiglia di adulti, bambini e nani aveva teso tende di tela verde e montato un palchetto. Facevano musica con strumenti rudimentali, lanciavano e prendevano palline colorate, promettevano lo spettacolo più emozionante al mondo.

Zolu Fodde era andato a vedere: una strana euforia attraversava la strada tra Santu Predu e Seuna e frotte di persone s'incamminavano verso i saltimbanchi. E la sera era stata festa: Nuoro aveva bisogno di lasciarsi andare, perché no, e tutti avevano condiviso vino e pane, seppur lo spettacolo era stato poca cosa: qualche salto mortale di bambini ginnasti, un mangiatore di fuoco, un giocoliere e soprattutto la vendita di petardi, grande successo, di uno sciroppo per la tosse e caramelle multicolori e, infine, il momento delle profezie.

Una vecchia indiana era comparsa con una tunica nera e con il terzo occhio magico dipinto sulla fronte. Era conosciuta in tutto il mondo, era capace di vedere il futuro leggendo il palmo della mano. «Non perdete questa occasione: la maga sente che

Nuoro è popolata dagli spiriti: questo è un posto davvero speciale.»

«Farò una prova con uno di voi a caso» aveva detto la vecchia sedendosi su uno sgabello. E siccome tutti si schermivano aveva indicato Zolu Fodde, che aveva appena guadagnato la prima fila. Lui aveva fatto un passo indietro, spaventato, ma lei gli aveva afferrato il braccio con sorprendente vigore e l'aveva costretto a sedersi sullo sgabello di fronte a sé.

«La mano sinistra» aveva ordinato. La gente si era stretta attorno, ma Zolu Fodde non la vedeva più, non sentiva le grida e le battute di scherno. Il terzo occhio lo fissava e lui capiva che non era un gioco. La maga gli aveva tenuto stretto il polso, aveva chiuso gli occhi e sentenziato: «Sei un orfano, sei un servo, hai sempre fame, il tuo padrone ti picchia».

Un *oohh* era sgorgato da decine di bocche. Allora lei aveva guardato il palmo del ragazzo ed era stato il suo turno di gridare spaventata: «Ah, vedo sangue a fiotti, vedo tanti omicidi che commetterai!».

La gente era rabbrividita mentre Zolu Fodde era un blocco di ghiaccio: quanto stava succedendo era al di là della sua comprensione.

La maga si era alzata facendo il gesto di non voler continuare, poi si era riseduta di malagrazia e aveva ripreso la lettura: «Avrai un'esistenza molto lunga» aveva sentenziato «la tua linea della vita è profonda e resistente. Ti innamorerai, cadrai preda di un maleficio e sopprimerai tante vite innocenti. Sarai costretto a scappare molto lontano, dall'altra parte del mondo. Avrai tempo per pentirti, forse, e forse qualcuno ti salverà». Si era messa le mani sugli occhi, sconvolta: «Ma non voglio più vederti e sapere di te, vai via» e alzando la voce aveva concluso: «Tu sei marchiato col fuoco».

Zolu Fodde era fuggito per la salita di via Majore mentre il cuore gli batteva in gola. Aveva voglia di buttarsi tra le sue pelli, di chiudere la finestra e non vedere più nulla. Bobore Mannu era già partito e lui avrebbe potuto accendere il caminetto, scaldarsi e cucinare, ma per una volta non aveva fame. Voleva stare rintanato, lontano dalla gente che ormai sapeva che lui era marchiato col fuoco.

In realtà, sin dal giorno dopo, si accorse di un cambiamento positivo. Bobore Mannu era uomo di bardana, e lui, il suo servo, un predestinato e un pluriomicida, la maga indiana non poteva sbagliarsi. Tanto bastava a renderlo rispettato e temuto. Una donna del vicinato gli portò pane fresco e latte e gli disse: «Verrò ogni giorno. Mi pagherà Bobore quando tornerà, non preoccuparti».

E sino al ritorno del padrone, Zolu Fodde passò il miglior periodo della sua esistenza: andava ogni tanto a Sa Serra a lavorare per un compare di Bobore, un capraro di poche parole, ma per lo più gironzolava per Nuoro col petto in fuori, senza impegni, nessuno che osasse dirgli niente. In pochi giorni si era adeguato al suo destino.

S'incamminò verso casa, scendendo dal colle di Sant'Onofrio. Era stata una mattinata limpida di fine settembre, ma nel pomeriggio si era sollevato il maestrale e il tempo era improvvisamente cambiato. Non pioveva, ma le nubi si erano abbassate a coprire la cima dell'Ortobene.

D'un tratto si scoprì a vacillare, con le gambe molli e il respiro spezzato. La vista gli si era offuscata. Arrancando verso casa scorse nel vicolo Barigada, un carro a buoi e altra gente che non riconobbe. Si sentiva ridicolo, oh non avrebbe voluto star male proprio allora, ma le gambe cedettero e cadde a terra proprio sul gradino d'ingresso.

Qualcuno gli disse: «Tranquillo, stai fermo».

E la voce di Bobore ordinò: «Portate dell'acqua, ha un attacco».

Zolu Fodde non riusciva a parlare. Avrebbe voluto chiedere scusa, spiegare, ma si sentiva staccato da sé come se fosse già un'anima. Gli posero un panno bagnato sulla fronte e pian piano cominciò a star meglio. In un rantolo disse: «Scusate» e svenne ancora.

L'avevano poggiato su una stuoia, e piegando la testa di lato credette di sognare una ragazza che si avvicinava a lui, emersa dall'oscurità della casa. Camminava sul ruvido battuto del pavimento come fosse a piedi scalzi, leggera. Lui vide le sue scarpe color oro e, sollevando lo sguardo, il viso più bello che potesse immaginare. Il suo cuore accelerò i battiti mentre lei si chinava e lo guardava con curiosità.

Lo colpì la chiarezza del volto, degli occhi, delle labbra. Ancora dopo anni, ripensandoci, l'avrebbe descritta come un angelo, di una bellezza benedetta e con una luce che proveniva da dentro. In quell'istante seppe di amarla: sì, ne era certo, quella che provava non era istima, pura passione, ma un sentimento altissimo e inebriante come una dolce narcosi.

Di notte, avvolto nella sua pelle di caprone, sotto la piccola tettoia che proteggeva Barigada, aveva cercato di ricostruire il volto di lei, ma la perfezione di quegli occhi, del naso e della bocca lo confondevano. Non c'era un'asimmetria a cui aggrapparsi, una disarmonia, un'ombra. Poteva immaginarla solo attraverso la sua luce.

Quella donna, la moglie di Bobore – cosa da non crederci – era il paradiso, era sua madre. E Zolu Fodde si era sentito per un momento un bambino incontaminato e innocente. Per poi ricredersi subito, ricordando di essere *marchiato col fuoco* e dunque colpevole, malvagio. La malattia che l'attaccava a tradimento non era malaria ma un coagulo di sangue tossico che l'avrebbe condotto all'inferno trascinando altre vite con sé.

Barigada si era mossa, aveva avvicinato le labbra alla sua fronte e aveva sbuffato incredula, inondandolo di saliva.

«Come ti senti?» gli aveva chiesto quella donna il giorno dopo, facendo capolino nel cortile. Ancora una volta Zolu Fodde aveva vacillato sotto l'impatto del sentimento: oh, era amore, certamente, altrimenti cosa sarebbe stato l'amore, uno sparo al petto, la morte?

Si era mossa verso di lui e il mondo si era fermato. Persino Barigada era rimasta impietrita, così gli era sembrato, mentre lei l'aveva preso per mano e condotto in un angolo dove c'era un triangolo di sole. Aveva messo una mano sulla sua fronte e gli aveva tirato la pelle sotto gli occhi per scoprire la congiuntiva. «Hai la malaria» aveva detto.

«Non mi è ancora passata» aveva precisato lui con un filo di voce, vergognandosi e credendo ancora di sognare.

Lei aveva annuito: «Cosa stai prendendo?».

«Non capisco.»

«Che medicine ti hanno dato?»

Zolu Fodde aveva scosso la testa: non aveva mai preso una medicina in vita sua.

Intanto era comparso il vecchio mezzadro che aveva dormito sul carro, nel vicolo. Lei gli aveva parlato e lui era tornato con una sacca. Zolu Fodde era rimasto al sole, in piedi e fermo come il pilastrino di un cancello.

«Prendi queste due pastiglie, è chinino» gli aveva detto lei, e poi si era improvvisamente alterata: «Ma che posto è questo» aveva chiesto ad alta voce «dove non si cura un ragazzo con la malaria e lo si lascia dormire all'aperto?». La sfuriata era stata udita dai vicini – il quartiere si era svegliato presto e tutti sciamavano intorno, eccitati per la novità – e anche da Bobore che stava in quel momento rientrando a casa.

Aveva guardato sua moglie con occhi spalancati, furenti, senza riuscire ad articolare parola, e lei lo aveva fissato senza alcun timore e senza abbassare lo sguardo. Per alcuni secondi erano rimasti così, come due gatti, e poi lei aveva detto, mettendo un braccio sulle spalle di Zolu Fodde: «Lui stanotte dorme in casa» e aveva girato le spalle a Bobore Mannu in maniera decisa.

Al di là del muro, tutti avevano udito le sue parole e il silenzio di lui, e questo era un fatto. Zolu Fodde aveva pensato che una sposa così non si fosse mai vista e le aveva giurato fedeltà eterna: per lei, certo, sarebbe stato disposto a uccidere.

La fioritura autunnale di zafferano copriva le colline di Su Grumene, che rilucevano come seta. Il vento ne cambiava continuamente il colore e Maria, con le braccia sollevate, in mezzo al campo, rideva e diceva: «Oh, è bellissimo!».

Zolu Fodde, tre passi indietro, era estasiato: «Te l'avevo detto» aveva commentato, girandosi a osservare con aria di possesso quel tappeto senza fine.

«No, no, non mi hai detto che era una tale meraviglia e che potevamo cogliere tanti pistilli! Avrei portato qualche donna con me, saremmo venuti di mattina! Oh, mio Dio, li vorrei tutti, tutti!»

«Per farne che, tinture?»

«Per mangiarli! Mangiarli col riso. Oh, te ne preparerò una pentola e mi dirai.»

«Non si trova riso a Nuoro.»

«Ma a Terranova e in Campidano sì. Alla prossima bardana, chiederò a Bobore Mannu di portarmene un paio di chili.» Maria chiamava suo marito con nome e cognome.

«Shhh! Non si parla mai delle bardane!»

«E chi vuoi che senta? Siamo in paradiso qui, non vedi?» e aveva iniziato a correre verso sinistra, nella discesa che portava alla strada per Mamoiada. Poi si era fermata, si era girata e dal basso gli aveva gridato: «Non sai quanto sei fortunato, Zolu Fodde. Tu sei mio amico, l'unico amico» e si era messa a ridere di cuore.

Da adulto, in Argentina, sarebbe riandato tante volte a quel pomeriggio, a quella risata e a quella frase di Maria, che allora non aveva ancora imposto il nome di Jaja, sentendo sempre uno strano groviglio di emozioni e l'impossibilità di definirle – tutto si spezzettava e svaniva, tutto tranne l'immagine di lei sul pendio, allegra, magnetica.

Aveva tredici anni, Zolu Fodde, e non sapeva che il fato si era già manifestato. La malaria, la vecchia indiana e l'arrivo di Jaja erano le pietre miliari poste ai bordi della sua strada, un chilometro dopo l'altro, inesorabili.

Quando Maria irruppe nella casa seguita da Zolu Fodde, su bardaneri era in piedi davanti al camino e incombeva inferocito su Bobore.

Ci fu un momento di sconcerto per tutti.

Pepe era furibondo ma come sempre dalla bocca gli uscivano poche parole, e non si aspettava una donna senza il costume nero ma con un abito da giovinetta – e quella che era entrata era davvero una ragazzina, magra e chiara come una tempiese.

Bobore, costretto in difensiva di fronte a Pepe, mai avrebbe voluto l'intrusione di sua moglie. Era un uomo, un balente, non un giovane di primo pelo, e nessuno poteva permettersi, in teoria, di attaccarlo proprio in casa sua.

Maria, reduce dalla passeggiata con Zolu Fodde, portava ancora la spensieratezza e i profumi della campagna autunnale. Non era preparata a una scena intrisa di violenza, con un intruso massiccio e pericoloso come un animale.

Zolu Fodde era invece terrorizzato: qualsiasi cosa succedesse, lui era il predestinato ai calci, e il fatto che Maria lo proteggesse non faceva che renderlo più esposto. Prima o poi Bobore avrebbe trovato il modo di fare i conti con lui, e non sarebbe stato piacevole.

Si era tenuto discosto, nell'angolo, e aveva visto Maria avanzare di tre passi senza timore e poi dire a Pepe, con una strana voce: «Prego, si accomodi».

Quando Pepe si era girato, interdetto, lei gli aveva ripetuto: «Non stia in piedi, si accomodi!» e su bardaneri si era seduto sullo sgabello che era scomparso tra le sue gambe, obbediente come uno scolaretto.

«Ora le preparo un tè» gli aveva detto poggiandogli una mano sul braccio. «Vedo che mio marito non le ha offerto nulla.»

Nessuno sapeva cosa fosse un tè.

Nel silenzio generale, Maria fece scaldare l'acqua nel camino, prese dalla sua borsa due tazze di ceramica bianca e una strana brocchetta col beccuccio. Versò un cucchiaio grande di erbe triturate e aggiunse l'acqua bollente.

Zolu Fodde, ipnotizzato dai movimenti delle mani di Maria, si era però accorto che la luce nella stanza era cambiata. Gli sembrava di sognare: la violenta contrapposizione tra l'ombra dominante e i ventagli di luce provenienti dalla finestra e dalle fessure tra tetto e pareti si era ammorbidita e un caldo colore rossastro aveva permeato lo spazio. Il caminetto sembrava più grande, luminoso, e attirava lo sguardo: nell'aria attorno a Pepe e a Bobore vorticavano scintille. Maria versò con attenzione il tè nelle tazze, facendo in modo che le foglioline non precipitassero nel beccuccio, e offrì con grazia la prima tazza a Pepe e la seconda a Bobore Mannu, dandogli un rapido bacio sui capelli.

«Prego» aveva detto.

Pepe aveva sorbito per primo, aveva annuito e poi aveva chiesto: «Cosa fa?». Una strana domanda, ma d'altronde, con la tazza bianca in mano, Pepe non sembrava più lo stesso, come se la cerimonia di preparazione del tè l'avesse trasformato.

Maria si era seduta al suo fianco e guardandolo negli occhi, aveva risposto: «Fa pensare con lucidità e ragionare con calma. Fa prendere le giuste decisioni nei momenti difficili. È la bevanda dei capi».

Pepe aveva annuito di nuovo. «Posso averne? Non adesso, ma...» aveva chiesto.

«Gliene faccio avere quanto desidera, e le insegnerò come fare, è semplice» aveva risposto Maria. E avvicinando un po' la sua faccia aveva aggiunto: «Ma lei, in cambio, mi farà un favore». E, dal nulla, il fuoco del camino si era ravvivato d'un colpo.

«Quale?»

«Mi indicherà il miglior muratore della zona. Questa casa va aggiustata, subito, non è degna di ricevere il più grande bardaneri sardo.»

Pepe aveva sollevato la testa, colpito, e Zolu Fodde aveva sentito una fitta di gelosia: si era accorto che Maria aveva conquistato il visitatore e, per un istante, si era sentito solidale con Bobore, rimasto ai margini della scena, inebetito.

Quando si era potuto sdraiare sul giaciglio vicino al camino, ed era già scesa l'oscurità, aveva sentito i due sposi bisbigliare nella stanza vicina.

Bobore aveva chiesto: «Sin quando non potremo stare soli?».

«Sinché non darai a tua moglie una casa decente.»

All'ingresso della casa, su mastru 'e muru e il suo apprendista discutevano con un uomo arrivato su un carro a buoi guidato da un vecchio. Il carro era carico di pietre, sacchi e sabbia. L'uomo era ubriaco, e gesticolava eccitato. Il carro sarebbe dovuto arrivare la mattina, ma ormai era pomeriggio inoltrato e lui pretendeva un compenso superiore al pattuito. Il suo atteggiamento divenne minaccioso e a un certo momento si rivolse al mastro muratore agitando il pugno. L'apprendista, con un salto, gli fu addosso, lo prese per il collo e lo trascinò giù dal carro. L'ubriaco non si aspettava una reazione così veemente e cercò di liberarsi, ma ormai era stretto dal giovane che lo costrinse a terra e iniziò a dargli calci. Zolu Fodde non resistette alla vista, si avvicinò e iniziò anche lui a dare calci al malcapitato, con gusto crescente.

«Basta» disse il mastro muratore «adesso iniziate a scaricare.»

Ma appena si furono allontanati di due passi, l'ubriaco riprese a biascicare e a insultarli, e allora gli avevano dato altri calci finché il vecchio alla guida del carro aveva detto: «È ubriaco, smettetela, lo porto via io» ed era sceso a soccorrerlo.

Zolu Fodde iniziò a scaricare le pietre sentendosi via via più forte e felice. Da quando Maria era arrivata erano successe tante cose, e tutte positive per lui. Non era più il servo del servo pastore, ma il tuttofare, il protetto dalla padrona. Non si fermava un istante per tutta la giornata, ma mangiava le stesse cose che mangiavano Maria e Bobore; dormiva nell'angolo più caldo della casa ed era oggetto di continue attenzioni da parte di lei, la padrona dei suoi sogni, il suo amore segreto.

Maria aveva inoltre costretto suo marito a cercare lavoro, e Bobore l'aveva trovato presso un allevatore di Mamoiada. Durante il giorno non era dunque in casa e tornava tardi la sera, impolverato e stanchissimo. Mentre lui mangiava, Zolu Fodde si occupava di Barigada, così i loro contatti erano ridotti a poco.

L'aver partecipato a una rissa e l'aver picchiato un adulto avevano arricchito la sua considerazione di sé: gli sembrava che le sofferenze del passato fossero ormai alle spalle e gli si spalancasse davanti un futuro da balente. In poco tempo la trasformazione l'aveva benedetto.

Poi, per due settimane intere aveva accompagnato Bobore a Mamoiada. Maria non li voleva in casa e avevano dormito nelle stalle dell'allevatore, con vacche, cavalli e asini.

Bobore gli aveva dato qualche calcio, in ricordo dei vecchi tempi, ma sembrava per lo più pensoso, cupo. Stava rendendosi conto che la sua vita era cambiata e che avere una moglie non era lo stesso che aggiungere una cavalla nella stalla. E che moglie poi! Una gallurese dura come una pera selvatica, che si rifiutava di fare l'amore, che proteggeva un servo trovatello, s'imponeva nel vicinato e aveva la stima e l'aiuto incondizionato di Pepe, su bardaneri. E che guidava i lavori della casa discutendo da pari a pari con il mastro muratore, non cedendo di un passo. L'aveva costretto a prendere un secondo apprendista perché voleva che i lavori fossero finiti rapidamente.

Nel quartiere, Maria aveva scatenato ogni possibile malalingua, ma, giorno dopo giorno, era stata accettata: dispensava consigli, prescriveva ricette e aveva una maniera strana di accogliere le persone in casa. Ecco: sembrava che nell'angolo davanti al camino, dove lei si sedeva di fronte all'ospite, calasse un grande silenzio. La sensazione che rimaneva in mente era quella di essere in un luogo più protetto e isolato di un confessionale, fuori dal tempo.

In quello spazio magico le persone trovavano facile parlare, raccontare i propri problemi, e Maria cessava di essere una ragazzina per divenire una donna senza età né un'origine definita. Poteva essere una gallurese o una corsicana, o provenire dalla Cina oppure dalla luna stessa – le voci si moltiplicavano. La sua saggezza stupiva e lasciava disarmati.

Una vecchia del quartiere aveva raccontato con ammirazione: «Questa è una jaja, degna di rispetto» e pian piano il soprannome si era diffuso, perché era coerente con il ricordo che Maria lasciava di sé: di una persona esperta e pratica, non buona e caritatevole ma puntuale e affilata, capace di leggere dentro l'animo, di scoprire subito la menzogna e la reticenza, giudicare, e in qualche caso indicare una speranza.

Zolu Fodde si era abituato presto a pensare a lei come Jaja, e la cosa gli dava un'eccitazione strana, perché lei era una jaja, certo, ma allo stesso tempo una donna che gli rimescolava il sangue. La mattina al risveglio le vedeva le calze corte e i polpacci, intravedeva le sue forme, studiava come si muoveva per casa, come sbadigliava e si stiracchiava, come si pettinava.

Lei coglieva i suoi sguardi nello specchio e sorrideva. Poi, passando, gli dava un buffetto in testa, non troppo pesante ma neanche troppo leggero, come per dirgli: stai attento, ti voglio bene ma ti tengo d'occhio, non scantonare. E lui si beava di questo rapporto privilegiato che gli restituiva una madre e una sorella, una nonna saggia e un'amica quasi coetanea, cosa sono infatti tre anni di differenza?

Le sue notti erano affollate di lei, erano rielaborazioni di quanto fatto insieme, ripetizioni di frasi, immagini ed esplosioni d'amore senza conoscere l'amore, l'intimità, l'altro sesso.

Sognava di confessarsi con lei come altri del quartiere facevano, davanti al camino, con bisbigli intensi e segreti, e di dirle: «Ti amo, Maria. Ti amo dal primo momento che ho visto le tue scarpe color oro, dal primo momento che hai avvicinato il tuo viso al mio». E lei gli avrebbe risposto come aveva fatto un giorno con una ragazza che era andata a confessarle i suoi turbamenti perché il padre non voleva darla in sposa all'uomo di cui si credeva innamorata. Gli avrebbe detto: «Sei pronto a soffrire? Perché l'amore è sofferenza, lontananza, pentimento».

Zolu Fodde tutto questo già lo comprendeva: conosceva il dolore e la distanza – sua madre non era forse un'idea, un concentrato amaro di questi sentimenti? – e in un certo senso il sognare in questi termini lo rassicurava, lo conduceva in un terreno conosciuto. Piuttosto che perdersi nel nulla, in una vita da servo senza speranza, preferiva che lei gli parlasse di un amore disperato e tragico, non aveva alcun dubbio.

Sempre nel sogno, nella bolla di silenzio appartenente solo a loro due, lui le chiedeva: «Raccontami una storia, Maria, ti prego».

«Una storia?»

«Non m'importa di soffrire, sono pronto. Ma raccontami una storia, nessuno me ne ha mai raccontata una.»

E lei lo cullava come un neonato e gli diceva: «C'era una volta un bambino che non aveva una culla, un vestito, una casa, nulla...».

Qualche volta lui si perdeva al suono della sua voce e al dipanarsi del racconto; qualche volta lei si sbottonava la camicetta e gli dava il seno. E allora lui si accorgeva che esisteva un altro universo al quale abbeverarsi, e piangeva e veniva nello stesso tempo, prima di smarrirsi del tutto.

Da Mamoiada, lui e Bobore erano tornati a Nuoro appena prima di Natale, e per strada, nella salita, avevano incontrato una bufera di neve che però si era presto esaurita spalancando un panorama bianco e cristallizzato, un presepio. Camminavano senza parlare, attenti ai passi, e solo Barigada soffiava e sembrava voler dire qualcosa – si capiva che era felice di passeggiare nella notte, di tornare a casa.

La luminosità era straordinaria, come se la luce provenisse dalla neve stessa e si riflettesse nella Via Lattea, nel cielo di stelle che davano l'idea di una curvatura infinita.

Arrivando nel vicolo avevano notato qualcosa di diverso: sull'esterno della casa era stata passata la calce, e adesso il muro, il portoncino e il cancello del cortile sembravano il disegno di una costruzione bassa ma signorile. Quando bussarono e Maria aprì la porta, i loro occhi si dilatarono per la meraviglia: le pareti della stanza erano bianche; il pavimento piano, di cemento; in una rientranza c'erano un fornello e un lavandino, nell'angolo il caminetto con una cappa più grande, quattro sedie, un tavolo e una cassapanca, e nella parete una vera porta di legno – un lusso inimmaginabile, e di grande calore. Nella camera a destra c'era un letto matrimoniale con la testata in ferro battuto e tendine alla finestra. Non solo: il cortile era stato rifatto e a fianco del gabinetto era stata ricavata una stanzetta con una branda per Zolu Fodde, mentre la stalla di Barigada era stata protetta con una copertura di legno.

Bobore aveva sentito un'esplosione di sentimenti contrastanti, gli stessi che covavano ormai nel suo animo: orgoglio per la bellezza della sua casa e per la bravura dimostrata dalla sua sposa; preoccupazione e invidia per il ruolo che lei aveva assunto, spodestandolo in brevissimo tempo. Non si capacitava: solo alcuni mesi prima era uno scapestrato cavaliere padrone del suo tempo e della sua vita, un balente nuorese che viveva di bardane e di epiche sbronze, e adesso era diventato *il marito di Jaja*, ospite nella sua stessa casa, costretto a elemosinare stima e amore.

Maria aveva preparato il brodo di pecora, caldo e grasso, e alla carne bollita aveva aggiunto pane e formaggio fuso per fare una zuppa sostanziosa, adatta a quei giorni rigidi di dicembre. Bobore e Zolu Fodde avevano mangiato religiosamente, con grande appetito ma intimiditi dallo stare seduti a tavola e non accovacciati di fronte al camino.

Maria aveva posto un bicchiere di vino, un solo bicchiere e non una caraffa, davanti a Bobore, e anche questo era un messaggio. Un pentolone d'acqua si riscaldava nel camino e dopo cena Maria aveva detto: «C'è una regola sacra in casa, quella di lavarsi i piedi prima di andare a letto. Usate l'acqua nel cortile, non voglio che sporchiate le lenzuola».

Quello sarebbe stato un buon momento per sbottare e riaffermare con forza la sua autorità – una simile imposizione non si era mai sentita – ma Bobore era confuso dal trovarsi in una casa che quasi non riconosceva, dal calore dopo la camminata e, non ultimo, dal pensiero di poter passare la notte in un letto vero con Maria, finalmente soli.

Lavarsi i piedi sarebbe stato un insignificante sacrificio, aveva pensato, senza realizzare che sono le piccole mosse, gli arretramenti, le repentine avanzate e i cedimenti che determinano i rapporti di forza tra le persone.

Zolu Fodde si era svegliato tardi, sentendosi in colpa. Aveva dormito di sasso, cullato dal caldo, dal cibo e da un dito di vino che Maria gli aveva versato dopo cena con sguardo complice, mentre Bobore era in cortile.

Si era alzato e si era accorto che la casa era avvolta da un silenzio strano che si estendeva al vicolo e a tutto il circondario. La mattina presto aveva nevicato di nuovo, e Nuoro riposava sotto trenta centimetri di neve e un cielo basso che sembrava di poter toccare. Cadeva ancora qualche fiocco, ma il senso dominante era l'immobilità della pace: l'assenza di suoni faceva diventare il paese un luogo incantato.

Zolu Fodde si era chiesto se non stesse iniziando una nuova vita, merito indubbio di Maria.

Lei e Bobore erano usciti dalla stanza più tardi, stiracchiandosi come gatti. Maria aveva messo l'acqua per il tè, Bobore era uscito a controllare Barigada e fare un giro per il quartiere.

Zolu Fodde aveva versato un po' di olio su un pezzo di pane e si era seduto vicino al fuoco a mangiarlo, ancora insonnolito. Con la neve c'era poco da fare, tutta Nuoro si era serrata attorno ai caminetti e aspettava.

Improvvisamente, Maria l'aveva abbracciato da dietro, gli aveva spettinato i capelli, e gli aveva detto: «Ti voglio bene, fratellino, e sono contenta che tu sia qui». Era stato un gesto affettuoso, come se lei sentisse il bisogno di spartire una gioia, ma lui era avvampato e il pane, per fortuna, gli era andato di traverso togliendolo dall'imbarazzo. Si era alzato tossendo e aveva represso il desiderio di ricambiare l'abbraccio.

Era innamorato e si era chiesto se il suo sentimento fosse evidente: cosa gli sarebbe potuto succedere?

Cinque anni dopo – 1912

Per due ore Zolu Fodde aveva cavalcato al buio. Nel deserto, la notte di settembre era scesa all'improvviso e lui si era sentito sollevato dal fresco e dal poter procedere nell'oscurità. Era una delle staffette del generale Del Buono e portava un dispaccio al quartier generale di Tripoli, dopo la vittoriosa battaglia di Ermazzat Ezzonni.

L'adrenalina continuava a scorrere nelle sue vene, e lui sentiva ancora il cuore e i timpani rimbombare al ritmo del combattimento che per due giorni aveva infuriato tra le alture di Gars Ras El-Leben. Quanti assalti, quanti morti, una carneficina! Quando la battaglia era terminata, era sceso un silenzio tanto assoluto quanto irreale, come se fosse impossibile che il deserto riuscisse ad assorbire, in un solo istante, tutte le cannonate, le scariche di fucileria e le urla delle brigate che si erano decimate nella lotta.

Tuttavia rimanevano ancora sacche di resistenza ottomana, qua e là, e Zolu Fodde non doveva abbassare la guardia. Il Regno d'Italia, quell'entità astratta quanto la Trinità celeste, eppure capace di straziare e impoverire la Sardegna, cercava di strappare all'impero del sultano la Cirenaica. Zolu Fodde sapeva poco di quel progetto coloniale e molto, invece, delle marce sotto il sole e della dissenteria che serpeggiava fra le truppe.

Procedeva senz'altro pensiero che quello di potersi fermare, prima o poi, e riposare. Era passato lungo depressioni in cui aveva visto materializzarsi ruderi minacciosi, ma non aveva percepito un movimento e così aveva capito di essere solo. Gli sembrava ancora di cavalcare sotto un velo di sangue, ne sentiva il sapore, l'odore, e non gli dispiaceva, come se avesse uno scudo a protezione. Sulla sinistra aveva scorto il profilo di alture che riflettevano una strana, sottile luce, e forme di nuvole immobili.

A un certo punto si era perso e aveva sentito un brivido di terrore, ma aveva ritrovato la calma ed era ritornato sui suoi passi, a uno a uno, sino a un quasi invisibile bivio del cammino.

Lì, nel buio aveva intravisto un cavallo che poteva essere fuggito dalla battaglia. Era scuro ma coperto di schiuma, stremato. Zolu Fodde era rimasto fermo. Dopo poco il cavallo si era mosso ed era diventato tutt'uno con la notte, invisibile.

Lui era avanzato con cautela. Voleva rimanere vivo, vedere la fine della guerra e tornare in Sardegna. Voleva raccontare della battaglia, l'unica a cui avesse partecipato, e dell'esaltazione provata. Della pazzia che si era impadronita di lui cancellando la paura.

Intanto era sbucato in un grande altipiano, ne avvertiva il respiro, e si era sentito esposto. Si era guardato attorno ma tutto appariva indistinto. Improvvisamente aveva compreso che alla sua destra correva un burrone e aveva sentito il desiderio di uscire dalla galleria del buio, di squarciare la spessa oscurità e riemergere.

Era stanco adesso, e il pensiero era corso a Maria. «Ritornerai» gli aveva detto lei «e ritornerai cambiato. Ti aspetteremo.»

«Qualche mese appena» aveva detto lui, perché queste erano le voci che correvano.

«Molti anni» aveva ribattuto lei, decisa e come sempre senza acquiescenza «ma tornerai.» E l'aveva baciato su una guancia. Bobore aveva appena alzato la testa per salutarlo, senza dir niente. Zolu Fodde non viveva più nella loro casa, era un uomo ormai, ed era passato a salutarli. La bisaccia gli pesava, gli pesava allontanarsi da lei.

All'estremità della valle, verso Tripoli, si scorgeva ora una striscia indefinita di colore, un accenno vago di luminosità. Le mosche avevano riniziato a mordere e quasi contemporaneamente Zolu Fodde aveva scorto il caffetano di un arabo che camminava davanti a lui con lunghi passi affrettati, nella stessa direzione. Aveva armato il moschetto, senza però avvertire alcun senso di allarme.

Si era chiesto chi fosse il solitario camminatore, una visione inaspettata, e dopo un po' aveva deciso di superarlo, spronando appena il cavallo. Nell'arabo non c'era stata reazione: aveva continuato a camminare senza rallentare o alzare lo sguardo, e Zolu Fodde aveva avvertito in lui una chiusa disperazione. Si era detto che forse era una staffetta dell'esercito nemico, e che avrebbe dovuto ucciderlo senza indugiare, ma non aveva trovato una ragione sufficiente.

La solitudine del deserto gli era sembrata ancora più profonda, con loro due, le due staffette avverse, a sottolinearla, ognuno con la propria andatura e motivazione. Aveva tirato dritto: ai lati s'intravedevano carcasse di cammelli, di carovane passate.

Non era più tempo di morte.

1913

Era entrato a Nuoro a piedi, emozionato. Aveva salito le curve di Caparedda correndo e saltando come un giovane muflone, e si era fermato a prender fiato al Dazieddu, la piccola costruzione della dogana. Lì aveva sentito le campane della cattedrale e si era ricordato che era domenica: sì, la giornata ne aveva proprio l'aspetto e i profumi: sapeva di cuccuie, le mandorle verdi, e di pesche un po' passate, e il tempo sembrava scorrere più lento, proprio come fa le mattine della domenica quando non c'è una nuvola e il caldo inizia a pesare.

Le campane avevano suonato di nuovo e Zolu Fodde aveva ripreso a camminare, accelerando perché sperava di incontrare Maria a messa. Si aspettava che tutto fosse cambiato, che Nuoro fosse quel borgo benedetto che aveva idealizzato in Libia per tre anni, ed era sicuro che sarebbe stato accolto da eroe. Lui era un orfano, un servo, ma aveva combattuto in guerra e portato a termine missioni pericolose, si era assunto responsabilità, aveva ucciso col moschetto e il pugnale.

Che gli omicidi di cui parlava la vecchia indiana fossero quelli della guerra? Forse combattendo si era scrollato di dosso il marchio di fuoco: non era un assassino, la Libia aveva cambiato il suo destino.

Ma camminando veloce per via Asproni, sempre uguale e ombrosa, aveva avuto una prima premonizione d'immobilità e d'indifferenza. Si sentiva diverso, maturo, ma chi era lui per sperare che Nuoro mutasse pelle? Non aveva più una casa, né sapeva dove sarebbe andato a dormire. Aveva fatto il proprio dovere in guerra, è vero, ma la Libia era lontana, se mai una Libia era esistita.

Era entrato in chiesa che già la predica era iniziata. La messa era solenne e il prete parlava in italiano, ogni tanto come recitasse una litania, ogni tanto infervorandosi. Zolu Fodde, distratto dalla folla dei fedeli e dalla ricerca di Maria, aveva prestato poca attenzione. Poi si era accorto che il sacerdote parlava della guerra e si era messo ad ascoltare.

La predica sembrava indirizzata al re e alla dinastia dei Savoia, colpevoli di aver annesso con la forza lo Stato Pontificio, di aver saccheggiato Roma e reso prigioniero il Papa in Vaticano. «Per questo» aveva detto il prete «sono stati scomunicati!» La campagna di Libia era parimenti condannata: certo, i nemici erano i turchi e andavano fermati e ricondotti entro i loro confini, ma in ogni caso la Chiesa non approvava quella guerra non concordata, non benedetta, che causava lutti e disperazione anche in Sardegna. Il discorso si era poi dipanato in maniera ambigua, e Zolu Fodde si era sentito a tratti colpevole, come se avesse potuto decidere, lui, di non partire. La gioia del ritorno era svanita.

Aveva rinculato sino al sagrato, al sole, aveva acceso un sigaro e si era disposto ad aspettare l'uscita dei fedeli. E così l'aveva trovato Maria, circondato da una nube di fumo toscano.

«Non oserai avvicinarti» gli aveva detto freddamente, fermandosi a due metri da lui.

«Maria!»

«Stai lontano, Zolu Fodde, puzzi di caserma e per giunta ora fumi!»

Lui era rimasto interdetto, mentre la gente sciamava verso i gradini ridendo e indicandolo. La sua povera divisa da fante sembrava a un tratto ridicola senza armi che la giustificassero.

«Sono quasi tre anni che non ci vediamo!» aveva detto con voce rotta.

«Ragione di più per presentarti come si conviene, Zolu Fodde.»

Lui aveva abbassato la testa. Tutto avrebbe immaginato ma non di essere rimproverato dal sacerdote come parte di un'empia impresa e dileggiato da Maria. Era sorpreso e mortificato.

Mentre lei si girava e andava via, un giovane sconosciuto gli aveva afferrato il braccio. «Vieni con me» gli aveva detto «io sono tornato dalla Libia da una settimana.» L'aveva accompagnato nel cortile di una casa vicina, dove c'erano un grande albero di fico e una fontanella. «Togliti questa giacca e lavati» gli aveva detto «i reduci non sono graditi.»

«I reduci?»

«Chi ha combattuto ed è tornato a casa.»

«Perché?»

Il giovane aveva scosso la testa: «Spiegalo tu, se riesci. In ogni caso, Nuoro non è certo portata alla gratitudine. Ci sarà tempo un domani, magari quando sarai vecchio, per raccontare dei giorni in Libia, non adesso».

Zolu Fodde aveva ubbidito, confuso. Poi, guardandosi intorno aveva chiesto: «Conosci Bobore Mannu?».

«Sì, ma non l'ho visto, non so dove sia.»

«Mhm. E dimmi: tu, cosa intendi fare?»

«Io? Cercherò un lavoro» aveva risposto il giovane con scarsa fiducia. E poi aveva aggiunto: «Ci hanno fatto credere alla patria, che l'Italia ci sarebbe stata riconoscente, ma qui tutti emigrano, quali speranze abbiamo?».

Zolu Fodde disse: «Devo trovarmi un posto dove dormire. Prima di essere arruolato stavo da zia Jubanna, ma aveva più di cent'anni».

«È morta, sì, ma è rimasta sua figlia Elenedda. Puoi provare a chiedere a lei.»

E così si era ritrovato nella stessa stanza da cui era partito. Nulla era cambiato: addirittura, tra la polvere sotto la branda, c'era ancora la sua valigia di cartone con le poche cose che aveva lasciato: una camicia strappata, un paio di calzoni di tela grossa, un berretto sformato. Quel ritrovamento gli era parso un segno nefasto: era di nuovo un servo, tutto era stato inutile.

Dopo alcuni giorni si era deciso a bussare alla porta di Maria, nonostante la timidezza l'avesse ridotto in uno stato penoso di disagio e tensione. Si era fatto prestare del sapone ed era andato a fare il bagno nelle pozze di Locula. L'acqua gelida l'aveva rigenerato.

Guardando ai pascoli si era chiesto con nostalgia dove fosse Barigada, la ricordava che brucava tranquilla, e in quel momento, nudo e tremante, aveva pensato che la guerra fosse stata solo un sogno. Non si era mai allontanato da lì: l'erba, le rocce e l'acqua non mentivano, tutto era uguale.

Aveva indossato camicia e calzoni puliti e lucidato gli stivali militari, e si era avviato per la ripida salita verso Nuoro, attento a non sudare e sporcarsi. Avrebbe bussato alla porta e avrebbe lasciato fare a lei e al destino. Non poteva certo svanire nel nulla, ma mentre si avvicinava alle case il nervosismo aumentava e si era ritrovato nel vicolo, preda di un timore mai provato neanche in Libia. Sarebbe stato meglio partire di nuovo, dimenticare Nuoro?

Sbirciando dal cancello non aveva visto Barigada. Aveva bussato.

«Ti aspettavo» aveva detto lei, e si era scostata per farlo entrare.

La stanza era la stessa, tuttavia cambiata. L'aria era quella di una casa vissuta, di un ambiente non familiare ma solenne, dominato dalla presenza del camino. Davanti a questo era stata aggiunta una poltroncina con tappezzeria a fiori. Zolu Fodde ne rimase colpito e stette immobile a guardarla, senza parole: un oggetto di una bellezza fuori del comune, che stregava. Evidentemente Jaja dava lì le sue rappresentazioni e i visitatori subivano il fascino di quell'angolo: la grazia e l'armonia trovavano spazio anche in Barbagia, e predisponevano alla confessione.

«Ti ho preparato della marmellata» gli aveva detto facendolo sedere. Sul tavolo era infatti poggiata una terrina ricolma di marmellata rossa e del pane carasau appena bagnato. Gli aveva passato un cucchiaio e l'aveva invitato a servirsi, con un gesto gentile. Era stata a guardarlo, bellissima come sempre ma senza rivelare niente dei suoi pensieri.

Lui aveva iniziato a mangiare mantenendo calma la respirazione, come prima di sparare col moschetto. In Libia aveva assaggiato alcune marmellate arabe, ma questa era un nettare zuccherino e si era concentrato sul gusto, cercando di non far vedere che il suo amore per lei era esploso di nuovo, più travolgente di prima, e che a questo si era aggiunto il desiderio, una forma di agonia che lo consumava. Mangiava e si sentiva svenire mentre lei lo guardava.

«Ti porterò dei fichi» le aveva detto infine, con voce roca e guardandola negli occhi. E aveva sentito la fragranza della legna di leccio, delle raffiche del vento di grecale conservate nella corteccia, del muschio verde. Aveva respirato il profumo di lei, come uno sbuffo nell'anima, e si era quasi strozzato col pane.

«Dov'è Bobore?» aveva chiesto, ed era una domanda scontata. Tuttavia, in quel momento, era sembrata caricarsi di un diverso significato e lei gli aveva bisbigliato: «Shhh, non si parla mai delle bardane!».

Lui aveva annuito e aveva ripetuto: «Ti porterò dei fichi» perché non poteva e non sapeva dirle quanto era bella, quanto l'aveva sognata, quanto l'amore gli stringesse lo stomaco con un artiglio di ferro.

«Torna tra tre giorni, sabato» gli aveva detto lei alzandosi. «Preparo io la cena per te e mi racconterai della tua guerra.»

Non l'aveva mai toccato, mai sfiorato, ma Zolu Fodde aveva avvertito una bruciatura dolcissima risalire dal braccio al collo, alla spalla e alla nuca, come se una rete di fuoco l'avesse ghermito.

E aveva sognato di lasciarsi il deserto alle spalle, di sconfinare in una terra inondata come una salina, di cavalcare di notte sotto la luna, veloce come il capo di una bardana solitaria, sfiorando appena l'acqua e involandosi; di udire il chiacchiericcio degli uccelli di prima mattina, di percorrere miglia e miglia in un battito di ciglia per giungere da cavaliere intrepido alle colline di Su Grumene, fiorite di zafferano, dove Maria l'aspettava a braccia aperte e gli diceva *ti amo*.

Mentre la sera di settembre si ammorbidiva e nuvole di moscerini s'addensavano, Zolu Fodde era giunto alla porta di Maria. L'ultimo raggio che sfiorava il monte di Gonare l'aveva colpito alle spalle e così era entrato in casa circondato da un'aureola di luce. Teneva il cappello in mano e portava un cestino di fichi. Chiusa la porta, aveva avuto difficoltà a penetrare la semi oscurità.

Jaja stava in piedi dietro la sua tenda magica, e aveva qualcosa di strano: il corpo più pieno e la pancia. Era incinta.

Indossava una vestaglia di seta a disegni rossi e si muoveva protettiva, guardandolo con orgoglio e una sottile aria di sfida. Lui si era seduto di colpo, sorpreso dell'immediata gelosia che aveva provato. Jaja voleva dargli la notizia, a suo modo, e lui avrebbe dovuto festeggiare con lei: questa era la ragione dell'invito.

Ma lei aveva fatto un passo in avanti, aveva attraversato la barriera e d'incanto era ridiventata Maria, la ragazza che lui amava, con una vestaglia candida come la neve e le calzette di cotone anch'esse bianche.

L'aveva baciato appena sulle labbra. Poi lungamente sulle guance e sotto le orecchie, e poi di nuovo sulle labbra. Lui aveva cercato di abbracciarla, ma lei aveva allontanato le sue mani.

«Baciami» aveva detto «abbiamo bisogno di baci.»

E aveva continuato, finché Zolu Fodde si era sentito perso in un vortice. Allora lei l'aveva leccato sulle palpebre e gli aveva chiesto: «Vuoi fare l'amore?».

Lui non aveva aperto gli occhi, aveva paura di fare un errore, un qualsiasi errore, mentre il terrore che tutto finisse com'era iniziato lo bloccava in una specie di limbo, e aveva solo annuito senza dire niente. Lei l'aveva preso per mano e guidato nella stanza da letto. Camminando, la sua vestaglia si era aperta e Zolu Fodde aveva visto che sotto lei era nuda, nivea ed eccitante come la creatura di un dipinto.

E gli aveva sussurrato: «Sono una principessa, e tu mi darai un figlio».

Avevano fatto l'amore con grande trepidazione, una, due, tre volte, addormentandosi e risvegliandosi, finché lui era crollato in un sonno beato, ed era quasi l'alba.

Quando era riuscito a svegliarsi, dopo un tempo lunghissimo e misterioso, si era trovato sdraiato per terra, all'aperto, che guardava il sole a picco.

Con sorpresa e turbamento, aveva realizzato di trovarsi di fianco all'abbeveratoio di Caparedda. Due grossi buoi stavano bevendo rumorosamente, e le loro code spazzavano l'aria come fruste.

Il conducente del carro l'aveva apostrofato scherzando: «Ora di mettersi in marcia, soldato, tra poco è mezzogiorno».

Soldato? Zolu Fodde si era guardato, stranito e agitato: indossava ancora la sua divisa di fante, non era mai arrivato a Nuoro.

Dopo due ore di racconto, Zolu Fodde, che sembrava molto stanco, aveva concluso la sua storia, e ancora adesso, dopo sessantacinque anni, al raccontare questo episodio era sorpreso. Ma aveva aggiunto: «Non dovevano rimanere tracce di un mio rapporto con Jaja, l'avrei capito dopo. Per questo mi aveva apostrofato all'uscita della messa, per questo aveva cancellato tutto il resto».

Il lago è coperto da un velo basso di foschia, il sole è scomparso.

«Vuoi ancora del mate?» mi chiede Zolu Fodde.

«Ho perso il treno» considero stupita – solo adesso mi accorgo di che ora si è fatta.

Lui si alza di scatto: «Non voglio che tu dorma qui, questa casa non è sana e non devi star male. Telefono all'hotel, alla Cabaña Los Álamos, sono amici. Prenderai il treno domattina».

Così fa, e io, forse, guadagno altro tempo perché la mia curiosità non si è sopita con il suo racconto ma anzi è diventata un'urgenza fisica, una fame: «Cosa avete fatto, allora?» gli chiedo.

«Quando?» ha perso il filo.

«Dopo che vi siete svegliato a Caparedda.»

«Ah, beh, è una lunga storia, ma voglio farla breve perché inizio a essere stremato. Parlare stanca, non ero più abituato.»

«Lasciamo perdere allora, non voglio disturbare. Parleremo un'altra volta, io tornerò presto, se me lo permettete.»

«Non aspettare troppo, Rechella.»

Tace un momento, poi mentre mi accompagna aggiunge: «Sono andato a Cagliari dove c'erano altri reduci, senza passare per Nuoro. Ho firmato, mi sono arruolato, non potevo fare altro».

«Nell'esercito?»

«Nel Regio Esercito, sì. Ero stato congedato con onore e mi hanno ripreso. Sono rimasto un anno a Cagliari, al distretto, e poi mi hanno spedito a Udine. Ho fatto tutta la Grande Guerra, dal primo all'ultimo giorno, e poi ho firmato ancora per due anni.»

«Siete tornato in Sardegna?»

«Solo nel 1921. Erano passati nove anni da quando avevo lasciato Nuoro.»

«E Jaja?»

«Oh, questa è proprio un'altra storia, Rechella, troppo lunga. Vai, adesso, ti aspettano all'albergo per la cena.» E quasi mi spinge fuori di casa, richiudendo la porta.

Cammino sino all'albergo lottando con le zanzare. È scesa l'umidità e il lago, avvolto nella nebbia, non si vede. Le aureole dei lampioni si rincorrono a distanza, perse in un mondo che non ho scelto ma nel quale sono voluta cadere. Non si arriva a San Miguel del Monte per caso.

Ho sbagliato a venire qui? Non credo.

Ordino un piatto di arrosto in una sala da pranzo marron che replica lo stereotipo di uno chalet sul lago. Mi chiedo chi lavori in cucina, ma immagino con quale demotivazione. C'è un filo che lega il cuoco al suo piatto, non è difficile per un esperto riconoscerlo. Sbocconcello il contorno ma lascio intatto l'arrosto, scialbo e insapore, mi causa tristezza.

Si avvicina il titolare dell'albergo, uno spilungone di mezza età vestito come un pensionato indigente, e mi domanda se la carne non fosse buona. Nel gioco delle parti rispondo di non aver fame, di essere molto stanca.

Chiede: «Sebastian come sta?».

Alzo le spalle senza rispondere, non voglio essere indiscreta. Poi chiedo: «Lo conosce da molto?».

«Da sempre. Sono nato qui e lo ricordo da quand'ero piccolo. Ricordo la sua pistola, i suoi stivali.»

«Non è mai voluto andar via» dico, come se sapessi.

Si allontana e torna con una bottiglia di vino e due dolcetti. Si siede senza chiedere il permesso, è a casa sua. «Brindiamo a Sebastian» propone «il poliziotto buono, l'uomo in attesa, che ora sta lottando per non morire.» Rigira la bottiglia. «Questo è un passito tenuto da parte per le occasioni speciali.»

«L'uomo in attesa?» chiedo.

«Di lei. Erano anni che parlava di questa nipote, anche se in verità Sebastian non ha mai sprecato molte parole. Diceva che sarebbe arrivata sua nipote a prenderlo.»

Non eccepisco e ripeto, come un automa: «Non è mai voluto andar via...» perché voglio saperne di più.

«Ha avuto due fidanzate, ma non si è sposato. È sempre stato presente nella comunità di San Miguel in maniera riservata, discreta. Persino in pensione non ha mai negato il suo aiuto: si poteva contare su di lui. Quando abbiamo inaugurato l'albergo ha portato del vino, è stato con noi sino a notte. Sebastian è una brava persona.»

Brindiamo a Sebastian.

«Dove andrete?» mi chiede.

Faccio un gesto vago. «Dipende da come sta lui» rispondo. Non ho nessuna voglia di smontare la storia del poliziotto Sebastian e di sua nipote, sono solo di passaggio.

14

Mi sveglio a Luján, all'istituto, e tutto mi sembra diverso rispetto ai pomeriggi passati qui. È la prima volta che mi fermo a dormire in questo luogo che non so bene come giudicare. La mia stanzetta è spartana, essenziale, affacciata sul ballatoio al primo piano. La luce del mattino è tersa e ho appena il tempo di uscire, inspirare l'aria fresca e guardarmi attorno, sorpresa dal silenzio, che una campanella suona da qualche parte e l'edificio inizia a vibrare come se cinquanta persone stessero facendo in sincrono lo stesso movimento di alzarsi dal letto, di correre in bagno, di vestirsi e poi sciamare fuori in cortile.

Prima della colazione è prevista mezz'ora di attività fisica e il chiacchiericcio aumenta, di concerto con quello degli uccelli, mentre tutti aspettano don Luciano che arriva infine con una tuta di un tremendo color arancione e di una taglia inferiore al necessario, sponsorizzata da Distribuidora Oeste, una ditta del posto. La truppa si mette disordinatamente in marcia e compie quattro giri di campo alternando corsa ed esercizi. Io mi sento esentata e guardo curiosa dall'alto. Mi colpisce l'allegria generale, come si trattasse dell'inizio di una grande vacanza e non di una qualsiasi giornata di lavoro.

Il momento migliore è la colazione, un pasto semplice a base di latte e pane, marmellate e frutta. Nessuno sta da solo, c'è un mutuo cercarsi e parlarsi. Il caffè è per pochi, il suo profumo inonda la mensa appena prima che la comunità si disperda.

Ecco, sono andati a gruppi verso le scuole o il lavoro e rimangono le suore, sono due, che si preparano un altro caffellatte e si riposano sedute a chiacchierare. Io mi alzo ed esco nel cortile. Don Costantino non è ancora tornato da Buenos Aires. Mi sento divisa: vorrei una sedia a sdraio e un libro per poter approfittare di questa pace che ricorda l'infanzia, e nel contempo sono disorientata da un senso di vuoto, come se stessi perdendo tempo. Non sono abituata a non far nulla, alle mattinate in campagna, e qui – mi accorgo di una cosa che non avevo capito – tutto è campagna, i colori, le voci e gli echi lontani, il vibrare delle foglie degli alberi, gli odori forti della terra.

Mi siedo sul cemento, poggio la schiena al muro della casa e chiudo gli occhi. E mio padre è immediatamente con me, come altre volte. Sento il bisogno di dirgli: «Scusami».

«Di cosa?» E intanto guardiamo il panorama, i diversi tipi di erba che formano onde disordinate, la fila compatta di alberi che nascondono la recinzione, i cespugli concentrici di rose.

«Di non aver capito cos'è questa vita, il senso che ha. Forse sono fuggita per trovare una risposta, ma anche a Luján temo di non aver compreso ancora. Non sono una buona figlia.»

«Sei giovane, Reche', e sei fatta come sei fatta.»

«In una giornata come questa non riesco a essere felice, ad accontentarmi e bearmi di questi doni, del regalo di un giorno di vacanza nel verde. Faccio del male a me stessa e agli altri.»

«Ti ricordi di Billubì?» mi chiede, e io inizio immediatamente a lacrimare. Lui continua: «Ci sono animali che riescono a toccarti l'anima, non si sa perché. Sono angeli, li riconosci dall'amore che ti trasmettono ogni giorno. Billubì ti voleva bene, certo, più di tutti gli animali della stalla, e vedeva solo te, si preoccupava per te, ti sognava persino. Tu eri il suo amore e fremeva quando tu immaginavi di passeggiare con lui: la sua più grande gioia era che tu pensassi a lui e non lo escludessi dalle tue fantasie».

«Come lo sai?»

«Sono morto. E i morti conoscono alcune cose.»

«Che cosa ti diceva?»

«Ti guardava quando venivi a leggere nella stalla e ti staccavi dalle tue inquietudini. Gli piaceva che tutto si acquietasse, che i pezzi di vetro della tua anima si ricomponessero in un disegno magico e la tua aura ritornasse azzurra. Gli piaceva quando lo cavalcavi senza fretta e poi lo fermavi per guardare il paesaggio, e gli descrivevi le cose che vedevi, la tua voce era il suo balsamo. E quando è morto…»

«No, non dirmelo, non voglio sapere.»

«… stava pensando a te. Mi volevano dare due lire per macellarlo, come potevo accettare? L'ho portato con me e camminavo senza avere il coraggio di fermarmi. Lui era vecchio e sentiva la morte. Sapeva che il mio sarebbe stato un atto d'amore, non ce l'aveva con me, ma gli mancavano i cani e i gatti che l'avevano sempre circondato, e gli mancavi tu, quanto gli mancavi! Poi ci siamo arresi, da qualche parte dietro Sant'Onofrio, perché il cuore non ce la faceva più, e ci siamo messi a piangere. Piangeva anche lui, e non vedevamo nulla, né la valle né altro. Mi ha detto: *Aspetta un attimo, non voglio morire così, in questo smarrimento, voglio dire una preghiera per Rechella*, e dopo alcuni secondi ha iniziato a ragliare verso il cielo. Mi è sembrato un canto bello e struggente, e allora ho poggiato la rivoltella sul suo collo e ho sparato dal basso. È crollato senza soffrire, ormai morto, una povera pelle d'asino grigia e polverosa dopo una vita passata con noi.»

Io sono sciolta dal pianto e dal dolore: «Perché me lo racconti?».

«Perché il senso non va cercato in noi stessi, come se fossimo separati dagli altri, dal resto del mondo. Aveva un significato la tua vita per Billubì?» e mi lascia riflettere, mentre il sole inonda il cortile, mentre don Agostino con gambe malferme fa un passo fuori dalla porta e mi saluta, mentre un cane – da dove è arrivato? – viene ad annusarmi, scodinzolando.

«Devi andare avanti» mio padre mi dice con pacatezza. «Non puoi avere tutte le risposte apparecchiate per te. Se il tuo destino è quello di cercare, beh, non farti disviare da chi ti dice che è solo un'ossessione» e ancora tace per darmi modo di calmarmi e di pensare.

Il cortile si tinge di irrealtà e lui si gira e mi dice una cosa strana, fuori tema: «L'uomo che hai incontrato, Zolu Fodde, è un violento, lo devi sapere. È tornato a Nuoro nel 1921, è vero, ma solo per una breve licenza. Faceva parte allora del corpo delle Guide di Sardegna, il 176° Cacciatori, che nel 1923 fu mandato di nuovo a Tripoli per riconquistare la Libia. Erano quasi tutti ex combattenti e tra loro Zolu Fodde si distinse per coraggio. Ma la maga evidentemente non sbagliava, lui era *marchiato col fuoco*: esagerò in ferocia e nel 1925 fu congedato con disonore per essersi accanito su alcuni prigionieri feriti. Fu imprigionato nella fortezza di Gaeta, da cui riuscì a evadere. È solo alla fine del 1925 che ritorna in Sardegna, da latitante. Stai dunque attenta a quel che racconta, forse ti sta mentendo».

«Come lo sai?» è la sola domanda che riesco ad articolare, stupita.

«Sono morto. Ma questo non vuol dire che non debba prendermi cura di mia figlia.»

Così mi trova don Costantino, con le lacrime secche agli occhi e lo sguardo fisso, e subito si blocca e alza le mani: «Se qui c'è puzza di zolfo, me ne vado!» e sembra serio.

«No» dico «stavo solo ripensando a mio padre.»

Mi guarda sospettoso: «Questa mattina ho confessato sette persone e mi sono immerso nella miseria del quotidiano, nella ripetitività squallida del peccato. Ma ero contento perché ti avrei trovata qui a Luján e ti immaginavo felice del risveglio; questo posto è speciale. Avremmo discusso e bisticciato e poi trovato una soluzione. Ma se intendi rovinarmi tutto con il tuo umore barbaricino, allora ho altro di cui occuparmi».

«Barbaricino? Cosa c'entra questo?»

«Eh sì, è proprio ciò che intendevo, ti sei già posta in modalità di difesa diffidente» e ride.

Intanto è tornato il cane e si siede al mio fianco, composto e falsamente distratto, come se ci conoscessimo da tanto.

«Raccontami» dico allora, ammorbidita «qual è il problema, oggi?»

«In particolare: denti.»

«Hai dolor di denti?»

«No, no. Pensavo che mi piacerebbe fare un piccolo miracolo e far curare i denti di tutte le persone che gravitano qui all'istituto. Molti di loro hanno problemi e non voglio tediarti ritornando al discorso della frustrazione. Ma se avessi dei superpoteri, ecco, organizzerei un gabinetto medico-dentistico e farei fare la fila a tutti, uno per uno. Ah, purtroppo è una grossa spesa che non possiamo sostenere.» E si guarda in giro con lo sguardo pungente che ormai conosco bene, un marchio di fabbrica. I suoi capelli sono quasi tutti grigi, le rughe più marcate, ma il portamento è sempre quello di un ragazzo che veste calzoni lisi di vellutino e salta da una roccia all'altra più sicuro delle capre.

Chiedo: «Volevi discutere di questo?».

«Volevo coinvolgerti.»

«Avevo capito che c'era qualcosa. E comunque devo ringraziarti per l'invito: hai ragione, dormire qui a Luján è stato speciale, ho riposato come una bambina, anche se il silenzio mi ha svegliato diverse volte, abituata come sono al traffico di Estados Unidos. Ma come posso aiutarti? Conosco solo un dentista, quello raccomandato dall'hotel, e non mi sembra il caso.»

M'interrompe: «Perché piangevi?».

«Mio padre mi parlava della morte del mio asino.»

«Ah. Ti parlava? Prima che io arrivassi?»

«Sì.»

«Sei fortunata. Per me, le voci dei miei genitori, i cavalli domati nel Supramonte, il seminario a Cuglieri, il servizio svolto nei paesi dimenticati della Sardegna, tutto quel mondo è diventato muto, scomparso dietro chissà quale sortilegio, una barriera forse eretta da me stesso quando sono morti i miei e ho deciso di considerare reale solo Luján. Ho una responsabilità, un compito da portare a termine, e mi viene da pensare, sentendoti, che io abbia messo il silenziatore a tutto il resto. Invece tu parli ancora con tuo padre, e capisco che riesci ad affondare in quell'universo che ci siamo lasciati alle spalle.»

«Spesso affondare non è piacevole.»

«Hai ragione, io ti conosco e vedo quanto c'è di sofferenza. Ciò nonostante, se puoi ancora sentire tuo padre ti considero un'anima privilegiata. Che cosa ti ha detto, posso saperlo?»

Non rispondo, mentre le lacrime mi inondano gli occhi. Lui scuote la testa, impotente: «Ascolta cosa ho pensato: organizziamo una grande cena e tu, chef di rango dell'Hotel Panamericano, cucini. I partecipanti pagano un prezzo fisso che ci copra i costi vivi e chiediamo donazioni per la salute dei bambini. Sono realista, raccoglieremo pochi soldi, ma passeremo una bellissima serata insieme agli abitanti del quartiere, ci saranno musica e canti, una lotteria. E vedrai che saranno sufficienti per curare i denti di… tre bambini, questo è l'obiettivo che ci poniamo. Tre bambini dal dentista, cosa ne dici?».

«Mi sembra un'idea meravigliosa… Ma perché vuoi coinvolgere proprio me?»

«Perché tu mi insegni cose che in seminario e in confessionale nessuno mai mi rivela. La vita non è fatta di sermoni, di massime o viceversa di squallidi peccati. Con te sto riscoprendo non solo il significato del Vangelo, ma tutto il mondo dell'aldilà, che esiste. Mia nonna mi diceva che il cattolicesimo portato dai preti in Sardegna aveva limitato e costretto la nostra religione. Noi avevamo un mondo straordinario pieno di fate e giganti, di spiriti buoni e cattivi, di morti non morti. Non raccontare in giro che te l'ho detto, ma abbiamo dovuto subire una religione istituzionale, elitaria e fredda. Io ho sempre riso dei discorsi di mia nonna: il messaggio d'amore portato dal cristianesimo è tanto potente e rivoluzionario da superare tutte le antiche superstizioni. Però qualcosa è rimasto delle sue parole, è attecchito in me e tu lo riporti a galla. Lo sai che valore ha, per me, un sacerdote, il fatto che tu dialoghi con tuo padre, che lui ti parli?»

«Posso cucinare la *paella de marisco, carne y verduras*, un bell'arrosto, preparare una ricca insalata e una torta millefoglie» cerco di sviare la conversazione.

Si mette a ridere come un ragazzo, mi allunga un timido scappellotto e scatta in piedi come una molla. «Andiamo in cucina a prepararci un caffè, ce lo meritiamo. Porta il tuo cane, gli animali sono sempre i benvenuti nella casa di Dio.»

«Non è mio.»

«Non l'ho mai visto qui in giro. Sono quasi sicuro che ti abbia scelto e dunque sia ora tuo.»

«È un altro trucco per coinvolgermi?»
«Non facciamo trucchi qui, solo miracoli.»

Durante il pranzo – siamo pochi attorno al tavolo – gli racconto di Zolu Fodde, compreso il messaggio finale di mio padre. Don Costantino impallidisce. «Questa è la prova» mormora.

«Di cosa?»

«Del tuo dialogare con l'aldilà. Vedi, tutto il racconto di tuo padre su Billubì potrebbe essere interpretato come una proiezione dei tuoi stessi pensieri, così commenterebbe il nostro vescovo che non crede a niente. Direbbe: non è il padre che parla, ma lei stessa. Ma queste notizie così dettagliate e precise su Zolu Fodde, come potevi inventarle? O te le ha dette Zolu Fodde, e tu non le ricordavi, oppure…»

«Non me le ha mai dette, e non le conoscevo.»

Rimane pensoso, colpito, poi continua: «Lo metteremo alle strette. La prossima volta ti accompagno, non ti lascio in balia di un uomo pericoloso».

«Dobbiamo solo decidere quando andare, non credo che gli rimanga molto tempo. Però stai attento» lo canzono «magari sono anch'io una posseduta… Prima che tu arrivassi stavo proprio confessando a mio padre che non riesco a essere in pace con me stessa.»

«La pace con sé stessi è un grosso traguardo per tutti, e penso un po' sopravvalutato. Forse non siamo fatti per la pace interiore e dobbiamo convivere lottando, chi lo sa?»

«Lo dice anche mio padre» ammetto, e domando infine: «Cosa facciamo per Zolu Fodde?».

«Dobbiamo andare a trovarlo, adesso guardo il calendario dell'istituto e ti dico il primo giorno in cui riesco a liberarmi. Ma dimmi, fiza mea, non ti fa impressione pensare che Martino fosse il nipote di Zolu Fodde?»

«... Non mi sembra vero. Per quanto poco io abbia conosciuto Carlo, il padre di Martino, sembrava solo un debole, una povera vittima, non un potenziale assassino. E certamente Martino non era un violento. Credo che la personalità di Jaja abbia lasciato poco spazio all'eredità di Zolu Fodde, non riesco a metterli insieme in alcun modo, a trovare una comunanza, neanche fisica. Martino aveva una bellezza delicata, quasi femminea. I geni di Zolu Fodde devono essersi persi per strada.»

Don Costantino si allontana per dieci minuti, e al suo ritorno fissiamo di andare a San Miguel del Monte la prossima settimana, nel giorno in cui lui è libero e per fortunata coincidenza anch'io sarò nuovamente di riposo.

«Chiamo Santino e ti faccio riaccompagnare a Buenos Aires.»

«Perché? Non è necessario, posso prendere il bus.»

«E il cane? Non li fanno salire sui bus.»

«Stai scherzando? Non posso permettermi di avere un cane, proprio no.»

«In realtà lo hai già, non vedi? Ma ti darò il tempo di pensarci, è giusto. Lo terremo qui fino alla tua prossima visita, aggiungeremo un posto a tavola.»

Guardo il cane: è comparso proprio quando mio padre parlava della morte di Billubì, e mi sembra ora di rivedere in lui la mia fotografia scattata a Roma nel 1967, prima di imbarcarmi per Madrid. È di media taglia, goffo, grigio e disordinato; ha il pelo lungo e arruffato come un saccopelista, le sopracciglia folte. Lo sguardo è spaventato, eppure allo stesso tempo determinato: mi ha scelto, è vero.

«Si chiama Crasa» dico senza pensarci.

«*Crasa*, domani?»

«Sì, *Crascochimus*, domani cuciniamo, la frase sarda più carica di speranza che io conosca.»

Don Costantino si mette a ridere, scuotendo la testa: «Sei appena arrivata, come fai a conoscere il motto del nostro glorioso istituto?».

Di notte sono di nuovo nel 1961, a Nuoro.

Jaja ci aveva appena letto alcune pagine di Massimo D'Azeglio sulla morte del figlio di Carlo Alberto e sulla sua sostituzione col figlio del macellaio di corte, Tanaca. Noi ne eravamo rimasti impressionati, non tanto per i risvolti storici che ci sfuggivano, quanto per le modalità della morte del neonato, bruciato nella culla da un incendio. Era stata la governante ad aver involontariamente appiccato il fuoco avvicinando la lampada alle crinoline, e nel tentativo di salvare il piccolo e spegnere le fiamme era morta a sua volta dopo due giorni di atroce agonia.

Jaja ci aveva osservato, ma non aveva fatto alcun commento, forse sopravvalutando la nostra capacità di ricavare una lezione dall'episodio. E come se avesse esaurito un compito importante, ci aveva lasciato davanti al camino, ritirandosi nella sua cucina oltre la tenda fatata. Ci voltava la schiena e rigirava nella pentola tonda spaghetti appiattiti, cipolle e verdure sminuzzate. Il suo fuoco era ruggente, una colonna sonora di fiamme alte che sovrastavano il nostro silenzio.

Murichessa, all'altro lato, stava preparando una zuppa col pane vecchio, la ricotta e i finocchietti selvatici, e noi eravamo rimasti sospesi in quella vecchia storia dei Savoia, cercando in silenzio di capire in quale modo ne fossimo coinvolti. Jaja non narrava mai vicende insignificanti e men che meno racconti per bambini, li odiava; invece ci metteva di fronte a quesiti strani e complessi, spesso incomprensibili per la nostra età.

Mentre cercavo di elaborare qualcosa, perché le storie mi piacevano e mi piaceva tuffarmici dentro, avevo captato lo sguardo di Martino e mi ero bloccata. Lui di solito era quello che di fronte a Jaja mi sfiorava appena con gli occhi. Ero io che prendevo l'iniziativa e anche quella sera, se fossimo stati soli, mi sarei svestita del maglione e della gonna, avevo pensato con improvvisa e determinata sfrontatezza, e gli avrei chiesto: «Andiamo a letto?» senza sapere dove ci avrebbe condotto quell'invito, se non verso una forma di superiore intimità che in fondo era sempre il mio sogno con Martino.

Ora invece mi guardava con attenzione e io aspettavo che mi facesse lui una domanda, quella che si agitava nella sua testa, che senza dubbio sarebbe stata rivelatrice e mi avrebbe spiegato tanto del nostro rapporto.

Ma era stata Murichessa a parlare, a interferire col nostro silenzio. Aveva detto senza girarsi: «Se fossi stata io la regina, e se mio figlio fosse morto nella culla, non avrei accettato che lo sostituissero» e aveva rotto l'incantesimo.

Martino si era girato verso di lei ribattendo: «Forse la regina non poteva ribellarsi al volere di stato». E Murichessa aveva insistito: «Ma la regina è la regina!» e Martino aveva alzato le spalle, perché era inutile convincerla che il mondo non finisse con la Barbagia, e che all'esterno non esistesse lo stesso nostro tipo di matriarcato.

Avevo infine ceduto e avevo toccato il braccio di Martino. «Mi volevi chiedere qualcosa?»

«No.»

«Mi stavi guardando.»

«Ero nei pensieri, mi chiedevo se Jaja si riferisse a me.»

«In che senso?»

«Beh, se anch'io rappresenti in un certo senso un sostituto, come il figlio di Tanaca.»

«Non ti capisco.»

«Forse Jaja non mi voleva.»

«Ma cosa dici? Sei suo nipote, il figlio di suo figlio!»

«Oppure non voleva mio padre o è delusa dall'averlo avuto, e così lancia un messaggio.»

«Mi sembra che tu stia costruendo una montagna con un sassolino! Jaja odia i Savoia, ce l'aveva già spiegato, e forse voleva solo raccontarci che ci sono ragioni antiche che spiegano i loro comportamenti.»

«Forse. Oppure voleva usare la storia per farmi capire che la nostra discendenza ha un difetto di origine: mio nonno è misteriosamente sparito e mio padre è un fantasma alcolizzato, non basta?»

«Ti porti dentro il peso dell'abbandono di tua madre, lo capisco, ma non puoi giudicare tutto usando quel metro.»

Martino aveva taciuto mentre Murichessa si allontanava parlando tra sé. Io mi ero subito pentita di quanto avevo detto: il riferimento a Rossella era forse giusto, ma l'argomento toccava molto Martino, e la sua espressione si era fatta triste.

«Vorrei che tutto fosse semplice» mi aveva infine detto «ma Jaja non segue mai quest'abitudine. Io sento che c'è qualcosa in sospeso che mi riguarda. Pensaci: da una parte c'è lei con i suoi poteri, e dall'altra tre uomini inadeguati, tre generazioni di disappunto. Mio nonno, di cui anche mio padre parlava come di una specie di demente, un uomo a cui aveva dato di volta il cervello, che un giorno esce di casa e si perde. Sembra che qualcuno l'abbia poi visto camminare in campagna dalle parti di Mamoiada, altri raccontarono di averlo incontrato a Orotelli, sembra stesse cercando Barigada, fuori dalla grazia di Dio. Insomma scompare, non viene più trovato neanche il corpo, Bobore Mannu è dato per morto. Poi mio padre: non so come giudicarlo, per me è un mistero. Ci penso e mi fa male. Giudico il suo comportamento ancora più colpevole di quello di mia madre. Avrebbe potuto tenermi con sé, perché no, io sono suo figlio, il suo unico figlio, ce la saremmo cavata, saremmo stati comunque una famiglia. Invece mi abbandona e fugge via. Che uomo è, infine? Cosa può pensare Jaja di un figlio così? E poi arrivo io, con una valigetta di abiti raccolti, tutto quello che mi hanno lasciato, io che non so fare nulla se non lottare contro tempeste spaventose e contro mostri immaginari. Sono il figlio di Tanaca, una nullità.»

«Smettila, tu sei un ragazzo meraviglioso. Leggi tanti libri, sai fare cose, conosci quello che si vede e vedi quello che nessuno conosce...»

«Ma per Jaja è importante solamente che io riesca a volare oltre le montagne. Che cosa vuol dire?»

«Forse desidera che tu ti appropri dei suoi poteri, che diventi come lei, che è un po' una strega. Ti mette alla prova.»

«Certo. E se non riesco?»

Mi ero alzata e l'avevo abbracciato. «Io non conto niente?» gli avevo chiesto. «Io sono con te, sempre.»

Lui mi aveva stretto e mi aveva detto: «Usciamo, prendiamo Billubì e andiamocene lontano». Aveva esaurito le parole e adesso voleva allontanarsi dal centro della tempesta e rimettersi a correre. Ma almeno l'avrebbe fatto con me, e questa era una vittoria inaspettata.

Ero corsa alla stalla ed ero tornata trasmettendo a Billubì la mia eccitazione. Ma avvicinandomi alla casa di Jaja mi ero sorpresa di vedere per strada una zuffa e Martino cadere a terra, assalito da tre ragazzini della sua età. L'avevano apostrofato prendendolo in giro per il suo essere *strano*, lui aveva reagito e dalle parole erano subito passati alle spinte e poi ai pugni.

Mi ero messa a urlare e Billubì aveva accelerato a testa bassa. Poi ero scesa dall'asino e avevo iniziato anch'io a picchiare, perché non intendevano ragioni. Ero forte come un ragazzo, e in breve la zuffa si era sciolta. I tre erano scappati, ma stavolta urlandoci da lontano *fidanzati, fidanzati*, come fosse un'offesa e un disonore.

Io mi sarei messa a ridere, ma Martino era furente, con un occhio già gonfio e un ginocchio sbucciato. «Maleducati, ignoranti» mi aveva sibilato «se non fossi intervenuta mi avrebbero rotto il naso.»

«Sono solo invidiosi. Andiamocene di qui.»

«Sono capaci di inseguirci a piedi, li conosco. Riporta Billubì e troviamoci al muretto. Vado a lavarmi la faccia.»

E io non avevo potuto che ricondurre Billubì alla stalla, nonostante lui sbuffasse per la delusione, e poi uscire di malumore nel cortile, seguire il muretto e sedermi nel trono di Martino, ad aspettarlo invano sino al tramonto.

A cena mia madre aveva controllato le mie mani: «Cos'hai fatto?».

«Sono caduta dall'asino.»

«E ti sei ferita le nocche, non i palmi?»

«Sono caduta male. Billubì...»

Mi aveva guardata storta: «Sei proprio caduta male, tu».

Mi sveglio a Buenos Aires e sono sola. Dopo la notte passata a Luján, mi sorprendo di sentire di nuovo i rumori della strada e sono consapevole di essere in Argentina, lontanissima da Martino, dalla Sardegna e dalla mia vendetta.

Il ripercorrere un episodio lontano mi ha fatto male e mi ha lasciato in un bagno di sudore. Mi guardo le nocche, incredula, per vedere se ho ancora le escoriazioni della rissa, mi alzo a bere un bicchiere di San Pellegrino, e poi mi siedo sul divano a pensare. Sono le tre e trenta del mattino, l'ora delle streghe.

Aveva ragione Martino a sospettare che ci fosse qualcosa di sbagliato nella famiglia, un peccato originale: come mi ha confessato Zolu Fodde, Carlo non era infatti il figlio di Bobore ma suo. E la genia dei Savoia era stata accostata da Jaja alla penosa riuscita del ramo maschile della sua famiglia, come se lei volesse dire: ho lasciato la Gallura per seguire uno che sembrava un balente e mi ritrovo a Nuoro con un millantatore, uno sbruffone che per giunta non può avere figli. Decido di avere comunque un erede da un soldato *marchiato col fuoco*, e mi ritrovo con un figlio maschio che ha paura della propria ombra, che striscia lungo i muri e si fa mettere sotto da una perditempo. Anche lui incapace di allevare un figlio, del quale devo essere io a prendermi cura. E quest'ultimo, il nipote mio e del soldato, sembra poter sviluppare alcune doti ultraterrene, ma poi anche lui mi delude, indebolito dall'amore.

Il sonno è scomparso, sono piena di angoscia. Mi sembra di ragionare come Jaja, e questo mi fa paura. Ho pensato a Martino come una pedina tra le tante in questo gioco a rimpiattino, e non come alla meravigliosa creatura che ho imparato a conoscere e amare. Invece la ricchezza del suo mondo interiore e il suo bisogno d'amore erano straordinari, ed erano ciò che preoccupava Jaja, erano la prova che non sarebbe mai diventato un sùrbile e anzi crescendo l'avrebbe ostacolata.

D'altro canto, la storia della sua discendenza conferma un punto che sento fondamentale: la sùrbile *non comanda al destino*.

Parte quinta

1913-1929 – Jaja

15

1913

La prima luce dell'alba aveva risvegliato i sensi dei cavalli in marcia. Dopo ore di lenta camminata nella notte, il sentiero si era tuffato verso la parte bassa della valle di Orani costeggiando il bosco di Sa Costa. Muoversi di giorno era pericoloso, e Pepe, su bardaneri, intendeva fermarsi di lì a poco presso una tanca utilizzata altre volte. Nel frattempo stentava a tener dietro ai tre cavalieri più giovani che avevano preso la testa della spedizione, esaltati dall'emozione.

Nelle strette curve della discesa i cavalli si piegavano ora a destra, ora a sinistra, e il gruppo sembrava un bruco rapido e snodato. In ultima posizione, Bobore correva isolato dagli altri, concentrato solo su sé stesso e sul pezzo di carne secca che mordeva con foga. Barigada, come al solito, non s'impegnava troppo: seguiva gli altri senza sforzo ma non partecipava alla generale eccitazione.

La cavalcata notturna era piaciuta a Bobore, che aveva bisogno di far prendere aria al cervello e di sfuggire alle preoccupazioni. Gli sembrava che la sua vita girasse a vuoto. Era stato un giovane scaltro e ambizioso, e per questo differente dagli altri nuoresi. Si era affrancato dalla sua condizione di servo pastore sfruttando le sue doti di cavaliere per entrare nel segreto circolo delle bardane e conquistare un certo benessere. E non si era fermato, aveva voluto viaggiare per la Sardegna, e la corsa vinta a Terranova era stata l'apice di una maturazione tanto rapida quanto particolare. Il matrimonio con una nobile gallurese aveva suggellato questo percorso.

Tuttavia, dopo il ritorno a Nuoro, la sua volontà si era inaridita o, per essere sinceri, aveva subito una caduta da cui non si era più risollevata. Ne era stato responsabile proprio il matrimonio, dimostratosi non solo un disinganno ma un completo cambiamento di scenario: l'esistenza di Bobore aveva preso una direzione di cui lui non riusciva a capacitarsi. Partecipava ancora alle bardane e lavorava sempre a Mamoiada contribuendo alle finanze della famiglia, ma gli sembrava di aver perso la sua anima di guerriero. Quando era a Nuoro, e soprattutto nelle domeniche, si comportava come al solito: usciva per trovarsi con gli altri uomini in piazza San Giovanni, si fermava a bere negli zilleri, faceva lo spaccone e si vantava della sua balentia. E tornava poi a casa a fare i piccoli lavori domestici senza lamentarsi.

Dopo la partenza di Zolu Fodde, la stanzetta era stata occupata da una domestica baroniese che aiutava Maria, ma a lui spettavano la cura di Barigada e della stalla, il taglio della legna e le manutenzioni della casa che diventava sempre più bella e frequentata. La fama di Jaja aveva travalicato i confini e ora i postulanti arrivavano da molti paesi della provincia e persino dall'Ogliastra e dalla Marmilla.

Era questo il problema: lui non era più Bobore, ma il marito di Jaja.

Aveva dunque preso l'abitudine di fare lunghe cavalcate che lo riportavano alla sua gioventù, e fuggiva non per i soliti sentieri, ma verso la valle di Marreri: aveva scoperto che era percorribile sino al mare. Il bosco era fitto e c'erano due passi collinari da affrontare in mezzo a difficili canali rocciosi, ma a tratti si spalancavano panorami epici, vallate tanto belle e vaste da togliere il fiato, protette dal biancore del monte Albo che riluceva anche di notte. Infine si arrivava nella piana di Siniscola, a una fonte ad anfiteatro che chiamavano Su Cantaru. Le donne avevano occhi saraceni e lo guardavano con interesse, e lui si sentiva rinascere.

A Nuoro non era più s'òmine, e neppure a casa, men che meno a letto. Maria decideva tutto, anche il modo e il tempo per fare l'amore. I figli non erano arrivati e questo li aveva allontanati ancor di più. Erano giovani, ma si comportavano come due coniugi di mezza età.

A Siniscola si sentiva invece rivivere, e ne era sorpreso. Arrivava portatore della fama che avvolgeva la città di Nuoro; passava per una foresta in cui pochissimi osavano transitare; cavalcava con una maestria che colpiva i giovani e le donne; reggeva il vino e raccontava storie di magie strane, di posti lontani, di usanze bizzarre.

Avevano iniziato ad aspettarlo, a lusingarlo, e non era passato molto tempo prima che facesse l'amore con una ragazza di diciassette anni, Bibbiana, che veniva alla fonte a prendere l'acqua. Lui era il cavaliere che aveva battuto Antonio Ziccheddu Solinas e Lineddu, aveva trent'anni ed era nel pieno della sua esuberanza; lei, giovanissima, portava la brocca in testa e lo guardava come se lui fosse il re.

Dopo aver commesso il primo tradimento, nel viaggio di ritorno Bobore aveva sparato a qualsiasi animale gli si era parato davanti ed era entrato in casa ricoperto di lepri e pernici, come un orrendo spaventapasseri pieno di sangue. Maria l'aveva guardato piegando la testa.

In breve, Bibbiana era diventata una droga e si era accorto di provare per lei una voglia incontenibile. Le sue assenze da Nuoro erano diventate pericolosamente frequenti. Ma benché si sentisse così svuotato dalla prorompente personalità di sua moglie, sapeva che mai avrebbe avuto il coraggio di lasciare Jaja per una servetta di Siniscola, o di scomparire in continente o in America. Lui voleva stare a Nuoro.

Cavalcava in fondo al gruppo della bardana, afflitto.

Raggiunto il fondovalle, in una giornata diventata netta nei colori e splendente sotto il sole, qualcosa era mutato. Barigada si era risvegliata e aveva risalito il gruppo, allungandosi come faceva da giumenta, e poi distanziando tutti.

«Bobore!» aveva gridato Pepe, ma Barigada aveva accelerato ancora e ora sembrava di nuovo lanciata come durante la festa di mesumaju, divorando i chilometri come un fantasma fulvo.

«Maledetto» aveva pensato Pepe «dovevamo andare alla tanca, cosa gli sarà preso?»

Barigada correva ancora più forte e affrontava ogni curva come se volesse graffiare il terreno, tra ombre profonde e squarci abbacinanti di luce. In lontananza erano apparsi i tetti di Orotelli, brillanti come rubini, e Bobore aveva inarcato la schiena spronando il cavallo come una bestia infernale. Spinto da un raggio di fuoco era entrato nel paese, deserto nel primo mattino.

Pepe l'aveva seguito come aveva potuto, sbuffando di rabbia sul suo massiccio danubiano. L'ultima immagine che aveva colto era stata quella di Bobore piegato sulla destra in una curva stretta tra le case.

Pepe aveva rallentato per prudenza ed era stato raggiunto da altri due cavalieri. Insieme avevano superato Orotelli ed erano sbucati dall'altra parte del paese: c'era un lungo tratto di strada dritta, in leggera discesa verso il pianoro, e in fondo la casa cantoniera.

Bobore non era in vista.

«È scomparso» aveva urlato Pepe guardandosi intorno. «Dov'è finito quel bastardo?»

Era impossibile che avesse cambiato strada dentro Orotelli, c'era una sola via principale, e la casa cantoniera era addirittura fuori vista.

Pepe si era fermato, interdetto, raggiunto da tutti gli altri cavalieri. Al primo aveva ordinato: «Fai una corsa sino a valle, veloce, vedi se Bobore è lì!». E agli altri: «Ritornate indietro, guardate dappertutto, in ogni vicolo, forza!».

Nel frattempo alcune persone erano uscite di casa e si passavano la voce, ma di Bobore e Barigada non c'era traccia.

Pepe aveva pensato che Bobore fosse caduto e fosse finito dentro un fosso o dietro un muretto, ma nessuno l'aveva trovato. E il cavallo poi? Forse un uomo piccolo e smilzo come lui poteva nascondersi in un pozzo, in un buco del muro. Ma come far sparire Barigada? Pepe si sentiva in colpa per non averlo fermato prima, ma lo sconcerto per quanto stava succedendo superava qualsiasi altro sentimento.

Le ricerche erano andate avanti per tutto il giorno e la notte, poi Pepe si era arreso al mistero e aveva sciolto la bardana. I cavalieri erano ritornati alla spicciolata a Nuoro. Tutti parlavano della sparizione e azzardavano ogni sorta di commento.

«Tornerà» Jaja aveva detto quando Pepe era andato a trovarla «non è colpa tua, non preoccuparti.» E Pepe aveva avvertito un disagio ancora più grande. Avrebbe preferito vederla disperarsi, non scoprirla fredda come il ghiaccio.

La sera, Pepe aveva pensato a Bobore, al suo desiderio di cavalcare in terre lontane e all'insofferenza per qualsiasi autorità. Anche gli altri cavalieri erano uomini difficili e rozzi, ma, tra tutti, Bobore era stato quello che gli aveva causato più problemi: il suo carattere ribelle e il disprezzo per le regole erano stati una corona di spine.

È un artista, aveva concluso infine, solo un artista può vincere la gara di mesumaju, scatenare un colpo di fulmine in una fanciulla bella come una madonna e riuscire a sposarla.

E poi aveva pensato che gli artisti sono però capaci di bruciare la terra tutt'attorno, e non lasciano nulla di vivo se non i loro capolavori. Sono fuochi fatui, a un certo punto spariscono. Chi invece lavora, chi sputa sangue giorno dopo giorno, chi crea qualcosa di utile come una bardana che dà da mangiare a decine di famiglie – e pensava a sé stesso – viene generalmente umiliato e messo ai margini.

Maledetti artisti, maledetto Bobore che aveva vanificato una bardana, li aveva esposti al ridicolo ed era riuscito a sparire come una volpe nella tana.

Erano passati più di due mesi quando Pepe aveva bussato da Jaja ed era entrato, confuso come un bambino. Aveva bevuto e il suo fiato era acido, eppure non era ubriaco, sembrava spiritato.

«Ho incontrato Bobore» aveva detto.

«Dove?»

«Al cimitero. Ero andato a pulire la tomba dei miei genitori. Stavo lustrando il marmo e guardavo la foto di mio padre quando un uomo ha camminato verso di me. Mi sembrava un vecchio, anche male in arnese. Indossava la giacca grigia da becchino e per questo non l'ho riconosciuto. Si è fermato di lato sporgendosi come fanno i curiosi, e mi ha chiesto: "Sei proprio tu, su bardaneri?". Quando l'ho guardato bene mi è crollato il mondo addosso: era Bobore Mannu! Ma Bobore invecchiato e, se posso dirlo… mezzo scemo!»

Si era interrotto, spaventato dalle sue stesse parole, e sembrava tremasse.

«Dov'è adesso?» Jaja era immobile come una statua.

«L'ho portato a casa e messo a dormire. Gli si chiudevano gli occhi. L'ho lasciato addormentato e sono corso qui.»

Jaja era sollevata: «Hai fatto bene. Ti ha raccontato qualcosa?».

«Una storia incredibile…»

Lei l'aveva interrotto: «Prima ti preparo un tè e così ti calmi, abbiamo tempo, lui dorme. E poi mi racconti tutto». E l'aveva fatto bere da una grande tazza bollente. Non sembrava coinvolta emotivamente ma solo interessata, e anche questo aveva colpito Pepe.

«Dimmi adesso.»

«Beh, quando mi ha chiesto se ero su bardaneri sono rimasto senza parole. Non capivo chi avevo di fronte… Avrei avuto bisogno di qualcuno che avesse familiarità col soprannaturale e sarei venuto da te anche se non si fosse trattato di tuo marito. Quando ha iniziato a raccontare, la paura mi ha fatto perdere il senno.»

«Che cosa ti ha raccontato?»

«Oh zesummaria, devo proprio?»

«Dimmi.»

«Mi ha raccontato che – perdonami, Jaja, io ti riferisco le sue parole… – che aveva una relazione con una ragazza di Siniscola, Bibbiana, e quando si è precipitato dentro Orotelli, con Barigada che galoppava, l'ha vista che lo aspettava a braccia aperte, ferma su un cancello spalancato, in quella casa stretta e rossa che appare dopo la curva. Dall'interno si spandeva una luce particolare, non di questo mondo. Ha fermato Barigada con uno strattone, Bibbiana lo ha abbracciato. Io mi vergogno a dirtelo ma lui ha raccontato che lei era bellissima, con grandi occhi profondi e iridi nere come la notte, la vita stretta e il seno pieno... Ma quando hanno oltrepassato la soglia, tenendo le briglie del cavallo, invece di entrare nel cortile si sono ritrovati in un luogo misterioso, un antro. Poi quel che è successo dopo è avvolto in una nebbia, la stessa che ha consumato il cervello di Bobore.»

Durante il racconto di Pepe, Jaja aveva annuito più volte, come se la storia non la sorprendesse né la disturbasse. Poi si era alzata e aveva bevuto un bicchiere d'acqua.

Pepe aveva chinato la testa: «Mi spiace».

«Di cosa?» aveva chiesto Jaja.

«Della confessione di Bobore. Mi spiace per te.»

Lei l'aveva guardato negli occhi, decisa: «Non credere a quel che ha raccontato. È una storia confusa, incoerente. Mi hai detto che Bobore Mannu ti è sembrato invecchiato e mezzo scemo. Ha subito un trauma, gli è successo qualcosa di brutto, tutto qui».

Era buio. Sembrava che la brezza fosse in qualche modo penetrata nel terreno, sollevando un caldo umido, viscoso. Pepe era un uomo d'azione e non si era mai trovato in una situazione simile. Non sapeva cosa dire o fare, a chi credere. Avrebbe voluto prendere il suo gigantesco danubiano e galoppare via, per ritrovare la calma.

«E poi?» aveva chiesto Jaja.

«Bobore mi ha detto che a un certo momento si è ritrovato a Orotelli, nella strada principale, senza Barigada. Ha trovato conforto nel camminare e infine è arrivato a Nuoro. Ha capito che l'unico posto dove poter star tranquillo per un po' era il cimitero. Da giorni vive nel piccolo magazzino vicino all'ingresso laterale. Non ha mai dato l'impressione di ricordarsi di te.»

Pepe era restato in silenzio, poi le aveva chiesto: «Cosa devo fare?».

«Bobore Mannu ha subito un trauma» Jaja aveva ripetuto «e va trattato con cura. Ma non possiamo permettere che stia fuori di casa alimentando i commenti della gente. Lascialo dormire fin quando si sveglia, e poi accompagnalo qui senza fermarti a chiacchierare.»

«Non dirò una parola.»

Jaja l'aveva fissato: «Ricordati che la gente non te lo dice ma ha di te grande stima, ti riconosce e ti considera un simbolo. E un simbolo non può che esprimere tutta la forza che possiede, diventa legge, verità. Per cui dimentica il folle racconto di Bobore Mannu, non farne parola. Lui adesso è solo un povero demente. Ci penserà il tempo a curarlo».

Bobore era riuscito a sparire come una volpe nella tana, pensava Pepe, ma nel buco aveva trovato qualcosa che l'aveva fatto uscire di senno. Lui l'aveva guardato dormire e poi accompagnato a casa: aveva provato pena nel vederlo camminare come un vecchio.

Adesso, galoppando nella discesa di Su Berrinau, Pepe riandava alle parole di Jaja, *ci penserà il tempo a curarlo*, e la consolazione si scontrava con la sensazione che Bobore non sarebbe più stato lo stesso di prima: un sortilegio gravava su di lui.

Aveva iniziato a piovigginare e presto l'acqua, prima leggera, era diventata un diluvio di buio. Il cielo arrivava veloce da Macomer, nero e basso, circondato da un alone sulfureo, e Pepe vedeva la campagna attorno scomparire, ridursi a un piccolo mondo e infine al rivolo che prima era il sentiero.

Ma era felice che gli elementi si fossero scatenati e si sentiva ebbro avanzando in un tambureggiare squassante che odorava di erba, fango e marcio, diretto verso un castello di nebbie che si ergeva misterioso ad accoglierlo. Era sicuro che avrebbe trovato una luce a guidarlo, un faro nelle tenebre, una tettoia sicura. Non aveva passato la vita a correre nell'incertezza, a sfidare il buio per cercare una vita migliore? Per gli altri, le bardane erano prove di forza, fonti di arricchimento. Per lui erano la ricerca di un sogno, di un tesoro che trasformasse d'un colpo la terra facendola diventare un regno all'altezza di un grande cavaliere, e appagasse il suo spirito insoddisfatto. Se galoppava più veloce del vento, pensava, avrebbe visto i leggendari cavalli verdi della Barbagia, che appaiono e scompaiono, famosi per la loro bellezza e i loro poteri magici. Era in fondo un bambino senza affetti, mai cresciuto, che s'intestardiva a cercare il regno di Bisarcu, nascosto nelle gole della montagna del Gigante, un fanciullo che il candore strano di Jaja aveva svegliato e confuso.

Galoppava. E l'importante era ripulirsi la testa dalle parole inquietanti che aveva udito e dalle cose che non aveva capito, dalla ragnatela in cui sentiva d'esser caduto. Il cavallo lo comprendeva e continuava a galoppare, possente nelle curve che si allargavano verso S'infurcau.

E fu proprio in una delle curve più strette, una di quelle in cui il vento gli congelava le mani e l'acqua gli ruscellava negli occhi nonostante il cappello, che Pepe capì: doveva staccarsi fisicamente da Jaja per ritrovare la ragione, il malefico sortilegio era stato creato da lei! Solo adesso, in mezzo alla tempesta d'acqua, nel buio che diventava più fitto con l'addentrarsi nell'ultimo cuneo della valle, capiva com'era stato manipolato, e quanto fosse in pericolo mortale.

Era giunto in una stretta pianura e S'infurcau si stagliava sulla sinistra, una collina spettrale, senza un albero. Il danubiano aveva rizzato la criniera, spaventato, e aveva cercato di scartare. Pepe l'aveva obbligato a un nuovo galoppo, su per la salita. Lo spronava con tutta la propria forza, ne andava della vita: dovevano passare indenni, proprio sotto le forche, senza un ripensamento o un passo falso.

Ma allo squarciarsi di una nube Pepe aveva visto l'impiccato, non poteva sbagliare. Penzolava come un sacco, sballottato dal vento e dalla pioggia. Era morto ed era vivo, e il suo ghigno di scherno pareva chiamarlo. Pepe aveva riconosciuto sé stesso nella faccia stravolta che penzolava, e il terrore per un attimo l'aveva vinto. Era Jaja che voleva cancellare un testimone, maledetta! Avrebbe voluto fermarsi e mettere fine all'incubo, inginocchiarsi, passare la testa entro il cappio e cedere, ma il cavallo aveva nitrito come se un fulmine l'avesse sfiorato, e aveva accelerato. Questione di un secondo, e già erano passati oltre e volavano nel sughereto che si distendeva per chilometri tra le colline.

Anche la tempesta aveva iniziato a perdere forza e da ovest s'imponeva un tenue chiarore. C'era ancora una speranza di vedere i cavalli verdi, di poter un giorno cavalcare la giumenta che era il loro capo, Edella, e diventare il Re dei Pastori, Pepe aveva pensato: la Sardegna sarebbe stata sua per l'eternità. Sarebbe andato a Ozieri e poi a Chilivani, dove c'erano i migliori allevamenti di cavalli, ma non sarebbe tornato più a Nuoro, mai più.

Jaja non dorme questa notte. Ha sentito la tempesta passare e ora si muove nella casa spostando piccoli oggetti, strofinando un panno con le sue mani delicate. Ha separato i letti e messo Bobore Mannu a dormire, come un malato. Sente russare la domestica nella sua stanzetta, le manca Barigada che di notte nitriva sognando.

Ha fatto quel che doveva fare: ha reso innocuo suo marito, ha allontanato Zolu Fodde e Pepe, e porta in grembo il figlio che le occorreva per vantare una famiglia e ordire il piano di conquista del proprio rifugio. Eppure non è soddisfatta. Non comprende se il suo potere si stia imponendo su Nuoro oppure se sia la città a usarla, plasmarla, avvincerla a sé, e al fondo di tutto avverte un pericolo futuro dai contorni incerti – lei crede siano quelli di una donna nuorese, che si muoverà protetta dal destino. E lei sa di poter mutare il cammino degli uomini, ma che esiste un destino più grande a cui anche il suo potere deve piegarsi.

La notte è densa di pensieri finché l'oscurità non si frantuma in un pulviscolo nero da cui come scintille scaturiscono spiriti che turbinano nella stanza dicendo: «Perché non accettare il tempo? Quel che dovevi fare l'hai fatto, e tutto è avviato nella giusta direzione. La nascita di Carlo porterà anni di adattamento, di nuovi desideri e compiti, e occorrerà che tu sia pronta. Perché non godere di questi mesi di quiete?».

Con la stessa subitaneità gli spiriti si posano, tornano parte del buio, e Jaja sente forte il respiro del suo mare, non quello che lambisce l'Isola Bianca e porta l'odore penetrante dei barconi che arrivano da Ponza, ma il mare di Baddemanna che si solleva e si abbassa con maree oceaniche, con altopiani d'acqua che arrivano a sfiorare il dazio di Caparedda per poi ritrarsi e ritrarsi ancora sino al Cedrino.

Jaja adatta a questo respiro il proprio, e sente scivolar via i piccoli rumori del vicolo, remoti e rassicuranti, e chiude gli occhi. La poltroncina l'avvolge e lei, prima di addormentarsi, sente di essere ancora al comando e di non temere nessuno, neanche Nuoro.

16

1927

Ziu Pascale aveva cercato di prendere la mano della figlia, Mariantonia, che però non si era fermata al suo fianco e l'aveva sorpassato come avesse mille pensieri in testa a spingerla, accelerando di tre passi davanti a lui. Il freddo di fine dicembre rendeva i vicoli mesti come il cielo, e una sottile tramontana portava l'odore delle pozze gelate degli altopiani.

Mariantonia scuoteva la testa emettendo piccole nuvole di fiato e fissava il vuoto come se stesse considerando cose importanti. Ziu Pascale, ancora capace di premura e compassione, la guardava camminare con tenerezza e angoscia: sua figlia era pazza, aveva avuto problemi sin dalla nascita, quand'era faticosamente venuta al mondo cianotica. La levatrice l'aveva sculacciata, temendo fosse già morta, finché lei, la neonata, non aveva emesso un rantolo che era sembrato provenire dall'altro mondo, da un diavolo adulto, e aveva fatto rabbrividire zia Grazia, stremata dopo due giorni interi di travaglio.

«È viva e respira» aveva detto la levatrice, e poi aveva abbassato la voce: «Ma non giurerei che non abbia avuto qualche danno».

Aveva quasi quarant'anni, zia Grazia, e la gravidanza era stata un dono inatteso e tardivo. Sei anni prima aveva sposato ziu Pascale, di quattro anni più giovane, pensando, chissà perché, che il matrimonio non sarebbe stato benedetto da figli. Aveva avuto questa sensazione, durante gli sporadici amplessi, e se n'era fatta una ragione: lei in fondo non ambiva a creare una nuova famiglia, ma a dare un lenimento alla sua solitudine. Era maestra alle elementari, originaria di un paese del cagliaritano. Figlia unica e orfana, era stata catapultata a Nuoro da un sobbalzo del destino e vi era rimasta senza rimpianti, confortata da un carattere senza ambizioni e da un vicinato tranquillo, cui si era presto conformata.

Ziu Pascale Matta, cancelliere e segretario giudiziario presso il tribunale di Nuoro, che aveva comprato il bell'edificio di fronte a casa Asproni, era rimasto vedovo. Lui sì che avrebbe voluto una famiglia numerosa e sentir correre la nidiata di figli che aveva in mente. Purtroppo, sua moglie Ettorina, di cui era molto innamorato, era morta di polmonite, giovanissima.

L'amicizia sbocciata tra Grazia e Pascale nei giorni seguenti al funerale si era pian piano rinsaldata ed era diventata un'abitudine quasi quotidiana di chiacchiere e piccoli favori reciproci, finché avevano deciso di sposarsi, anche per evitare che le malelingue potessero aver da ridire sui loro incontri. Grazia aveva stima del cancelliere e lo giudicava un uomo serio e affidabile. Se avesse dovuto riflettere sui suoi sentimenti, avrebbe detto che provava per lui dell'affetto, come un tiepido attaccamento.

Pascale era ancora innamorato della defunta moglie. Si era tuffato con ancora maggior impegno sul lavoro, e a questo intendeva dedicare la sua vita, nel ricordo di Ettorina. Purtuttavia aveva pensato che una presenza non invasiva in casa e nel letto non l'avrebbe disturbato, e la proposta di matrimonio era venuta da lui, quasi come un discorso tra i tanti. In verità, quel distaccato atteggiamento di Grazia riusciva a rimescolargli il sangue: aveva sognato spesso di possederla brutalmente, e siccome in molti casi sono i desideri impossibili ad aprire la strada ai cambiamenti, forse stava pensando al sesso quando si era sorpreso a fare la sua proposta.

La gravidanza di Grazia era stata per lui una notizia per tanti versi spiacevole giacché non si sentiva pronto per mettere al mondo dei figli con una donna che non fosse la sua Ettorina. Inoltre aveva dei dubbi che Grazia avrebbe potuto essere una buona madre, lui non l'aveva mai vista appassionata ma quieta e consenziente, e rifletteva sulla loro età come genitori, a quei tempi considerata fuori luogo per mettere al mondo dei figli.

Il destino aveva corretto a suo modo la situazione: Mariantonia aveva dimostrato subito le sue deficienze intellettive e questo aveva condizionato l'esistenza del padre e della madre, restringendola ai difficili compiti di assistenza quotidiana. Quando Grazia era morta di una brutta peritonite, Mariantonia aveva appena compiuto diciassette anni, pur avendo l'età mentale di una bambina di cinque.

Da allora, l'esistenza di ziu Pascale si era sempre più intristita, e lui era diventato vecchio anzitempo. Guardando indietro, gli sembrava di non aver fatto altro che salire le scale di casa, con sempre maggior fatica, dal suo studio al pianterreno sino alla sua camera da letto, al secondo piano, e viceversa.

Adesso, a ottantaquattro anni, aveva iniziato a sputare sangue e aveva capito di avere poco tempo a disposizione. Una fedele domestica, Giovanna, viveva con loro e li aiutava, ma cosa sarebbe successo alla povera Mariantonia dopo la sua morte? Non era autosufficiente, anzi, sempre più spesso finiva per ferirsi e farsi del male, e senza dubbio non avrebbe potuto gestire il magro lascito del padre. Dopo una vita di integerrimo lavoro da funzionario pubblico, infatti, ziu Pascale aveva potuto tener da parte solo pochi spiccioli: la casa e Mariantonia costavano, l'assenza di una moglie era stata un'innegabile disgrazia.

Alla fine, con un filo crescente di disperazione, aveva preso la decisione di chiedere consiglio a Jaja, la strega gallurese di cui si raccontavano miracoli. Si diceva che fosse esperta soprattutto di questioni familiari, e ziu Pascale non voleva andare a pietire da uno dei soliti prinzipales, i maggiorenti di Nuoro, la cui unica proposta, lui li conosceva bene, sarebbe stata di acquistare la sua casa di via Asproni per uno sputo di tabacco. Di Mariantonia non avrebbero saputo che fare.

Si era vergognato un po' di recarsi da una donna in odore di magia, ma quando si è condannati a morte si è disposti a tutto, anche a mettere in gioco dignità e onore.

Aveva deciso di portare all'incontro Mariantonia, per completezza di discorso e perché Jaja potesse conoscerla, e stavano adesso tornando a casa. Camminando nel gelo, ziu Pascale si convinceva che l'incontro era stato positivo.

Quando erano arrivati, due ore prima, il vicolo era deserto, come se i vicini di casa di Jaja si fossero votati a un impegno di riservatezza. Quale cancelliere e segretario giudiziario in pensione, lui non amava l'esposizione pubblica, e l'esser potuto entrare nella casa senza essere visto era stato un sollievo. Inoltre, Jaja era stata molto dolce con Mariantonia, dedicandosi a lei con pazienza. A un certo punto, forse perché stanca, sua figlia aveva iniziato a infastidire, a toccare tutto e a rotolarsi per terra, e Jaja non si era scomposta. Le aveva fatto bere una tisana speciale, molto zuccherata, e Mariantonia si era addormentata. Poi Jaja aveva fatto dozzine di domande a ziu Pascale, ma mettendolo a suo agio, senza incalzarlo, e infine avevano bevuto un tè squisito in completo silenzio.

La stanza era diventata più calda e raccolta, anche la luce aveva preso un'altra tonalità, morbida come uno scialle di lana, e questo poteva essere frutto della confidenza che si era creata, pensava ziu Pascale.

Infine lui aveva chiesto, con la sua abituale gentilezza: «Che cosa mi può dire?».

Jaja aveva sospirato guardandolo negli occhi. Poi aveva spostato lo sguardo su Mariantonia che dormiva scomposta sul divanetto: «Questa bambina di cinque anni, che in realtà sta per compierne quarantotto, ha bisogno di una persona che sappia come trattarla, giorno dopo giorno, anno dopo anno. Dev'essere un lavoro, una missione, un impegno senza pause. Mi dispiace dover dire che non conosco persone a cui affiderei la sua esistenza, nessuno di cui potermi fidare».

Ziu Pascale aveva scosso la testa tristemente, come se queste parole chiudessero il discorso, ma Jaja aveva continuato: «Per non perdere tempo in amarezze e in chiacchiere, ho pensato che potrei essere io a prendermi cura di Mariantonia. Diventerei in un certo senso parte della vostra famiglia e farei diventare vostra figlia parte della mia... se abitassimo tutti nella casa di via Asproni».

«Non capisco bene» aveva detto ziu Pascale.

«Io ho bisogno di una nuova casa. Qui abbiamo aggiunto una stanzetta per mio figlio, ma non ci stiamo più. Anche in termini di decoro e di quartiere devo cercare una situazione più confortevole. E lei sa benissimo che noi due condividiamo il problema che ci ossessiona: mio marito Bobore soffre di una forma di demenza e deve essere guidato e controllato passo dopo passo. Sto ipotizzando uno scambio che la faccia stare tranquillo sul futuro di Mariantonia: la casa rimane a sua figlia affinché vi possa abitare sino alla sua morte, quando poi passerebbe a me. Mi sembra che si dica così: *usufrutto*, non è vero? Lei ne capisce certo più di me. La mia famiglia si trasferirebbe in via Asproni, vivremmo assieme. In cambio io mi prenderò cura di Mariantonia, come fosse mia figlia.»

«La casa in cambio della tutela di mia figlia?»

«Possiamo dire così.»

«Potrei ottenere lo stesso parlando con uno dei prinzipales di Nuoro.»

«Mi dà ragione: come ho detto, la cura di Mariantonia è una missione, un impegno per la vita che richiede una forma di riconoscimento. La casa potrebbe rappresentare un equo scambio. Potrebbe parlare anche col vescovo, fare un lascito della casa alla Chiesa in cambio dell'assistenza di Mariantonia presso un istituto religioso. Credo che il vescovo accetterebbe volentieri, e sarebbe questa, forse, una soluzione migliore di quella dei prinzipales. Sta a lei valutare in chi riporre la sua fiducia. Ma cosa ha da offrire se non appunto la casa?»

E così si erano lasciati. E ora, tornando verso via Asproni, il discorso di Jaja sembrava a ziu Pascale franco e diretto, senza ipocrisie. Tutto quello che doveva essere detto era stato detto senza girarci attorno, e la possibile soluzione era stata ripulita, come si pulisce una pianta dalle erbacce circostanti, e le si fa un lieve scavo attorno creando una piccola barriera di contenimento dell'acqua. La pianta deve respirare, deve poter crescere.

Due sole alternative, dunque, rimanevano: l'accordo con la Chiesa oppure con Jaja, e già questa chiarezza gli sembrava un risultato da ascrivere alle capacità di Jaja stessa. Al di là delle parole, rimaneva tuttavia l'angoscia di fondo, dovuta all'impossibilità di intervenire sul futuro e di guidare il destino della sfortunata figlia. E nell'aria gelida dell'inverno, nel buio che andava a spegnere ogni prospettiva, si faceva strada una nuova inquietudine: egli avvertiva il potere di Jaja e non riusciva a interpretarlo. Poteva essere rivolto al bene o al male, come saperlo?

L'indomani sarebbe andato a parlare col vescovo.

Dopo il colloquio col vescovo, monsignor Maurilio Fossati, ziu Pascale era rimasto sconvolto. La Chiesa sarebbe stata contenta della donazione, peraltro uno dei tanti lasciti con cui i peccatori pensavano di comprarsi il paradiso e al contempo vendicarsi di qualche familiare, ma non poteva prendere alcun impegno formale. Il vescovo si sarebbe adoperato per trovare una soluzione per Mariantonia, e dicendolo aveva assunto un'espressione vaga e dubbiosa, citando un istituto di Milano e poi un altro a Ivrea, «ma la Chiesa, mi comprenda, non può certo firmare nulla, e men che mai un atto che possa sembrare un *do ut des*, uno scambio in natura. Bisogna aver fiducia nella Provvidenza divina che troverà una strada».

Ziu Pascale Matta aveva sentito i brividi percorrergli la schiena e afferrargli la nuca. Sapeva che un atto, seppur firmato da un notaio, può essere contestato e impugnato, dando origine a cause civili che si alimentano per anni, ma aver fiducia nella titubante parola di un estraneo – che cos'era il vescovo se non uno dei tanti piemontesi che reggevano con sussiego l'amministrazione statale e religiosa? – e affidare a lui il futuro di una figlia demente, questo andava oltre la sua capacità di comprensione.

Il pensiero poi che sua figlia venisse sballottata in una corriera e in una nave, affidata chissà a chi, allontanata per sempre da Nuoro, dal suo ambiente, anche questo l'aveva disorientato e afflitto. Come poteva il vescovo considerare una creatura umana, pur menomata, come un oggetto da spostare a piacimento, senza curarsi delle sue radici e dei suoi sentimenti?

Nella sua disperazione, pur sentendosi cristiano, ziu Pascale si era scoperto a odiare l'alterigia e l'opacità del vescovo. Gesù e la Madonna, a cui rivolgeva le sue preghiere, erano i suoi riferimenti spirituali, i simboli di una religione d'amore e sacrificio, mentre il volto di monsignor Maurilio Fossati esprimeva profonda avarizia e una malcelata vanagloria.

Era uscito dalla casa vescovile con il cuore in tumulto e una grande rabbia. E si era subito recato dal notaio Sanna, al quale lo legavano stima e una lunga frequentazione, per chiedere come avrebbe potuto essere stilato un atto di vendita della casa tale da tutelare il futuro di Mariantonia.

Il notaio l'aveva messo in guardia: «Lei sa benissimo, caro cancelliere, che qualsiasi legge può essere aggirata e qualsiasi scritto mal interpretato. Ora, noi possiamo attingere all'istituto dell'usufrutto vitalizio della casa per lei e per sua figlia Mariantonia, certo. L'usufrutto è un diritto reale, di godimento di un bene altrui, limitato in quanto convive assieme a un distinto diritto di proprietà».

«La casa è mia.»

«Non dal momento della vendita, che a quanto ho capito è parte del patto. La proprietà passerebbe in mano al terzo che avrebbe la titolarità della nuda proprietà, mentre i diritti di usufrutto vitalizio rimarrebbero in capo a lei e a sua figlia. Ho compreso bene?»

«Sì, è così. Ma all'atto della mia morte, il proprietario potrebbe e dovrebbe, è interesse comune, vivere nella casa prendendosi però cura di Mariantonia. Questo scambio è il centro di tutto, il punto nodale da normare nell'atto.»

«Noi possiamo congegnare un atto mettendo tutte le clausole necessarie, ma non possiamo prevedere il futuro e i futuri comportamenti umani, lei lo sa bene.»

«Cosa posso fare altrimenti?»

Il notaio aveva sospirato. «Caro cancelliere, come professionista io la devo mettere sull'avviso: possono succedere cento cose a danno di Mariantonia, lei lo sa bene, e nessuno potrebbe farsi parte diligente nel difenderla.»

«Per esempio?»

«Anche nel semplice caso del non rispetto, da parte del proprietario della casa, dell'impegno a prendersi cura di Mariantonia. Se a un certo momento il possessore della casa decidesse di disattenderlo, chi avrebbe interesse a far causa e difendere sua figlia?»

«Ho capito, ma potremmo essere più stringenti nell'atto e...»

Il notaio aveva sospirato ancora una volta in maniera tanto espressiva che a ziu Pascale si erano spente le parole in bocca. Poi però, come colto da un'illuminazione, aveva aggiunto: «Potremmo mettere una clausola per cui, in caso di inadempienza del patto del nuovo proprietario, la casa venga assegnata alla Chiesa. In questo caso, sì, ci sarebbe un terzo interessato e parte diligente!».

«Benissimo, ma non possiamo immaginare tutte le eventualità e scrivere una clausola che le renda vane.»

«No, ma possiamo continuare a pensarci, usare tutta la nostra malizia.»

Il notaio l'aveva guardato negli occhi: «Di cosa stiamo parlando?» aveva poi chiesto abbassando la voce.

«Non penso di aver più di sei mesi di vita. E sono disperato, non per me ma per Mariantonia.»

«Ho capito.»

Il notaio aveva fatto una lunga pausa, tanto lunga che ziu Pascale aveva pensato a un rifiuto, e poi aveva detto: «Farò di tutto, scriverò il miglior atto possibile per tutelare Mariantonia, glielo prometto».

«Sento la morte avvicinarsi. Le chiedo di arrivare alle firme il prima possibile.»

Il notaio aveva annuito e poi gli aveva stretto la mano a lungo, come per scusarsi di non poter fare di più.

Dove stava l'imbroglio? Ziu Pascale allungava le mani verso il fuoco e non riusciva a darsi una risposta. Quel giorno aveva portato a Jaja la bozza dell'atto stilato dal notaio, e lei lo aveva letto in silenzio, suggerendo infine una marginale correzione, nient'altro. Eppure lui si era sentito a disagio, come se tutto fosse una commedia. Ecco, ora che ci pensava era stato il variare del tono della luce nella stanza: quella donna sembrava avere lo stesso potere di un pianista che usa il pedale... la luminosità variava a suo piacimento. D'improvviso, senza che lei muovesse un muscolo, le fiamme del camino viravano verso il blu, un velo d'oscurità si posava sulla stanza, le mattonelle del lavandino riflettevano fiori notturni e ombre in movimento, uccelli sembravano posarsi in alto sopra il bastone della tenda, e la stanza diventava una grotta sicura, calda e accogliente. Oppure, gli uccelli fuggivano via sbattendo silenziosamente le ali, i fiori di agave sbocciavano, farfalle luminescenti si posavano sulla poltroncina, e una luce rossastra trasformava la stanza in un ambiente intimo, colmo di premuroso amore. O ancora, le pareti diventavano traslucide come l'interno di una conchiglia di mare e trasmettevano un chiarore ultraterreno, un movimento lento a spirale: come un'anticamera della morte...

Aveva sognato, oppure Jaja era davvero capace di queste trasformazioni e allora, oh sì, lui stava mettendo sua figlia in pericolo, come una paglia in balia del vento di maestrale?

Ma ormai le cose erano avviate, e ogni minuto le energie gli parevano venir meno. In capo a una settimana avevano firmato davanti al notaio e ziu Pascale aveva realizzato di non essere più il proprietario della sua casa ma un semplice usufruttuario.

Il destino si era dunque messo in moto, inesorabile, e tutto quanto vissuto prima era stato un abbaglio, un pestare l'acqua nel mortaio. Ziu Pascale si sorprese a formulare un pensiero che in qualche modo lo consolava: la casa di via Asproni riaffermava la sua essenza al di là del suo proprietario legale. Essa esisteva da prima di lui e nonostante lui, questo è quanto – diceva l'atto –, nonostante i sacrifici, le nascite e le morti cui aveva assistito, i sentimenti che erano rimbalzati nell'androne delle scale e nelle stanze, le notti d'amore e le agonie, i contrafforti dell'Ortobene sfumati dalle nebbie, le albe piene di luce, i pomeriggi di quieta pace a Baddemanna.

La casa di via Asproni passava a Jaja, certo, ma le sarebbe sopravvissuta.

Solo poche ore dopo, nel suo letto, tossendo e sputando sangue sul lavamano, in quell'oscurità spessa e vischiosa che precede il trepidare latteo e malato dell'alba, ziu Pascale aveva compreso che c'era altro, un soffio maligno che operava per devastare ogni cosa. Il suo istinto era in allarme perché avvertiva la presenza di una volontà che voleva impossessarsi della casa a ogni costo, che aveva organizzato tutto e che già volteggiava per le stanze come una pupa, foriera di morte.

Ziu Pascale aveva iniziato a farsi il segno della croce e recitare le sue Ave Maria, e aveva continuato a sputare sangue e pregare sino a che il sole non era penetrato nella stanza.

17

1928-1929

Jaja lo sente arrivare. Sente i suoi passi sin da quando Zolu Fodde s'inerpica dalle pozze di Locula evitando il sentiero. Visualizza le correnti, le cascatelle e il cielo di maggio che si riflette sull'acqua, inspira il profumo della terra e dei fiori di campo, del muschio e delle cortecce bagnate.

I latitanti non passano dalla strada di Macomer, quella più in vista, né da Baddemanna, dove si incontrano frotte di olianesi e orgolesi e da dove arrivano stanchi i baroniesi. Scendono invece da Sa Serra verso Marreri e verso la strada di Lollove, e poi risalgono affrontando di petto la scarpata che porta a Preda 'e Istrada, più sicura.

I luoghi non dimenticano, non dimenticano le rocce e gli alberi e l'erba: camminando si lascia sempre una memoria, per questo motivo i passi vanno considerati e valutati.

Lei, seduta immobile nella sua poltroncina, avverte queste agitazioni, questi fremiti che compongono un percorso e indicano il profilo di qualcuno che si muove.

Jaja conosce bene il passo di Zolu Fodde, ha vissuto anni con lui e l'ha visto crescere: sa che è lui a camminare e avverte che è nervoso, insicuro. Non l'ha mandato a chiamare, non si fida degli intermediari che portano viveri ai latitanti, ma l'ha attirato col pensiero, e qualcosa deve essere arrivato sino ai confini di Benetutti e alla tanca del capraro da cui andava da giovane, perché Zolu Fodde ha sentito l'impulso martellante di rivederla.

Lui ha resistito per due settimane dicendosi che non c'era ragione ma solo rischio, convincendosi che Jaja non aveva né necessità né piacere di rivederlo, ha tuffato la testa sott'acqua, nelle fonti termali in mezzo ai lecci, per non sentire quel battere sulle tempie, ma poi i passi l'hanno portato verso la cantoniera di Lardine. Appena dietro il pozzo, un sentiero scende in direzione della lontana valle di Marreri e lui lo intercetta nel buio, scansando i cani. Conosce a menadito il percorso e procede correndo, privo di peso e di volontà. È solo a Locula che il ricordo di Bobore e di Barigada scatta e si apre come la lama di una pattadese e lui si sente riafferrare dai dubbi: cosa fare? Ritornare dalle capre, dalle quali ha imparato l'arte dell'invisibilità e dell'autosufficienza, o proseguire sino alla casa di Jaja? Per dirle poi che cosa?

Si punge toccando il ramo di una ginestra, e anche questo errore è dovuto alla sua insicurezza, e mentre si succhia il sangue dal dito, allora risente il richiamo del corpo di Jaja, le sensazioni della passione fisica, la meraviglia del sesso unito all'amore. Sono passati quindici anni da quella notte del 1913 e lui è sempre innamorato – se ne accorge ora – e per questo motivo, per confessarlo, per dirglielo, sta tornando da lei. Così si convince.

Jaja sente il sapore del sangue e calcola che Zolu Fodde arriverà in mezz'ora. Ha già allontanato Carlo, il figlio, è tempo di rinchiudersi in sé stessa, in silenzio, lasciando che il mare di buio si dilati e lei possa fluttuare in quel mondo senza principio sopra il quale, in una crosta sottile, le persone vivono senza averne coscienza. Sente la pace che deriva dal suo potere, sente che nel buio può modificare il tempo e muoversi nello spazio diventando chi vuole, la principessa cinese o chiunque altro, e, soprattutto, è consapevole che le manca un solo passo per raggiungere l'eternità: la casa di via Asproni e il rifugio segreto che lei ha sognato sin da piccola, ancora a Terranova Pausania.

Per questo ha attirato Zolu Fodde e col sangue scaturito dalla ferita della ginestra l'ha reso ancora una volta schiavo.

La solitudine è la sua forza, e in essa Jaja si nutre della pienezza vischiosa della tenebra. Solo lei sa che ci sono fiori che si dischiudono al buio, e lampi di luce nera, e fari più oscuri del mare più scuro. Lei conosce la potenza della notte, e da questa attinge energia.

Quando Zolu Fodde entra non lo fa parlare, lo bacia lungamente e si porta le sue mani sul corpo, dappertutto, come se si fossero lasciati appena il giorno prima. Si lascia esplorare tutta e sente la pelle dei palmi e dei polpastrelli di lui dura come cuoio. Poi lo accompagna per mano in camera e lo sospinge sul letto.

È allora che Zolu Fodde vede Bobore che dorme supino nel giaciglio di fianco, le mani poggiate sul petto come quelle di una salma, immobile se non per un respiro tenue e lento.

«Ma c'è Bobore!» sibila terrorizzato, cercando di alzarsi e scappare.

«È un demente innocuo, non deve preoccuparti» Jaja gli dice leccandogli l'orecchio.

«Ma non possiamo...»

«Non sente, non vede e non capisce» insiste Jaja. «Non pensarci, toglitelo dalla testa» e gli dà da succhiare un capezzolo che diventa subito del colore e delle dimensioni di una mora e si tende pieno di voglia. Zolu Fodde prende il seno come una borraccia e in breve si accorge che sta bevendo gocce del latte di Jaja: gli sembra di impazzire. Si spogliano e fanno l'amore. E come nella loro prima notte, si addormentano e si risvegliano e si cercano ancora.

All'alba Jaja gli dice: «Vai a lavarti in cortile, ti preparo da mangiare».

Mentre esce dalla stanza, Zolu Fodde passa davanti alla branda di Bobore e lo guarda. Un brivido gli percorre la schiena: dagli occhi chiusi sgorgano lacrime che una stregoneria provvede subito ad asciugare.

In tavola è posata la terrina di marmellata rossa: si sente riportato indietro nel tempo. Mentre beve il caffellatte, Jaja gli chiede: «Che cosa ti aveva detto la maga indiana?».

«Quale maga?»

Lei alza il mento. E lui smette di bere e risponde: «Mi ricordo ogni parola: *Avrai un'esistenza molto lunga, la tua linea della vita è profonda e resistente. Ti innamorerai, cadrai preda di un maleficio e sopprimerai tante vite innocenti. Sarai costretto a scappare molto lontano, dall'altra parte del mondo. Avrai tempo per pentirti, forse, e forse qualcuno ti salverà*. E poi: *Tu sei marchiato col fuoco*».

«Era una vera maga, ha descritto bene il tuo futuro. Ma niente è scolpito nel granito, e tu hai un'altra possibilità.»

«Quale?»

«Quella di essere ammazzato dai carabinieri, una fine onorevole, comune a molti banditi. Sono già sulle tue tracce e hanno dato in giro qualche soldo per sapere dove ti nascondi. Ma non ti cattureranno, sei fuggito da Gaeta e sei un esempio da cancellare: ti spareranno coi moschetti alla schiena quando stai bevendo da una fonte, oppure nelle acque calde dove vai a lavarti.»

Zolu Fodde non si chiede come mai lei sappia delle terme nascoste, ma la guarda con espressione stolida: «Avevo sperato che tu e io...».

«Mi dispiace, dovranno passare molti anni ancora.»

«Ne sono passati quuindici dall'ultima volta.»

«Hai vissuto, hai partecipato a tre guerre e sei ancora vivo. Adesso devi decidere se morire nelle prossime settimane oppure quando sarai vecchio, dopo che qualcuno sarà venuto dal passato a salvare la tua anima.»

«E noi?»

«Ci rincontreremo, ma non posso sapere quando. Alcune azioni debbono essere compiute da te, e porteranno a schiudere altri passi.»

«Quali azioni, quali passi?»

«Tu sei il padre di mio figlio, ricordalo, e anche per questo mi prendo cura di te. Ho comprato un passaporto falso e un biglietto sul transatlantico *Conte Biancamano* che parte da Genova il 18 giugno. Ti porterà in Argentina, a Buenos Aires; lì potrai rifarti una vita, riniziare da zero e cancellare il tuo marchio di fuoco.»

Zolu Fodde rimane in silenzio. Tutto sta avvenendo troppo velocemente. La giornata del latitante è fatta di lunghe attese, il tempo scorre lento come una condanna, il cervello rigira gli stessi pensieri all'infinito. Non è più abituato a riflettere, non sa bene cosa dire. Mangia dell'altra marmellata dolcissima e non può che rimettersi a lei.

«Cosa devo fare per pagarmi il biglietto?» chiede brusco, perché ha compreso che la sta perdendo per sempre ma anche che Jaja si aspetta qualcosa da lui. È per questo che l'ha chiamato e ha fatto l'amore con lui. Si sente un vaso vuoto.

«Devi compiere una vendetta per me. Nel nostro codice barbaricino, lo sai, l'offeso non è mai l'esecutore.»

Zolu Fodde alza la testa, sorpreso. E Jaja prosegue: «Ho comprato una casa, ma i vecchi proprietari non vogliono onorare l'impegno e pretendono di non abbandonarla. Non vogliono andar via ma rimanere nella mia proprietà».

«E la giustizia?»

«Lui, il patriarca, era il cancelliere del tribunale. I giudici sono dalla sua parte, così pure il notaio; non ho speranze nella giustizia.»

«Cosa devo fare?»

«Sono in due, padre e figlia. Nessuno deve rimanere vivo, né devono esserci testimoni, altrimenti non posso ritornare in possesso della mia casa, non potrò viverci mai. Tu sei latitante da anni e scomparirai, nessuno potrà mai trovare un collegamento tra te e questa famiglia e nemmeno tra me e te.»

«Due morti ammazzati per una casa?»

«La vendetta è questione di principio, non devo insegnartelo.»

Zolu Fodde scuote la testa: «Non puoi chiedermi di uccidere così…».

«Dimentichi gli arabi feriti che hai trapassato con la tua baionetta. Quanti erano, sette? Hai fatto di peggio.»

«Ero più giovane, c'era la guerra, mi sono fatto prendere la mano. Ma adesso è diverso. Io sono cambiato.»

«Capisco.» Jaja poggia le mani sul tavolo con espressione impenetrabile, distaccata. «Non abbiamo altro da dirci, allora» e rimane seduta, gli occhi al camino, come se avesse già voltato pagina.

Zolu Fodde si alza, indeciso, apre la porta. Il vicolo è deserto. Col suo passo da capraro si dirige verso la campagna. Si sente drogato dalle emozioni, in preda alle vertigini, e allo stesso tempo inadeguato. Inizia a correre perché vuole buttarsi nelle pozze gelide di Locula e snebbiarsi il cervello.

Arriva all'ultima salita prima della cantoniera di Lardine che è già notte e sente in alto, sopra di lui, i cavalli. Non ci dovrebbero essere cavalli, e lui s'immobilizza trattenendo il fiato.

I carabinieri?

Ripensa alle parole di Jaja e non sa bene cosa fare. Il sentiero è la via più breve per arrivare a Sa Serra, ed evitare la cantoniera vuol dire fare un giro di alcune ore. Ma più che la paura della fatica è la curiosità ad attanagliarlo: vuole essere sicuro. Inizia a strisciare come una lucertola, aiutato da una buccia di luna. Avanza faticosamente, piegando a sinistra sino a quando riesce a scorgere la strada: una luce di candela illumina appena una finestra della cantoniera; tre cavalli sono impastoiati vicino al pozzo; un'ombra muove nell'aria una sigaretta, quando aspira la brace illumina un cappello: è davvero un carabiniere.

Zolu Fodde appiattisce la faccia sull'erba e cerca di riflettere: in testa ha confusione e rabbia. Pensava di non poter essere trovato, di avere un ottimo nascondiglio, una piccola grotta in una pietraia che solo le capre riuscivano a scalare, con la vista tutto intorno, sino alla fonte e alle terme, ma si rende conto che quel rifugio è una tana di topo, senza vie di fuga. E se lui fosse stato notato da qualcuno – può capitare in anni di latitanza – allora un tradimento sarebbe purtroppo da mettere in conto.

Jaja aveva ragione, non sbagliava. Lui la richiama in mente, bellissima, remota, sospesa in una luminosità strana e innaturale. La sua immagine gli fa male, si pente di averla delusa, dopo tutto l'amore che lei gli ha donato. Nella notte, schiacciato contro la terra, solo e senza una speranza, la vede che avanza verso di lui e gli dice: *Volevo proteggerti.*

È in quel momento che la rabbia lo riafferra alla gola: la vita lo ha tradito ancora una volta, e lui è uno stupido a farsi scrupolo per una giusta vendetta. Gli sembra che agire per conto di Jaja sia in fondo un modo per ottenere una rivalsa per sé stesso. Il destino dà e il destino prende, si dice, e lui deve difendersi, salvarsi la vita. Piano piano rincula nella scarpata. Un cavallo lo sente e nitrisce piano, il carabiniere scruta nel buio, ma può essere una volpe, un cinghiale. Zolu Fodde si dilegua.

Quando giunge all'inizio della valle di Marreri ha già deciso e il suo futuro è scritto: andrà da Jaja a prendere la chiave di via Asproni e i biglietti del viaggio, l'Argentina lo libererà da un'esistenza quasi animale, gli darà un nuovo nome e una seconda possibilità. E lui si sente pronto ad affrontare il mare e l'incertezza di una nuova vita. Guarda Nuoro dal basso, il profilo compatto e spigoloso come i merli di un castello, e sente un cozzare di sentimenti. È felice dell'addio e di partire senza rimpianti, e al tempo stesso è angosciato come se stesse morendo.

Jaja entra nella casa di via Asproni, ed è la vigilia dell'Epifania del 1929. I muri odorano di calce fresca, perché ogni stanza è stata pulita e tinta di bianco con la calce e ancora ridipinta. I pavimenti sono stati strofinati con la varechina, finché ogni traccia di sangue è scomparsa, come non fosse mai esistita. I vetri brillano, asciugati con la carta di vecchi giornali, e il sole inonda lo studio e le scale.

Jaja respira. Ha ottenuto le chiavi dal notaio dopo una lunga attesa. La polizia l'ha interrogata una prima volta e poi, dopo più di un mese, una seconda, alla presenza di un ispettore di Sassari. L'omicidio di tre persone – un vecchio ormai vicino a morire, sua figlia pazza dall'infanzia e una domestica anziana – ha riempito per settimane le pagine dei giornali e ha scatenato le ipotesi più disparate. Come dice l'ispettore, l'unico movente possibile è la casa: l'uccisione di ziu Pascale e Mariantonia consente alla nuova proprietaria, Jaja, di entrare in pieno possesso della proprietà, essendo defunte entrambe le persone che ne detenevano l'usufrutto vitalizio.

Questo fa di lei la maggiore sospettata, eppure il suo alibi è inattaccabile: Jaja è stata notte e giorno con Bobore, il figlio e la domestica a preparare il pane in casa della vicina, Chischedda Manca, e almeno venti persone lo testimoniano. D'altronde nessuno, nella via Asproni e nei dintorni, ha notato altri possibili assassini: l'omicida ha colpito come un fantasma.

«Chi è il suo sicario?» l'ispettore aveva chiesto a Jaja.

«Non penso si possa concepire di ammazzare tre persone per liberarsi di una futura coabitazione, peraltro gradita, con una ragazza sfortunata.»

«L'avvocato della Chiesa sostiene che il piano fosse congegnato per acquisire la casa senza sborsare un soldo. Io concordo e penso che sia lei la mandante.»

«Interessante. Dovreste quindi sospettare del notaio che ha compilato l'atto di conserva con ziu Pascale, non di me che l'ho solo firmato, chiedete conferma. Io invece penso che la Chiesa – grazie alla clausola di inadempienza riportata nell'atto – voglia appropriarsi di un bene che a nessun titolo le spetta. Se la casa non fosse più mia andrebbe proprio alla Chiesa, e per questo mi calunnia. Perché non cercate allora il mandante tra i gesuiti?»

«Continueremo a cercare, stia certa. Lei sa che se trovassimo l'esecutore materiale e lui la riconoscesse come mandante, lei stessa rischia l'ergastolo, mentre se collabora… La casa, nel frattempo, rimane sotto sigillo.»

Jaja si era alzata per andarsene, ma poi si era fermata guardando con attenzione le borse sotto gli occhi dell'ispettore. Aveva avvicinato il viso e gli aveva detto: «Fossi in lei mi farei controllare i reni, signor ispettore, quei grani di miglio, così gonfi, indicano che non stanno funzionando bene».

L'ispettore si era portato la mano alla faccia e tutti i poliziotti presenti l'avevano guardato interdetti, senza osare una parola. Jaja era uscita dalla stanza come una regina.

Le condizioni di salute dell'ispettore erano peggiorate di lì a poco, finché aveva dovuto abbandonare l'indagine e recarsi in ospedale a Sassari.

A fine anno, dopo alcune sollecitazioni, i sigilli erano stati tolti.

Jaja sa cosa cercare. Inizia comunque a visitare la casa dal sottotetto e scendendo le scale entra in ogni stanza; in ognuna si ferma per respirarne l'atmosfera, studiare la luce. Sceglie intanto la sua camera da letto e dedica poi molto tempo al pianterreno, dove lo studio affacciato sul cortile sembra ipnotizzarla. Traccia la mappa del suo potere, sente le linee di forza, le piace molto la cucina sulla destra, anch'essa affacciata sul cortile, e infine scende le scale che la portano sino alla cantina che non ha fatto ancora svuotare. Il pavimento è stranamente pulito, e un trapezio di luce arriva da una grata in alto, da un'aperura che le ricorda le celle del vecchio carcere spagnolo in cima a via Anjoi.

La cantina occupa tutto lo spazio rettangolare della casa ed è strutturata secondo una serie di nicchie, come piccole absidi. In una di esse ziu Pascale ha accumulato botti piccole e grandi, damigiane e un tesoro di dozzine di bottiglie di vino. In altre ci sono casse, un vecchio giogo, lampade a olio. Nell'ultima, rivolta verso la cattedrale, trova quanto cercava.

È l'arco d'imposta di una volta a botte, in rilievo rispetto a una parete cieca di mattoni. I conci dell'arco, anch'essi di mattoni, poggiano su due spalle di granito sgrezzato. Lei sa che questo era l'ingresso, poi murato, di un'antica stalla: cento anni prima, tutto il crinale verso la cattedrale, affacciato su Baddemanna, era un susseguirsi di stalle. Ma quello che le interessa sono le iscrizioni riportate sui conci. Le individua appena, all'inizio, ma poi segue i segni pietra dopo pietra. Non riesce ad arrivarci con le mani e a toccarli, non è abbastanza alta, ma li accarezza con lo sguardo.

Sono stati incisi con cura, con uno scalpello sottile, e adesso le sembra che si rivelino sempre più chiari, netti. Sono tagli quasi invisibili per chi non sa cosa cercare.

Tuttavia, non riesce a leggere con compiutezza, non afferra le parole, e per lunghi minuti è confusa. Quando sta per arrendersi e pensa già di ritornare l'indomani con una lampada e un foglio di carta, allora le parole magicamente si illuminano dall'interno per incastrarsi in una compiuta frase latina: *Satis est beatus, qui potest cum vult mori.*

Ripete la frase, sempre più sicura, e la parete cieca diventa d'incanto un androne, una piccola galleria.

Le cornici d'imposta seguono il disegno sino a un altro arco, nel fondo, che spalanca un panorama latteo che lei subito riconosce. Non sa cosa sia, se l'inferno o il paradiso, ma da piccola vi ha camminato per giorni e giorni, in sogno, tra ciuffi d'erba bianca, piante albine di elicriso, dune di sabbia e una silenziosa cascata, oh sì, la ricorda bene.

È l'inizio del tempo, la solitudine che non porta ansia ma una pace calma, è il rifugio della sua anima. Qui non c'è il potere che fluttua e ribolle nel buio, ma l'eternità luminosa, il premio.

In sogno, perché c'era tempo di pensare e desiderare, di vagheggiare e sognare, lei aveva saputo che l'ingresso di quel luogo era a Nuoro, crocevia del bene e del male, nell'edificio posto di fronte a casa Asproni.

Dunque non era stato destino la corsa vinta da Bobore, il suo matrimonio, l'abbandono di Terranova e il trasferimento a Nuoro, l'incontro con ziu Pascale e infine l'acquisto della casa, ma un preciso cammino di avvicinamento a quello che per Jaja è il tesoro più prezioso, l'obiettivo primo, la vita eterna.

Jaja non piange ma sente un sollievo che le libera l'animo e che, se fosse un'altra, la farebbe commuovere. Entra titubante e vede per prima la stella dell'alba, alta nel cielo traslucido, e poi un pesco bianco come avesse nevicato, i rami carichi di frutti eterei, quelle pesche appena rosate che i contadini poggiano con attenzione sul tavolato. L'albero incornicia un panorama senza fine e Jaja prova un senso leggero di vertigine, di cose lontane, d'infinito, ed è felice di ritrovare sotto i piedi la sabbia che la ancora alla realtà.

Non è ancora pronta per avventurarsi, per abbandonarsi, e torna indietro, nella cantina. Contempla soddisfatta la parete cieca e l'arco, e rilegge piano l'iscrizione, il motto della sùrbile: *Satis est beatus, qui potest cum vult mori.*

Si sente privilegiata, sicura. Tutto può cominciare e ricominciare, girando su sé stesso, perché lei adesso sa che morirà quando lo avrà deciso, e anche allora non sarà spenta.

Parte sesta

1978 – Rechella

18

In pochi giorni Zolu Fodde si è avvicinato alla morte. Il vecchio che apre la porta prima ancora che bussiamo ha già abbandonato la maschera di tutti i giorni, l'arroganza e l'orgoglio, terrorizzato perché non mi vedeva tornare. Tocca entrambe le braccia di don Costantino, si aggrappa quasi a lui e lo ringrazia per avermi accompagnato. Poi, con un sorriso che vorrebbe essere scherzoso e appare invece un orribile ghigno, aggiunge: «Dove c'è la morte non può mancare un orgolese».

Nella casa persiste un odore rancido, per terra è poggiata una valigia militare.

«Sto per morire, lo so, ho resistito per aspettarvi» ammette Zolu Fodde saltando i convenevoli. «Non voglio che avvenga qui. Ho una reputazione da difendere a San Miguel: ho sempre detto che sarebbe venuta mia nipote a portarmi via, e quindi dobbiamo andare. Il poliziotto Sebastian non deve morire in questa casa, come un qualunque pensionato. Don Costantino guiderà la mia Ford. Facciamo solo pochi chilometri.»

Partiamo in silenzio, a mezzogiorno, prendendo la Ruta 41 verso sud e seguendo una pianura triste. Una nebbia alta da terra solo qualche metro ci accompagna. Dopo quindici minuti giriamo a sinistra in una strada bianca che mira, in lontananza, a un rialzo del terreno che è difficile chiamare collina.

«È l'*estancia* di un mio amico, in questo periodo deserta» spiega Zolu Fodde. E avvicinandoci seguiamo filari di alberi sempre più fitti, mentre la nebbia si dirada, sino ad arrivare a un cancello semiaperto. Oltre si scorge un'abitazione bianca, elegante, di stile misto, tra colonne neoclassiche e finestroni coloniali argentini.

«C'è una dépendance sulla destra, seguiamo quel vialetto.»

Ci fermiamo però all'ingresso della piccola costruzione tra gli alberi: di fianco, nel punto più elevato della proprietà, c'è una tettoia. Zolu Fodde, che conosce il posto, si butta subito su un lettino di vimini, stremato: «Ho fatto anni di latitanza, cerco sempre di avere un rifugio a portata di mano».

Io sono sconcertata dalla stranezza del luogo: il panorama sembra quasi alpino. Vado dritta al punto e gli dico: «Non mi avete raccontato tutto e avete omesso la partecipazione a una terza guerra...».

«No» dice lui con un soffio. «È questo il momento della mia confessione.»

Don Costantino mi fa cenno di allontanarmi e io capisco. Li lascio soli e percorro a ritroso il vialetto. L'erba è cresciuta ovunque e ha lasciato solo due solchi per le ruote; il sottobosco è fitto, lussureggiante, e odora di fresco; il sole penetra appena tra le piante. Arrivata di fronte alla costruzione principale cammino nei porticati laterali con un senso di meraviglia: le mattonelle del pavimento sono bellissime, sui toni dell'azzurro, e la fuga di archi ribassati conduce a una piscina sovrastata da un ballatoio di legno. Una torre chiude lo spazio, rivestita a mezza altezza di eleganti losanghe.

Tutto è curato, perfetto, ma cosa c'entra con Zolu Fodde questa inaspettata *estancia*? E perché non c'è un guardiano? Eppure l'acqua della piscina è limpida, le tende del salone ben ripiegate.

Mi sento afferrare dalla curiosità e dall'invidia: don Costantino sta confessando il moribondo e temo che poi si trinceri dietro la riservatezza del sacramento, che a me spetti solo qualche briciola. Non lo sopporterei. Sono arrivata sino in capo al mondo, perdendomi in questa pianura sconfinata che svuota l'animo e in questo ciuffo di alberi che nascondono una misteriosa *estancia*, per conoscere tutta la storia di Jaja e Zolu Fodde, e adesso ne vengo estromessa?

Ripercorro il vialetto, questa volta quasi correndo, e arrivo in cima. Ma don Costantino ha già finito ed è seduto sul bordo di un divanetto, aspettandomi. «Sta pregando, sta chiedendo perdono. Ma poi ci racconterà tutta la storia, stai tranquilla.»

«Lo sono.»

«Mhm, non mi sembra. Stai fumando, ti mancano solo le fiamme tra i capelli.»

«Questo posto mi sconcerta. Come fa lui a conoscerlo?»

«È stato anni e anni nella polizia, perché ti sorprendi?»

«Ti ha raccontato…?»

«Solo peccati, peccati a non finire, Reche'. La vera storia ce la deve dire. E quella non è mai fatta solo dei nostri peccati, ma anche dei nostri sogni. Troverà la forza per raccontarceli, ci ha davvero aspettato.»

Prendo una bottiglia d'acqua dalla mia borsa e bevo: vedrò un uomo morire, sono spaventata.

«Ehi» chiama infine Zolu Fodde «avvicinatevi. Non avreste una coperta per me? Ho freddo.»

Come muore un uomo? A modo suo, avrebbe risposto mio padre, perché ciascuno ha scritto nei suoi geni un codice diverso, personale, che comanda lo spegnimento della mente e del corpo. E Zolu Fodde ha il proprio, di interruttore, al quale ha evidentemente imposto di attivarsi solo dopo il suo lungo racconto. Così stiamo sotto la tettoia di banano, un legno quasi nero, adatto alla circostanza funebre, a sentire una lunga storia che ci riporta indietro nel tempo.

Don Costantino ha recuperato in auto una vecchia coperta di lana ispida, e da lì sotto Zolu Fodde inizia a parlare dell'incontro con Jaja nel 1913 e poi, con un tono man mano più stanco, della Grande Guerra, della licenza del 1921, della seconda campagna d'Africa, dell'uccisione di suo pugno di sette arabi prigionieri, della corte marziale e della reclusione a Gaeta. Si vanta della fuga, racconta che alcuni pescatori di Ponza l'avevano nascosto per settimane e poi trasportato di notte a Santa Lucia, la loro base in Sardegna, nel 1925. Parla delle famiglie che gli avevano donato cibo secco e piccole cose, una collanina, un'immagine benedetta e una camicia. A piedi aveva risalito il sentiero che da Siniscola portava a Lollove. Da lì si era arrampicato per Orune e Sa Serra, e aveva chiesto aiuto al vecchio capraro di cui era stato servo pastore.

Ci racconta dei tre anni di latitanza – anche di questi è molto fiero – e poi del pensiero martellante che l'aveva colto di sorpresa, dell'improvviso desiderio di rivedere Jaja, la madre del suo figlio mai conosciuto, la donna da lui amata.

Poi, con un respiro fattosi ancor più sottile, ci rivela il ricatto ordito da lei, e il suo triplice omicidio nella casa di via Asproni. Lo racconta in maniera affranta, rivolgendosi a me, non a don Costantino: «La porta era aperta e il vecchio ziu Pascale era seduto nel suo studio a pianterreno, sulla sinistra. Ho visto il suo profilo, i suoi baffi, i capelli bianchi arruffati. Ha girato la faccia verso di me e ha appena sorriso, amaro: era un bravo cristiano e comprendeva cosa sarebbe successo. Indossava il suo completo di velluto nero e la camicia bianca senza colletto. Sono entrato nella stanza e senza guardarlo negli occhi l'ho sgozzato, da un orecchio all'altro. Oltre la portafinestra, nel verde del patio, Zumburru, il cane fonnese, scuro come la ghisa e pesante quanto un uomo, digrignava i denti e sbavava come una bestia infernale, cercando di spaccare il vetro per aiutare il padrone. Era il 16 giugno 1928, di prima mattina, una di quelle giornate d'inizio estate così terse. Anche Giovanna, la vecchia domestica, si era alzata presto. L'ho uccisa nell'ingresso, non appena ho aperto la porta. Ha emesso un basso gorgoglio quando la lama è penetrata nel suo stomaco e ha raggiunto il cuore. Povera donna: si è afflosciata guardandomi in silenzio, come un sacco».

Don Costantino aveva alzato gli occhi e le braccia al cielo, furente: «Oh, no, questo non me l'avete confessato!».

«Mi vergogno tanto, mi spiace.» Zolu Fodde mi guarda, cercando comprensione. Poi continua: «Zumburru stava diventando matto, in piedi sulle zampe posteriori e appoggiato allo stipite. Abbaiava, graffiava e ringhiava. Non l'avevo considerato: tutti dovevano morire, ma non osavo uscire ad affrontarlo, e il tempo correva. Mariantonia ha aperto la porta della sua camera, al primo piano, e ha iniziato a chiamare Giovanna lamentandosi del chiasso. Ho salito le scale di corsa e l'ho colpita a morte con due pugnalate che hanno arrossato la sua camicia da notte di cotone crudo. Aveva quarantotto anni. Non l'ho guardata negli occhi. Mi sono lavato le mani e la faccia nel gabinetto, ho ripulito in fretta la baionetta. I miei vestiti da latitante erano già sporchi e puzzolenti, non lavati da mesi. Sono scivolato fuori, nell'ombra della via, e sono arrivato presto a Caparedda, camminando veloce e senza peso come quando inseguivo le capre nella Serra di Orune. Mi sembra solo ieri che ero giovane, Reche', e adesso sto morendo?

«Sentivo ancora Zumburru abbaiare lontano, legato nel giardino, e temevo lo udissero sino a Oliena. Ma la corriera per Terranova è arrivata puntuale, dopo pochi minuti. L'ho presa al volo.»

E conclude: «Nel tardo pomeriggio il vapore per Civitavecchia mi ha strappato dalla Sardegna per sempre. Dopo due giorni ho lasciato l'Italia sul transatlantico *Conte Biancamano*, navigando da Genova per Montevideo e poi Buenos Aires, la mia meta definitiva».

«Volete un bicchiere d'acqua?» gli chiedo, molto turbata.

«Vorrei solo che tu mi capissi, Rechella.»

«Io cerco… è una vita intera che cerco di capire.»

«Ho fatto del male, tanto male, e non è giusto dire che sono stato solo una pedina delle circostanze: ma Jaja era al di sopra di me. Io non potevo contrastarla, non potevo oppormi.»

«Era una sùrbile…» dico.

«Oh, non nominarla adesso. Ci sono creature da evitare, ma ancora provo attrazione se ripenso alla prima volta che l'ho vista.»

«Cosa posso fare?»

«Concedermi il perdono, e non dimenticarmi.»

Cerco la sua mano attraverso la coperta, quella mano che tante volte ha fatto zampillare sangue innocente, ma dentro cui scorre lo stesso sangue del mio Martino. Mi coglie un momento di vertigine: non ero con Martino quando è morto, e ora sono al capezzale del nonno di cui lui non ha mai nemmeno conosciuto l'esistenza. E che mi chiede di perdonarlo per essersi fatto strumento del male…

Mi assale ancora una volta il timore di essere io stessa parte del gioco di Jaja, suo inconsapevole strumento. Alzo gli occhi su don Costantino in cerca di aiuto, temendo di trovarli fiammeggianti e severi come poco fa: e invece sono pieni di lacrime, mi guardano con pena ed è come se mi incoraggiassero.

Solo il bene può spezzare il cerchio. Il perdono è una categoria che esula dal gioco di Jaja, un gesto che lei non può calcolare.

«Avete il mio perdono, Zolu Fodde» dico con la voce rotta.

E allora lui chiude gli occhi, ha un lungo sussulto che lo contrae in una maschera di dolore come se qualcosa di terribile lo attraversasse come una scarica, poi la sua anima vola via, senza più un gemito. Io gli tengo ancora la mano.

Sono stupita. «È morto» dico tra le lacrime.

Don Costantino mi abbraccia per un tempo lunghissimo, fino a che il mio cuore rallenta. Poi, come solo lui sa fare, mi strappa addirittura un sorriso dicendo: «Direi proprio che lui è finalmente… in pace. Noi invece abbiamo un problema! Questo posto è isolato, cosa facciamo adesso?».

Ci prendiamo un momento per riflettere, e nessuno dei due spezza il silenzio. Io so che il fatto che un moribondo possa mentire anche all'atto dell'estrema unzione è parso a don Costantino una bestemmia, eppure è commosso, come me, e rimaniamo seduti sul divanetto guardare il vuoto, senza riuscire a parlare: la morte cambia tutto.

Dopo un tempo indefinito lui si alza, solleva la coperta sulla faccia del morto e recita le sue preghiere. Proprio in quel momento vedo apparire un uomo che cammina lento sul sentiero. La luce lo illumina e poi lo perde e poi lo cattura di nuovo, il suo avanzare sembra quello di un fantasma. Capisco da come si muove a suo agio e da come si guarda intorno che è il padrone dell'*estancia,* e intuisco che è molto ricco: le scarpe, i calzoni e il maglione fanno il paio con l'eleganza della casa e della piscina. Può avere sessant'anni ma i capelli sono ancora scuri, e la sua faccia è perfettamente abbronzata.

«Lei deve essere Rechella» dice guardando il cadavere di Zolu Fodde e facendosi il segno della croce.

«Sì.»

«Ero in casa, ho aperto io il cancello. Mi aveva avvertito e non volevo disturbare.»

«Lo conosceva bene?»

«Da quand'ero giovane. Mi ha salvato due volte, mi ha formato e cambiato. E per ricompensa mi ha chiesto solo di usare qualche volta questo chiosco. Veniva a pensare e a leggere, e poi andava via in silenzio. Aveva un senso sacro delle cose e della vita, un dono raro, e un dolore di fondo che non riusciva a nascondere: forse per via di tragedie passate, o della nostalgia? A me non ha raccontato nulla, se non che aspettava una nipote e aveva predisposto ogni cosa per la propria morte. E tutto, capisco, è avvenuto secondo quanto aveva previsto.»

«Noi cosa dobbiamo fare?» chiede don Costantino.

«Niente, Padre, penserò io a tutto. A lei, Rechella, devo consegnare una busta e una richiesta. Le farò avere a breve le ceneri di Sebastian: dovrebbe impegnarsi a spargerle in Sardegna, nel posto che lei riterrà più opportuno.»

Sono sorpresa, ma non troppo.

«Lo farò. Ma non posso ancora sapere quando.»

«Sarà quando sarà, non c'è problema. L'eternità ha metri di misura diversi dai nostri.» E mi consegna una solenne busta di carta pergamena.

Solo adesso sento la necessità di chiedergli, stringendogli la mano, chi lui sia.

«Io ero Manuel, il bandito, e lui Sebastian, il poliziotto. Vinceva sempre lui.»

Con calligrafia ordinata e precisa Zolu Fodde ha scritto:

Rechella, mi aspettavo una nipote, così andavo dicendo, una persona qualsiasi che venisse dalla Sardegna a raccogliere ca-

sualmente le mie ultime parole e a tenermi la mano nell'ora della mia morte. Invece sei arrivata tu, una vera nuorese, una persona complessa che ha aggiunto pensieri ai pensieri, e questo dunque era scritto: meritavo quest'ultimo confronto.
Mi vieni a stanare a San Miguel e mi porti sentimenti che ti fanno onore, storie prodigiose sulle quali avevo steso strati di detriti e di sabbia. Mi è bastato un incontro per conoscerti e valutarti. Io sto morendo, Rechella, e mi accorgo di aver sprecato la vita. Manuel mi dice che qui a San Miguel ho fatto del bene, ma questo basta? Ho combattuto, ho avuto un figlio che non ho mai visto né potuto riconoscere, ho ucciso nemici e persone innocenti, sono stato devoto a chi ha ucciso mio nipote – lo vengo a sapere adesso e mi disgusta. Ho lasciato la mia terra e conosciuto una parte di mondo. Ma la sintesi di tutto è che ho sprecato gli anni e le occasioni per poi ridurmi qui, di fronte a questa laguna che ha fatto diventare la mia anima un panno slavato. A cosa sono servito se non al male? Chi mai si ricorderà di Zolu Fodde?
Ho sempre considerato ipocriti coloro che lasciano i propri beni alla Chiesa. Io ho salvato questa casa e i soldi che ho in banca. Una bella somma, sono sempre stato parco nelle mie spese, anche se l'inflazione l'ha decurtata. Lascio tutto a te, Rechella, con l'atto che trovi allegato a questa lettera. In cambio, perché so che non accetteresti una semplice donazione da un peccatore come me e saresti magari tentata di lasciare tutto al prete orgolese che tanto t'ispira, ti chiedo il favore più grande: non abbandonarmi in questo cimitero di San Miguel, mi suscita un orrore senza fine, ma disperdi le mie ceneri in Sardegna, quando e dove vorrai. Le mie ceneri devono dissolversi lì dove sono nato, questo è il legame col futuro che mi fa morire in relativa pace, non negarmelo.

E che un giorno, chissà quando, tu tornerai in Sardegna è nell'ordine delle cose perché il tuo movente, Rechella, non è altro che la vendetta.
Quando sei entrata in casa e hai iniziato a raccontare, io ho sentito un brivido antico: invecchiando ho ridato valore all'Antico Testamento e a un'idea nobile di vendetta, eseguita secondo le regole del nostro codice. Il perdono finale spetta a Dio, ma il nostro vivere in comunità richiede un'inesorabile vendetta, che poi è solo giustizia, non esiste un confine quando si combatte il male. E non so se ti consolo o meno, ma tu trasudavi questa volontà, venivi direttamente dal passato. Tu vendicherai mio nipote Martino, Rechella, e vendicherai anche me.
E io voglio aiutarti. Per questo ti do un indizio da ex poliziotto. Lascia che ti spieghi: passare una notte con Jaja era come immergersi in un turbine sovrannaturale. Entrambe le volte che mi è accaduto sono stato contaminato dalla sua potenza, come se quest'ultima stentasse a rimanere stretta dentro di lei ma strabordasse. Il male è così, non si limita, non si ferma mai, perché dovrebbe?
La notte dopo la latitanza, mentre giacevo con Jaja di fianco a Bobore che lacrimava, ho compreso che lei mi stava solo usando. Non mi aveva ancora chiesto di compiere gli omicidi, ma nella mia testa, pur drogata dal male, avevo già compreso che esisteva una ragione precisa che l'aveva spinta ad attirarmi a sé e che quello che lei desiderava era proprio la casa di via Asproni, quella di ziu Pascale. Mi era apparsa come un'illuminazione, di notte: quella casa è il suo fine.
Sono sicuro che tu non sottovaluterai questo indizio, ma non posso immaginare dove ti porterà, e probabilmente ci sono altre cose che io non conosco e tu già sai.
Non ho più forza per aggiungere altro, sono stanco. Consegnerò

tutto a Manuel, ti potrà fare da testimone ove occorra. Non lasciare niente in banca, vendi la casa e investi tutto, mettiti alla prova senza dimenticare il passato. La vendetta o la giustizia, chiamala come vuoi, richiede studio, tempo e passione.

Zolu Fodde

Siamo a Luján.

«Cos'è quest'altra storia?» chiede don Costantino, cui ho fatto leggere la lettera e il testamento. «Una *casa*, un'*illuminazione*?»

Faccio spallucce. Per lui, Zolu Fodde è una manifestazione del diavolo: ha ucciso dei poveri innocenti e mentito in confessione anche in punto di morte, per non parlare della sua relazione adulterina con Jaja e del figlio che ne è nato… E infine non si è vergognato di vantare la nobiltà della vendetta, anzi mi ha invitato a compierla. Come discutere di queste cose con un sacerdote?

Lo lascio parlare, aspettandomi che a un certo punto mi dica: *È il demonio che ti sta donando questi soldi*, ma lui sorvola su questo tema, forse perché teme di essere equivocato, e si dedica a discutere ogni parola di Zolu Fodde.

La lettera l'ha sconvolto, e non riesce ad articolare un commento che non sia esasperato. Mi sembra persino geloso. Alla fine andiamo a mangiare qualcosa alla mensa dell'istituto e si ricompone.

Mentre sorbiamo la minestra, mi pone la domanda che io stessa sto cercando di evitare: «Cosa farai, Rechella?».

Cerco di essere lucida. Finalmente tutto quanto è successo mi appare chiaro, ma non basta perché io possa pianificare il futuro che diventa anzi sempre più incerto ed evanescente. Non ho una risposta alla sua domanda, ma solo fantasie, balenanti paure. Sono ancora immersa nel ricordo di Martino e Zolu Fodde, guardo don Costantino stranita. Lui taglia il pane con cura, lo spezzetta dentro il brodo e intanto mi studia. L'eredità di Zolu Fodde non mi cambierà, ma lui la teme, è una minaccia.

Si chiude un capitolo e io vorrei parlare non della brutalità del futuro che mi aspetta, perché ogni scelta è comunque una rinuncia che porta in sé dolore, ma della prepotenza della morte che pesa su di noi.

A cosa sono servito? ha scritto Zolu Fodde, ed è la vera domanda da porsi riflettendo sulla propria fine. Immagino che anche don Costantino l'abbia colta, ma il fatto che l'abbia espressa una persona deprecabile è per lui fastidioso, difficile da accettare, e questo lo allontana da me, dal senso intimo di questa sera.

C'è un momento in cui una figlia inizia a guardare il proprio padre come se guardasse un figlio, con materna tenerezza, quando la vecchiaia presenta il conto al genitore e i ruoli si invertono. Mi sembra che proprio adesso stia succedendo a me con don Costantino, e il pensiero non mi aiuta. Ho ancora bisogno della sua guida per combattere quel vuoto assoluto che la morte spalanca e non posso fare a meno della sua spalla per contrastare il male vendicando Martino e lo stesso Zolu Fodde. No, non mi sento ancora in grado di comprendere la vita e rispondere alla domanda: *a cosa sono servita?*

Stringo sotto il tavolo la mano di don Costantino, gli dico: «Non cambierò».

Parte settima

2008 – Istella mea

19

La mia esistenza è trascorsa a Luján. *È passata*, preciso a me stessa con un senso di incredulità, perché questi trent'anni sono stati un lungo viaggio che ha consumato la parte più rilevante della mia vita. Anche se, ripensandoci adesso, mi sembra che le stagioni consumate siano invece volate rapidissime e tutto sia durato troppo poco: non si ha il tempo d'invecchiare, ci si sgretola via via come cemento scaduto, ci si frantuma mantenendo però sentimenti intensi e ricordi lontani.

Ci si risveglia un giorno, in qualunque parte del mondo si è capitati, accorgendosi che tutte le vite vissute sono solo un racconto fatto a sé stessi, senza più alcuna sostanza se non il sapore persistente della malinconia. Guardo nell'alba il profilo delle case di Luján e gli alberi che si frappongono a barriera, sempre gli stessi. Il loro ondeggiare lieve confonde la realtà con un miraggio: dove sono? Dove sono arrivata infine? Migliaia di chilometri non mi hanno allontanata da un paese immaginario in cui ho sempre sognato di arrivare passeggiando senza fretta: sarebbe bastato il mio asino a portarmi, un bacio tenero di Martino a rassicurarmi, il pensiero che a sera sarei tornata verso casa con lo stesso calmo appagamento – cos'altro chiedere alla vita? Un'andata e un ritorno in famiglia, ecco.

Invece, ferma qui a Luján, in un crocicchio che mai avevo

sentito nominare prima di capitarci, in un'Argentina sconfinata che ricade incessantemente nelle sue crisi, io sto sempre camminando, la mia ossessione non è mai finita. Mi conforto col pensiero che in fondo *sto sempre camminando verso casa*, ma in realtà vivo in attesa come una fionda pronta a scattare, con la paura che il meccanismo infine non funzioni, che le *cambe* di caucciù siano sfibrate e il male, rimasto in tutti questi anni nascosto, acquattato, sogghigni beffardo nell'ora della mia vendetta.

Che cosa ho aspettato per tornare a Nuoro a esaudire le volontà di Zolu Fodde e a compiere la mia vendetta? Come ho fatto a passare gli anni chiusa in un recinto ma sentendomi sempre sul punto di partire? Quest'alba giallastra in cui sono immersa non mi aiuta a rispondere. Non mi aiutano gli animali che hanno bisogno di me; il garzone che arriva insonnolito e malmostoso; il dolore alla cervicale che mi tormenta e mi ricorda la mia età e la mia prima radice: anche mia madre soffriva di emicrania. È ancora viva, sta sempre a Serdiana, in casa di mio fratello Antonio che ogni anno mi manda un biglietto di Natale: *Noi bene, mamma bene*, a cui rispondo *Auguri cari*, e tanto basta.

Un tempo non era così. Per anni mi sono sforzata di mandare a mia madre lettere in cui raccontavo di me e della mia vita argentina. Certo, non avevo da annunciare matrimoni o nascite, non potevo dare notizia di prestigiosi avanzamenti di carriera, ma ho provato a tenere vivo un filo. Nelle scarne righe che ricevevo in cambio avrei dovuto riconoscere il segno dello spirito di Jaja che rilasciava lentamente il suo veleno. Oggi immagino mia madre ormai anziana, eternamente indaffarata in cucina, e dentro di me le parlo: «Non devi incamminarti sino alla valle di Marreri o a Caparedda per raccogliere l'uva, il tuo orizzonte è limitato, un giardino polveroso dove cammini a piccoli passi. Non soffri come me al ricordo del nostro piccolo pezzo di terra affacciato su Baddemanna: chi riesce a dimenticare può vivere a lungo in pace con sé stesso; tu hai scelto. E ti è indifferente che io torni in Sardegna oppure no, non vuoi soffrire. Non hai ascoltato il mio grido, non hai voluto rivolgere il tuo sguardo a quel poco che ho fatto in Argentina: la mia stalla, fatta di muri senza valore ma di creature preziose, fragili, turbate, era per te meno importante di quel grappolo d'uva che ogni giorno lavi per i nipoti. Non c'è una crepa che si apra in te: per questo non tornerò, non posso bussare e pretendere che tu, per un attimo, ritorni mia madre, mi prenda la mano, che mi abbracci e progetti qualcosa per noi, che prepari anche solo una tazza di caffè. Né posso portarti la mia paura, i pensieri rigirati nella mente ogni sera. Il male che Jaja ha instillato nelle nostre vite ci ha allontanate per sempre. C'è stato un tempo in cui sapevo tutto del futuro, l'avrei plasmato insieme a Martino, con tenerezza, avrei avuto una figlia, sapevo anche questo, e una famiglia intorno a me. Ma ora, guardando l'orizzonte di questa Luján, questi alberi che mi circondano, capisco quanto male Jaja abbia fatto a noi tutti scardinando la nostra casa, disperdendoci nel vuoto. Avevi ragione, mamma, quando cercavi di tenermi lontana da lei; eppure l'incontro con Martino ha acceso una luce nella mia vita senza la quale non avrei visto nulla, avrei attraversato il tempo come una cieca. Il mio destino era Martino, il mio destino è fronteggiare Jaja. Vorrei riportare le lancette indietro a una nuova infanzia, a noi due prima di tutto questo, ma non si può. Il tempo non si riavvolge, solo l'amore gli resiste, e noi non ne abbiamo condiviso abbastanza».

Che cosa ho aspettato allora? Mi domando, di nuovo.

Dopo Madrid e Buenos Aires ho portato la mia insofferenza e le mie contraddizioni su un'isola ancora più remota: così mi sembrava fosse l'istituto di Luján. Mi sono allontanata ancora, sperando che cosa? Me l'ero chiesto sino alla noia, per scoprire poi che non m'importava sapere la risposta ma solo andarmene. Il mio carattere mi ha trascinato e Luján era la giusta suggestione: la Madonna si è voluta fermare proprio qui, bloccando il carro dei buoi che la portava a Sumampa, nel Tucumán, per spendere le sue lacrime su questa terra, perché l'Argentina è luogo di conquista del male e di difesa affannata del bene, un'arena di lotta e di sangue. E io mi sentivo dentro una storia più grande di me, capace di darmi essa stessa un senso, un indirizzo. Non mi importava di confermare le previsioni di Jaja e di rispettare il suo patto – *Io non entrerò nel tuo recinto, tu accetterai quello che è stato e d'ora in avanti vivrai quieta.* Anzi, in certi momenti mi sembrava di averla sconfitta, di essere io la vincitrice: avevo creato un porto franco e facevo del bene al prossimo, questo era indiscutibile, era la realizzazione di me stessa. Ma non c'è un tempo che sia troppo lungo per il maligno, non c'è un patto con lui che possa durare e si risolva in bene. In questa alba di bilanci mi rendo conto che l'elastico è ancora teso, perché Jaja non mi ha mai lasciato e mai mi lascerà morire, mai mi consentirà una morte *benigna.*

Avevo preso la decisione d'impulso, poco tempo dopo la morte di Zolu Fodde. Mi avevano consegnato l'urna con le sue ceneri, trovavo sinistro convivere con quei resti nel mio piccolo appartamento su Estados Unidos e cercavo di non pensarci. Ma era un'altra l'eredità più difficile lasciatami da Zolu Fodde: sul mio conto in banca ora c'erano tutti i suoi risparmi, e io non avevo davvero idea di come impiegarli.

Una sera, smontando dall'ultimo turno al Panamericano, ero uscita nelle strade semi deserte e mi ero trovata di fronte don Costantino. Era vestito in borghese, come sempre. Mi aveva proposto di fare una passeggiata: era esattamente quello di cui avevo bisogno. Avevamo camminato a lungo senza meta, semplicemente lasciandoci carezzare dalla notte. La città ci aveva mostrato il suo volto festoso, imbandierata a festa per i Mondiali di calcio che erano in corso. Poi, mentre attraversavamo la calle Juncal, una Ford Falcon verde scuro ci aveva tagliato la strada sgommando. D'istinto ci eravamo stretti l'uno all'altra: non avevamo osato dirci nulla, ma entrambi sapevamo che da mesi, in Plaza de Mayo, continuavano le proteste delle madri che avevano trovato il coraggio di denunciare la sparizione di donne, uomini e soprattutto bambini, intere famiglie inghiottite nel nulla dopo essere state caricate proprio su auto come quella. Lo stesso don Costantino una volta mi aveva confidato a mezza voce parole di profonda amarezza per la connivenza della curia episcopale argentina con il governo militare di Videla. Anche in una notte di festa come quella, il bene e il male si intrecciavano inestricabilmente. I nostri passi ci avevano portato davanti ai cancelli del Cementerio de la Recoleta: dentro, il buio era abitato da migliaia di lumini ardenti. Ci eravamo seduti su una panchina e don Costantino mi aveva detto: «Vedi, Rechella: siamo nel cuore della notte, vicino a un cimitero abitato da generazioni di anime, in una città tormentata – eppure non abbiamo paura. E sai perché? Perché siamo vicini». Aveva allungato un braccio, mi aveva cinto le spalle e io dopo un attimo di sorpresa mi ero abbandonata a quel gesto in fondo così semplice, come le sue parole. «Non continuare a girare a vuoto» aveva proseguito «ricorda che la ricchezza, a tenersela stretta, si esaurisce. Abbiamo un solo modo di resistere al buio che avanza: tenere accesa la nostra luce. Il solo tesoro che si moltiplica se lo condividi è l'amore.»

Mi aveva riaccompagnata fin sotto casa mia, dove aveva parcheggiato il furgone dell'istituto.

Dall'alto lo avevo visto partire, la luce dei fanali che si faceva sempre più piccola tra le altre. Avevo sentito forte il desiderio di seguirlo, di sapermi spendere come lui.

Poi avevo fatto un sogno: ero dentro la stalla di mio padre, una delle nostre due vacche aveva appena partorito il suo primo vitello ed eravamo tutti intorno a lei, mia madre, i miei fratelli, io – e c'era anche Martino, lo vedevo nella luce della lampada a olio, i capelli scuri e gli occhi pieni di tenerezza per il miracolo di quella nascita. Per terra c'erano ancora il sangue e la placenta espulsi insieme al vitello, ma la vacca aveva finalmente smesso di soffrire e leccava il suo cucciolo come se non avesse mai fatto altro, incoraggiandolo alla vita con piccoli, gentili colpi di muso. Martino e io ci tenevamo per mano, io ero piena di gioia.

Una settimana dopo mi ero presentata alla direzione dell'hotel e, senza tentennamenti, avevo rassegnato le mie dimissioni. A nulla erano valse una proposta di miglioramento dello stipendio e nemmeno le affettuose parole dei miei compagni di brigata, che scoprivo affezionati a me più di quanto non fosse giustificato dal mio carattere introverso. Avevo ancora due mesi di lavoro all'albergo, li avevo usati per raccogliere informazioni, stilare un piccolo programma – oggi diremmo un *business plan* –, leggere tutto quello che trovavo sull'argomento che era salito in cima ai miei pensieri: ricostruire una stalla nel grande parco dell'istituto di Luján affinché gli ospiti e tutti coloro che ne avevano bisogno potessero trarre giovamento dal contatto con gli animali.

In brevissimo tempo la mia casa era stata svuotata e io ero pronta a far stare le mie poche cose in una stanzetta dell'istituto: non mi ero mai sentita più leggera.

Ancora una volta però la vita si era incaricata di insegnarmi che non basta partire per cambiare. Il primo periodo a Luján lo ho vissuto in apnea, nuotando affannata in quella bolla di cinquanta anime che mi frastornavano e mi succhiavano ogni goccia per lasciarmi la sera stremata nella mia branda.

Non trovavo paragone con il lavoro che facevo nelle cucine dell'Hotel Panamericano: non si trattava dei ritmi ma dell'interazione ininterrotta con altri esseri umani, per diciotto ore al giorno. Vivere senza filtri richiede un allenamento speciale alla sopportazione e la capacità di elevare la soglia del dolore per non rimanerne schiacciati. In cucina ero una macchina addestrata ad anticipare le richieste dei clienti e a rispondere alle comande: un lavoro che lasciava pochissimo all'improvvisazione, che spersonalizzava e mi isolava. La brigata funzionava come un cinematismo, è vero, ma infine io ero sola di fronte al mio compito immediato, una comanda dopo l'altra. All'istituto, invece, il contatto con volti, voci, mani, occhi era continuo, assillante, i problemi non si esaurivano mai ed erano tutti diversi e profondamente umani. Inoltre eravamo alle prese con un'inflazione senza misericordia, alla quale si sopravviveva cercando di consumare poco, di limitarsi su tutto, di barattare quanto più possibile.

Don Costantino mi diceva: «Adesso capisci cosa vuol dire s'azzudu torrau, l'aiuto restituito che si usava ai tempi dei nostri vecchi? In Sardegna eravamo maestri, a mala voza, nel fare a meno del contante, di qualsiasi credito... Ma si può sopravvivere solo all'interno di una comunità solidale. Comprendi il valore di questo luogo?».

Ma io vacillavo, mi chiedevo se avrei potuto reggere a lungo quella vita. Fino a che, un giorno come tanti, avevo compreso l'importanza che gli altri – quelli che don Costantino chiamava *il prossimo* – avevano per me. Pensavo di conoscermi e invece ho scoperto che occuparmi degli altri era un'avventura che mi faceva stare a galla, il Nuovo Mondo di Colombo, il cammino che avevo voglia di percorrere. Un viaggio non religioso ma anzi pervaso di salvifico egoismo.

Che cosa ho fatto? Se dovessi oggi rendere conto a San Pietro, direi che costruendo una stalla a Luján ho solo ricreato un pezzo della mia infanzia, come fosse una casa di bambola: ho teso una mano ad altri per essere tratta in salvo io stessa. Quell'impresa, costruita con pazienza in anni di lavoro e finanziata con la piccola eredità di Zolu Fodde, ha dato una svolta alla vita di decine di persone che arrivavano lì come relitti e ne uscivano invece abitate da una nuova luce e dignità. E poi ha permesso l'avverarsi di un progetto di cui don Costantino mi aveva parlato molto tempo fa, nella mia prima visita a Luján: la nascita di un centro di ippoterapia, il primo in Sud America. Ma in realtà il rifugio è servito a me: ho edificato il mio mondo giocattolo, l'ho riempito di animali e vi ho ricavato un angolo dove poter godere della solitudine. Senza l'inflazione avrei potuto fare molto di più, ma anche le difficoltà economiche mi hanno avvicinato a mio padre, all'incertezza del suo disterru, alla paura della fine. Nel tepore e nel silenzio dell'ultima stanza lui ha potuto ritrovarmi e io riavvicinarmi a lui, mai come adesso l'ho capito.

Jaja mi aveva detto: *Alla fine sarai tu a portare un pezzo di Sardegna in Argentina e a trovare uno scopo*, e gli angeli e i demoni hanno rispettato il territorio sacro rimanendo fuori, in attesa.

Don Agostino, che era il più santo dell'istituto, diceva: «Che senso ha la vita senza amore? Prima o poi cedi al vuoto, ti arrendi all'annientamento spaventoso della morte». Ma io non inseguivo l'utopia dell'amore, solo la soddisfazione profonda del lavoro, come mio padre. Il crogiolo che alimentava le giornate era il mondo nascosto della stalla, il suo fremere di animali e di persone, le sue infinite storie che tessevano un racconto umano tremendamente assorbente. Costa niente acquistare un animale o adottarlo, che sia un cane o un cavallo, una capra, ma un secondo dopo che è entrato nel recinto diventa qualcosa di più di un animale, arricchisce e conforma il mondo, scambia amore, pretende cura e attenzione – chi ha fatto l'allevatore o ha portato a casa anche un solo gatto lo sa. La mia era una piccola stalla e nel periodo più frequentato poteva contare su due asini, due cavalli, una mucca, cinque capre indisciplinate, un gallo, galline e il solito codazzo di cani e gatti. Eppure era un magnete potente per l'intero partido di Luján e la gente aveva imparato a volermi bene, a rispettarmi, ad affidarmi i figli. Queste cose riempiono gli anni, i decenni, altrimenti come avrei potuto sopravvivere alla morte di tanti amici e ricondurre le loro voci alla pace, alla rassegnazione? Non avevo più dove andar oltre, non potevo più scappare, avevo raggiunto la mia Finisterre.

Don Agostino morì nel 1982 in odore di santità, circondato da un profumo di borotalco che si era sparso per la stanza come una nube benefica: era stata una buona morte. Poi, tempo dopo, era mancata la mia piccola Edelina. Aveva una malformazione genetica e infine non camminava: era morta soffrendo. Avevo fatto in tempo a farle cavalcare il primo asino giunto a Luján, chiamato ovviamente Billubì, e la sua gioia aveva rafforzato la mia volontà di sviluppare la specializzazione in ippoterapia, una piccola rivoluzione.

Poi, come nello sgranarsi di un rosario, erano morti Bruno, il nuorese musicista, Santino, l'autista muto e gentile che tante volte mi aveva accompagnato a Buenos Aires, e don Luciano, investito da un'auto. Nel frattempo, don Graziano era tornato in Italia.

E si era spento Crasa, il cane che in verità era un angelo mandato da Dio per chiudere la porta di Buenos Aires e aprire il cancello di Luján. Non bisogna mai sottovalutare il significato degli animali nella nostra vita, il loro arrivo non è una coincidenza, il loro amore lascia sempre una traccia, sta solo a noi saperla vedere. Crasa se n'è andato una mattina, vecchio e dolorante, cieco, e la mia esistenza si è stretta e impoverita.

Lorena è venuta a trovarmi tante volte, come una falena, e sempre è ripartita. Lei è il mio alter ego, il distillato dell'emigrata sarda, l'inafferrabilità dell'equilibrio e il rischio continuo della pazzia. Invecchia a Fortaleza sempre insoddisfatta e tormentata, alla ricerca di qualcosa che non troverà mai eppure incapace di tornare a Bitti, dove si spegnerebbe in un mese. Non ha voglia di affrontare i suoi demoni, così se la prende con me: mi dice che ho deciso di fare la suora laica, cerca di presentarmi improbabili fidanzati, non si capacita che io sia felice in questa vita semplice. Ma forse è il suo modo per sublimare un po' di gelosia: i gesti quotidiani di cura degli animali e delle persone sono per me un balsamo, ho trovato un equilibrio che lei ancora non ha.

Prima di dare le dimissioni dal Panamericano avevo preso un fine settimana di ferie ed ero andata a trovarla a Fortaleza. Era un periodo di grande lavoro per lei e mi aveva dato appuntamento di sera al Morada, un locale proprio all'inizio di un piccolo molo che si chiama Espigão da João Cordeiro. «Lo vede?» mi aveva detto il cameriere. «C'è un progetto per costruire il molo più lungo del mondo. Fortaleza sarà famosa, arriveranno milioni di turisti e noi saremo tutti ricchi.»

Avevo visto Lorena arrivare a piedi, anche da lontano avevo capito che era in una giornata no: il suo volto era tirato, le borse sotto gli occhi ben in evidenza.

Mi aveva abbracciato e mi aveva subito chiesto: «Allora, Rechella, che ci fai a Fortaleza?».

«Volevo parlarti.»

«Ahi, altra puzza di zolfo?»

«Smettila, mi trovo a un bivio.»

«Siamo tutte a un bivio, Reche'. Oppure siamo in un mare di merda, non so cosa preferire» aveva riso in modo eccessivo. Poi aveva ordinato due frullati di frutta dal nome strano.

«Vorrei dare le dimissioni.»

«Uhm, per andare dove?»

«Per cominciare, un anno sabbatico a Luján» e le avevo spiegato tutto della missione, dell'istituto e della mia voglia di dedicarmi al prossimo. «Devo prendermi una pausa, e penso di aver trovato il posto giusto… Ma ho bisogno di sapere cosa ne pensi tu. Siamo entrambe sole, non abbiamo nessuno che ci mantenga né una rete familiare di sicurezza in caso di guai. Il mio lavoro è sempre stato per me più che un marito: gli sono stata fedele e lui mi ha ricambiata. Io voglio andare a Luján ma ho paura di trovarmi poi in difficoltà…»

«Don Costantino ti ha dunque convinto.»

«Sta invece cercando di dissuadermi. Però mi ha regalato un cane che mi tiene molta compagnia, si chiama Crasa: è anche grazie a lui che ho capito quanto è bello non vivere soli, avere qualcuno di cui prendersi cura. Don Costantino si preoccupa per me.»

«Ah, il *maldido*» aveva riso Lorena. «Questa del cane è una mossa furba. Così si fa breccia nel cuore di una come te, Reche'. Tu sei come una noce di cocco: durissima fuori ma poi candida e tenera dentro. E il tuo Costantino lo ha capito. Sei innamorata di lui?»

«Ma che dici!»

«Sei innamorata di lui?»

«No… Forse…»

«E lui è innamorato di te?»

«... Beh, può darsi. Ma è più vecchio di me e...»

«Spiegami bene.»

E allora le avevo raccontato tutto quanto era successo dalla sua partenza, la storia di Jaja e dell'arco nel muro, Zolu Fodde, il triplice omicidio, l'eredità, tutto. Eravamo in Brasile, davanti all'oceano, era facile confidarsi.

«Quante avventure, Reche'... Sai cosa ti dico? Che lo vorrei anche io, un arco attraverso cui comunicare con un'altra dimensione, come Jaja. La vita mi sta stretta.»

«Non dire sciocchezze, Lorena. La vita può essere difficile e angosciosa ma la seduzione della morte agisce su Jaja in modo spaventoso. La rende un essere avido della luce degli altri. È il peggior modo possibile di vivere. Capisci perché ho bisogno di fare l'esatto contrario? Sono sicura di sì perché sei generosa, curiosa delle vite degli altri, accogliente.»

«Una ragazza facile, vuoi dire» aveva scherzato, poi era tornata seria: «Non so se capisco fino in fondo. Pensavo che saresti tornata in Sardegna a regolare i tuoi conti».

«No, non adesso.»

«Perché?»

«Zolu Fodde ha detto bene: *la vendetta richiede studio, tempo e passione*, e io non sono pronta.»

«Non essere tu a dire stupidaggini adesso, Rechella, non è da te. Perché non parti per la Sardegna, subito? Dai le dimissioni, fai quel che devi fare lì e torni più leggera.»

Avevo esitato prima di rispondere: «Nella tua lettera, che conservo, mi hai rimproverato di *mettermi in gioco nell'orrido campo del soprannaturale*, un terreno su cui non volevi seguirmi, e oggi mi spingi ad affrontarlo come se niente fosse... Mi sopravvaluti, Lorena, io non prendo le cose alla leggera e quel che provo nel profondo del cuore è una tremenda paura. Non si tratta di una vendetta qualsiasi – e noi due a stento conosciamo cosa sia una vendetta e cosa implichi – ma si tratta di Jaja, di cancellare la sua possibilità di far male. Mi sento insicura, inadatta, devo trovare un equilibrio prima di mettermi in viaggio. Ho bisogno di una pausa nella natura per ricreare gli aspetti più comuni della vita, per ritrovare l'infanzia e l'energia. Inoltre – ed è importante – ho il terrore di tornare in Sardegna, questo tu lo comprendi bene…».

«E allora non indugiare, hai ragione: vattene un anno in campagna, fai del bene, libera la testa.» Adesso era stanca, non aveva più voglia di tante chiacchiere. «Non bruciarti i ponti alle spalle, però, mantieni aperta la possibilità di tornare indietro al Panamericano. Noi emigrati crediamo al miraggio del tempo indeterminato, del *per sempre*, mentre invece siamo condannati alla provvisorietà.»

«Ci ho pensato: ho un buon curriculum e ottime referenze. Credo che non avrei problemi a riprendere il mio lavoro.»

«Bene, la decisione è presa, alleluia, possiamo brindare adesso.»

E intanto il tramonto era arrivato dall'altra parte del continente, alle nostre spalle, e l'oceano davanti a Fortaleza sembrava una grande lastra pallida che perdeva via via luce ed energia per concedersi, infine, il riposo. Noi stavamo a guardare, in una di quelle sere che non finiscono mai, quelle giuste per lasciarsi andare.

«Lavoro in uno studio a due passi da qui, con altri medici, dividiamo le spese» mi aveva detto Lorena. Nel frattempo era passata dal frullato di frutta allo scotch di puro malto. «Abbiamo molto da fare, guadagniamo poco perché la gente è povera, ma la vita qui non costa niente, non è questo il problema.»

«Non sei felice?»

«Non posso essere felice, io. Sono davvero una mutante, una combinazione di brutti geni che è diversa da quella del mio remoto passato e da quella *del passato che è appena passato*, come Lawrence l'ha chiamato, quel periodo intermedio di tempo che ancora si libra alle nostre spalle, non risolto. Questa confusione ha modificato la mia stabilità: mi sento disaggregata e sconnessa.»

«Fortaleza non ti ha fatto bene.»

«No, probabilmente mi manca Terra Santa, l'avventura che ha cambiato la mia vita, tutto quello che ha rappresentato. Qui tutti i miei sforzi di raggiungere un equilibrio si risolvono in una delusione... Sono partita dalla Sardegna senza mai tornarci, ho avuto un marito nella giungla, sono scappata, ora sono a Fortaleza dove avevo pensato di stare in vacanza e dove invece lavoro oscuramente, senza grandi speranze. Questa mutazione, Reche', si riflette sul mio corpo. Ero un ranuncolo e adesso sono un olivastro, non ancora vecchio ma secco e contorto...»

«Hai avuto una delusione d'amore?»

«... mi sembra che ormai la delusione sia come una colonna sonora... Ma no, niente di particolare è successo, e niente succederà.»

«E le scopate liberatorie di cui mi hai sempre parlato?»

«Fanno bene quando le idealizzi e le cerchi. Ma poi son poca cosa, non lasciano niente...» Aveva fatto una lunga pausa e cercato un fazzoletto nella borsa.

«Stai piangendo, Lore'?»

«Non capisco più niente, mi sono persa.»

«Sei solo un po' esaurita, stai lavorando troppo. Perché non vieni a stare per un periodo a Luján anche tu?»

«Si sta confondendo tutto, il passato torna prepotente perché il nostro tempo è troppo breve, trascorre troppo in fretta. E incontrarci – parlo di noi due – non è mai banale, è come se tu fossi per me uno specchio. Mi riporti la Sardegna, annodi fili di cui forse, in questo momento, non avevo bisogno...»

«Mi dispiace. Ero sicura di trovarti spensierata, circondata da maschi muscolosi, ballerini di samba... Ti immagino sempre così, per me sei stata un riferimento continuo.»

«Maledizione, Reche', la vita è tragica, non lo capisci?»

«Cor 'e tzia...» e l'avevo abbracciata forte, come la sorella che non ho mai avuto. Pian piano si era calmata, aveva bevuto un sorso di scotch e mi aveva detto: «Brindiamo, Reche', alle due sopravvissute. Siamo qui, in Brasile, ancora insieme, a ricordare l'infanzia!». E poi aveva strizzato l'occhio al barman, che aveva ricambiato.

Da allora, tutte le volte che arriva a Luján, Lorena si presenta sempre più zingara e colorata, con qualcosa di diverso nella pettinatura o nel viso oppure nel seno o nel sedere, carica di regalini per gli ospiti dell'istituto. Noi ci abbracciamo come due liceali e ci parliamo addosso per ore. Il giorno dopo già non sappiamo cosa dire se non che non siamo più giovani, che la Sardegna è sempre lì, lontana, oltre quegli alberi, quell'orizzonte, e si deteriora come in fondo capita a noi. Non lo esprimiamo, ma facciamo a chi muore prima.

Anno dopo anno sono cambiati gli ospiti all'istituto e sono arrivati nuovi missionari, famiglie argentine in difficoltà, emigrati italiani sbattuti dalle maree della vita, e come testimone è rimasto solo don Costantino, sempre più anziano e sempre più orgolese. Io sono nelle sue preghiere profonde, lo so, e lo ricordo a me stessa ogni inverno, quando il freddo cerca di impadronirsi della mia fragilità e s'insinua tra le fratture dell'anima mai del tutto saldate ricordandomi che niente è vivo per sempre, anzi, che niente *dev'essere* vivo per sempre. Soprattutto il male.

20

In tutti questi anni, il mio solo legame reale con la Sardegna è stata la corrispondenza con Gavino Pòddighe.

Quando, dopo molte lettere, ho osato parlargliene, ho scoperto che Gavino non sapeva chi fosse Jaja. Gli avevo scritto: «*Si chiama o si chiamava Maria Desogus, sposata con Salvatore Mannu. Abitavano in via Asproni, proprio nella casa Mannu. Ti chiedo un favore: potresti verificare se è ancora viva?*».

Lui si era un po' risentito: «*Ma che cosa mi chiedi? Non posso andare al Comune a chiedere, a Nuoro sono tutti sospettosi, lo sai. E poi in questo periodo sono molto occupato, non ho tempo*».

«*Lascia perdere allora, scusami, era solo una mia curiosità.*»

Non si era fatto vivo a lungo, pensavo si fosse offeso, poi mi aveva scritto: «*Rechella, ma che vai a impicciarti? Dio mio, c'è tutta una storia attorno a quella famiglia. Sembra che Bobore fosse diventato un demente, così pure il figlio, e Jaja avesse poteri maligni. E casa Mannu mi dicono sia maledetta, non ci sono eredi ma nessuno vuole comprarla. Comunque lei è morta, te lo assicuro. Al Comune non mi hanno voluto dare informazioni e allora sono andato al cimitero, ho chiesto al guardiano: mi ha accompagnato alla tomba, un po' tetra ma bella, pulitissima. Maria Desogus in Mannu è nata a Olbia nel 1890 e morta a Nuoro nel 1993, dunque ultracentenaria. Spero che la notizia ti sia utile, poi mi* spiegherai meglio *perché in Argentina ti occupi di questa donna. Adesso sono curioso io»*.

Poi in realtà era passato molto tempo prima che ci risentissimo. Lui aveva le prove per un nuovo spettacolo, io dovevo accettare la notizia che Jaja fosse davvero morta senza che io avessi fatto nulla per vendicare Martino. Certo, le avevo resistito, non avevo piegato la mia esistenza al male e non avevo permesso al rancore di corrodermi; non ero diventata né folle come Angela né demente come Bobore. Però mi ero fermata, non avevo avuto il coraggio di tornare, di chiudere il cerchio. Avevo attraversato settimane di profonda malinconia, acuita dalla partenza di don Costantino: lui sì ripartiva verso le radici a testa alta.

Qualche tempo fa infatti don Costantino è stato chiamato a Roma ed è partito con grande emozione, in una frenesia per lui rara. Avrebbe visto il Papa e avrebbe avuto la sua benedizione, e questo era il coronamento di tutta una vita come sacerdote missionario.

Non l'avevo mai visto in quello stato, forse non avevo mai compreso del tutto la sua fede, e avevo provato una gelosia strana, come quando un fratello maggiore conquista un riconoscimento, una medaglia. Mi ero sentita trascurata e non solo da lui ma dal destino. Pensando al suo viaggio, al Vaticano, a Roma, mi ero vista dimenticata in una stalla della pianura argentina, un angolo di mondo piccolo e marginale, pieno di bestie vecchie e malmesse e sporco di letame, e mi ero sentita stringere il cuore.

Don Costantino partiva, io restavo lì.

«Tornerò presto» mi aveva detto, ma in realtà era stato via quasi un mese perché aveva trascorso anche due settimane in Sardegna. Era andato innanzitutto a Bitti a cercare la tomba di padre Carzedda, un missionario ucciso nelle Filippine, poi aveva ripercorso le tappe della sua vocazione, aveva pregato in tutte le chiese che ricordava, parlato con i parroci, detto messa a Orgosolo nel santuario della Beata Vergine Assunta, a lui molto caro. Era andato a pregare al cimitero, di fronte alle tombe dei suoi genitori e dei suoi fratelli, e a visitare una lontana cugina, l'unica parente rimasta, che non vedeva da cinquant'anni. In ultimo era stato a Nuoro a cercare la tomba di Martino. Non lo avevo chiesto io, aveva sentito lui il bisogno di vederla e toccarla, di portare un fiore e di dire una preghiera da parte mia – quest'attenzione mi aveva profondamente toccato. Certi fili magicamente si ricollegano, e che fosse proprio don Costantino a riportarmi a Martino mi era sembrato la prova dell'esistenza di un amore più grande di noi, trascendente.

Al ritorno a Luján mi aveva raccontato che, chino in raccoglimento davanti alla piccola lapide grigia, aveva sentito una mano timida toccarlo. Era una vecchia, aveva pensato che fosse una centenaria, non capiva come fosse arrivata da Nuoro a Sa 'e Manca, forse col postalino…

«Scusate» aveva detto con voce flebile «ma vengo qui tutti i giorni a pregare. Sapevo che prima di morire vi avrei incontrato.»

«Incontrato me? Mi conoscete?»

«Siamo sempre seguiti, don Costantino, abbiate fede. So chi siete voi, da dove venite.»

L'invito alla fede l'aveva scosso. «Chie sezis boi, tzia mea, chi siete?»

«Solo una peccatrice che sta contando nel rosario i suoi ultimi giorni e che deve portare un messaggio.»

«Ero rimasto in silenzio» mi aveva detto Costantino «e tutto il cimitero era sembrato azzittirsi, aspettare. Stava capitando qualcosa di particolare, Reche', credimi, come un fenomeno naturale imprevedibile, e che avvenisse proprio nel cimitero di Nuoro, davanti alla tomba di Martino, non poteva essere casuale.»

La vecchia aveva proseguito: «Ho vissuto vicino al male tutta la vita, adesso è il momento di mettere in ordine le cose e di pregare. Da tanto tempo ho questo pacchetto da consegnare a Rechella, fatelo voi». E gli aveva dato un involto, una busta raggrinzita ripiegata in due e chiusa con la coccoina.

«Lo farò, certo, ma da parte di chi?»

«Rechella capirà. Adesso beneditemi, padre, e dite una preghiera anche per me, vi prego.»

Una volta terminato il racconto, don Costantino mi aveva subito consegnato il pacchetto. Avevo aperto davanti a lui la busta, con gli occhi ancora bagnati di lacrime al pensiero della tomba di Martino che mai avevo avuto l'animo di visitare: all'interno c'erano alcuni fogli piccoli pieni di scarabocchi, come strappati da un'agendina, e il rametto secco di una pianta.

«Riconosci questa pianta?» avevo chiesto a don Costantino.

«No, e tu?»

Ero emozionata: «La calligrafia dei fogli mi sembra quella di Martino. La pianta, ecco, immagino sia una *Murigessa*». Ci eravamo guardati intensamente, non c'era bisogno che ci dicessimo altro. Lui mi aveva lasciata sola con la scusa di dover disfare i bagagli. Sapeva che avevo bisogno di raccoglimento.

Avevo passato una giornata di tormento cercando di decifrare i fogli, leggendo e rileggendo. Molte frasi erano cancellate da una mano furiosa, intere pagine rese inutili da macchie acquose, ma una infine si era salvata. Mi ero affacciata alla finestra e avevo poggiato il foglio sul davanzale perché il sole lo illuminasse: era un messaggio per me.

Mi era bastato leggere la prima riga per sciogliermi in pianto, un pianto liberatorio.

E d'un tratto il passato mi era sembrato profondo come un pozzo: scoprivo che Martino era consapevole del male portato da Jaja, e capivo quanto mi aveva amato. Aveva scelto me, l'amore, a rischio della sua stessa vita. Anche Murichessa l'aveva compreso, aveva conservato le pagine sin dopo la morte di Jaja, e anche lei infine, giunta agli ultimi grani del rosario, aveva scelto.

In me montava un sentimento che era rimasto nascosto per tanto tempo, un'energia che solo la voce di Martino giunta da lontano riusciva a far emergere. Un'onda di amore riscoperto che mi guidava contro il male, contro la morte stessa, e mi faceva dimenticare il terrore che m'aveva bloccata.

Non potevo più stare ferma ad aspettare, anche il mio rosario si stava esaurendo. Sentivo il bisogno di cavalcare non Billubì a passeggio, ma un danubiano feroce in un galoppo selvaggio, catartico: Martino mi parlava del senso della vita, mi chiamava, io ero pronta?

Ero stata grata a don Costantino per avermi lasciato sola con quelle pagine. Non so per quanto tempo ero rimasta immobile, stringendo tra le mani quei fogli e sentendomi attraversare da ondate di emozioni e pensieri. Il tempo si frangeva su di me come una risacca violenta, riportandomi passioni che credevo dimenticate per sempre. Avevo portato la carta alle narici e mi era sembrato di avvertire di nuovo l'odore di Martino, della sua pelle adolescente, del suo palpitante candore.

Risalire da quelle profondità era stato duro. Quando mi ero riscossa dai miei pensieri mi ero resa conto che era calato il buio, trascorsa l'ora della cena, e l'istituto era avvolto dal frinire della notte argentina.

Avevo cominciato a spogliarmi secondo i gesti consueti, per andare a dormire, ma mentre lo facevo un'altra volta, come tanti anni prima nella camera dell'hotel di Marcelo, lo specchio mi aveva restituito la mia vera immagine: e avevo visto i miei occhi accesi.

Avevo tratto un respiro profondo e avevo deciso.

Sotto la porta di don Costantino filtrava ancora un filo di luce.

Avevo bussato piano.

Lui aveva socchiuso appena, mi guardava sorpreso ma non mi faceva segno di entrare.

«Dimmi, hai letto?» mi aveva chiesto sulla soglia.

Non gli avevo risposto, ma avevo fissato gli occhi nei suoi in un modo che lo aveva fatto arretrare, così ero entrata e mi ero chiusa la porta alle spalle.

«Voglio dormire con te, stanotte» avevo sussurrato.

Si era girato verso la finestra, vedevo le sue spalle forti disegnate dalla luce della piccola lampada da lettura. Comprendevo che dentro di lui si agitavano opposti pensieri.

«Siamo vecchi per queste cose, Rechella. Abbiamo resistito sino a ora... Vai a dormire.»

«Mi sei mancato. Mi sei mancato come l'aria e ho sofferto di claustrofobia, abbandonata qui a Luján, non mi capacitavo di provare una tale angoscia... E poi sei andato da Martino, hai pregato per lui, mi hai portato la sua voce, le sue parole... È un grande cerchio che si chiude. Non posso stare sola adesso, sei tornato e ho bisogno che tu mi stringa e mi dica che mi vuoi bene, che non mi dimenticherai mai più nella mia stalla.»

«Rechella...»

«Siamo due creature, Costantino, sole in questo isperdissiu, toccate però dall'amore. Non mi lasciare sola, non stanotte, ti prego.»

«Rechella...»

«Ho voglia di abbracciarti, non mandarmi via.»

Si era girato di nuovo, lo avevo visto allungarsi per spegnere la luce – e in un istante ero tra le sue braccia, mi stringeva con forza, con ardore, con disperazione. I nostri volti erano percorsi dalle rughe, i nostri corpi segnati dalle intemperie della vita, ma adesso eravamo fuori dal tempo, eravamo due cuori che battono nella notte, labbra assetate, anime desideranti. Eravamo antichi come le rocce della Barbagia e giovani come puledri.

Viaggiare è sempre angosciante, bisogna sapere dove andare, con chi, dove tornare.

Abbiamo dormito insieme otto notti, le più tenere della mia vita.

Ho scoperto un sentimento di completezza che mai avevo sfiorato, il senso della famiglia – non quella sancita dagli uomini, ma da qualcuno di più grande –, e lo devo a lui, a don Costantino che spegneva la luce e mi riportava all'essenza della nostra umanità, due naufraghi che si abbracciano per paura e portano alla luce la forza dell'amore. In otto notti ho ripercorso la mia vita trovando la giustificazione e il significato di ogni passo, ricomponendo una storia spaccata in pezzi. Ho conosciuto l'ebbrezza, e ritrovato infine la pace.

Sapevo che tutto questo avrebbe avuto un prezzo. Lo avevo intuito fin da quando avevo stretto fra le dita le pagine di Martino. La gioia presenta sempre il suo conto.

Un pomeriggio sto riposando su una sedia a sdraio, all'aperto, e sento che Jaja è dietro di me, forte, fremente. È tornata.

Spesso, mentre faccio questi pisolini pomeridiani, viene la cavalla, Cruz, a mordicchiarmi teneramente i capelli per dirmi che è felice di sentirmi serena. Talvolta un cane mi lecca una mano o un gatto mi balza morbido in grembo, e io dormo forse una mezz'ora, non di più, come una bambina piccola. Ma Jaja è una presenza inaspettata, una bestia trattenuta – la avverto subito.

«Sei morta» le dico gelida. «Sei morta e sepolta, non puoi farmi male, non più.»

Capisco che sorride. «Infatti: sei riuscita a ricreare il tuo mondo, sei stata brava, e hai ritrovato l'amore» mi sussurra complice, da donna. «Don Costantino ti ama, ti ha sempre amato dal primo giorno, e qui potete vivere finalmente insieme, nel vostro giardino di persone e animali, potete invecchiare tenendovi la mano.» Poi ripete la frase che aveva pronunciato a Madrid: «La morte vi sarà benigna».

Le ombre arrivano dagli alberi conquistando il prato e l'aia, penetrano in me e mi bloccano il respiro. In un attimo capisco che il mio galoppo sarà contro la morte, il buio, il niente.

Don Costantino e io nel nostro giardino: era questo il suo auspicio, qui voleva portarmi. In un lampo comprendo la portata del male che Jaja stava architettando. Cruz nitrisce sollevando la testa e striscia lo zoccolo per terra, spaventata. Le notti con lui, anche il nostro solo stare abbracciati e dormire e sognare insieme, sono per Jaja un trionfo. Non certo per il modo che ha l'amore di dare senso alla vita, anche se lo sperimentiamo solo per pochi attimi; non per via di un arricchimento della missione spirituale di don Costantino verso il prossimo, né del bene che io porto con la mia brigata di animali a una moltitudine di malati. Anzi. Jaja esulta perché il quadro si sporca di nuovi significati, si confonde: cosa ne sarà di don Costantino privato della purezza che ha improntato la sua opera, il suo percorso di fede? La storia con me finirà sulla bocca di tutti, è inevitabile, e lui perderà la sua autorevolezza, il suo carisma, tutto. Finirà per essere il solito prete che predica bene e scopa la sua perpetua, una macchietta senza più forza, e finirà per spegnersi e ridursi a un guscio vuoto, ciò che Jaja persegue in chi le sta vicino. Un altro aspetto mi colpisce: la capacità di Jaja di rivoltare il bene, di farlo diventare un'arma del male. La lettera di Martino e la struggente felicità che mi aveva portato erano state utilizzate per scardinare la porta di don Costantino: c'era l'amore dentro la stanza, ma anche questo diventava un peccato, una minaccia. È terribile.

Come tante volte nella mia vita mi trovo di fronte a una scelta drammatica: su un piatto questa volta sta la mia felicità, sull'altro quella di don Costantino. E a reggere la bilancia chi c'è ancora e sempre? Jaja, la sùrbile.

È questo che infine mi fa comprendere che non posso indugiare oltre. Sarebbe il solo vero, tragico errore della mia esistenza. Devo impedirle di trionfare ancora. Lei non scomparirà mai e approfitterà di qualsiasi piega del destino per insinuarsi e diffondere il male – è la sua natura, continuerà a succhiare vita da me e dalle persone a me vicine sino all'ultimo istante.

«Accetta la morte» mi aveva raccomandato, come una benevola nonnina. Forse per la prima volta colgo appieno il significato maligno di questa esortazione: sii disposta a *dare* la morte, questo voleva dire! E io lo potevo utilizzare contro di lei.

Oh no, questa volta non realizzerò la tua profezia, Jaja! Il male può essere interrotto, può essere sconfitto, può essere vendicato.

Sono pronta: devo tornare a Nuoro.

Ho smesso di andare a bussare alla porta di don Costantino, e questo mi fa piangere. Non ci siamo detti niente, siamo pur sempre barbaricini, nessuna spiegazione. Le cose sono chiare, il pendolo è tornato al punto di origine, una nuova ora prepara i suoi rintocchi.

Quando mi decido a fare i biglietti per il viaggio, lui è su una sedia a rotelle. Durante l'inverno ha avuto una seria polmonite e ora deve aiutarsi con l'ossigeno, è diventato debole. Non ha perso l'uso delle gambe, ma durante il giorno si sposta spesso in carrozzella manovrando con le braccia le due grandi ruote.

Mi raggiunge nella stalla e mi fa un lungo discorso che mi testimonia tutto il suo non sopito amore. Poi cerca di prepararmi, mi mette in guardia: «Quando si vive lontani dalla propria terra natale si sente prepotente il bisogno di spiegarsi agli altri e in fondo a sé stessi, di chiarire perché si è partiti, cosa abbiamo lasciato, lo strappo dei nostri sentimenti» mi dice in tono accorato. «Si desidererebbe disporre di un uditorio attento, interessato alla nostra storia, disposto a imparare dalla nostra esperienza, a farci domande. Possiamo essere curiosi e ricettivi, possiamo amare il luogo in cui il destino ci ha catapultato, avere trenta o cinquant'anni, ma tutti abbiamo una necessità profonda di raccontarci e tutti finiamo per sentirci come vecchi che nessuno vuole ascoltare. È la solitudine dell'emigrante, Rechella, la conosci anche tu. Allo stesso modo, quando siamo di nuovo a casa vorremmo raccontare dei posti che ci hanno accolto nell'altra parte del mondo, ci piacerebbe che tutti ne venissero a conoscenza e s'incuriosissero. Questa illusione dura forse qualche giorno, poi ci accorgiamo di essere stranieri in patria e che il nostro vissuto, in fondo, non solo non interessa ma è persino inquietante per chi è rimasto.» Aggiunge: «Reche', fai uno sforzo. Non ricordi qualche emigrante rientrato a Nuoro quando tu eri piccola? O qualche missionario? C'era tanta gente che passava in cattedrale».

Ci penso e riesco a isolare nella memoria una persona, un contadino di Orotelli, tornato in Sardegna dopo quarant'anni passati in Australia. Parlava pacatamente con mio padre nella penombra della stalla, e raccontava di piantagioni di tabacco vaste come un mare, di treni che viaggiavano per settimane da una città all'altra. Mostrava ammirazione per quel continente lontano e allo stesso tempo trasmetteva un totale scoramento. Ripeteva spesso: «Quarant'anni, quarant'anni a coltivare tabacco...». Non aveva messo da parte nulla dopo un'esistenza di lavoro, e da anziano faceva la guardia giurata nella Direzione d'Artiglieria in viale Sardegna.

«Vuoi dire che non devo ritornare a Nuoro?» chiedo a don Costantino. Io ho in mente solo una cosa: devo incidere l'infezione sino all'osso, sono anni che aspetto il momento giusto, ora ho prenotato il volo. Allo stesso tempo si fa strada in me il terrore di partire da sola e di ciò che accadrà.

«No, voglio dire che devi limitare le tue aspettative e controllarle.» Don Costantino cerca di essere saggio. «Tutto cambia, e non sempre per il meglio. Vorrei solo che tu fossi pronta alle delusioni, ecco.»

«Gavino mi scrive che tutto a Nuoro è sempre lo stesso, desolatamente.»

Lui si alza dalla carrozzella e mi poggia le mani sulle spalle, le sue pupille nerissime nelle mie. È l'abbraccio invisibile dei due naufraghi: «Non mi hai detto perché vuoi tornare, Reche'». Sospira in modo teatrale, come se fosse offeso: «Il tuo amico di penna, questo fantomatico Gavino, potrebbe dire la verità, oppure potrebbe averti dipinto una Nuoro immaginaria. In questo momento lui potrebbe essere ricoverato o incarcerato, cosa puoi sapere da qui? L'importante è non farsi condizionare dalle attese».

Io ho dato fiducia ai messaggi scambiati con Gavino ma capisco don Costantino. È partito ed è ritornato, e poi è partito di nuovo. A Luján, nei sobborghi di Buenos Aires, ha trovato il suo equilibrio, lo scopo della sua vita ed è invecchiato nell'istituto che ha contribuito a sviluppare. Lavora ancora, aiuta la gente e non fa prediche.

«Riannoda i fili della tua famiglia, ecco: questo è un obiettivo degno, per il quale vale la pena del viaggio.» E aggiunge: «Quando prendo l'aereo, Rechella, la cosa più triste è che nessuno mi aspetta dall'altra parte. Non ho più nessuno ad aspettarmi. Il volo è di sera; mangio un panino, bevo acqua minerale da una bottiglietta, m'imbarco. Sono un emigrante, un missionario, e l'ultimo della mia famiglia. Sono solo».

«Non lo sei» gli dico con un sorriso «ma capisco cosa intendi.»

Lui tace, poi mi chiede a bruciapelo: «Ritornerai a Luján?».

Ho un attimo di tenerezza profonda: è preoccupato. Ha paura di non rivedermi.

Ho imparato a non rispondere alle domande che riguardano il mio futuro, ma lui arriva sempre al punto cruciale.

«Vorrei che fossi qui al momento della mia morte» dice.

«Mhm, che sarebbe quando?» chiedo io, celiando.

«Mi sento sempre più spoglio, dormo come nella terra. Non manca molto.»

Ora mi sento mancare il fiato. Gli stringo una mano, cerco di essere spiritosa: «Mi esorti a ricongiungermi ai miei fratelli, a cercarli. Eppure vuoi che torni presto?».

«Non mi hai ancora detto perché vai in Sardegna. So bene che non è per riannodare i fili della tua famiglia… Vuoi consumare la tua vendetta Rechella? La tua anima è in pericolo mortale, ho paura per te.»

«Tu sei qui, Costantino. La mia stalla, la mia comunità è qui. Qui» e mi chino per guardarlo dritto negli occhi, per fargli arrivare il mio fiato «ho sperimentato che l'amore può infondere senso a tutto non per estensione ma per intensità. Ne basta un istante per riempire tutto di luce. Tornerò, non dubitarne. Tornerò prima che posso. Tu prenditi cura dei miei animali.»

Lo guardo mentre il viso gli si apre in un sorriso. Lui è rimasto il mio sacerdote, il riferimento, il mio eroe argentino. E in questo aggettivo, *argentino*, c'è tutta la purezza che ci unisce: sento l'acqua scorrere da una sorgente del Supramonte, incontaminata come lui. In questi anni a Luján ho confidato in lui e non in Dio, nella sua voce aspirata e nella sua saggezza, nel suo stare muto ad ascoltare la voce dei bambini, dei dementi, dei senza patria e senza famiglia. Lui è rimasto qui, mai domo, sempre pronto a mettere un passo davanti all'altro, e per questo forse non è spaventato dall'ultimo viaggio.

Quanto a me, è una vita intera che mi assicuro di non aver bisogno di nessuno oltre a me stessa, e ho finito per fidarmi davvero solo delle mie bestie. Ma in te, don Costantino, ho amato tutto quanto non ho potuto avere. Tutto quanto non ho più. Ho amato volare sopra le cose terrene come faceva Martino, chiudere gli occhi e librarmi lambendo Baddemanna, e cadere a spirale nel cielo; ho amato la tua capacità di seguirmi lungo il mio cammino di disperazione e di vendetta pur continuando a parlarmi di speranza e perdono; ho amato le piccole cose che danno il sale all'esistenza, il cappuccino e la marmellata, le pozze d'acqua tra gli zoccoli del mio asino, i pianti dei bambini che non vogliono lasciare Billubì, il profumo dello stallatico e questo scirocco, io lo chiamo sempre così, che mi porta l'amnesia pietosa del presente.

Quando vengo a salutarti, con la valigia fuori dalla porta, tu, don Costantino, mi sorprendi ancora una volta dicendomi: «Mantene s'odiu, mantieni l'odio. Capisci?».

«Non sono sicura, cosa vuoi dirmi?»

«Se in tutti questi anni hai tenuto nel cuore l'odio e il desiderio di vendetta, mantienili vivi. Ma solo come sentimenti: sono un'energia potente, ti hanno dato determinazione e risolutezza. Non cedere però alla voglia di metterli in pratica. Promettimelo, testarda di una nuorese: cosa sarebbe di te, una volta compiuta l'opera? Mantene s'odiu, Reche'!»

Gli rispondo la sola parola che so articolare: «Grazie». Poi parto senza volgermi indietro.

21

Sono nella stanza di un bed and breakfast di corso Garibaldi, a Nuoro. Le imposte sono chiuse, io sdraiata sul letto nel buio. Non sono ancora uscita per visitare i luoghi del passato, mi sto preparando, voglio essere perfettamente lucida perché so di avere bisogno di tutte le mie energie. All'improvviso, nel silenzio si leva la voce di Jaja, come se lei fosse seduta ai piedi del letto accanto a me. Mi racconta: «Nel 1907, quando mi sono sposata e sono andata via da Olbia, i vecchi bastimenti *Iosto* e *Cariddi* erano stati sostituiti dai piroscafi *Città di Cagliari* e *Città di Sassari*, ma continuavano a fermarsi a Golfo Aranci. Solo il 29 gennaio del 1921 il postale *Città di Cagliari* entrò in porto attraccando all'Isola Bianca di Terranova. Erano le cinque del mattino, ma nonostante l'ora e il freddo una grande folla festante aspettò l'arrivo del piroscafo e lo sbarco dei passeggeri».

Io l'ascolto stranita e poi le dico: «Eccoti, di nuovo. Perché mi racconti tutto questo?».

«Zolu Fodde era uno dei passeggeri. Dopo la Grande Guerra aveva firmato per rimanere nell'esercito e tornava in Sardegna per una breve licenza. Mi ero svegliata di soprassalto e avevo sentito i suoi passi discendere la passerella di legno, incerti e allo stesso tempo arroganti. Voleva tornare a Nuoro ma l'avevo dissuaso, un pensiero dopo l'altro. Non ero pronta a vederlo, e comunque era meglio che nessuno mi ricollegasse a lui. L'avevo spinto ad andare a Benetutti, a tuffarsi per giorni nell'acqua calda delle terme, a guardare le capre per ricordarsi delle sue origini.»

Chiedo di nuovo: «Perché mi racconti queste cose?».

«Perché nel 1907 io c'ero. Nel 1921 io c'ero. E ancora oggi ti parlo, sono con te. Dovresti andare oltre i concetti così banali della separazione tra la vita e la morte, tra il bene e il male, dovresti finalmente comprendermi, misericordiosamente come insegnano in chiesa, non cercare inutilmente di combattermi. Lo sapevo che ti saresti intestardita a cercare una tua vendetta, quante volte ho tentato di bloccarti, di sviarti! Ti sei persino staccata dalle braccia di don Costantino per poter affrontarmi. E ora sei tornata qui a Nuoro. Ma niente ti permetterà di cancellarmi, devi convincertene. Torna a Luján, Rechella, dimentica Nuoro e accetta la morte.»

Mentre mi parla cerco di chiudere la mente e di pensare a cozzulas, ai tozzi di pane duro, di divagare – e prendo dalla valigia il contenitore argenteo delle ceneri di Zolu Fodde. L'ho tenuto per trent'anni come un talismano e un memento, ora ho scelto dove spargerle. Non rispondo a Jaja, la ignoro. Mi alzo e mi vesto nel buio.

Esco dalla pensione immergendomi nel livido dell'alba. Cammino a passo veloce sentendo il freddo che mi sfrega le ossa, vado verso Caparedda cercando la piccola costruzione del dazio e l'abbeveratoio. Ho ripensato molte volte al racconto di Zolu Fodde, mi sembra il posto giusto dove esaudire il suo desiderio di ritorno.

Con delusione mi trovo di fronte solo due muri sbrecciati e una piazzola sporca d'immondezza, non degna, e allora risalgo con fatica un sentiero tra i cedri e sbuco vicino alla chiesa della Solitudine, costruita su un promontorio: da una parte si spalanca la vista di Baddemanna, dall'altra la valle di Marreri.

Zolu Fodde sarebbe contento della scelta. Devo solo fare il gesto giusto, non è facile. Di fronte alla chiesa, spero in terreno consacrato, apro il contenitore, spalanco le braccia e inizio a ruotare su me stessa. Le ceneri iniziano a volare in circolo, si spandono impalpabili nell'aria che schiarisce e in breve tutto è finito: Zolu Fodde è ritornato definitivamente in Sardegna, ho rispettato la prima delle mie promesse.

Mi avvio per la discesa quando un vecchio sbucato da chissà dove mi dice guardingo: «L'ho vista. Non sarà mica una strega?».

«Ebbene sì» rispondo, tendendogli l'urna ormai vuota. «E se lei conserverà questo vaso d'argento vivrà sino a centosette anni.»

Me ne vado lasciandolo attonito, il vasetto tra le mani, ma gli occhi gli sorridono.

Rivedo la casa Mannu sulla sinistra, svolto nella piazza e il cuore mi perde un battito: ho viaggiato per due giorni dall'Argentina e adesso sono qui, catapultata nello slargo della biblioteca dopo trentasette anni d'assenza.

Non ci sono più le acacie né quella sottile polvere d'oro che Nuoro sollevava e che il chiarore del mattino esaltava, tutto ora è granito, un mondo grigio che trasmette angoscia. Ogni immagine aveva allora quella luce perfetta e calda, dalla leggera tonalità seppia, che Carmelo Folchetti, il fotografo, coglieva con la sua malizia d'artista. Sorrideva un po' ironico, lo ricordo, perché nessun volto e nessuno scorcio potevano ingannarlo: lui mirava con la sua Leica all'essenza del soggetto e lo fissava per sempre, spietato eppure caritatevole. Le espressioni di centinaia di persone portate via dalla risacca del tempo, i sottofondi dei cortili, le scalinate e i panorami aperti, la neve sui Giardinetti e la composizione dei cartelli Gancia, Martini e Cinzano, il gagliardetto Fernet Branca nell'angolo, e soprattutto le scene di massa, quanta gente c'era attorno a noi a quei tempi, quante processioni, quanti bambini e donne, erano ritratti sapienti di un paese vivo, non frutto del caso. Ora quelle foto con l'immancabile tenda alle spalle sono diventate i cammei del camposanto.

Così ad accompagnare questa mattina autunnale non c'è una persona che cammini o una musica in lontananza, tutto è sospeso. Sulla destra, l'ingresso di un bar senza insegne non scioglie il dubbio: all'interno c'è qualcuno che beve il caffè e chiacchiera o legge il giornale di oggi, martedì 18 novembre 2008, oppure la porta a riquadri di vetro è chiusa? Nuoro è spopolata come una scenografia abbandonata.

Rivedo la casa: sta in ombra e il suo colore è vecchio, biancastro; lo stile ottocentesco mi appare malinconico e dolente. Sento di non riuscire a comprenderla, come se si trattasse di una messa a fuoco difficoltosa, sfuggente. La palazzina ha vissuto sino a oggi nella dimensione dei miei ricordi e lì, strato dopo strato, ha acquistato una sostanza propria che, mi accorgo, non corrisponde alla casa che ho di fronte.

Continuo a illudermi che sia la memoria a conformare le storie, ad accordare i colori, le dimensioni. Invece, in questo momento di sospensione, e poi mentre cammino e annuso l'aria cercando la mia anima, centellinando i passi perché il timore di fermarmi alla porta è acuto, mi rendo conto che il trascorrere del tempo gioca sempre a favore della realtà, non dei castelli mentali che collezioniamo. Il tempo ci inganna per anni, è il suo gioco. Infine, con una sola sferzata, ci cancella, e con noi le costruzioni e gli aggiustamenti elaborati nella nostra testa. Uccide le nostre bugie e le nostre fantasie, non il reale.

Questa casa di pietra che mi ha attirato sin qui è più forte di tutto quanto pensato in questi decenni, dei miei sentimenti, della volontà di tornare. È signorile come colei che l'ha abitata, Jaja, che io credevo una principessa; è spigolosa e misteriosa come la sùrbile che lei si è rivelata e che sto inseguendo da un continente all'altro.

La facciata della casa è comune, proprio come l'avevo in mente, quasi indistinguibile dalle altre della via se non per una forma di trattenuta eleganza, di armonia creata dalla disposizione delle tre file di finestre e dalle modanature orizzontali che corrono appena sopra di esse. Sono queste cornici di semplice profilo quadro a fare la differenza: le altre costruzioni di fianco, in confronto, appaiono dimesse.

Era una casa slanciata ed elegante, viveva come in una sorta di osmosi con il monumento davanti a cui era costruita: casa Asproni, esempio di classica bellezza in una città immune da questo femmineo contagio.

Ma oggi l'altezza della casa di Jaja mi appare modesta e la porta è diversa, inquietante come una ferita. E l'apertura nel muro è incorniciata da listelli rettangolari di travertino, sembrano recenti, uno più largo e uno più stretto, in sequenza, per formare un motivo di cui non mi è chiaro il senso. Perché questo bisogno di abbandonare la linearità storica della costruzione e di introdurre un disegno poco sobrio e incoerente? E per quale ragione c'è questo gradino che scende, anch'esso in travertino ma scuro e sporco di fango? Il portoncino poggia più in basso della strada, arretrato di un mezzo passo, e questa è un'altra anomalia che fa pensare all'ingresso di un mausoleo o di una tomba.

Mi dico che è il momento di passare oltre, di camminare senza cercare di concettualizzare tutto: gli straniamenti si combattono con la luce e l'esercizio fisico. E dopo la notte d'insonnia e di pensieri devo affrontare Nuoro come affrontassi qualsiasi altra località, senza timore. Devo affrontare Nuoro, mi ripeto, il verbo mi piace. Risalgo alla cattedrale, scendo verso il caffè Cambosu passando sotto l'arco del vescovado, percorro i Giardinetti sino alla scuola elementare, continuo sino al mercato e al vecchio convento, risalgo la via Manzoni. Faccio una deviazione perché ricordo un negozio di ferramenta che per fortuna esiste ancora e compro un martello moderno e lungo, con un'impugnatura ricoperta di gomma rossa. Al semaforo, alla fine della salita di via Manzoni, vedo sulla sinistra un bar che non conoscevo, posto di fronte alla chiesa delle Grazie, e mi siedo all'aperto, in un riquadro pallido di sole. Dopo il lungo viaggio finalmente i miei piedi si sono sgonfiati e la pressione stabilizzata, non ho più mal di testa. Tuttavia lo spaesamento non mi abbandona, anzi cresce. Forse il percorso che ho compiuto attraverso la città era sbagliato: in questo luogo per me ormai privo di punti di riferimento mi sembra che il degrado s'insinui come un'erba maligna.

È mattina, lo so, e non ho bevuto neppure un caffè ma ho voglia di ordinare un bicchiere di bianco, un vermentino. Prima che io possa chiamare il cameriere mi vedo passare davanti proprio Gavino, l'attore, il mio unico corrispondente per tanti anni. Non lo vedo da decenni ma lo riconosco subito. Ha la barba lunga, biancastra e disordinata quanto i capelli, e indossa una specie di sahariana beige sopra la quale passa la tracolla di un vecchio borsello blu dove, lo so, tiene le sigarette. Sulle spalle ha un giaccone ingombrante e teatrale. Cammina lento verso il corso e decido di seguirlo: è l'unica persona con cui ho ancora un contatto a Nuoro, seppure solo epistolare, e non voglio perderlo. In questa solitudine, in questo mondo estraneo, ho bisogno di un volto amico. Cammino dieci passi dietro a lui, nel tentativo assurdo di carpire i suoi pensieri.

Affronta il corso salutando le persone che incontra ma selezionando i sorrisi e le frasi. Non saprei spiegarlo, ma anche dal portamento si capisce che non è un nuorese. Ama e odia questa città, e da trent'anni ne respira l'aria, ne è intossicato e succube, ne è avvinto eppure non è perso, ha ancora un'innocenza, una distanza lieve, e questo lo distingue. Nuoro l'ha avvelenato pungendolo con la sua coda di scorpione ma lo lascia vivere, senza modificare il suo nocciolo, senza farlo diventare un nuorese come fa con tutti gli approfittatori e gli opportunisti. Gavino mantiene dunque una speranza.

Si ferma per accendersi una sigaretta, si volta e mi guarda: «Lei mi segue dal Ponte di ferro, ci conosciamo?».

«Sto andando al cimitero, Maestro.»

Lui ancora mi fissa, poi scuote la testa e dice con galanteria: «Mi spiace davvero, non ricordo una bella signora come lei, sto invecchiando».

«Facciamo due passi insieme» insisto senza rivelarmi.

«Ho lo studio più avanti, di fronte alla casa di Grazia Deledda. Ma se vuole posso accompagnarla sino al cimitero di Sa 'e Manca.»

«Non c'è bisogno, conosco la strada, ma la ringrazio della gentilezza.»

«Oh, conosce Sa 'e Manca e mi ha chiamato Maestro: lei è di Nuoro?»

Annuisco.

Attraversiamo piazza San Giovanni in silenzio mentre il tempo si prepara a cambiare. Il sole è scomparso, il vento inizia a prendere forza sollevando il tendone del bar d'angolo.

Mi arresto e gli chiedo: «Mi dica, Maestro: cosa sto cercando?» perché ho deciso infine di uscire allo scoperto e voglio prima giocare al teatro con lui: «Verità, giustizia oppure vendetta?».

Alza la testa. «Cosa dice, vendetta? Chi è lei?»

«Mi risponda.»

Mi fissa interdetto e si guarda attorno. Ha timore che io sia una pazza e prende tempo aspirando la sigaretta. E io continuo: «Zolu Fodde mi scrive: *Il tuo movente non è altro che la vendetta*; e anche Lorena mi dice: *Non mentire, tu cerchi ancora vendetta, non giustizia o verità*. Quindi, Maestro: l'ho stampato in faccia questo desiderio che guida la mia vita e mi costringe a tornare a Nuoro dall'Argentina?».

«Rechella!»

«Ti ho visto passare, Maestro, e ti ho seguito.»

«Sono senza parole, Rechella, non ti aspettavo, e non ti immaginavo così. Ti avevo costruito diversa nella mia mente.»

«Deluso?»

«No, anzi, ma devo cancellare un'immagine. Sei nuorese, oh sì, ci scommetterei la casa anche se non ti conoscessi, eppure sei diversa, sei passata attraverso altri rulli, come la pasta fatta in casa.»

«Lo prendo come un bel complimento.»

«Posso darti un bacio di bentornata?»

«Certo, Maestro, perché sinora niente e nessuno mi ha dato il benvenuto.» Ci abbracciamo stretti, io e questo sconosciuto con cui ho scambiato solo qualche lettera lungo decine di anni. Il vento trasporta foglie recuperate chissà dove, spazza via una vita di lontananza, bagna piazza San Giovanni con le prime gocce di pioggia, spalanca l'orizzonte sino a Macomer e oltre, sino a Bosa e il mare, sino alle lontananze oscure dalle quali il maestrale si precipita a intimidirci, a ricordarci che tutti noi dobbiamo abbassare la testa, dobbiamo passare.

Alle due del pomeriggio, mentre sono seduta su questi gradini di marmo bianco ancora umidi dopo la pioggia, la mia anima mi raggiunge, sospinta da una ventata di libeccio, e s'incastra perfettamente in me, sigillata dalla vista dei cipressi schierati: atterro adesso in Sardegna, non ieri. E solo ora posso parlare di nuovo con mio padre.

Ho varcato l'ingresso laterale di Sa 'e Manca, un cancello quasi nascosto tra un albero basso e storpio e una pianta rampicante che non riconosco, forse una vite americana, e all'interno la piazzetta mi aspetta ariosa, ordinata, concepita per ricevere luce tutto il giorno. A quest'ora il sole si spanderebbe tra i vialetti di ciottolato bianco e le quattro aiuole rettangolari nelle quali crescono i cipressi, ma oggi il cielo è grigio e il vento di novembre disegna solo pallidi arcobaleni tra le pozzanghere lasciate dalla pioggia. Il sole è importante per i morti: è un lenitivo, una preghiera di suffragio.

La tomba di mio padre, sulla destra, è spartana, senza fiori né lampade, decorata solo da un grande otre di ferro ossidato con fregi antichi, centrale e pesante.

«Com'è stato il ritorno?» mi chiede la sua voce, stranamente timida.

«Sono arrivata solo ieri» ma mi sento colpevole per aver fatto un giro in città prima di venire qui.

«Sei sicura di quello che vuoi fare?» mi chiede.

Nel frattempo è arrivato un giardiniere e sta adesso dirigendo il getto di una gomma gialla verso gli angoli delle aiuole con testarda precisione, molto vicino ai miei piedi, nonostante la pioggia recente.

«Non potevo non tornare» rispondo appena, guardando il colonnato di fronte, le croci dorate, i nomi e le date. Poche persone camminano, occupate con scope e vasi, mentre altre usano uno straccio per pulire le tombe, e tutti si salutano in sardo, chiedendo notizie delle rispettive famiglie.

Io ti capisco, ba', tu hai sempre voluto vivere a Nuoro, circondato dalla gente che ti conosceva. E stai ancora qui, in questo giardino che ospita strati e strati di generazioni: una data apre il passaggio su questa terra e un'altra chiude la storia, tutti tornano a Sa 'e Manca, Nuoro è qui. Ma io non posso pensare di sopportare questa perenne malinconia che perfora il cuore come gli spilloni usati nei costumi tradizionali, osservando il cambiare lento delle stagioni, aspettando una visita per anni, sussurrando a questi cipressi immobili e severi come fossero giudici d'appello. E morendo di nostalgia ogni volta che un falco passa alto nel cielo verso il monte Ortobene.

Io voglio essere bruciata, e che le mie ceneri siano disperse nel vento. Voglio scomparire ed essere dimenticata, Sa 'e Manca mi mette i brividi.

«Ma comunque sei tornata» mio padre infine dice «questo conta. E non sei cambiata, sei la mia Rechella passionale, pura e altruista come sempre.» E parlando cede al dolore: «Nell'ora della mia morte avevo bisogno di te. Ero disperato. Quando ho capito che la fine si stava avvicinando, nel terrore, ho sentito che solo la tua presenza mi avrebbe aiutato. Mi avevano detto che stavi arrivando, poi che avevano cancellato il tuo aereo...». E smette di parlare, perché adesso ci sovrasta solo un impenetrabile isolamento e niente altro. La mia assenza ha scolpito queste lastre di marmo bianco, ne ha arrotondato gli spigoli e lucidato la superficie e infine le ha poggiate sulla tua tomba, definitivamente. È la mia colpa che ha disegnato questo angolo di camposanto, questo colonnato e queste scale cieche.

Scoppio a piangere: odio questa solitudine e quest'aria profumata che amplifica la mia disperazione. Io non ho ancora accettato la tua morte, questa è la verità. Quand'ero piccola, per scacciare le mie paure e consolarmi mi avevi detto che se ti fossi spogliato da tutto, da qualsiasi desiderio materiale, la morte non ti avrebbe considerato e tu non saresti mai morto, indistruttibile, sempre al mio fianco. Non era vero: la morte ha vinto anche con te, e di colpo sono venuti a mancarmi il senso e la poesia. Sono tornata solo per cancellare una sùrbile, che sia giustizia o vendetta – e poi non posso che ripartire.

Adesso ti sento incerto: tua figlia deve affrontare il male, non puoi più aiutarmi né consigliarmi. M'accorgo che ti agiti e palpiti – *Sono morto,* mi avevi detto a Luján, *ma questo non vuol dire che non debba prendermi cura di mia figlia.*

Il giardiniere è andato via, ogni movimento è cessato.

Non ce la faccio ancora ad andare alla tomba di Martino, non sono pronta e l'amore mi indebolirebbe.

M'incammino verso l'uscita nella luce che sfuma. L'idea di mio padre che si strugge per me è l'unica cosa che conforti la mia incertezza, la mia paura senza fondo.

In questo ritorno, Gavino ha avuto un ruolo non secondario. Mi racconta ora che Jaja, cento anni compiuti, andava ancora alle terme di Benetutti indossando un costume intero tutto nero, e continuava a dare udienza nella casa di via Asproni. Poi il crollo improvviso, dovuto a un raffreddore mal curato. «Tuttavia» mi dice Gavino esagerando «anche quando il ponente entra a piegare i cipressi, a sollevare la ghiaia e rovesciare i vasi; quando i loculi vicini sono attraversati da strisce di fango e pietre e rametti, la tomba di Jaja rimane sempre a specchio, e riflette il cielo che turbina: è molto inquietante, Rechella.» Io rifletto, corro indietro con la memoria, vorrei chiamare don Costantino ma so che lo inquieterei inutilmente. Comprendo infine che lei è morta proprio nel momento drammatico in cui una tempesta di vento aveva scoperchiato la stalla e la piccola Edelina era volata in cielo. L'avevamo salutata cantando nel parco dell'istituto, tra i tronchi d'albero caduti e con le bestie che pascolavano libere; ricordo che il cielo era ancora profilato di nero, come se fosse listato a lutto, o come se volesse ricordarci che il male non era mai sconfitto nonostante fosse tornato il sereno…

Siamo nello studio di Gavino, di pomeriggio inoltrato, quando prendo dalla borsa la busta di spessa pergamena che mi è stata lasciata da Zolu Fodde all'interno della cartella del testamento.

So che contiene una chiave, l'ho esplorata coi polpastrelli, dall'esterno, e ho sempre immaginato che fosse insanguinata, giacché è quella che Zolu Fodde ha utilizzato per aprire la casa di via Asproni la mattina del 16 giugno 1928, quando ha ucciso Giovanna, ziu Pascale e Mariantonia. Gli era stata data da Jaja e lui l'aveva conservata come una reliquia.

Come apro la bustina, noto che la chiave è invece lucida come argento.

«Sei sicura di volerla usare?» Gavino è molto colpito dalla storia che gli ho raccontato.

Annuisco e la prendo tra le dita. Ed è allora che sentiamo un muggito cavernoso, spaventoso. È Jaja che si è risvegliata e questa volta ruggisce con una voce orribile, animalesca: «Cosa ne vuoi fare, Rechella? Non osare!».

Gavino piega le ginocchia come per svenire. Mi grida: «Rechella, non dobbiamo provocarla, noi non siamo esorcisti!».

Gli chiedo: «Vieni con me o preferisci rimanere qui da solo?». Le ombre si sono addensate nello studio, la tenda dello sgabuzzino oscilla senza ragione.

«Vengo.»

Percorriamo via Giusti squassata dal vento. Via Asproni dista forse duecento metri, ma avanzare è una sfida: nel turbine vola di tutto, rametti di cipresso, fiori secchi e foglie, pezzi di cornici e di lampade ossidate, vasi, come se la tromba d'aria avesse avuto origine nel cimitero e ne avesse strappato gli ornamenti per scagliarceli contro.

Nuoro si è rinchiusa in sé stessa, le strade sono un deserto. Poi si scatena la sabbia, un velo di mille spilli pungenti, nera come polvere di carbone, e il buio ci blocca, afferrandoci l'anima.

«Cerchiamo un riparo» dico io, sperando di non perdere la lucidità.

Ma proprio in questo istante sento Gavino che mi prende la mano e urla: «Guarda!».

Nel vortice vediamo qualcosa, una figura che sembra volare sostenuta da ali alzate e ferme che catturano la poca luce rimasta. È un'immagine che mi terrorizza e poi mi commuove: mi sembra d'un tratto di riconoscere Martino, lo vedo, i suoi capelli nel vento, le ginocchia sottili, arriva in volo a salvarmi dalla tempesta.

Una nuova folata e l'immagine cambia, ora ci sono due sagome scure che avanzano faticosamente.

«Sono Diego e Raffaele» dice Gavino «i due pazzi del rione!»

Anche loro ci vedono e gridano agitando le braccia: «Siete matti, dovete ripararvi!».

«Andiamo in via Asproni, aiutateci!»

Così in quattro pieghiamo la testa, ci tendiamo le mani, ci stringiamo, e dopo un attimo la tempesta sembra cedere un po'. All'ingresso della via, una folata benedetta proveniente dalla cattedrale spazza via la sabbia e possiamo fermarci con le spalle poggiate al muro della casa, affannati, spaventati.

Diego e Raffaele hanno gli occhi azzurri spalancati. Si guardano i vestiti e le mani come se non si capacitassero. Gavino urla: «Questa non è una tempesta, è il concerto del diavolo. Sta tentando di tenerci lontano dalla casa».

«Dobbiamo entrare» dico io «sbrighiamoci.»

«Per fare che cosa?»

«Aiutatemi, vi spiegherò.» E con il tremore nel cuore ma le mani fermissime infilo nella serratura la chiave di Zolu Fodde, senza staccare lo sguardo dal campanile della cattedrale. Sono trascorsi ottant'anni da quando la chiave ha aperto questa porta l'ultima volta... Eppure funziona ancora: entriamo.

Percepisco subito l'odore acre di morte. E appena siamo a metà dell'androne dalla tromba delle scale echeggia la voce infernale di Jaja che ripete: «Cosa vuoi fare, Rechella?».

Tutti arretrano ma non io: è per me il momento della verità. Mi faccio il segno della croce, mi affido a chi ha saputo accettare la morte per rinascere, raccatto l'ultima stilla di coraggio e ordino: «Andate ad aprire le porte esterne dello studio e della cucina, vi prego, fate entrare tutta la luce possibile!». E poi avanzo sola nella penombra: devo scendere in cantina, non posso esitare adesso.

«Ti accompagno» sento la voce di Gavino che si fa vicina. Non si regge in piedi dallo spavento ma è un uomo buono, e non lascerebbe mai un'amica ad affrontare da sola il diavolo.

«No, vado io. Ti ringrazio, ma so che è giusto così.»

Ora mi precipito lungo le scale che si spalancano verso il buio, il cuore è impazzito dalla paura ma so che non devo fermarmi.

Scendo i gradini correndo e in fondo alla cantina intravedo un tenue chiarore. Le pareti e gli oggetti sembrano muoversi mentre decine di spiriti neri, deliranti, volano in circolo comandati dai muggiti di Jaja. Avanzo nell'oscurità e vedo l'arco cieco descritto da Martino: solo i caratteri incisi nei conci rilucono di una fiamma cimiteriale che provoca un'angoscia infinita: *Satis est beatus, qui potest cum vult mori*, c'è scritto. Ecco, il motto della sùrbile.

Penso ai racconti di don Costantino: è proprio questo il rifugio della bestia, e sa di abisso, d'inferno senza tempo; penso a quanto ho appreso nella Biblioteca Popular de Don Bosco, che la cancellazione della sùrbile richiede l'annullamento del suo rifugio, ovvero del passaggio fisico che, anche dopo la sua morte, consente al male di diffondersi sulla terra.

Allora prendo dalla borsa il martello con il lungo manico rosso e inizio a pestare sui conci di terracotta dell'arco con tutta la mia forza e la mia disperazione, sollevandomi sulle punte. Comincio dalla *S* e, un mattone dopo l'altro, cerco di cancellare la scritta. Il vento gelido si fa di nuovo impetuoso, mi graffia la faccia come fosse abitato da pipistrelli, e nei timpani sento come un urlo lunghissimo nel quale vibra tutta la furia di Jaja, ma io non mi fermo. Il martello, così moderno, colorato e fuori luogo, è l'unica cosa reale qui e trascina il mio braccio e la mia volontà. Ripenso a Martino, ai suoi occhi brillanti come stelle, al suo volo, alla sua testa fracassata sulla roccia, ed è con ira e odio antichi che rompo i mattoni, li frantumo con tutte le mie forze. Insieme alle schegge sento sfarinarsi la crosta pesante della mia malinconia, del silenzio che ha spento la voce di Martino… avverto che la polvere che mi riempie gli occhi e il respiro non è solo quella della morte che trionfa ma anche quella delle paure che finalmente si sgretolano. Colpisco senza fermarmi, con energie che non sapevo di avere, finché non trovo più resistenza, la scritta sparisce, le furie si quietano con un lungo sospiro, gli oggetti si immobilizzano e l'arco perde ogni energia. Di fronte a me rimane un povero muro sbreccato, una vecchia parete senza potere: ho cancellato il motto, ho chiuso il passaggio, sono viva.

Passa un tempo infinito, durante il quale una calma mai provata si allarga dentro di me.

«Rechella, Rechella, sei viva?» mi risveglia la voce di Gavino.

Sono viva, mi ripeto. Viva e incredula.

Ma non ho ancora finito. Salgo non so come le scale e gli dico: «Dobbiamo andare al cimitero».

Mi ferma, aiutato da Diego e Raffaele, e mi toglie dai capelli pezzi aguzzi di mattoni, mi spolvera: «Andiamo in cattedrale, Rechella, bagniamoci nell'acqua benedetta!».

«Prima al cimitero! Accompagnami, abbiamo poco tempo.» E mi metto quasi a correre.

Diego e Raffaele sono due spettri ricoperti di sabbia, solo gli occhi azzurri rilucono: «Vi aspettiamo in chiesa, tornate presto».

Le mura di Sa 'e Manca sono in attesa.

Entriamo trafelati, io col martello in mano, e percorriamo i vialetti deserti fino alla tomba di Jaja. Il cimitero sembra un campo di battaglia: il vento impietoso ha devastato vasi e lastre trascinando terra e rami, distruggendo portafiori, fotografie e lampade votive.

Io mi sento un'Erinni, la dea della vendetta, e lo scopo della mia vita mi sembra lucido e preciso: dopo aver distrutto l'ingresso del suo rifugio devo finire di cancellare anche il suo ricordo: la tomba di Jaja, la sùrbile.

Ma non c'è bisogno di usare il martello sul marmo: il grande otre di ferro ossidato di cui riconosco i fregi, che stava sulla tomba di mio padre, si è librato in aria ed è pesantemente caduto al centro della lastra di Jaja, sfondandola. La tomba è colpita al cuore, ridotta in mille schegge di marmo che si sono sparse per metri all'intorno, non esiste più.

Allora finalmente è la mia voce a risuonare alta e potente come non ha mai osato fare: «Adesso sei morta, Jaja! Non puoi più girovagare nel mondo, ingannare chi incontri e seminare il male! Adesso Martino può riposare in pace» e quando smetto, nell'improvviso silenzio, sento un grande sospiro di sollievo attraversare il cimitero. Il cielo, come liberato da un maleficio, è tornato limpido, calmo, e lontana mi giunge un'eco che finalmente dà la stura alle mie lacrime: «Sono morto ma sono tuo padre, Rechella».

Gavino mi abbraccia, pallidissimo, e temo si senta male: «Poggia il martello, Rechella, smetti di tremare e piangere, allontaniamoci da qui».

Io avrei voglia di ubriacarmi, un bicchiere di vino dopo l'altro come facevo metodicamente con Lorena, per cancellare per sempre le urla di Jaja, ma non voglio svegliarmi da sola in una stanza estranea, abbrutita dall'alcol e senza il conforto dei miei asini e dei cavalli, i cani e i gatti, le capre e le vacche. Senza don Costantino. Senza più la missione di vendicare il mio amore perduto.

Per un attimo non mi sento liberata ma fragile e violata, mi spaventano le ore da trascorrere prima della partenza e la solitudine che mi aspetta.

«Ti chiedo ancora un favore, Gavino.»

Anche lui è provato, ma risponde: «Qualunque cosa, Rechella».

«Accompagnami da Martino» gli chiedo, mentre il tramonto tinge il cielo di rosa.

Adesso parto, Martino. La Sardegna si allontana verde sotto l'ala dell'aereo, la terra diventa subito mare.
Io sono sospesa, non presente in alcun luogo, e questo mi ricorda me stessa: ho vissuto tante esistenze per ritrovarmi sempre qui, in questo stato di attesa che ancora perdura. Ti ho aspettato una vita, Martino, mentre la gente continuava a passarmi davanti, ad andare e tornare, a morire; ti ho cercato in ogni crepa della mia stupida continuità, in ogni sogno; ti ho ritrovato sulla soglia della vendetta, a cui mi ha condotto il carattere che è il mio destino, non tu.
Tu rimani il mio bambino insaponato, il ragazzino che scappa inseguito da Iscultone, il cavaliere che fa a pugni per difendermi, l'amante meraviglioso che saresti stato e il padre di quella figlia che è vissuta solo nei miei pensieri più nascosti, oltre i sogni. Tu non hai voluto passare le montagne ma restare con me, e alle tempeste hai preferito la landa azzurrata piena di stelle sulla quale cammini col tuo passo elastico, sempre tre passi davanti a me.
Ti ho perso per strada, e i sogni sono rimasti sogni, pianti strazianti di notte, rabbia, disperazione. Mi sei mancato sempre, nelle terre in cui sono vissuta come dimentica, sopra l'oceano nelle notti che non passavano mai, nell'arrivare in un posto, in ogni luogo del mio disterru, dove mai ti avrei trovato.

Eppure, Martino, tu mi hai donato quadrifogli e coccinelle, storie e rivelazioni una dopo l'altra, sino all'ultima e meravigliosa sorpresa tenuta in serbo da Murichessa. Quale amante è capace di tali regali, di tenere avvinta per un'intera esistenza una donna come hai fatto tu, di donare la propria vita per salvarmi ed essere il mio angelo custode? Di darmi la forza di affrontare il male, di chiudere una porta infernale?
L'aereo buca le nubi ed esce nel sole: l'orizzonte lontano mi fa pensare a don Costantino che mi aspetta per morire; ai miei animali che mi aspettano invece per accompagnarmi alla mia uscita di scena, chi mordendomi i capelli, chi leccandomi la mano o saltandomi in grembo, facendomi capire che a qualcosa sono servita, che la mia vita non è stata inutile, che un solco d'amore l'ho lasciato anch'io.
Sono vissuta, Martino, e quel che mi sostiene adesso è la tua pagina aperta sul tavolino, colpita dalla luce.

Sono queste le parole che hai scritto per me quando ancora non ero in grado di comprenderle. Queste parole hanno superato il tempo, leniscono per sempre la mia paura:

C'è una stella a cui guardo volando nelle tempeste, Rechella: sei tu. Non m'importa di passare il Corrasi o il Supramonte, di camminare per le spiagge bianche che Jaja mi fa vedere, di aspirare a incantesimi segreti, se questo vuol dire rinunciare a te.
E voglio difenderti dalle minacce che pesano nell'aria. Ho una sola arma, ma è potente più di ogni maleficio: io ti amo. Il nostro amore è più forte di tutto.
Grazie a te non ho paura di morire,
istella mea.

Nota dell'autore

Solo chi vive in un altrove, lontano dai luoghi dove è cresciuto, costretto in un isperdissiu o spostandosi di continuo, può comprendere fino in fondo la parola usata da Rechella nella sua lettera a Martino: disterru. Disterru è più dello sradicamento, è la malinconia profonda che come un basso continuo fa pulsare dentro di te, dolorosamente, una radice che non credevi nemmeno di avere o che cercavi di ridimensionare proprio mettendo mari e oceani di mezzo. Disterru significa una violenza che si ripete ogni giorno e che tuttavia consente di vedere la propria terra con occhi nuovi. Come fa Rechella quando entra nella Biblioteca Popular de Don Bosco a Buenos Aires, anch'io, durante i lunghi anni trascorsi in altri continenti, ho letto di tutto sulla Sardegna, l'ho studiata, immaginata, sognata e carezzata. Ricordando quanto mi stava stretta e temendo di non poter trovare un senso al ritorno.

Così è nato questo romanzo: volevo innanzitutto che le parole mi riportassero alla casa della mia famiglia paterna, in via Asproni a Nuoro, a pochi passi dalla cattedrale di Santa Maria della Neve che con i suoi due campanili gemelli abbraccia la città. Sono venuto alla luce di fianco alla chiesa, vicino alla terrazza che si apre sul monte Ortobene, sullo sprofondo della valle di Isporòsile fino a Baddemanna e Oliena, al Supramonte di Orgosolo e ai monti del Gennargentu: è questo il mio mondo. E se vi avventurerete lungo via Asproni scoprirete sulla destra la Biblioteca Satta che sorge sul terreno donato da mia nonna: verso valle esiste ancora il rocciaio da cui Martino sognava di volare.

A mano a mano che scrivevo, tutto tornava in mente, la narrazione si popolava di personaggi che hanno inciso sul mio carattere, e soprattutto si accompagnava alla presenza del soprannaturale, parte essenziale della mia formazione e della stessa cultura sarda, solo parzialmente circoscritta nel tempo dalla religione cattolica. Un giorno, mentre ero nel pieno della stesura del romanzo, sono stato contattato dagli attuali proprietari della casa, che mi hanno raccontato di aver scoperto in cantina un'antica ed elaborata trave, segno di un passaggio verso un luogo ora sepolto: vi sembra forse una coincidenza?

La vicenda di *Istella mea* trova dunque le sue radici proprio nell'edificio, nelle stanze, nel grande giardino affacciato sulla valle di Oliena, mentre i contenuti hanno seguito la scia di una miriade di narrazioni, di rivelazioni e di confessioni che si sono succedute soprattutto quand'era presente mia nonna, la cui famiglia di lontana origine corsicana vantava una speciale familiarità con il mondo dell'aldilà.

È dunque un romanzo d'amore, il mio, che nasce lentamente come una pianta di elicriso, dalla roccia e dal sangue, a testimoniare che siamo in questa vita per qualcosa, nonostante il dolore. E un'angolatura importante del romanzo riguarda proprio il mondo dell'emigrazione e i suoi protagonisti che giungono a Nuoro provenienti da paesi lontani, portatori di testimonianze struggenti, di storie intricate, di rimandi a un destino mai del tutto felice. I personaggi di *Istella mea* sono allo stesso tempo inventati e veri, frutto delle tracce profonde lasciatemi da queste persone e dell'esistenza da me trascorsa fuori dalla Sardegna.

Infine, le donne. Sono cresciuto in una famiglia matriarcale: entrambe le mie nonne sono state donne forti, centrali, capaci di scolpire ognuna a suo modo il passato, il presente e il futuro della famiglia, marcando di segni e tonalità femminili il passaggio su questa terra. Il testimone è stato poi raccolto da mia madre, morta a centoquattro anni, dalle mie sorelle, mia moglie e le mie figlie. L'universo femminile – la cui esplorazione costituisce il filo conduttore di tutta la mia scrittura – continua ad apparirmi più profondo e complesso di quello maschile, difficile da dipanare e perciò maggiormente interessante. La sùrbile, con il suo dolore divenuto veleno e con il male che rappresenta, è il volto oscuro che si oppone a quello invece generoso, accogliente, solare e paziente di tante donne che, come Rechella, non smettono di lottare e di credere nella possibilità del bene.

C.O.

Ringraziamenti

I miei ringraziamenti per lo stupendo supporto alla stesura del romanzo ad Antonio, Giulia e Allegra; per l'ispirazione a Gavino e Sebastiano; per la colonna sonora a Ivo.

Indice

FSC
www.fsc.org
MISTO
Carta | A sostegno della gestione forestale responsabile
FSC® C115118

Stampato presso Elcograf S.p.A.
Stabilimento di Cles